Een kiem van betovering

Van V.S. Naipaul verschenen eerder bij uitgeverij Atlas:

*verschenen als Pandora Pocket

V.S. NAIPAUL

Een kiem van betovering

Uitgeverij Atlas – Amsterdam/Antwerpen

© 2004 V.S. Naipaul
© 2005 Nederlandse vertaling: Servaas Goddijn
Oorspronkelijke titel: *Magic Seeds*
Oorspronkelijke uitgave: Picador, Londen

Omslagontwerp: Roald Triebels, Amsterdam
Omslagillustratie: Image Bank/Pete Turner

ISBN 90 450 1100 X
D/2005/0108/575
NUR 302

www.boekenwereld.com

Inhoud

Later – in het teakwoud, in het eerste kamp, toen hij tijdens zijn eerste nacht als wacht momenten had gekend waarop hij alleen nog maar wilde huilen en er bij de opluchting over het aanbreken van de dag ook nog eens in de verte de wonderlijke schreeuw van een pauw had geklonken, de schreeuw die een pauw maakt nadat hij in de vroege ochtend in een bosmeertje zijn eerste slok water heeft genomen, een rauwe, verscheurende schreeuw die had moeten getuigen van een wereld die was opgefrist en hernieuwd, maar na een lange bange nacht slechts leek te getuigen van al wat verloren was: mens, vogel, woud, wereld; daarna, nadat het kamp een romantische herinnering was geworden, gedurende de afstompende, eindeloze guerrillajaren in het woud, het dorp, de kleine stad, toen reizen in vermomming vaak een doel op zich had geleken en het mogelijk was een groot deel van de dag te vergeten wat het doel van die vermomming was, toen hij had bemerkt dat hij tot intellectuele armoede verviel, had bemerkt dat er delen van zijn persoonlijkheid afbrokkelden; en dan de gevangenis, met haar gezegende orde, vaste dagindeling, beschermende regels, de verandering die ze bood – later was het mogelijk te doorgronden welke stadia hij had doorlopen van wat hij als de werkelijke wereld had beschouwd naar al die volgende oorden van onwerkelijkheid, hoe hij zich als het ware van de ene verzegelde kamer van de geest naar de andere begaf.

Een

De rozenventers

Het was vele jaren eerder begonnen, in Berlijn. Een andere wereld. Hij woonde daar tijdelijk, half en half bij zijn zuster Sarojini. Na Afrika was het een grote verademing geweest, dit ongekend beschermde leven, bijna dat van een toerist, zonder eisen en zonder angst. Er moest uiteraard een eind aan komen en het eind begon op de dag dat Sarojini tegen hem zei: 'Je bent hier nu zes maanden. Het zal me misschien niet lukken je verblijfsvergunning opnieuw te laten verlengen. Je weet wat dat betekent. Je zult hier waarschijnlijk niet kunnen blijven. Zo zit de wereld nu eenmaal in elkaar. Daar moet je niet moeilijk over doen. Je moet eens aan verhuizen gaan denken. Heb je enig idee waar je heen kunt? Is er ook maar iets wat je zou willen doen?'

Willie zei: 'Dat van die verblijfsvergunning weet ik. Ik heb erover nagedacht.'

Sarojini zei: 'Ik ken dat denken van jou. Het betekent iets naar je achterhoofd verbannen.'

Willie zei: 'Ik weet niet wat ik kan doen. Ik weet niet waar ik heen kan.'

'Je hebt nooit gedacht dat je ook maar iets kunt doen. Je hebt nooit begrepen dat mensen hun eigen wereld moeten inrichten.'

'Je hebt gelijk.'

'Praat niet zo tegen me. Zo denkt de heersende klasse. Zij hoeven alleen maar op hun luie gat te blijven zitten en het leven zal goed voor hen zijn.'

Willie zei: 'Ik schiet er niets mee op als je de feiten verdraait. Je weet heel goed wat ik bedoel. Ik bedoel dat het leven me niet goedgezind is geweest. Wat moest ik dan doen in India? Wat moest ik dan doen in Engeland, in 1957 of 1958? Of in Afrika?'

'Achttien jaar in Afrika. Je arme vrouw. Ze dacht dat ze een man kreeg. Ze had met me moeten praten.'

Willie zei: 'Ik was iemand die altijd overal buiten stond. Dat is nog steeds zo. Wat kan ik dan doen hier in Berlijn?'

'Je stond overal buiten omdat je dat wilde. Je hebt je altijd liever verscholen gehouden. Dat is de psychose van de koloniën, de psychose van de kaste. Die heb je van je vader geërfd. Je bent achttien jaar in Afrika geweest. Er was een verschrikkelijke guerrillaoorlog aan de gang. Wist je dat niet?'

'Die was altijd ver weg. Het was een geheime oorlog, tot op het allerlaatst.'

'Het was een roemrijke oorlog. Tenminste in het begin. Als je eraan denkt springen de tranen je in de ogen. Een arm en hulpeloos volk, slaven in hun eigen land, die in alle opzichten met niets moesten beginnen. En wat deed jij? Ben je naar ze op zoek gegaan? Heb je je bij hen aangesloten? Heb je ze geholpen? Dat was een belangrijke zaak voor iemand die op zoek was naar een zaak. Maar nee. Jij bleef met je schattige halfblanke vrouwtje in je buitenhuis, trok het kussen over je oren en hoopte dat er 's nachts geen boze, zwarte vrijheidsstrijder met een geweer en zware legerlaarzen zou komen die je zou laten schrikken.'

'Zo was het niet, Sarojini. Diep in mijn hart stond ik altijd aan de kant van de Afrikanen, maar ik had geen oorlog om te voeren.'

'Als iedereen dat gezegd had, zou er nooit ergens een revolutie zijn geweest. We hebben allemaal een oorlog te voeren.'

Ze zaten in een café in de Knesebeckstrasse. In de winter was het er warm en dampig geweest, het was er beschaafd door de studentenobers en -serveersters en Willie had zich er thuis gevoeld. Nu, in de nazomer, was het er bedompt en benauwd, het ritueel was maar al te bekend, waardoor Willie – ondanks wat Sarojini zei – aan het nutteloos verloop van de tijd moest denken, en aan het raadselachtige sonnet dat ze op de missieschool uit het hoofd hadden moeten leren. *And yet this time removed was summer's time...**

Er kwam een jonge Tamil binnen die rode rozen met lange stelen verkocht. Sarojini maakte een kort gebaar met haar hand en begon

---

* En toch viel het gescheiden-zijn deze keer in de zomertijd...

in haar tas te zoeken. De Tamil kwam en hield hun de rozen voor, maar zijn blik raakte die van hen niet. Hij maakte geen aanspraak op verwantschap met hen. Hij was zelfbewust, de rozenventer, vervuld van het idee van eigenwaarde. Willie, die de man niet aankeek, richtte zijn blik op zijn bruine broek (gemaakt door kleermakers uit den vreemde) en het te grote vergulde horloge en de armband (misschien niet van echt goud) om zijn behaarde pols, en zag dat de rozenventer in zijn eigen omgeving een onbelangrijk iemand zou zijn geweest, onzienbaar. Hier, in een omgeving die hij waarschijnlijk net zo weinig begreep als Willie zelf, een omgeving die hij waarschijnlijk nog niet had leren zien, was hij als een man die uit zichzelf was getreden. Hij was iemand anders geworden.

Op een dag had Willie precies zo iemand ontmoet, een paar weken terug, toen hij in zijn eentje was gaan stappen. Hij was blijven staan voor een Zuid-Indiaas restaurant waar geen klanten waren, waar een paar vliegen over de spiegelruiten kropen, boven de planten en schalen met rijst en *dosas*, en waar kleine, amateuristisch ogende kelners (misschien geen echte kelners, misschien iets anders, misschien illegaal binnengekomen elektriciens of accountants) zich in het duister verborgen hielden, met op de achtergrond de goedkope gloed van wat iemand voor oosterse decoratie hield. Er was toen een Indiër of Tamil naar Willie toe gekomen. Mollig, maar niet dik, met een breed, vriendelijk gezicht, met een platte grijze pet met dunne blauwe lijnen die een patroon van grote ruiten vormden, zoals die van de Kangol-golfpetjes die Willie zich herinnerde van de advertenties achter in de eerste Penguin-boekjes: misschien had de man die stijl wel uit die oude advertenties.

De man begon tegen Willie over de grote guerrillaoorlog die er zou komen. Willie was geïnteresseerd, luisterde welwillend zelfs. Dat vriendelijke, lachende gezicht beviel hem. Hij was gefascineerd door de platte pet. Hij hield van het samenzweerderige gesprek, van het idee dat het de wereld versteld zou laten staan. Maar toen de man begon over de grote behoefte aan geld, toen hij begon aan te dringen, werd Willie ongerust, en daarna bang, waarop hij zich langzaam van de ruit van het restaurant en de gevangen, versufte vliegen verwijderde. En terwijl de man nog steeds leek te glimlachen, kwam er van zijn vriendelijke lippen een lange, grove en diep-religieuze verwensing in het Tamil, dat Willie maar half verstond, waarna de glimlach van de man verdween. Zijn gezicht onder de blauwgeruite golfpet was verwrongen van een diepe haat.

Het bracht Willie van zijn stuk, dat plotselinge gebruik van het Tamil, de oude religieuze verwensing waarin de man heel zijn religieuze overtuiging had gelegd, de diepe en onverwachte haat, als een dolkstoot. Willie sprak niet met Sarojini over zijn ontmoeting met deze man. De gewoonte dingen voor zich te houden, zowel thuis als op school, dateerde al uit zijn jeugd en had zich verder ontwikkeld tijdens zijn verblijf in Londen. In de achttien jaar die hij in Afrika doorbracht, was het een onverbrekelijk deel van hem geworden om voor de hand liggende zaken voor zichzelf verborgen te moeten houden. Hij liet de mensen dingen vertellen die hij maar al te goed wist, en dat deed hij niet uit onoprechtheid, niet uit een of ander vooropgezet plan, maar uit een verlangen niet te grieven, de dingen gladjes te laten verlopen.

Sarojini legde de roos naast haar bord. Haar blik volgde de rozenventer terwijl hij tussen de tafels door liep. Toen hij weer naar buiten ging zei ze tegen Willie: 'Ik weet niet hoe jij over die man denkt, maar hij is veel meer waard dan jij.'

Willie zei: 'Daar ben ik van overtuigd.'

'Doe niet zo irritant. Die vlotte babbel van jou mag dan bij anderen werken, maar niet bij mij. Weet je waarom die man meer waard is dan jij? Hij heeft zijn oorlog gevonden. Hij had zich ervoor kunnen verschuilen. Hij had kunnen zeggen dat hij iets anders te doen had. Hij had kunnen zeggen dat hij een leven te leiden had. Hij had kunnen zeggen: "Ik ben in Berlijn. Het kostte me een vermogen hier te komen. Al die valse papieren en verblijfsvergunningen en het verschuilen. Maar dat zijn gedane zaken. Ik heb mijn huis en alles wat ik was achter me gelaten. Ik zal doen alsof ik deel uitmaak van deze nieuwe welvarende wereld. Ik zal televisie kijken en die vreemde programma's leren kennen en gaan denken dat ze inderdaad de mijne zijn. Ik zal naar het Kaufhaus des Westens gaan en daar in de restaurants eten. Ik zal whisky en wijn leren drinken, en spoedig zal ik mijn geld tellen en in mijn auto rijden en het gevoel hebben dat ik ben als die mensen in de advertenties. Ik zal tot de slotsom komen dat het helemaal niet zo moeilijk was om van wereld te veranderen, heus, en ik zal menen dat het de bedoeling was dat we allemaal deze weg zouden gaan.' Hij had op die valse en beschamende manier kunnen denken. Maar hij zag dat hij een oorlog had. Merkte je dat? Hij keek geen moment naar ons. Natuurlijk wist hij wie we waren. Hij wist dat we verwant aan hem waren, maar hij keek op ons neer. Hij dacht dat we behoorden tot degenen die pretentie hebben.'

Willie zei: 'Misschien schaamde hij zich, omdat hij een Tamil is en wij hem rozen aan die mensen zagen verkopen.'

'Hij zag er niet uit alsof hij zich schaamde. Hij zag eruit als een man met een missie, een man die zich onderscheidt. Iets wat je in Afrika zou hebben opgepikt als je geleerd had te kijken. Die man verkoopt hier rozen, maar ergens ver weg worden die rozen in geweren omgezet. Zo worden revoluties gemaakt. Ik ben in een paar van hun kampen geweest. Wolf en ik werken aan een film over hen. We zullen binnenkort heel wat meer over hen horen. Er bestaat in de hele wereld geen gedisciplineerder guerrillaleger. Ze kennen geen enkel medelijden, ze zijn heel bedreigend. En als je meer over je eigen geschiedenis zou weten, zou je begrijpen dat dat een wonder is.'

Een andere keer, in de dierentuin, in de vreselijke stank van opgesloten en doelloze wilde dieren, zei ze: 'Ik moet het met je over geschiedenis hebben. Anders zul je denken dat ik gek ben, net als moeders oom. Alle geschiedenis die jij en je gelijken over julliezelf kennen komt uit een Brits leerboek dat geschreven is door Roper Lethbridge, een in India gestationeerde schoolinspecteur. Wist je dat? Het was het eerste uitgebreide geschiedenisboek in India en het werd in de jaren tachtig van de negentiende eeuw uitgegeven door de Britse firma Macmillan, zo'n twintig jaar na de opstand van de Bengaalse troepen, en het was uiteraard een imperialistisch werk en bedoeld om eraan te verdienen. Maar op een Britse manier was het ook een leerzaam boek en het was een groot succes. Iets dergelijks was er in al die voorgaande eeuwen in India niet geweest, geen vergelijkbaar onderwijssysteem, geen scholing in dit soort geschiedenis. Roper Lethbridges boek werd vaak herdrukt en het verschafte ons veel ideeën die we nog steeds over onszelf hebben. Een van de belangrijkste ideeën was dat er in India onderdanige rassen waren, mensen die geboren slaven waren, en dat er krijgshaftige rassen waren. De krijgshaftige rassen deugden, de onderdanige rassen niet. Jij en ik behoren half tot de onderdanige rassen. Ik ben ervan overtuigd dat je dat weet, dat je het ten dele accepteert. Daarom heb je geleefd zoals je hebt geleefd. De Tamils die in Berlijn rozen verkopen behoren in alle opzichten tot de onderdanige rassen. Dat idee zal hun op allerlei manieren zijn ingeprent. En dat Britse idee over de onderdanige en krijgshaftige rassen van India slaat nergens op. Het leger van de Engelse Oost-Indische Compagnie in het noorden van India was een leger van Hindoes uit de hogere kasten. Dit was het leger dat de grenzen van het Britse Rijk doortrok naar Afghanistan. Maar na de opstand van de Bengaalse troepen in 1857 werd dat leger gedegradeerd. Verdere militaire kansen werd het ontzegd. Zodoende werden de krijgers die het Britse Rijk groot hadden gemaakt in de Britse propaganda onderdanig en werden de grensbewoners die ze vlak voor de opstand hadden overwonnen de krijgshaftigen. Zo werkt het imperialisme. Dat is wat er met een volk in gevangenschap gebeurt. En omdat we in India geen historisch bewustzijn hebben, vergeten we al gauw ons verleden en geloven we altijd wat ons wordt verteld. Wat de Tamils in het zuiden betreft, zij werden onder het nieuwe Britse bestuur behandeld als oud vuil. Ze waren donker en vredelievend, alleen geschikt om te werken. Ze werden verscheept als slaven voor de plantages van Malakka, Ceylon en elders. Die Tamils die in Berlijn met rozen venten om geweren te kopen, hebben de zware last van de geschiedenis en de propaganda van zich afgeworpen. Ze hebben zichzelf tot een waar krijgshaftig volk gemaakt, en dat tegen alle verwachtingen in. Je moet ze respecteren, Willie.'

En Willie luisterde op zijn niet te doorgronden manier, in de stank van de ongelukkige dieren in de dierentuin, en zei niets. Sarojini was zijn zuster. Geen mens begreep hem zo goed. Ze begreep elk hoekje van zijn dromen; ze begreep alles wat zijn leven in Engeland en Afrika betrof, hoewel ze elkaar in die twintig jaar maar één keer hadden ontmoet. Hij had het gevoel dat zij, die zich op zoveel vlakken ontwikkeld had, zonder een woord te wisselen zelfs de fysieke details zou hebben begrepen van wat voor zijn seksuele leven doorging. Niets bleef voor haar verborgen; en zelfs als ze op haar revolutionairst, ordinairst en intimiderendst was, dingen zei die ze al zo vaak had gezegd, kon ze door een extra zinnetje hier en daar facetten van hun gemeenschappelijke leven oproepen, dingen in hem raken die hij liever zou hebben vergeten.

Hij zei niets als ze sprak, maar verwierp niets van wat ze zei. In Berlijn bespeurde hij geleidelijk iets bij haar wat hij nog niet eerder had opgemerkt. Hoewel er geen eind kwam aan haar gepraat over onrecht en wreedheid en de noodzaak van een revolutie, hoewel ze moeiteloos taferelen opriep van bloed en beenderen op vijf continenten, was ze ongewoon sereen. Ze had de prikkelbaarheid en agressiviteit verloren die ze in haar vroegere leven had gehad. Ze was weggekwijnd in de ashram van haar familie met niets dan vroomheid en gedienstigheid in het vooruitzicht; en nog vele jaren na haar vertrek was dat vreselijke leven in de ashram, waarbij aan eenvoudige en noodlijdende mensen nepmiddeltjes voor alle doeleinden werd verstrekt, dicht bij haar, als iets waarnaar ze misschien zou moeten terugkeren mocht het misgaan met Wolf.

Die angst had ze nu niet meer. Zoals ze had geleerd zich te kleden op een koud klimaat en zichzelf aantrekkelijk had gemaakt (de jaren van het gebreide vestje, de wollen sokken en de sari lagen ver achter haar), zo leken reizen en studie en revolutionaire politiek, en haar makkelijke half-en-half-leventje met de weinig eisende fotograaf, haar voldoende intellectuele bagage te hebben gegeven. Niets verraste of kwetste haar nog. Haar wereldbeeld kon alles omvatten: politieke moorden in Guatemala, islamitische revolutie in Iran, kasteoproer in India, en zelfs de kruimeldiefstal van de wijnleverancier in Berlijn, gewoon als verkoopmethode of uit principe, als hij bij het appartement wijn kwam afleveren, en er steevast twee of drie flessen ontbraken of verruild waren, en de prijzen op een ingewikkelde en raadselachtige manier schommelden.

Dan zei ze: 'Zo gaat dat in West-Berlijn. Ze bevinden zich aan het eind van een luchtcorridor en alles is van subsidie afhankelijk. Daarom stoppen ze al hun energie in dit soort kruimeldiefstal. Het is het grote falen van het Westen. Daar komen ze nog wel achter.'

Zelf leefde Sarojini, via haar fotograaf, van een subsidie van een of andere West-Duitse overheidsdienst. Ze wist waar ze het over had en deed er niet moeilijk over.

Als het nieuwe krat met wijn en bier kwam zei ze: 'Eens kijken wat de schurk nu weer heeft geflikt.'

De Sarojini die hij twintig jaar of langer geleden thuis had achtergelaten zou nooit zoiets hebben kunnen doen. En hij ontdekte dat het deze sereniteit van haar was, deze hem onbekende elegante manier van spreken, waar hij steeds meer voor openstond. Hij bekeek zijn zuster met ontzag. Het verbaasde en ontroerde hem dat ze zijn zuster was. Na zes maanden bij haar – ze waren als volwassenen nooit zo lang samen geweest – begon de wereld voor hem te veranderen. Juist toen hij het gevoel kreeg dat zij in al zijn gevoelens kon binnendringen, zelfs in zijn seksuele noden, begon hij haar zienswijze te doorzien. Er zat logica en orde in alles wat ze zei.

En hij zag dat hij wat hij nu voelde altijd al in het diepst van zijn hart had gevoeld, maar nooit geaccepteerd, dat die twee werelden waarover Sarojini het had bestonden. De ene wereld was geordend, gevestigd, de oorlogen waren er uitgevochten. In deze wereld zonder oorlog of reëel gevaar waren de mensen simpel gemaakt. Ze keken televisie en vonden hun gemeenschapsgevoel; ze aten en dronken goedgekeurde waren; en ze telden hun geld. In de andere wereld waren de mensen vertwijfelder. Ze wilden wanhopig de simpele, geordende wereld binnengaan. Terwijl ze buiten bleven staan, hielden zo'n honderd bindingen, de neerslag van een lang verleden, hen gevangen; zo'n honderd kleine oorlogen vervulden hen van een haat die hun de kracht ontnam. In de vrije en bedrijvige sfeer van Berlijn leek alles makkelijk. Maar niet ver daarvandaan was een kunstmatige grens, en voorbij die grens was er benauwenis, en een ander soort mens. Er groeiden onkruid en soms zelfs bomen op de oude ruïnes van grote gebouwen; en overal hadden zich granaatscherven en kogels in steen en stuc geboord.

De twee werelden bestonden naast elkaar. Het was dom te doen alsof het niet zo was. Het was hem nu volkomen duidelijk tot welke wereld hij behoorde. De wens zich te verschuilen had hem thuis, twintig jaar of langer geleden, normaal geleken. Nu kwam alles wat het gevolg was van die wens hem beschamend voor. Zijn half-leven in Londen, en daarna zijn hele leven in Afrika, dat leven waarin hij zich voortdurend min of meer verschool, waarin hij zijn succes afmat aan het feit dat hij zich niet bepaald onderscheidde in zijn tweederangs, half Portugese gemeenschap en 'ermee door kon', dat hele leven leek beschamend.

Op een dag nam Sarojini een exemplaar van de *Herald Tribune* mee naar het appartement. De krant was bij een artikel opengevouwen. Ze gaf hem de krant en zei: 'Het gaat over de plaats waar je woonde.'

Hij zei: 'Alsjeblieft, laat het me niet zien. Ik heb je gewaarschuwd.'

'Kijk eerst maar eens.'

Hij pakte de krant aan en zei in zichzelf, waarbij hij de naam van zijn vrouw uitsprak: Ana, vergeef me. De tekst van het artikel las hij nauwelijks. Dat hoefde hij ook niet. Hij beleefde het allemaal in gedachten. De burgeroorlog was echt bloedig geworden. Geen verplaatsingen van legers, alleen overvallers van over de grens die kwamen om te brandschatten en te doden en daarna teruggingen. Er was een foto van witte betonnen gebouwtjes met afgebrande daken en lege, met roet omlijste vensters; de sobere architectuur van de koloniale boer in Afrika lag al in puin. Hij dacht aan de wegen die hij kende, de blauwe kegelvormige rotsen, de kleine stad aan de kust. Ze hadden allemaal gedaan alsof de wereld veilig was geworden, maar in hun hart wisten ze dat de oorlog zou komen, en dat op een dag de wegen zouden verdwijnen.

Op een keer, toen de rebellie net was begonnen, hadden ze bij de zondagslunch het volgende spel gespeeld. Laten we aannemen, zeiden ze, dat we de wereld hebben buitengesloten. Laten we ons voorstellen hoe het zou zijn als er niets meer zou binnenkomen. Uiteraard zouden om te beginnen de auto's verdwijnen. Vervolgens zouden er geen medicijnen zijn. Dan zouden er geen stoffen zijn. Er zou geen licht zijn. Aldus hadden ze tijdens de lunch, met de jongens in schooluniform en de terreinauto's op het zanderige erf, het spel gespeeld, ontbering bedacht. En het was allemaal uitgekomen.

Willie, vervuld van schaamte in Berlijn bij de gedachte aan zijn houding in Afrika, dacht: Ik moet me niet langer verschuilen. Saroji-ni heeft gelijk.

Maar, zijn gewoonte getrouw, vertelde hij haar niet wat hij dacht.

Ze liepen op een middag onder de bomen over een van de grote win-kelboulevards. Willie bleef staan voor de winkel van Patrick Hell-mann om naar de Armani-kleding in de etalage te kijken. Twintig jaar geleden wist hij niets van kleding, had hij geen oog gehad voor stof of snit; nu was dat anders.

Sarojini zei: 'Wie is volgens jou de belangrijkste man van de we-reld?'

Willie zei: 'Armani komt wel in aanmerking, maar ik denk niet dat je me dat wilt horen zeggen. Wil je dat ik iets anders zeg?'

'Doe een gok.'

'Ronald Reagan.'

'Ik dacht al dat je dat zou zeggen.'

Willie zei: 'Dat zei ik om je te pesten.'

'Nee, nee. Ik denk dat je het echt meent. Maar ik bedoel niet machtig, ik bedoel belangrijk. Zegt de naam Kandapalli Seetaramiah je iets?'

'Is hij de allerbelangrijkste man?'

'Een belangrijk man is niet noodzakelijkerwijze een machtig man. Lenin was in 1915 of 1916 geen machtig man. Een belangrijk man is volgens mij iemand die de loop van de geschiedenis zal veran-deren. Als over een kleine honderd jaar de definitieve geschiedenis van de twintigste-eeuwse revolutie zal worden geschreven en ver-schillende etnocentrische vooroordelen zijn verdwenen, zal Kanda-palli in één adem worden genoemd met Lenin en Mao. Daar twijfel ik niet aan. En jij hebt nog niet eens van hem gehoord. Dat is duide-lijk.'

'Maakt hij deel uit van de Tamil-beweging?'

'Hij is geen Tamil. Maar Kandapalli en de Tamil-beweging maken deel uit van hetzelfde regeneratieve proces in onze wereld. Als het me zou lukken je in dat proces te laten geloven zou je een ander mens zijn.'

Willie zei: 'Ik weet niets van de Franse geschiedenis, behalve de bestorming van de Bastille. Maar ik heb wel een idee wie Napoleon was. Ik weet zeker dat ik iets van Kandapalli zou begrijpen als je me over hem vertelde.'

'Dat vraag ik me af. Wat Kandapalli zo belangrijk maakt als revolutionair is dat hij afstand van de Lin Piao-lijn nam.'

Willie zei: 'Je gaat me te snel.'

'Je bent me aan het uitdagen. Je doet alsof. Je moet van Lin Piao hebben gehoord. De hele wereld kent Lin Piao. Hij bracht ons op het idee de klassevijand te liquideren. Aanvankelijk was dat eenvoudig en opwindend en leek het de juiste weg te zijn. In India vonden we het ook prachtig omdat het uit China kwam en we dachten dat het ons op gelijke voet met de Chinezen zou brengen. In werkelijkheid maakte het een eind aan de revolutie. De Lin Piao-lijn maakte van de revolutie een burgerlijk theater. Jonge burgerlijke exhibitionisten in de steden trokken boerenkleding aan, kleurden hun huid met walnootolie, sloten zich bij de bendes aan en meenden dat revolutie het vermoorden van politieagenten inhield. Het viel de politie niet moeilijk ze uit te roeien. Aanhangers van dergelijke bewegingen onderschatten de politie altijd, ik weet niet waarom. Ik denk dat het komt omdat ze een te hoge dunk van zichzelf hebben.

Dit alles vond plaats toen jij in Afrika was, waar je getuige was van een echte oorlog. Naderhand zou men hier zeggen dat we een hele generatie aan briljante jonge revolutionairen hadden verloren en dat we nooit in staat zouden zijn ze te vervangen. Zo zag ik het zelf ook, en ik was maandenlang droevig gestemd. De intellectuele vooruitgang in India verloopt traag. Dat hoef ik je niet te vertellen. De landloze arbeider verhuist naar de stad en zijn zoon wordt misschien kantoorbediende. De zoon van de kantoorbediende krijgt misschien een betere opleiding, waarna diens zoon dokter of wetenschapper wordt. En dus treurden we. Er waren generaties nodig geweest om die voorraad aan revolutionair talent te creëren, en in korte tijd had de politie vijftig of zestig jaar strijd en intellectuele vooruitgang vernietigd. Die gedachte was verschrikkelijk.

Ik zal je vertellen hoe het voelde. Soms worden er in een storm prachtige oude bomen ontworteld. Je weet je geen raad. De meest voor de hand liggende emotie is woede. Je gaat op zoek naar een vijand. En dan besef je al gauw dat die woede, hoe vertroostend ook, zinloos is, dat er niets of niemand is om woedend op te zijn. Je zult een andere manier moeten vinden om met je verlies om te gaan. In die lege, ongelukkige stemming hoorde ik over Kandapalli. Ik geloof eigenlijk niet dat ik al eens over hem had gehoord. Hij verkondigde een nieuwe revolutie. Hij zei dat dat gezeur over het verlies van een jonge generatie van briljante jongeren sentimentele onzin was. Ze waren niet bijzonder briljant, hoog opgeleid of revolutionair. Als ze dat wel waren, zouden ze niet voor die belachelijke Lin Piao-lijn zijn gevallen. Nee, Kandapalli zei dat we het grote geluk hadden een generatie half opgeleide, egocentrische idioten te verliezen, meer niet.

Dat kwetste me. Wolf en ik hadden veel met de revolutionairen samengewerkt. Sommigen van hen kenden we persoonlijk. Maar de brutaliteit van Kandapalli's woorden zette me aan het denken over bepaalde dingen die ik had opgemerkt maar verdrongen. Ik dacht aan de man die ons in het hotel was komen opzoeken. Hij was belachelijk zelfingenomen. Hij wilde ons laten weten hoe goed hij de wereld kende. Toen we hem iets te drinken aanboden vroeg hij nadrukkelijk om een driedubbele buitenlandse whisky. Buitenlandse whisky was in die tijd drie tot vier keer zo duur als Indiase. Hij vroeg om iets krankzinnig duurs om vervolgens met iets van zelfvoldaanheid onze gezichten te bestuderen om te zien hoe we reageerden. Ik vond hem verachtelijk, maar wij hadden natuurlijk geleerd geen spier te vertrekken. En die driedubbele whisky was uiteraard te veel voor hem.

Daaraan dacht ik, en aan nog andere dingen, toen ik in plaats van gekwetst te zijn door wat Kandapalli had gezegd, diep getroffen werd door de genialiteit en eenvoud van zijn analyse. Hij verklaarde de Lin Piao-lijn dood. In plaats daarvan verkondigde hij de lijn van de massa's. De revolutie moest van onderop komen, uit de dorpen, uit het volk. In deze beweging was geen plaats voor kleinburgerlijke komedianten. En – geloof het of niet – met de overblijfselen van die vroegere, valse revolutie heeft hij inmiddels een ware revolutie in gang gezet. Hij heeft hele gebieden bevrijd. Hij zoekt geen publiciteit, zoals die lui van vroeger.

We hebben veel moeite moeten doen om hem te ontmoeten. De

boodschappers waren wantrouwig. De een na de ander kwam. Ze wilden niets met ons te maken hebben. Ten slotte liepen we dagen achtereen in het woud. Ik dacht dat het tot niets zou leiden. Maar uiteindelijk kwamen we op een namiddag, toen het bijna tijd was ons kamp op te zetten, op een kleine open plek. Het zonlicht viel schitterend op een lange lemen hut met een dak van gras. Voor de hut lag een gedeeltelijk gemaaid mosterdveld. Dit was een van Kandapalli's hoofdkwartieren. Na al het gedoe troffen we een eenvoudig man aan. Hij was klein en donker. Een schoolmeester zonder bevoegdheid. Een man uit Warangal. In de stad zou niemand hem hebben opgemerkt. Warangal is een van de heetste gebieden in India, en toen hij over de armen begon vulden zijn ogen zich met tranen en beefde hij.'

Zo maakte Willie in de nazomer in Berlijn kennis met een geheel ander emotioneel leven.

Sarojini zei: 'Elke ochtend als je opstaat moet je niet alleen aan jezelf denken, maar ook aan anderen. Denk aan iets wat je hier heel erg aan het hart gaat. Denk aan Oost-Berlijn, aan de overwoekerde ruïnes, aan de granaatsporen van 1945 in de muren, en aan die mensen die vandaag tijdens het lopen allemaal naar de grond kijken. Denk aan waar je in Afrika bent geweest. Je zult waarschijnlijk die arme Ana willen vergeten, maar denk aan de oorlog daar. Die woedt nog steeds. Denk aan je huis. Probeer je Kandapalli in het woud voor te stellen. Dat zijn allemaal reële plaatsen met reële mensen.'

Een andere keer zei ze: 'Twintig jaar geleden deed ik heel naar tegen je. Ik las je voortdurend de les. Ik was dom. Ik wist heel weinig. Ik had heel weinig gelezen. Ik kende alleen maar het verhaal van onze moeder en van moeders radicale oom. Nu weet ik dat je niet anders was dan Mahatma Gandhi en het niet kon helpen dat je zo was.'

Willie zei: 'Goeie genade! Gandhi – dat zou nooit bij me zijn opgekomen. Hij staat te ver van me af.'

'Ik dacht wel dat je verrast zou zijn. Maar het is waar. Toen Gandhi achttien of negentien was, kwam hij naar Engeland om rechten te studeren. In Londen was hij als een slaapwandelaar. Het was hem onmogelijk de grote stad te doorgronden. Hij wist nauwelijks waarnaar hij keek. Hij wist niets van architectuur of musea, had geen idee van de grote schrijvers en politici die de stad in de jaren negentig van de negentiende eeuw verborgen hield. Ik geloof niet dat hij ooit een theater bezocht. Het enige dat hij voor ogen had waren zijn rechtenstudie, zijn vegetarische eten en het knippen van zijn eigen haar. Zoals Visjnoe op de oerzee van niet-zijn dreef, zo dreef Gandhi in Londen in 1890 op een zee van niet-zien en niet-weten. Aan het eind van drie jaar half-leven of kwart-leven, werd hij heel erg neerslachtig. Hij dacht dat hij hulp nodig had. Een conservatief parlementslid stond erom bekend dat hij zich voor Indiërs interesseerde. Gandhi dacht dat hij de enige was tot wie hij zich kon wenden. Hij schreef hem en ging bij hem op bezoek. Hij probeerde hem zijn neerslachtigheid te verklaren, en na een tijdje zei het parlementslid: "Ik weet wat jouw probleem is. Je weet niets over India. Je weet niets over de geschiedenis van India." Hij raadde hem een paar imperialistische geschiedenisboeken aan. Ik weet niet zeker of Gandhi ze las. Hij wilde daadwerkelijke hulp. Hij wilde niet dat hem werd gezegd een geschiedenisboek te lezen. Denk je niet dat je jezelf een beetje in die jonge Gandhi kan herkennen?'

Willie zei: 'Hoe weet je dat van Gandhi en het parlementslid? Dat was lang geleden. Wie vertelde je dat?'

'In de jaren twintig schreef hij zijn autobiografie. Een opmerkelijk boek. Heel ongecompliceerd, heel toegankelijk, heel oprecht. Een boek zonder grootspraak. Een boek dat zo waarheidsgetrouw is dat iedere jonge of oudere Indiër zich erin kan herkennen. Er is in India geen enkel boek dat erop lijkt. Het zou een modern Indiaas epos zijn als de mensen het zouden lezen. Maar dat doen ze niet. Ze denken het niet nodig te hebben. Ze denken het allemaal te weten. Ze hoeven het niet te ontdekken. Zo gaat dat in India. Ik wist zelfs niet dat die autobiografie bestond. Wolf was de eerste die me vroeg of ik het had gelezen. Dat was toen hij nog maar net bij ons in de ashram was gekomen. Toen hij ontdekte dat ik het niet kende, was hij onaangenaam verrast. Ik heb het nu een paar keer gelezen. Het leest zo gemakkelijk, het is zo'n goed verhaal, dat je blijft lezen, en dan kom je erachter dat je onvoldoende aandacht hebt besteed aan al die diepzinnige dingen die hij heeft gezegd.'

Willie zei: 'Ik denk dat je het getroffen hebt met Wolf.'

'Zijn andere gezin is er ook nog. Dat is een grote steun. Ik hoef niet altijd bij hem te zijn. En hij is een goed leraar. Ik denk dat dat een van de redenen is waarom we nog steeds samen zijn. Ik ben iemand die hij wat kan leren. Hij ontdekte al heel snel dat ik geen gevoel had voor het verloop van de geschiedenis, dat ik het verschil niet kende tussen honderd en duizend jaar, of tweehonderd en tweeduizend jaar. Ik kende onze moeder en moeders oom en wist weinig over de familie van onze vader. Verder was alles vaag, een oerzee, waarin historische figuren als Boeddha en Akbar, koningin Elizabeth, Rani van Jhansi, Marie Antoinette en Sherlock Holmes allemaal kriskras door elkaar dreven. Wolf vertelde dat van een boek de verschijningsdatum het allerbelangrijkste was. Het had geen zin een boek te lezen als je niet wist wanneer het was verschenen, niet wist hoever of dichtbij het ten opzichte van jou was. De verschijningsdatum gaf het boek een vaste plaats in de tijd, en als je andere boeken en gebeurtenissen leerde kennen, kreeg je aan de hand van die data geleidelijk een tijdschaal. Ik kan je niet vertellen hoe bevrijdend dat voor me is geweest. Als ik aan onze geschiedenis denk, heb ik niet langer het gevoel dat ik in een tijdloze verwording wegzink. Ik zie veel helderder. Ik heb een idee van de schaal en volgorde van de dingen.'

Willie verviel in zijn oude hebbelijkheden. Vijfentwintig jaar geleden, toen Londen voor hem even vormloos en verwarrend was geweest als (volgens Sarojini) voor de mahatma in 1890, had hij geprobeerd zijn verwarring te overwinnen door te lezen en rende hij naar de universiteitsbibliotheek om de onbenulligste dingen op te zoeken. Daarom begon hij nu, om de reikwijdte van Sarojini's kennis te evenaren, en in de hoop haar sereniteit te verkrijgen, opnieuw te lezen. Hij bezocht de bibliotheek van het Brits Cultureel Genootschap. Daar vond hij op een dag – hij was er niet naar op zoek – mahatma's autobiografie, in de Engelse vertaling van diens secretaris.

Het aangename, eenvoudige verhaal sleepte hem mee. Hij wilde blijven lezen, het boek in zijn geheel opslokken, het ene na het andere korte hoofdstuk; maar al gauw begon er van alles aan hem te knagen, dingen die hij zich nu al nog maar half herinnerde, waarvan de volgorde nu al niet meer duidelijk was, die hij te snel had gelezen en hij moest (zoals Sarojini had gezegd) dikwijls terugbladeren om de gemakkelijke tekst langzamer te lezen, om de buitengewone dingen in zich op te nemen die de schrijver op zijn rustige manier had gezegd. Een boek (vooral in het begin) over schaamte, onwetendheid, onbekwaamheid; een hele reeks herinneringen die het leven van een ander zouden hebben vertroebeld of verwrongen; herinneringen die Willie zelf (of Willies vader, dacht Willie) graag mee het graf in zou hebben genomen, maar die door de moed van deze eenvoudige bekentenis, op God mag weten welke pijnlijke wijze verkregen, onschadelijk waren gemaakt, bijna een deel van het volksgeweten, waarin iedere landgenoot zichzelf zou kunnen herkennen.

Willie dacht: Ik wou dat dit helende boek vijfentwintig jaar geleden op mijn weg was gekomen. Misschien zou ik een ander mens zijn geworden. Ik zou een ander leven hebben nagestreefd. Ik zou niet dat armzalige leven in Afrika tussen vreemden hebben geleid. Ik zou het gevoel hebben gehad dat ik niet alleen was, dat een groot man mij was voorgegaan. In plaats daarvan las ik Hemingway, die heel ver van me af stond, die me niets te bieden had, en schreef ik mijn pretentieuze verhalen. Wat een onwetendheid, wat een zelfbedrog, wat een verspilling. Maar misschien zou ik toen niet geweten hebben hoe ik het boek moest lezen. Misschien zou het me niets gezegd hebben. Misschien moest ik dat leven leiden om het nu duidelijker te zien. Misschien gebeuren de dingen als het hun tijd is.

Toen ze het over het boek hadden zei hij tegen Sarojini: 'Dit was niet de mahatma over wie we thuis hoorden. Ons werd verteld dat hij een oplichter en een komediant was, volkomen onbetrouwbaar.'

Ze zei: 'Voor de oom van onze moeder was hij degene die de kasten wilde opheffen. Meer hebben ze ons niet verteld. Het maakte deel uit van hun persoonlijke kastestrijd, hun eigen revolutie. Het was voor hen onmogelijk aan iets groters te denken. Niemand vond het nodig meer over de mahatma te weten.'

Willie zei: 'Als hij niet naar Zuid-Afrika was gegaan, als hij niet in dat andere leven was gerold, zou hij dan niets hebben gedaan? Zou hij op zijn oude manier zijn verdergegaan?'

'Dat is heel goed mogelijk. Maar lees nog eens de betreffende hoofdstukken. Je zult zien dat alles redelijk duidelijk is, en je zult tot een besluit komen.'

'Wat moet Zuid-Afrika hem geschokt hebben. Je voelt de schaamte, de verwarring. Hij was er totaal niet op voorbereid. Dat vreselijke incident in de nachttrein, en dan die Tamil-contractarbeider met het bloedende hoofd die bij hem om gerechtigheid kwam.'

Sarojini zei: 'In elkaar geslagen door de planter door wie hij was gecontracteerd. De overgeplante slaven van het imperium, totaal rechteloos. Je was vrij om met ze te doen wat je maar wilde. De voorouders van onze rozenventers hier in Berlijn. Ze hebben in honderd jaar wat afgereisd. We kunnen niet in Gandhi's schoenen gaan staan. Geconfronteerd te worden met het meest alledaagse soort wreedheid en niet over macht te beschikken. De meesten van ons zouden zijn gevlucht en zich hebben verscholen. Maar Gandhi meende in zijn heilige onschuld dat hij er iets aan kon doen. Zo begon zijn politieke leven, met de behoefte om te handelen. "Wat kan ik doen?" En zo ging het ook op het allerlaatst. Vlak voor de onafhankelijkheid waren er zeer ernstige onlusten in Bengalen. Hij ging erheen. Sommige mensen legden kapotte flessen en glas neer waar hij, de tengere oude mahatma, de man van vrede, voorbij zou komen. Hij was inmiddels overweldigd door zijn eigen religieuze zoektocht, maar er was nog genoeg van die vroegere luciditeit in hem, en men kon hem in die dagen vaak voor zich heen horen mompelen: "Wat kan ik doen? Wat kan ik doen?"

Maar er was niet altijd veel dat hij kon doen. Dat wordt makkelijk vergeten. Hij was niet altijd de halfnaakte mahatma. De half religieuze manier waarop hij in Zuid-Afrika begon – de commune, de brood-naar-arbeid-gedachte, al die door elkaar gehusselde ideeën van Tolstoj en Ruskin – had geen enkel effect in die omstandigheden. In zijn autobiografie is zijn verslag van die twintig jaar in Zuid-Afrika levendig en vol gebeurtenissen, vol met dingen die hij doet. Je denkt dat er iets groots gebeurt, iets wat Zuid-Afrika gaat veranderen, maar het grootste deel van de strijd die hij beschrijft is persoonlijk en religieus, en als je even een beetje afstand neemt, zul je zien dat mahatma's verblijf in Zuid-Afrika een grote mislukking was. Hij was zesenveertig toen hij het opgaf en naar India terugkeerde. Vijf jaar

ouder dan jij, Willie, en met niets dat van twintig jaar arbeid getuigde. In India moest hij helemaal opnieuw beginnen. Hij zou moeten
nadenken en nog eens nadenken, toen en later, over hoe hij zich als
vreemdeling zou gaan introduceren in een plaatselijke situatie waar
inmiddels heel wat beter opgeleide leiders waren. Vandaag de dag
lijkt het misschien dat er al het een en ander gebeurde en dat hij in
1915 als de mahatma niets anders hoefde te doen dan zich op de top
van de golf laten meevoeren. Zo was het niet. Hij liet dingen gebeuren. Hij schiep de golf. Hij was een mengeling van denken en intuïtie.
Vooral denken. Hij was een echte revolutionair.'

En Willie zei niets.

Ze had hem naar verre oorden gebracht. Ze had hem de dagelijkse
geestelijke oefening gegeven om zich te verplaatsen in de wanhopi-
gere plekken in de wereld, die hij had gezien of gekend. Dat was inmiddels een matineuze gewoonte van hem geworden; en nu ontdekte hij dat hij, als een aanvulling op zijn ochtendmeditatie, zijn leven
in India en Londen heroverwoog, Afrika en zijn huwelijk heroverwoog, alles op een andere manier verantwoordde, zonder iets te verhullen, het pathos van zijn onbeduidende verleden in een louterend
nieuw ideaal liet opgaan.

Voor het eerst in zijn leven werd hij zich bewust van zoiets als een
waarachtig zelfrespect. Hij ontdekte dat als hij op straat liep, hij zogezegd ruimte innam, en hij vroeg zich af of andere mensen zich altijd zo voelden, zo ontspannen, al die zelfverzekerde mensen die hij
in Londen en Afrika had ontmoet. Geleidelijk aan ervoer hij bij dit
zelfrespect een onverwachte vreugde, die als een extra beloning was,
de vreugde te weten dat hij alles wat hij zag verwierp. Sarojini had
hem verteld dat al die mensen die hij zag uitsluitend voor hun genoegen leefden. Ze aten, keken televisie en telden hun geld, ze waren
gereduceerd tot een verschrikkelijke simpelheid. Hij zag het onnatuurlijke van deze simpelheid; tegelijkertijd ervoer hij voortdurend
de opwinding van de ongekende ontwikkelingen in zijn hart en
geest; en hij voelde zich boven dit alles verheven.

Vijf maanden geleden, in de heerlijke, onaangenaam verrassende
maar verfrissende winter, toen hij als vluchteling uit Afrika kwam en
geen echte plek had om naar terug te keren, had dit alles gewenst en

gelukzalig geleken. De gebouwen waren niet veranderd; de mensen waren niet veranderd; hij kon niet anders zeggen dan dat hij had geleerd de arme gekwelde, zwaarlijvige vrouwen van middelbare leeftijd uit het oosten, van twee grenzen verder, eruit te pikken. Hij herinnerde zich die tijd, de herinnering aan zijn eigen geluk, maar al te goed. Hij keurde het niet af. Het zei hem hoever hij was gekomen.

Dat geluk, dat zich niet in het feitelijke Berlijn bevond, maar in een bijzondere luchtbel – Sarojini's appartement, Sarojini's geld, Sarojini's conversatie – had geen stand kunnen houden. Twintig jaar geleden zou hij die aangename tijd hebben willen vasthouden, zou hij, in Berlijn, de stad aan het eind van een smalle luchtcorridor, geprobeerd hebben te doen wat hij later in Afrika had gedaan. Het zou slechter zijn afgelopen dan in Afrika. Hij zou misschien geworden zijn als de Indiër die hij op een dag had ontmoet, een ontwikkeld man van in de dertig met een gouden bril, die vol verwachting naar Berlijn was gekomen, maar nu een in lompen geklede, kruiperige zwerver was met een glimmend gezicht, die geen plek had om te slapen, die niet meer helemaal goed bij zijn hoofd was, een slechte adem had, een gebroken arm in een mitella zwart van het vuil, en die klaagde over wat hem door jonge schurken werd aangedaan.

In die vijf maanden was hij een heel eind gekomen. Nooit eerder was er een tijd geweest waarin hij zonder directe zorgen had geleefd, waarin hij zich voor niemand anders had hoeven voordoen, en waarin hij en zijn zuster, als in een sprookje, zonder te veel schade volwassen waren geworden. Het was alsof alles wat hij in die vijf maanden had gedacht en bedacht waar was. Het kwam allemaal voort uit een ongekende sereenheid. Alles wat hij eerder had ervaren, al die schijnbaar werkelijke verlangens die hem naar Afrika hadden gebracht, waren vals. Hij voelde nu geen schaamte; hij kon alles verantwoorden; hij zag dat alles wat hem was overkomen een voorbereiding was op wat nu komen zou.

Twee

Pauwen

Ze wachtten op Kandapalli. Maar er kwam geen bericht van hem. De zomer liep ten einde.

Sarojini zei: 'Je moet niet ontmoedigd zijn. Dit is nog maar de eerste van vele beproevingen. Dat gebeurt er als je iets ongebruikelijks doet en Wolf zegt dat het voor jou niet zo makkelijk is als het ter plekke voor een stamgenoot zou zijn. Een vreemde zoals jij zou ze verontrusten. We hadden zelf heel wat problemen met die mensen van Kandapalli, en wij maakten alleen maar een film. Als je een stamgenoot was, zou je gewoon naar iemand die een broek draagt moeten gaan – zo zien ze mensen met autoriteit: mensen in broek – en zeggen: "Dada, ik wil me bij de beweging aansluiten." En de man in broek zou vragen: "Uit welk dorp kom je? Tot welke kaste behoor je? Hoe heet je vader?" Alle benodigde informatie zou in die simpele antwoorden te vinden zijn, en is gemakkelijk te controleren. Om jou te plaatsen zouden ze wat meer tijd nodig hebben. We vertelden hun over moeders oom, en we vertelden hun over jouw Afrikaanse achtergrond. We benadrukten de radicale kant.'

Willie zei: 'Ik zou liever zonder verhalen zijn begonnen. Ik zou liever mezelf zijn geweest. Met een schone lei beginnen.'

Ze leek het niet te horen. 'Je zult heel wat moeten lopen. Je moet gaan oefenen. Draag linnen schoenen. Hard de zolen van je voeten.'

Hij liep uren in de zanderige bossen van Berlijn. Hij liet de paden zijn weg bepalen. Op een middag kwam hij op een zonovergoten open plek, en voor het helemaal tot hem doordrong waar hij was, liep hij tussen een groot aantal naakte mannen, die hem aanstaarden en die in het lange gras lagen, tussen fietsen waarmee sommige waarschijnlijk waren gekomen. De fietsen lagen op hun kant in het gras, en de verdraaide houdingen van zowel mannen als fietsen leken eigenaardig afwachtend en gelijk.

Toen hij Sarojini over zijn verontrustende avontuurtje vertelde zei ze: 'Dat is een ontmoetingsplaats van homo's. Die is heel bekend. Je moet oppassen. Anders heb je al problemen voor je Kandapalli bereikt.'

De bladeren van sommige bomen begonnen al te verkleuren, het licht kreeg met de dag een geliger tint.

Op een dag zei Sarojini: 'Eindelijk. Wolf heeft een brief uit India gekregen van een man die Joseph heet. Hij is docent aan een universiteit. Uit zijn naam kun je opmaken dat hij een christen is. Hij is niet ondergronds. Hij is een publiek figuur en zorgt ervoor dat hij onverdacht blijft. Al deze bewegingen beschikken over zulke mensen. Dat is praktisch voor ons, praktisch voor hen, praktisch voor de autoriteiten. Joseph zal je ontvangen en je doorverwijzen als hij wat in je ziet.'

En zo zag Willie na meer dan twintig jaar India terug. Hij had India verlaten met een klein beetje geld, een geschenk van zijn vader; en hij ging terug met een klein beetje geld, een geschenk van zijn zuster.

India begon voor hem op de luchthaven van Frankfurt, in de kleine open ruimte waar de passagiers voor India waren verzameld. Hij bestudeerde de Indiase passagiers daar – mensen die hij naar alle waarschijnlijkheid over een paar uur niet meer zou zien – met meer vrees dan hij de Tamils en andere Indiërs in Berlijn had bestudeerd. Hij zag India in alles wat ze droegen en deden. Hij was vervuld van zijn missie, vervuld van de revolutie in zijn ziel en voelde een grote afstand tot hen. Maar het India dat hij stukje bij beetje observeerde, in de ruimte op de luchthaven en vervolgens in het vliegtuig, het verschrikkelijke India van het Indiase gezinsleven – de zachte trekken, de manier van eten, de manier van spreken, het vaderbeeld, het moederbeeld, de verkreukelde, veel gebruikte plastic tassen (soms bedrukt met een lange, betekenisloze naam) – dit India begon zich meester van hem te maken, deed hem herinneren aan de dingen waarvan hij dacht dat hij ze was vergeten en had verdrongen, dingen die door de gedachte aan zijn missie waren verdwenen; en de afstand die hij ten opzichte van zijn medepassagiers had gevoeld werd kleiner. Na de lange nacht ervoer hij zoiets als paniek bij de gedachte aan het India dat dichterbij kwam, het India onder de kleuren brekende schittering die hij door zijn raampje kon zien. Hij besefte: Ik dacht aan de twee werelden en had een heel aardig idee van de wereld waartoe ik behoorde. Maar nu, geloof me, wilde ik dat ik de tijd een paar uur kon terugzetten om voor de winkel van Patrick Hellmann te staan, of naar de oester- en champagnebar in het Kaufhaus des Westens te gaan.

Het was vroeg in de ochtend toen ze landden, en hij was beter in staat zijn emoties te beheersen. Het licht deed al pijn aan de ogen, de landingsbaan gaf al hitte af. Het kleine, armoedige luchthavengebouw was vol beweging en lawaaiige echo's. De Indiase passagiers uit het vliegtuig waren al anders, al thuis, al met een autoriteit (met aktetassen en wollen vesten en de plastic tassen van winkels in bekende buitenlandse steden) die hen van het lagere, plaatselijke volk onderscheidde. De zwarte bladen van de ventilatoren aan het plafond draaiden op volle toeren; de metalen stangen of stelen waarmee ze aan het plafond vastzaten, waren pluizig van olie en zwevend stof.

Willie dacht: Het is een luchthaven. Zo moet ik het zien. Ik moet denken aan alles wat dat betekent.

Het timmerwerk was niet wat Willie in een luchthavenhal had verwacht. Het was niet veel beter dan het timmerwerk van de primitieve strandpaviljoens die Willie in Afrika had gekend (waar primitiviteit deel zou hebben uitgemaakt van de stijl en de sfeer). De betonnen muren waren slordig gewit, waarbij de verf naast het beton op glas en hout was gespat; en de muren waren tot vele centimeters boven de terrazzovloer groezelig van goor spoelwater. Tegen de muur stonden een blauwe plastic emmer en een vuile bezem die was gemaakt van de nerven van kokospalmtakken; niet ver daarvandaan hurkte een kleine donkere vrouw in onopvallende, donkere kleren, die zich langzaam in hurkzit voortbewoog en schoonmaakte, waarbij ze de vloer een zweem van een dunne laag vuil gaf.

Willie dacht: Twintig jaar geleden zou ik niet hebben gezien wat ik nu zie. Ik zie wat ik zie omdat ik van mezelf een ander mens heb gemaakt. Ik kan niet meer die vroegere persoon worden. Maar ik moet terug naar die vroegere manier van zien, anders is mijn zaak verloren voordat ik ben begonnen. Ik ben uit een wereld van verspilling en pretenties gekomen. Niet lang geleden zag ik duidelijk dat het een simpele wereld was, waarin de mensen versimpeld waren. Ik moet dat beeld achter me laten. Ik moet beseffen dat ik me nu tussen mensen met ingewikkelder meningen en maatschappelijke opvattingen bevind en tegelijkertijd in een wereld die ontdaan is van alle stijl en onnatuurlijkheid. Dit is een luchthaven. Ze functioneert. Ze is vol technisch deskundig personeel. Dat is wat ik moet zien.

Joseph woonde in een provinciestadje op een paar honderd kilometer daarvandaan.

Willie moest een trein nemen. Om een trein te nemen moest hij een taxi naar het station nemen; en daarna, nadat hij aan het kaartjesbureau (als een grot, verstoken van het verblindende daglicht, met heel zwakke tl-verlichting) had vernomen dat de treinen voor de komende dagen vol waren, moest hij in een van de wachtkamers van het station overnachten of een hotel zoeken. En al gauw nam India, met al zijn nieuwe definities van dingen (taxi, hotel, station, wachtkamer, toilet, restaurant), en al zijn nieuwe disciplines (hurken op het toilet, alleen gekookt voedsel eten, water en vers fruit vermijden), hem in zich op.

Er bestaat een soort yoga die van de leerling vereist dat hij zich heel traag beweegt en zich daarbij concentreert op wat de geest met het lichaam doet; tot na maanden oefenen (of, voor hen die te wereldlijk zijn of de aanleg missen, misschien jaren) de leerling elke spier onafhankelijk in zich voelt bewegen, de prikkels van zijn geest van minuut tot minuut gehoorzamend. Voor Willie was het mechanisme van het dagelijks leven, die eerste dagen van zijn terugkomst in India, een vergelijkbaar soort yoga geworden, een reeks hindernissen; de eenvoudigste dingen moesten heroverwogen worden, opnieuw geleerd.

(Yoga: teruggetrokken op zijn Indiase hotelkamer, met ramen die lawaai en geuren binnenlieten, of buiten op straat, vond Willie zichzelf, in zijn emotionele en snel veranderende innerlijke leven, waarbij hij zijn aandacht met tussenpozen op Afrika richtte, en zich herinnerde dat yoga tegen het eind van de koloniale tijd wel iets van een rage onder vrouwen van middelbare leeftijd was geworden, alsof alleen al de gezamenlijke idealisering van geestelijke en lichamelijke perfectie hun ineenstortende wereld draaglijker zou maken.)

Hij had zich in Berlijn een tijdje afgevraagd welke boeken hij zou meenemen. Zijn eerste gedachte was dat hij na de lange marsen door het woud en in de stilte van de dorpshutten behoefte zou hebben aan lichte lectuur. De gewoonte om te lezen had hem in Afrika min of meer verlaten en het enige dat hij kon bedenken waren *Three Men in a Boat*, dat hij nooit had uitgelezen, en een thriller van Freeman Wills Croft uit de jaren dertig die *The Cask* of *The Cask Mystery* heette. Hij was bij toeval op Croft gestuit door een stukgelezen pocketeditie in het huis van iemand in Afrika. Hij was het boek kwijtgeraakt (of het was teruggebracht) voor hij er heel ver in was gekomen en de uiterst vage herinnering aan het mysterieuze verhaal (Londen, een vat dobberend op de rivier, berekeningen van getijden en stromingen) was hem bijgebleven, als een soort poëzie. Maar voor hij in Berlijn naar die boeken was gaan zoeken, bedacht hij dat hij ze heel gauw uit zou hebben. En dan was er nog een ander probleem: die boeken zouden, met zijn medeplichtigheid, in zijn geest beelden oproepen van een wereld waar hij niets meer mee kon. Aldus waren ze op een verraderlijke manier corrumperend en lang niet zo onschuldig en 'licht' als hij dacht.

Hij liet de gedachte aan boeken varen. Maar op een dag, tegen het eind van zijn wandeling, was hij een antiekwinkel binnengegaan, aangetrokken door de achteloze, overdadige uitstalling van gekleurd glaswerk en vazen en andere weelderig uitziende en verfijnde objecten uit de jaren twintig en dertig die op de een of andere manier de oorlog hadden overleefd. Er lagen boeken op een tafel, voornamelijk gebonden Duitse boeken in gotisch schrift; maar daartussen, opvallend door de verschoten linnen band en romeinse letter, Engelse studieboeken over algebra, geometrie voor gevorderden, en mechanica en hydrostatica. Deze boeken waren in de jaren twintig gedrukt en het papier, uit die vroegere tijd van schaarste, was goedkoop en grauw; misschien had een student of docent deze leerboeken vanuit Engeland naar Berlijn gebracht. Op school had Willie van wiskunde gehouden. Hij had van de logica gehouden, de elegantie van de oplossingen; en het leek hem nu dat dit de boeken waren die hij in het woud nodig zou hebben. Ze zouden zijn geest soepel houden; ze zouden niet herhalen; ze zouden van les naar les, stap voor stap, gaan; ze zouden geen verontrustende afbeeldingen bieden van mannen en vrouwen in uitgerangeerde, al te simpele gemeenschappen.

Nu, in zijn Indiase hotel, in de buurt van het station, met nog een nacht en een dag te gaan voor hij de trein naar de stad van Joseph kon nemen, haalde Willie de boeken uit zijn linnen koffertje om zijn nieuwe discipline op te pakken. Hij begon met het meetkundeboek. De lamp aan het plafond gaf heel weinig licht. Hij kon de vage drukletters op het grauwe papier nauwelijks onderscheiden. Zijn vermoeide ogen begonnen pijn te doen. Om de opdrachten uit te werken had hij papier en een pen of potlood nodig. Hij had niets van dien aard. Hij kon dus niets doen. Maar hij kon voor zichzelf niet verhullen dat het leerboek geometrie en de andere te moeilijk voor hem waren. Hij had zichzelf overschat, hij moest op een lager niveau beginnen; en het was duidelijk dat hij een leraar en iemand die hem aanspoorde nodig had. Hij had in bed gelezen, of geprobeerd te lezen; er was geen tafel op de kleine kamer. Hij stopte de boeken terug in de linnen koffer.

Hij dacht: Ik zou me sowieso van die boeken hebben moeten ontdoen. Ze zouden me hebben verraden.

Dit falen, zo simpel, zo gauw al, zo duidelijk, nog voor hij was begonnen, vervulde hem met wanhoop, maakte het moeilijk voor hem om in de kleine kamer met de vlekkerige wanden te blijven, maakte het nog moeilijker voor hem om naar buiten te gaan, de warme, roezemoezende stad in. De boeken hadden hem een zeker zelfrespect gegeven, een soort bescherming. Nu was hij naakt. Hij ploegde zich door de nacht, telde de kwartieren af en hij ploegde zich door de volgende dag. En op de treinreis naar de stad van Joseph groeide zijn wanhoop; maar al die tijd, gedurende de nacht, gedurende al die onderbrekingen op lawaaierige stations, voerde de trein hem verder, of hij het leuk vond of niet, naar wat hij zich nu voorgenomen had te doen.

In de vroege ochtend, toen de zon opkwam, wierp de voortdenderende trein een volledige schaduw, van het dak van de wagons tot de wielen op de rails. Hij zocht zijn eigen schaduw, en toen hij hem vond speelde hij er een tijdje mee, bewoog zijn hoofd en handen en zag de schaduw antwoorden. Hij dacht: Dat ben ik. Het was op een vreemde manier geruststellend, zichzelf van een afstand te zien, vol leven zoals iedereen.

De stad waar Joseph woonde was groot, maar miste het grotestadsgevoel. Op de weg voor het station was het een chaos, met veel geschreeuw en opwinding, maar weinig beweging. Iedereen stond iedereen in de weg. Fietsriksja's en scooterriksja's en taxi's wedijverden om de ruimte met door paarden en muildieren getrokken wagens, die gevaarlijk achteroverhelden, alsof ze op het punt stonden hun zware last van vrouwen en kinderen te verliezen. Er liepen verschillende hotelhouders rond en Willie, die willekeurig koos, liet toe dat hij door een van deze mannen naar Hotel Riviera werd gebracht. Ze namen een rijtuig. 'Modern, alles modern,' zei de man van Riviera aan één stuk door, en hij verdween zo gauw hij Willie in de kleine hal van het hotel had gebracht, alsof hij nu voor niets verantwoordelijk gehouden wilde worden.

Het was een klein betonnen gebouw van twee verdiepingen in de bazaarwijk en ondanks het beton maakte het een gammele indruk. De kamer die Willie kreeg toegewezen was bedompt en conventioneel, en toen hij met een te resoluut gebaar het raam wilde opendoen, leek de klink, die van een eigenaardig zacht metaal was, in zijn hand te verbuigen. Vervolgens ontgrendelde hij voorzichtig, omdat hij niets wilde breken, het raam en deed het open. Midden op de kleine tafel stond het menu voor de roomservice, dat eten op alle uren van de dag beloofde, met schotels als 'uit de mand van onze bakker' en 'uit het net van onze visser' en 'van het blok van onze slager'. Willie wist dat het niets voorstelde, dat het allemaal van een of ander buitenlands hotel was afgekeken en alleen gezien moest worden als een vriendelijk gebaar, een behoefte te behagen, een facet van modern-zijn.

Hij vond dat hij Joseph moest bellen. Maar de rode telefoon naast het bed was een dummy, niettegenstaande het gedrukte kaartje waarop stond: 'Uw vrienden en geliefden op een paar cijfers afstand.'

Hij ging naar beneden en vroeg (terwijl hij in een achterkamer een glimp van de gluiperige hotelhouder opving) of hij de telefoon op de balie mocht gebruiken. De man achter de balie was heel vriendelijk.

Het kon Joseph zelf zijn die opnam, helder en duidelijk en geruststellend. Het was het eerste normale contact dat Willie sinds zijn aankomst had, een eerste blijk van een verwante geest, en hij merkte dat hij bijna ging huilen.

Joseph zei dat hij die ochtend les moest geven maar 's middags vrij was. Ze spraken af voor het eind van de middag en Willie ging weer naar zijn kamer. Hij was ineens doodop. Hij ging gekleed op het dunne matras van zijn ijzeren bed liggen en viel voor het eerst sinds Berlijn en Frankfurt in een diepe slaap.

De gewaarwording van hitte en licht rukte hem ruim voor het moment waarop hij voldoende uitgerust was uit zijn slaap. Het was halverwege de middag en de zon blikkerde op de ruit van het geopende raam. Zijn ogen en hoofd deden pijn door het voortijdig wakker worden. Hij had het gevoel dat hij zichzelf iets ernstigs had aangedaan. Maar er was nog maar anderhalf uur vóór zijn afspraak met Joseph, de enige aan wie hij houvast had; en hij dwong zich op te staan van het prikkende, dunne matras op het ijzeren bed.

De scooterrijder zei: 'Een nieuwe wijk', toen Willie hem het adres gaf, en ze reden – Willie nog half verdoofd, nog steeds met pijn door het plotselinge ontwaken – vijftien of twintig of vijfentwintig minuten buiten de stad, over snelwegen, in het hete stof en de uitlaatgassen van lawaaierige vrachtwagens en bussen. Ze reden een ongeasfalteerde, stenen weg op, waardoor de lichte scooter op en neer ging, en kwamen ten slotte bij een bouwproject van betonnen flatgebouwen op een kaal stuk grond met hopen aarde, alsof de bouwers vergeten of niet geïnteresseerd waren om de bouwgrond na het werk op te ruimen. Veel van die flatgebouwen stonden op kolommen, en het ingewikkelde nummer of adres van elk gebouw was in grote druipende cijfers en letters op de kolommen geklad.

De liftkoker van Josephs flatgebouw, dat zich tussen twee kolommen bevond, kwam niet helemaal tot de begane grond. Hij eindigde misschien een kleine meter daarboven, en rustte op een verhoging van aangestampte aarde als op een of andere steenformatie in een grot; en vanaf de liftkoker leidden uit de aarde gehakte treden omlaag. Het zou kunnen zijn gedaan vanwege de stijl van het geheel, dan wel om geld te besparen; of iemand, de architect, de aannemer, of de liftfabrikant, kon zich gewoon hebben verrekend. Maar, dacht Willie, het is hoe dan ook een liftkoker; zo zullen de mensen die in deze flat wonen het zien. Ze zien zichzelf als bewoners van een nieuwe en dure wijk, in een modern betonnen flatgebouw met een lift.

Hij dacht: Ik moet eraan denken om er niet met Joseph over te praten. Ook als hij een moeilijk mens is, moeilijk om mee te praten, moet ik van dit flatgebouw, de plek waar hij woont, geen onderwerp van gesprek maken. Dat is typisch iets wat ik doe als ik vermoeid ben. Ik moet voorzichtig zijn.

De lift had metalen vouwdeuren. Ze zagen zwart van de smeer en maakten veel herrie bij het openen en sluiten. Willie was gewend aan slordige bouw in zijn uithoek in Afrika (waar de mensen in het diepst van hun hart altijd hadden geweten dat ze op een dag zouden moeten inpakken en wegwezen), maar hij had nog nooit iets gezien wat er zo onaf uitzag als toen hij Josephs verdieping betrad. Het gebouw leek te zijn achtergelaten in zijn meest rudimentaire staat, met niets om het onbewerkte beton te verhullen, en waar boven langs de wanden van de gang een groot aantal kabels liep, dik en dun en bedekt met oud stof. En tot Willies ontzetting was er voortdurend het vrolijke gegil van kinderen te horen, die in het stof van de warme namiddag tussen de hopen aarde op het binnenplein speelden, en het dreigende geschreeuw van vrouwen.

Joseph deed zelf de deur open. Hij was een lange man, zoals zijn stem en houding hadden doen vermoeden, en hij was gekleed in het wit of bijna wit, droeg iets wat zowel een tuniekpak als een pyjama kon zijn. Hij was in de vijftig.

Hij zei tegen Willie: 'En wat vindt u van mijn universiteitsflat?'

Willie trapte er niet in. Hij zei: 'Ik laat het oordeel aan u over.'

Ze bevonden zich in de zitkamer. Door een open deur in een van de hoeken kon Willie de keuken zien, waar op de terrazzovloer een vrouw iets in een kom zat te kneden. Twee andere deuren leidden naar verdere vertrekken, wellicht slaapkamers.

Willie zag ook dat er in de kamer een zitbank of een smal bed was waarop beddengoed was uitgespreid. Joseph ging voorzichtig op de zitbank liggen en Willie merkte dat Joseph invalide was. Onder de zitbank, bijna geheel verborgen door het beddengoed, kon hij de greep van een nachtspiegel zien en vlak onder Josephs hoofd stond een metalen bakje, waarschijnlijk een blik gecondenseerde melk, met een gelast oor – zijn kwispedoor.

Joseph, die waarschijnlijk het ongemak op Willies gezicht las, stond weer op en toonde zich aan Willie. Hij zei: 'Het is niet zo erg als het lijkt. Zoals u ziet kan ik staan en lopen. Maar ik kan niet meer dan zo'n honderd meter per dag lopen. Dat is niet veel. Dus heb ik mezelf op rantsoen gezet, zelfs hier, in mijn universiteitswoning. Natuurlijk is het met een auto en een rolstoel mogelijk om een tamelijk normaal leven te leiden. Maar je hebt onze lift gezien. Dus als ik thuis ben heb ik de meeste problemen. Elke gang naar het toilet kost me een kwart van mijn rantsoen. En als dat is overschreden rest me alleen nog de pijn. Het heeft te maken met mijn ruggenmerg. Ik heb er al eerder last van gehad. Nu zeggen ze dat het te verhelpen is, maar dat ik dan mijn evenwichtsgevoel kwijt zal zijn. Dagelijks weeg ik het een tegen het ander af. Als ik lig voel ik me goed. Ze vertellen me dat er mensen in deze toestand zijn die pijn hebben als ze liggen of stilzitten. Zij moeten in beweging blijven. Ik kan me daar niets bij voorstellen.'

Willies pijn begon terug te komen. Hij vond dat hij het moest uitleggen. Joseph maakte met beide handen een gebaar waaruit Willie opmaakte dat hij zijn mond moest houden. En Willie zweeg.

Joseph zei: 'Hoe vindt u het hier, vergeleken met Afrika?'

Willie dacht na, maar wist geen antwoord. Hij zei: 'Ik heb de Afrikanen altijd gemogen, maar ik zag ze van de buitenkant. Ik heb ze nooit goed leren kennen. Vaak zag ik Afrika door de ogen van de kolonisten. Dat waren de mensen met wie ik omging. En toen kwam er ineens een eind aan dat leven, Afrika omsloot ons aan alle kanten en we moesten allemaal vluchten.'

Joseph zei: 'Toen ik in Engeland was volgde ik voor mijn doctoraal colleges primitief bestuur. Vlak na de oorlog. De tijd van Kingsley Martin en de *New Statesman*, mensen als Joad en Laski. Zo zouden ze het nu natuurlijk niet meer noemen, primitief bestuur. Ik vond het geweldig. De Kabaka's, de Mugabes, de Omukama's, de verschillende stamhoofden en koningen. Ik hield van de rituelen, de religie, de heiligheid van de trommen. Zoveel zaken waar ik niets van wist. Niet makkelijk te onthouden. Net als u was mijn houding ten opzichte van Afrika die van de koloniaal. Maar zo moeten we allemaal beginnen. Het waren de kolonisten die Afrika ontsloten en ons erover vertelden. Ik beschouwde het als wildernis, publiek terrein, voor iedereen toegankelijk. Het duurde even voor ik zelfs maar begreep dat als je in Afrika iemands territorium betrad je de tol moest betalen, zoals je ook overal elders zou doen. Primitief, zeiden ze, maar ik denk dat de Afrikanen op dat punt een voorsprong op ons hebben. Zij weten wie ze zijn. Wij niet. Er wordt hier veel gesproken over oude culturen en zo, maar als je ze ernaar vraagt kunnen ze je niet vertellen wat het betekent.'

Willie, door slaap overmand, keek naar de vrouw in de keuken. Hij zag dat ze niet direct op de terrazzovloer zat, zoals hij had gedacht, maar op een smal en heel laag bankje, misschien tien centimeter hoog. Haar kleren en vlees hingen over het bankje, verborgen het bijna. Haar hoofd was bedekt, zoals het hoort, want Willie was een bezoeker; en ze was bezig iets te kneden in een emaillen kom met een blauwe rand. Maar er was iets in haar rug en houding wat erop wees dat ze meeluisterde.

Joseph zei: 'We bevinden ons hier op een van de mistroostigste plaatsen in de wereld. Twintig keer mistroostiger dan wat je in Afrika zag. In Afrika zou je het koloniale verleden hebben kunnen zien. Hier is het onmogelijk om het verleden te begrijpen, en als je het leert kennen, zal het je spijten het te kennen.'

Willie, die tegen de slaap vocht, en nog steeds de pijn van te vroeg wakker worden voelde, bestudeerde de rug van de zittende vrouw en dacht: Maar dit is wat Sarojini me in Berlijn vertelde. Ik heb het allemaal al eens gehoord. Ik dacht altijd dat ze me probeerde te motiveren. Ik respecteerde haar daarom, maar ik geloofde maar de helft van de verschrikkelijke dingen die ze me vertelde. Dit moet hun manier van doen zijn. De zaak is goed. Ik geloof erin, maar ik moet me niet door deze man laten opruien.

En heel even dommelde hij weg.

Joseph moest het hebben gezien, want toen Willie weer bijkwam dacht hij dat Joseph, die nog steeds naast zijn rustbank stond, iets van zijn eerdere bravoure kwijt was en wat meer zijn best probeerde te doen.

Joseph zei: 'Al het land van India is heilig. Maar hier zijn we op wel heel heilige grond. We bevinden ons op de plek van het laatste grote Indiase koninkrijk, en het was de plek van een catastrofe. Vierhonderd jaar geleden vielen de moslims er binnen en vernietigden het. De vernietiging kostte hen weken, misschien wel maanden. Ze maakten de hoofdstad met de grond gelijk. Het was een rijke en beroemde stad, bekend bij de eerste Europese reizigers. Ze doodden de priesters, de filosofen, de handwerkslieden, de bouwmeesters, de geleerden. Ze wisten wat ze deden. Ze onthoofdden hen. De enigen die achterbleven waren de lijfeigenen in de dorpen, en onder hen zaaiden ze verdeeldheid. Deze militaire nederlaag was verschrikkelijk. Je kunt de mate waarin de overwinnaars overwonnen en de verliezers verloren niet bevatten. Hitler zou het een algehele vernietiging noemen, een oorlog zonder grenzen en beperkingen, en deze was in opmerkelijke mate geslaagd. Er was geen weerstand. De lijfeigenen in de dorpen controleerden elkaar. Ze kwamen van verschillende lagere kasten en er bestaat geen kastehaat die groter is dan die van de lagere voor de lagere, de ene onderkaste voor de andere. Sommigen renden voor en achter de paarden van hun heersers. Sommigen deden het vuile werk. Sommigen groeven de graven. Sommigen boden hun vrouwen aan. Ze verwezen allemaal naar zichzelf als lijfeigenen. Ze waren allemaal ondervoed. Dat was een kwestie van beleid. Er werd gezegd dat als je een slaaf te goed voedde, hij je zou willen bijten.'

Willie zei: 'Dat vertelde mijn zuster me.'

Jozef zei: 'Wie is uw zuster?'

Dat bracht Willie van zijn stuk. Maar vrijwel meteen begreep hij waarom Joseph niet kon voorgeven te veel te weten. Hij zei: 'Ze werkt bij de televisie in Berlijn.'

'O! En ze werden zwaar belast. Er waren veertig verschillende soorten belasting. Na vierhonderd jaar aldus te zijn overheerst zou het volk gaan geloven dat dit zijn eeuwige toestand was. Zij waren de lijfeigenen. Zij waren niets. Ik ga geen namen noemen. Maar dit was de oorzaak van onze heilige Indiase armoede, de armoede die India de wereld te bieden had. En er was nog iets. Dertig jaar na de vernietiging van het laatste Indiase koninkrijk bouwden de indringers een grote triomfboog. Die triomfboog is nu een Indiaas gedenkteken. De vernietigde stad is vergeten. Een nederlaag kan verschrikkelijk zijn. Je zou denken dat na de onafhankelijkheid alle heersers van het overwonnen volk en hun gezinnen zouden zijn opgehangen en dat hun lichamen bleven hangen tot er alleen nog maar een skelet over was. Dat zou zoiets als een vereffening zijn geweest, het begin van iets nieuws. Maar niets van dit alles gebeurde. Het werd aan een paar eenvoudige zielen overgelaten om het sein tot de revolutie te geven.'

De deur van de flat ging open. Een lange, donkere man, bijna even lang als Joseph, kwam binnen. Hij had het postuur van een atleet, brede schouders, een smalle taille, slanke heupen.

Joseph liet zich op zijn zitbank zakken. Hij zei: 'De regering denkt dat ik de cheerleader van de guerrillabeweging ben. Nou, dat klopt. Ik zou niets liever zien dan dat de revolutie alles wegvaagt. Alleen al de gedachte daaraan verlicht mijn hart.'

Uit de keuken kwamen de geluiden en geuren van koken, die Willie verontrustten door oude taboes die hij dacht achter zich te hebben gelaten. De houding van de vrouw was nauwelijks merkbaar veranderd.

Joseph zei: 'Dit is mijn schoonzoon. Hij doet onderzoek voor een farmaceutisch bedrijf.'

De donkere man met het voorkomen van een atleet, het goed onderhouden lichaam, keerde zijn gezicht nu voor het eerst helemaal naar Willie. Er speelde een eigenaardige trek van voldoening om zijn mond; hij vond het duidelijk prettig als een vreemde direct op zijn professionele bekwaamheid werd gewezen. Maar zijn ogen, die in de hoeken rode spikkels hadden, waren vol van een tegenstrijdige woede en haat.

Hij zei: 'Maar zo gauw ze weten dat je een onaanraakbare bent, willen ze niets meer met je te maken hebben.'

Hij had beheerstere taal kunnen gebruiken, legale woorden, religieuze woorden, door de regering erkende woorden. Maar dezelfde woede, vernedering, trots, die hem die ongewilde, verkrampte glimlach had bezorgd toen Joseph hem op correcte wijze had voorgesteld, had hem ook die grove, verouderde term in de mond gelegd. Niet zozeer een woord van zelfmedelijden als wel een soort dreigement naar de buitenwereld.

Willie dacht: Die man heeft zijn revolutie gewonnen, wat hij ook zegt. Ik had geen idee dat ze nog steeds met deze oorlog bezig waren. Maar wat maakt hij alles moeilijk. Hij haalt er van alles bij. Ik denk niet dat ik met hem overweg zou kunnen. Ik hoop niet dat er te veel van zijn soort zijn.

De donkere man met het sportieve voorkomen ging met een zwierige loop – zo kwam het op Willie over – door een van de deuren aan de andere kant van de zitkamer. Joseph was merkbaar aangedaan. Hij leek heel even de draad van zijn verhaal kwijt te zijn. Binnen klonk het geluid van een spoelbak. En Willie had heel even het gevoel dat de revolutie in Josephs kleine huishouding, in de kale betonnen flat met de blootliggende kabels en Josephs onzichtbare dochter, al zoiets als een niet-erkende schade had aangericht.

Joseph zei: 'Ja, ik zou niets liever zien dan dat een revolutie alles wegvaagde.'

Hij zweeg, alsof hij niet meer wist waar hij in het script was gebleven. Hij nam de blikken kwispedoor onder zijn zitbank vandaan. Het oor, van een strook blik gemaakt, was elegant gebogen; vakwerk. De rand van de strook was, om hem minder scherp te maken, teruggeslagen en gesoldeerd; en de dikkere, enigszins onregelmatige rand glansde door het gebruik. Hij hield het bakje even in zijn hand, wreef met zijn duim over de rand van het oor, kennelijk nog steeds op zoek naar de juiste plaats in het script die hij door de binnenkomst van zijn schoonzoon was kwijtgeraakt.

Ten slotte zei hij: 'Maar tegelijkertijd heb ik geen vertrouwen in het menselijke materiaal dat ons na eeuwen onderdrukking rest. Moet u dit krekeltje zien. Ons dienstmeisje.'

Willie keek naar de zeer kleine, gebochelde figuur die vanuit de keuken de zitkamer was binnengekomen en zich in hurkzit voortbewoog, centimeter voor centimeter, terwijl ze kleine bewegingen maakte met een kleine bezem van een zacht soort riet. Haar kleren waren donker en modderkleurig; ze verborgen haar kleur, verhulden haar trekken, ontnamen haar haar persoonlijkheid. Ze was een kleinere versie van de schoonmaakster die Willie een paar dagen daarvoor op de luchthaven had gezien.

Joseph zei: 'Ze komt uit een dorp. Een van die dorpen waarover ik u vertelde, waar de bevolking blootsvoets voor en achter het paard van de vreemde heerser rende, en niemand het toegestaan was zijn bovenbenen in aanwezigheid van de heerser te bedekken. Ze is vijftien of zestien. Niemand weet het. Zij weet het niet. Haar dorp is vol mensen zoals zij, heel klein, heel mager. Krekelvolk, luciferhoutjesvolk. Hun verstand heeft het na al die eeuwen van ondervoeding laten afweten. Denkt u dat we met haar een revolutie teweeg kunnen brengen? Dat is wat Kandapalli denkt en ik wens hem sterkte. Maar ergens denk ik niet dat u dit na Afrika of Berlijn verwachtte.'

Willie zei: 'Ik verwachtte helemaal niets.'

'Als de bevolking hier over de guerrillastrijders praat, praat ze over mensen als zij. Het is niet opwindend. Het zijn niet Che Guevara en stoere mannen in gevechtstenues. Om de andere flat of woning in deze wijk is er een hulpeloze dorpsvrouw als zij, en ze zullen je zeggen dat het goed is, dat de vrouw dikker zal worden. De vroegere heersers zijn weg. Wij zijn de nieuwe heersers. Mensen die niet beter weten zullen naar haar kijken en spreken over de wreedheid van het Indiase kastestelsel. In feite kijken we naar de wreedheid van de geschiedenis. En het allerergste is dat het niet kan worden gewroken. De vroegere heersers onderdrukten en vernederden en krenkten eeuwenlang. Niemand legde ze iets in de weg. Nu zijn ze vertrokken. Ze zijn naar de steden vertrokken, ze zijn naar vreemde landen gegaan. Ze hebben deze stakkers ter nagedachtenis achtergelaten. Dit is wat ik bedoelde toen ik zei dat u geen idee hebt van de mate waarin de overwinnaars hier wonnen en de verliezers verloren. En het is allemaal verborgen. Als u dit met Afrika vergelijkt zult u moeten toegeven dat Afrika een en al licht en helderheid is.'

De geur van eten werd sterker, vervulde Willie van oude taboes en versterkte bij hem het gevoel van noodlottigheid in de kleine flat van de revolutionair, waar reeds een dochter min of meer geofferd was. Hij wilde niet gevraagd worden te blijven. Hij stond op.

Joseph zei: 'U logeert in het Riviera. U zult het nauwelijks een hotel noemen. Maar voor de mensen hier is het eersteklas en internationaal. Geen van de mensen in wie u geïnteresseerd bent, zal u daar willen opzoeken. Ze zullen te veel opvallen. Er is een Indiase gelegenheid die in navolging van het huis van de familie Nehru het Neo Anand Bhavan, het nieuwe huis van de vrede, wordt genoemd. Hier heet alles neo-dit of neo-dat. Het is een mode. Het is het doorsnee Indiase hotel, met een hurktoilet en een emmer water om je te wassen. Blijf daar een week. De mensen in wie u geïnteresseerd bent zullen te weten komen dat u daar bent.'

Willie ging met de gammele en lawaaierige lift naar beneden. Het licht was veranderd. Het was goudkleurig geworden. Het zou weldra donker worden. Er hing stof in het gouden licht. Maar de roekeloze kinderen speelden nog steeds gillend tussen de hopen aarde op de binnenplaats en de stemmen van de zelfvoldane vrouwen klonken even kijvend. Niet lang daarvoor had het allemaal ruw, druk en wanhopig geleken. Nu echter, nu hij het voor de tweede keer zag, was het als het ware een ingetoomd beeld, en dat verblijdde hem.

Hij dacht: Makkelijk zou het nooit worden wat ik doe.

De pijn van de verstoorde slaap zat nog steeds in zijn botten, nog steeds in zijn hoofd. Maar de werkelijke slaperigheid was verdwenen. Hij maakte een wandeling in de bazaar, waar rondom hem de lichten aangingen, op zoek naar het goedkoopste, eenvoudigste en veiligst gekookte voedsel dat hij kon vinden. Hij had op dat moment niet echt honger, maar hij wilde wanneer hij maar kon wat hij beschouwde als de nieuwe yoga van zijn dagelijkse leven beoefenen, waarin elke handeling en behoefte opnieuw moesten worden uitgewerkt, teruggebracht tot de essentie. Hij was verbaasd te ontdekken hoever hij was gekomen, hoe makkelijk hij zich kon aanpassen. Een jaar of nog korter geleden waren er, na de grandeur en overdaad van de koloniale tijd, de ontberingen van het kampleven, de restricties van de bezetting, van een Afrika aan het eind van een oorlog. Een paar dagen geleden was er al die drukte en weelde van West-Berlijn. Een paar minuten geleden was er de relatieve welstand en orde van Josephs keuken. En nu was hij hier, in het zwakke en veelsoortige licht van de bazaar, de rokerige toorts, de stormlantaarn, de petroleumlamp, en zocht hij opgewonden naar wat hem in stand kon houden, met de wens zijn behoeften zo ver mogelijk terug te brengen. Binnenkort, wist hij, als hij in het woud of op het platteland zou zijn, zou deze bazaar een ondenkbare luxe lijken. Er zou ander eten zijn, andere beperkingen; als die zich voordeden zou hij er klaar voor zijn. In zijn eigen ogen leek hij al op een asceet, een zoeker bijna. Zoiets als dit had hij nog nooit gekend – Afrika was in slechte tijden het tegenovergestelde hiervan geweest, was lijden in zijn eentje geweest – en het duizelde hem.

Voor een paar penny's kocht hij een schotel kruidige kikkererwten. De erwten hadden al uren staan sudderen en zouden veilig moeten zijn. Ze werden hem in een kom van bladeren geserveerd, een kom van gedroogde bladeren die met twijgjes waren vastgeprikt. De kruiden brandden zijn tong, maar hij at met smaak, gaf zich over aan zijn nieuwe eenvoud. Hij ging terug naar het Riviera en de warmte in zijn maag bracht hem al gauw weer terug naar zijn onderbroken slaap.

De volgende dag verhuisde hij naar het Neo Anand Bhavan, en na de vervoering van zijn avond in het Riviera volgden de leegste en meest kwellende dagen die Willie ooit had gekend, dagen van wachten, in een bijna lege kamer met een doordringende rioolstank, op onbekenden die hem naar zijn bestemming zouden brengen. De muren hadden een vreemd gevlekte kleur, alsof ze allerlei smerige vloeistoffen hadden opgenomen; het stof dat onder de kokosmat lag was minstens een halve centimeter dik; en het peertje aan het plafond gaf nauwelijks licht. Aanvankelijk had hij gedacht dat hij daar voortdurend zou moeten zijn, in de kamer, in afwachting van degene die hem zou komen halen. Later pas bedacht hij dat diegene alle tijd zou hebben en bereid zou zijn te wachten. Dus hing hij rond in de stad en betrapte zich erop dat hij met veel anderen naar het station ging, voor het opwindende van de treinen, de menigte, het schelle schreeuwen van de straathandelaren en het gehuil van gewonde of geslagen honden.

Op een middag ontdekte hij op het perron een karretje met een partij oude afgedankte Amerikaanse paperbacks, waarbij het vuil zich in de glanzende omslagen leek te hebben gewerkt, ongeveer zoals die verouderde elektrotechnische apparatuur die zo nu en dan in bepaalde kleinhandelshuizen in Afrika opdook, met gebruiksaanwijzingen die geel van ouderdom waren. Hij wilde niets dat hem zou herinneren aan de wereld die hij had afgezworen. Hij legde het ene na het andere boek opzij, en toen viel zijn blik ten slotte op twee boeken die in zijn behoeften leken te voorzien. Een boek uit de jaren zestig over Harlem, *The Cool World*, een roman, verteld in de eerste persoon; en een boek over de Inca's in Peru, de *Royal Commentaries*, geschreven door een man die zijdelings tot de koninklijke familie van de Inca's behoorde. Willie kon zijn geluk niet op.

In het Neo Anand Bhavan gaven ze hem een stormlamp om bij te lezen. Hij had liever kaarsen gehad, gezien hun verouderde romantiek, maar ze hadden geen kaarsen. En vervolgens, zoals eerder, toen hij de wiskundeboeken probeerde, raakte hij al gauw de draad kwijt. De *Royal Commentaries* vereiste een zekere kennis die Willie niet had; het werd al heel gauw te abstract. En *The Cool World* was gewoon te ver van zijn bed, te Amerikaans, te New Yorks, vol met zinspelingen die hij niet kon vatten.

Willie dacht: Ik zal nu moeten accepteren dat boeken, in dit avontuur, bedrog zijn. Ik moet me op mijn eigen bronnen verlaten.

Het werd voor hem niet makkelijker in het Neo Anand Bhavan. Hij begon zich dan ook bewust te richten op de yoga van zijn dagelijks leven, elk uur, elke handeling als uitdagend en belangrijk beschouwend. Er mocht geen fractie van de tijd verloren gaan. Alles moest deel uitmaken van zijn nieuwe discipline. En binnen deze nieuwe discipline moest het idee van wachten op gebeurtenissen van buiten worden verbannen.

Hij leefde intens; hij verzonk in zichzelf. Hij merkte dat hij met tijd leerde omgaan.

En toen verscheen op een dag de boodschapper. De boodschapper was nog heel jong, een kind bijna. Hij droeg de lendedoek van die streek en een hemd met lange panden.

Hij zei tegen Willie: 'Ik kom over een week bij u terug. Ik moet nog een paar anderen opzoeken.'

Willie vroeg: 'Wat voor kleren moet ik aan?'

De boodschapper leek hem niet te begrijpen. Hij vroeg: 'Wat heeft u voor kleren?' Hij zou een scholier geweest kunnen zijn.

Willie sprak hem aan alsof hij dat was. Hij vroeg: 'Wat zou het beste voor me zijn? Moet ik linnen schoenen dragen, of zal ik blootsvoets gaan?'

'Ga alstublieft niet blootsvoets. Dat is vragen om moeilijkheden. Er zijn schorpioenen en allerlei gevaarlijke dingen op de grond. De plaatselijke bevolking draagt slippers van ossenhuid.'

'En hoe zit het met het eten? Je moet me vertellen wat ik moet doen.'

'Zie wat *sattoo* te krijgen. Het is een soort geroosterd graan in poedervorm. Je kunt het in de bazaar kopen. Als het droog is lijkt het net zand. Als je honger hebt vermeng je het met een beetje water. Heel weinig, net genoeg om het zacht te maken. Het heeft veel smaak en is houdbaar. Dat gebruiken de mensen als ze reizen. Verder moet u nog een plaatselijke handdoek of sjaal zien te krijgen. Hier heeft iedereen een handdoek. Hij is ongeveer een tot anderhalve meter lang, met kwastjes aan de einden, en ongeveer zestig centimeter breed. Je draagt hem om je hals of over je schouder. De stof is heel dun en fijn geweven. Je kunt je er na het bad mee afdrogen, en hij droogt heel snel, in niet meer dan twintig minuten. Ik kom u over een week halen. Ondertussen zal ik melden dat ik u gevonden heb.'

Willie ging naar de bazaar om sattoo te kopen. Het was niet zo makkelijk als hij dacht. Er waren verschillende soorten, van verschillende granen gemaakt.

In zijn nieuwe gemoedstoestand dacht Willie: Wat een ritueel, wat een schoonheid.

Een week later kwam de scholier weer bij hem langs. De scholier zei: 'Die andere kerels hebben me een boel tijd gekost. Ze waren niet echt geïnteresseerd. Ze kletsten maar wat. Een van hen was enige zoon. Zijn loyaliteit aan zijn familie was groter. De ander hield gewoon te veel van het goede leven.'

Ze gingen die avond naar het station, waar ze een passagierstrein namen. Een passagierstrein was een trage trein, die op alle stations stopte. Op elk station was er tumult en lawaai, een dringen en duwen, en raspende stemmen die zich verhieven om te klagen of protesteren of gewoon voor de formaliteit. Op elk station was er stof en de stank van oude tabak, oude kleding, oud zweet. De scholier sliep door bijna alles heen. In het begin dacht Willie: Ik zal na aankomst een douche moeten nemen. Daarna dacht hij dat hij dat niet zou doen; die voortdurende behoefte aan gemak en reinheid hoorde bij een ander leven, een andere ervaringswereld. Het was beter dat het stof, het vuil en de luchtjes hem eigen zouden worden.

Ze reisden de hele nacht, maar de passagierstrein had in feite maar een kleine afstand afgelegd; en in het heldere ochtendlicht liet de jongen Willie achter en zei: 'Iemand zal u hier komen ophalen.'

Achter de hordeuren en de dikke wanden van de wachtkamer was het donker. Op de banken en de vloer sliepen mensen die van top tot teen in dekens en vuile grauwe lakens waren gewikkeld. Om vier uur die middag kwam Willies tweede boodschapper, een lange, magere, donkere man in de lokale lendedoek met gingangpatroon, en ze vertrokken te voet.

Na een uur dacht Willie: Ik heb geen idee waar ik ben. Ik denk niet dat ik de weg terug zou kunnen vinden. Ik ben nu aan hen overgeleverd.

Ze waren nu ver van de stationsbuurt, ver van de stad. Ze waren een heel eind op het platteland en het werd donker. Ze kwamen bij een dorp. Zelfs in het donker kon Willie de verzorgd afgewerkte randen van het rieten dak van de belangrijkste familie van het dorp zien. Het dorp was een opeenhoping van huizen en hutten, rug aan rug en zij aan zij, met smalle, hoekige steegjes. Ze passeerden alle aanzienlijke huizen en stonden stil aan de rand van het dorp, voor een open, met riet bedekte hut. De eigenaar was een paria en heel donker. Een van die krekelmensen over wie Joseph had gesproken, gevormd door eeuwen van slavernij, misbruik en slecht eten. Willie vond hem niet bijzonder vriendelijk. Het dak van de hut was slecht afgewerkt, de randen niet bijgesneden. De hut mat zo'n tien bij tien meter. De helft daarvan was woonvertrek en wasruimte; de andere helft, met wat op een vliering leek, was slaapruimte, voor kalveren en kippen en ook voor mensen.

Willie dacht: Dit nu is pure natuur. Alles wat ik nu moet doen, zal ik in de bush doen.

Later aten ze een soort rijstepap, dik en zout.

Willie dacht: Zo hebben ze al eeuwenlang geleefd. Ik heb mijn yoga bij wijze van spreken een paar dagen beoefend en ben erdoor geobsedeerd geraakt. Zij hebben een diepgaander soort yoga beoefend, elke dag, tijdens elke maaltijd. Die yoga is hun leven. En er zouden uiteraard dagen zijn waarop er helemaal niets te eten was, zelfs deze pap niet. Alsjeblieft, schenk me de kracht om wat ik zie te verdragen.

En voor de eerste keer in zijn leven viel Willie in zijn eigen vuiligheid in slaap. De gids en hij rustten de hele volgende dag in de hut terwijl de eigenaar uit werken ging. De middag daarop vervolgden ze hun tocht. Die avond stopten ze in een ander dorp en overnachtten ze weer in een hut met een kalf en kippen. Ze aten gepelde rijst. Er was geen thee, geen koffie, geen warme drank. Het water dat ze dronken was drabbig, uit een modderig stroompje.

Twee dagen later hadden ze het veld en de dorpen achter zich gelaten en bevonden ze zich in een teakwoud. Ze bereikten die avond bij maanlicht een open plek in het woud. Rondom de open plek stonden lage, olijfkleurige plastic tenten. Er was geen licht, geen vuur. In het maanlicht waren de schaduwen zwart en scherp afgetekend.

Willies gids zei: 'Niet praten. Geen vragen stellen.'

Ze aten die avond redelijk: pinda's, gepelde rijst en wild. 's Ochtends bekeek Willie zijn kameraden. Ze waren niet jong. Het waren stadsmensen, mensen die ieder voor zich een reden hadden om de alledaagse wereld achter zich te laten en zich bij de guerrillabeweging te voegen.

In de loop van de dag dacht Willie: Kandapalli verkondigde de lijn van de massa's. Kandapalli wilde dat de dorpelingen en de armen hun eigen oorlog vechten. In dit kamp bevind ik me niet onder de armen en de dorpelingen. Er moet een of andere vergissing zijn gemaakt. Ik ben tussen de verkeerde mensen verzeild geraakt. Ik ben bij de verkeerde revolutie terechtgekomen. Deze gezichten bevallen me helemaal niet. En toch zal ik deel van hen moeten uitmaken. Ik zal een boodschap naar Sarojini of Joseph moeten sturen. Maar ik weet niet hoe. Ik ben geheel aan deze mensen overgeleverd.

Twee middagen later kwam er een ruig type in uniform naar hem toe en zei: 'Vannacht, man uit Afrika, ga je op wacht.'

Die nacht huilde Willie, tranen van woede, tranen van angst, en in de ochtend vervulde de schreeuw van een pauw, nadat deze uit het bosmeertje had gedronken, hem met verdriet voor heel de wereld.

Drie

De straat van de looiers

Er waren veertig of vijftig man in het kamp. Het gerucht ging, verspreid van nieuwkomer op nieuwkomer, dat er tien, misschien wel twintig van zulke kampen in de bevrijde gebieden waren, de gebieden die gecontroleerd werden door de guerrillabeweging; en dit gaf aan de rekruten een algemeen gevoel van zelfvertrouwen, gaf hen zelfs iets van een zwierige loop, zeker nadat aan hen olijfgroene uniformen waren uitgereikt. Dit gebeurde op de vierde dag. Ergens, dacht Willie, die terugdacht aan wat hij had gehoord over de guerrillastrijders in zijn deel van Afrika, had een of andere stoffenverkoper zijn tol aan de beweging moeten betalen met deze goedkope en dunne olijfgroene stof; en een of andere dorpskleermaker was gevraagd wat slordig naaiwerk te verrichten. Bij het uniform hoorde een kleppet; vlak boven de klep zat een ster van rood satijn. Het uniform en de pet getuigden van drama, dat plotseling in veertig of vijftig levens was gekomen; ze getuigden op een geruststellende manier ook van organisatie, en het gaf iedereen een nieuwe, simpele, beschermende identiteit.

Het was een trainingskamp. De wacht maakte hen een voor een wakker terwijl het nog donker was, zonder iets te zeggen, zonder geluid. Een regel van het kamp was dat er 's nachts geen licht en geen geluid mocht zijn. Daarna kwam er de roep van de pauwen en andere woudvogels, minstens anderhalve kilometer verderop, waarbij één vogel in het bijzonder een door merg en been gaande, wanhopig klinkende alarmkreet gaf als hij vond dat een roofdier te dicht bij zijn eieren kwam. Tegen zessen was het appel, waarna ze drie uur lang hardliepen en gymnastiek deden en soms oefenden in tijgeren met een geweer in hun handen. Als ontbijt hadden ze pinda's en gepelde rijst. En dan kregen ze les in guerrillatactiek. Als ze in het woud waren mochten ze geen kik geven; ze moesten met elkaar communiceren met de roep van vogels, en ze besteedden veel tijd aan het oefenen van deze vogelgeluiden. Ze waren allemaal heel serieus; niemand lachte als het fluiten niet lukte. Na het middageten – wat ree, kikker of geit kon zijn, dit was geen vegetarische beweging – rustten ze tot halverwege de middag, waarna ze gedurende anderhalf uur gedrild werden en exerceerden. Dan kwam de zwaarste tijd: de lange avond, elf uur lang, zonder licht of een normaal gesprek, omdat iedereen alleen fluisterde.

Willie dacht: Ik heb me nog nooit zo verveeld. Ik ken deze nachten van verveling vanaf het moment dat ik naar India ben gekomen. Ik veronderstel dat het zoiets als een training is, een soort ascese, maar waarvoor weet ik eigenlijk niet. Ik moet het zien als een andere belevingswereld. Ik moet deze mensen niet laten merken dat ik niet onvoorwaardelijk achter hen sta.

Toen hij in het Neo Anand Bhavan verbleef had hij een paar gefrankeerde luchtpostvelletjes gekocht. Hij begon op een warme namiddag in zijn benauwde plastic tent een brief aan Sarojini te schrijven. *Lieve Sarojini, Ik denk dat er iets verschrikkelijks is gebeurd. Ik ben niet bij de mensen over wie we het hadden. Ik weet niet hoe het is gekomen, maar ik geloof dat ik bij de vijanden van Kandapalli ben.* Hij dacht dat dat te onverholen was. Hij streepte Kandapalli's naam door en besloot toen dat het te gevaarlijk voor hem was om naar Sarojini te schrijven. Hij borg de brief op in de zeildoeken rugzak die hem was verstrekt en keek langs de tentvoorhang naar het witte, droefgeestige licht van de open plek en het exercitieterrein.

Hij dacht: Dit licht ontkent alles. Het ontkent schoonheid. Het ontkent menselijke vooruitzichten. Afrika was vriendelijker, zoals Joseph suggereerde. Misschien ben ik te lang weg geweest. Maar ik moet niet te veel in die trant denken. De zaak waarover we in Berlijn spraken is nog steeds goed en rechtvaardig. Daar ben ik van overtuigd.

Een andere regel in het kamp, uitgevaardigd door de leider – een man van rond de vijftig die eruitzag als een zakenman of overheidsdienaar en die waarschijnlijk lid van het studentencorps op zijn school was geweest – was dat de rekruten niet te veel vragen aan hun kameraden stelden. Ze moesten ze eenvoudigweg accepteren als dragers van de rode ster. En Willie verloor zichzelf in speculatie over de mensen om hem heen. Het waren mensen van eind dertig of begin veertig, Willies leeftijd, en hij vroeg zich af welke zwakte of misstap hen ertoe had gebracht halverwege hun leven de buitenwereld te verlaten en deze vreemde leefruimte te betreden. Hij was te lang niet in India geweest. Hij kreeg geen inzicht in de achtergrond van de mensen om hem heen. Hij kon alleen maar proberen de gezichten en de lichaamsbouw te lezen: de te dikke sensuele mond van sommigen die sprak van een of andere seksuele perversie, de hardvochtige boze blik bij anderen, de gekwetst lijkende blik die getuigde van een jeugd die moeilijk was of waarin sprake was van misbruik, en een moeizaam leven als volwassenen. Tot zover kon hij ze lezen. Tussen deze mensen, die zich op allerlei manieren op de wereld wilden wreken, was hij tussen vreemden.

Op de tiende of elfde nacht was er grote beroering in het kamp. De wacht raakte in paniek en begon te schreeuwen, en het hele kamp was in rep en roer.

Iemand riep: 'De Greyhounds!'

Dat was de naam van het gespecialiseerde anti-guerrillaleger binnen de politie. Ze gebruikten guerrillamethoden: ze zouden naar verluidt gespecialiseerd zijn in snelheid, slinksheid en sluipmoord, de drie S'en, en vielen als eerste aan. Dit was hun alom bekende reputatie, en enkele doodsbange rekruten schoten hun plastic tent uit en vluchtten het woud in.

Het was vals alarm. Een of ander wild dier was op het kamp gestoten en had de wacht de stuipen op het lijf gejaagd.

Geleidelijk aan werden de mannen teruggehaald, met beschaamde gezichten, een groot aantal van hen in niet meer dan hun ondergoed, en kwaad, vervuld van een nieuwe woede.

Willie dacht: Tot vannacht dachten ze dat ze de enigen waren met geweren, training en discipline, de enigen met een agenda. Het maakte ze moedig. Nu hebben ze een voorstelling van een vijand en zijn ze niet meer zo moedig. Ze zijn alleen maar valser. Morgen zullen ze heel gemeen zijn. Ik zal voor ze moeten oppassen.

Die nacht werd er door de leider niets gezegd. Hij was, als een zakenman of bureaucraat, alleen maar bezorgd om het herstellen van de orde. Bij zonsopgang was de routine van het kamp hersteld. Het was pas na het ontbijt (pinda's, gepelde rijst, hetzelfde als altijd), en voor de les 'militaire grondbeginselen' zou gaan beginnen, dat de leider het kamp toesprak; en toen sprak hij niet als een man die discipline wil afdwingen, maar als een man die bang is voor massale desertie, bang is voor geweld en het opbreken van zijn kamp. Hij kende zijn gehoor. Aan het begin van zijn praatje waren ze rusteloos, als mensen die door de mand waren gevallen en uit kinderlijke wrok naar hun vroegere gekwetste identiteit waren teruggekeerd, bereid af te zien van de bescherming en het gemak van hun olijfgroene uniform en de rode satijnen ster op hun pet, die nog maar een paar dagen daarvoor een nieuw leven voor hen zo makkelijk hadden doen lijken. Ze wachtten op een berisping, het voorhoofd gefronst, de ogen toegeknepen en boosaardig, de mond getuit, de wangen bol; mannen van middelbare leeftijd met een kinderlijke wrok, maar in staat tot een volwassen woede. Een berisping zouden ze niet pikken. Toen het duidelijk werd dat de leider niet van plan was de spot met ze te drijven, kwamen ze geleidelijk tot bezinning.

Willie dacht: Kandapalli had gelijk. Als het me om een revolutie voor de overwonnenen en gekwetsten ging, als ik net als Kandapalli makkelijk kon huilen bij de gedachte aan het ongewroken leed van eeuwen, zijn dit niet de mannen die ik naast me zou willen hebben. Ik zou me tot de armen zelf wenden.

De leider zei: 'De wacht maakte gisteravond een vergissing en bracht ons allemaal flink aan het schrikken. Ik denk niet dat de wacht blaam treft. Hij is niet vertrouwd met het woud en de wilde dieren, en daarbij werd te veel last op de schouders van één man gelegd. Vanaf vanavond zullen we twee wachten hebben. Maar wat gisternacht gebeurde toont ons hoe belangrijk het voor ons is te allen tijde waakzaam te zijn. We moeten voortdurend in gedachten houden dat de vijand ons gadeslaat, en we moeten hem bij elke bocht in de weg verwachten. Er is altijd iets te leren van een ongelukkig toeval, en als gevolg van afgelopen nacht zullen we onze oefeningen uitbreiden. We zullen de komende dagen proberen iedereen vertrouwd te maken met bepaalde verdedigingsprocedures. Deze procedures zouden ons allemaal tot een tweede natuur moeten worden, aanspreekbaar op elk moment van de dag of de nacht, en dat zal bij de volgende onvoorziene gebeurtenis van pas komen.'

En in de daaropvolgende weken bestonden de militaire grondbeginselen niet uit het padvindersgedoe van tijgeren met een geweer en vogelgeluiden maken naar de man die vooropgaat. Ze oefenden in het beschermen van het kamp. Bij een van de oefeningen legden ze een versterkte grens om het kamp; bij een andere waaierden ze naar twee kanten uit, naar van tevoren bepaalde posities en wachtten ze om een eventueel aanvallend detachement in de val te laten lopen.

Willie dacht: Maar wat zal er gebeuren als de strijd wordt aangegaan, als de tegenstander aanvalt? Daar zijn we helemaal niet op getraind. Dit is niet meer dan het begin van militaire beginselen. Dit stelt niets voor. Het enige waar deze mensen geschikt voor zijn is een geweer afvuren op iemand die niet kan terugvuren. En dat is wat ze eigenlijk willen.

Maar er was rust in het kamp. Iedereen wachtte nu op orders.

De leider kwam op een dag naar Willie en zei: 'Het hoofdkwartier is in je geïnteresseerd. Het heeft je aangewezen voor een bijzondere taak. Je vertrekt over twee dagen. Maak je gereed. Je gaat naar de stad Dhulipur. Bhoj Narayan zal met je meegaan. Hij is de wacht die vals alarm sloeg. Maar dat is niet waarom we hem sturen. We sturen hem omdat hij een van de besten is. We hebben voor jullie beiden een kamer gehuurd. We zullen jullie honderdvijftig roepie meegeven. Over twee weken sturen we jullie meer. Jullie moeten op jullie kamer blijven voor verdere instructies.'

Terwijl de leider sprak viel het Willie niet moeilijk hem in een pak met twee rijen knopen voor te stellen. Hij was een man die tot de welgestelde middenklasse behoorde, in de veertig, welbespraakt, ervaren, ontspannen in zijn optreden, zelfverzekerd, hij leek eerder op een universitair docent of een vertegenwoordiger van een groot bedrijf. Willie kon zich hem goed voorstellen als de jonge sergeant van het studentencorps van zijn universiteit, die de niet-benoemde officier speelt tegenover de onderofficier van het leger die tweemaal per week langskwam om het studentencorps te trainen en te inspecteren. Wat had hem ertoe gebracht om dat makkelijke leventje achter zich te laten? Was het een te groot gevoel van veiligheid, was het de overtuiging dat het voor hem makkelijk zou zijn om naar die wereld terug te keren? Willie bestudeerde zijn gezicht, zocht naar een aanwijzing in de gladde huid, de nietszeggende trekken, de te rustige oogopslag, en toen kreeg hij een vermoeden, door iets wat de man uitdroeg. Zijn vrouw veracht hem en heeft hem jarenlang bedrogen. Dit is hoe hij zich dacht te wreken. Welk onheil zal deze elegante man veroorzaken?

De reis naar Dhulipur was ongemakkelijk. Hij nam meer dan een dag in beslag. Willie trok zijn burgerkleren aan (die evengoed iets theatraals hadden, een soort boerenvermomming), nam wat proviand uit het kamp mee, hing een dunne boerenhanddoek over zijn schouder en trok zijn leren slippers aan. Ze waren nog nieuw. De slippers moesten hem beschermen tegen schorpioenen en andere gevaarlijke dieren, maar het viel Willie, gewend als hij was aan sokken, zwaar op slippers te lopen. Zijn hielen gleden voortdurend van het glanzende leer en trapten op de grond. Bhoj Narayan kende de weg. Eerst liepen ze door het teakwoud. Dat kostte meer dan drie uur. Daarna kwamen ze bij dorpen en kleine akkers.

Bhoj Narayan kende in een van de dorpen een landarbeider of boer, en zijn met riet bedekte huis bezochten ze op het heetst van de middag. De man was er niet, maar zijn vrouw verwelkomde hen. Willie en Bhoj Narayan schuilden in de open bijhut met een rieten afdak dat aangenaam laag hing en het felle zonlicht buiten hield. Willie vroeg de vrouw des huizes om sattoo, waar hij de smaak van te pakken had gekregen, en hij en Bhoj bevochtigden het met wat water, aten en waren tevreden. De sattoo was van gierst gemaakt. Voor de zon onderging kwam de heer des huizes vermoeid en bezweet van zijn werk. Hij nodigde ze uit de nacht door te brengen in de open hut waarin ze zich bevonden. De kalveren werden binnengebracht, met hun voer. Willie en Bhoj Narayan werd rijstepap aangeboden. Willie wilde het aannemen, maar Bhoj Narayan zei nee, de gierstsattoo was meer dan genoeg. Willie liet zich daardoor leiden. En toen was het nacht, de lange nacht die begon als het donker was, met buiten de akkers waar de dorpelingen al die dingen deden die ze voor het slapengaan moesten doen.

Vroeg in de ochtend vertrokken ze om de acht kilometer naar het busstation te lopen. Daar wachtten ze op een bus; toen die kwam, bracht hij hen naar het spoorwegstation; en daar wachtten ze op een passagierstrein om hen naar de stad Dhulipur te brengen. Ze kwamen er in de middag aan.

Bhoj Narayan had nu in alle opzichten de leiding. Hij was een lange, donkere man met brede schouders en een slank middel. Hij had tot dusver niet veel tegen Willie gezegd, in overeenstemming met de regels van het kamp, maar nu hij in de stad op zoek ging naar de buurt waar ze voor hen een kamer hadden gehuurd, werd hij spraakzamer. Ze zochten en zochten. Toen ze naar de straat vroegen keken de mensen hen vreemd aan. Ten slotte kwamen ze, tot hun ongeloof, in de wijk van de looiers. De stank van rottend vlees en hondenuitwerpselen was verschrikkelijk.

Willie zei: 'Hier zal tenminste niemand naar ons komen zoeken.'

Bhoj Narayan zei: 'Ze stellen ons op de proef. Ze willen weten of we ermee zullen kappen. Denk je dat je het kunt verdragen?'

Willie zei: 'Uiteindelijk is alles te verdragen. We zijn flinker dan we denken. De mensen die hier wonen moeten het ook verdragen.'

Het huis waarin de kamer voor hen was gehuurd was een klein, laag huis met een rood pannendak, in een straat met kleine, lage huizen met rode pannendaken. Buiten liep een open riool, en de wanden van de gehuurde kamer (die hun werd getoond door een van die krekelmensen waarover Joseph had gesproken) hadden dezelfde veelkleurige vlekken als de wanden van het Neo Anand Bhavan, alsof allerlei vloeibare onzuiverheden hun weg naar boven hadden gevonden zoals een bijzonder soort giftige damp.

Willie dacht: Ik moet iets doen om deze stank te bestrijden. Ik moet proberen hem met de geest te overwinnen.

Maar dat kon hij niet. Daarom begon hij nu, zoals hij op verschillende momenten tijdens zijn recente reis had gedaan (en zoals hij soms ook in het verleden had gedaan, in Afrika, als hij zich verloren had gevoeld, niet in staat de weg terug te vinden naar veiligheid of datgene waarbij hij zich prettig zou voelen, en met niemand om zijn bezorgdheid te delen, had hij, om de dingen op een rij te zetten, teruggegrepen op het tellen van de verschillende bedden waarin hij sinds zijn geboorte had geslapen), in de straat van de looiers met het herbeleven van de verschillende fasen van zijn neergang in het afgelopen jaar. Van de troosteloosheid en de reële gebreken van een vervallen landhuis in een verlaten Portugese kolonie in Afrika; naar een appartement in Charlottenburg in Berlijn dat aanvankelijk een geplunderde, kale en verwaarloosde plek had geleken, dat sprak van naoorlogse verwaarlozing en vol zat met geesten uit het verleden die hij zich nauwelijks kon voorstellen; naar de stad met de luchthaven in India, naar het hotel Riviera, naar het Neo Anand Bhavan, naar het guerrillakamp in het teakwoud, en dan nu deze schok van looierijen in een kleine stad die hij niet kende en niet op een kaart zou weten te vinden: verschillende belevings- en gevoelswerelden, die elk op zich een inbreuk waren waarmee hij uiteindelijk zou leven alsof het een volkomen wereld was.

Het was in deze stank uit de straat van de looiers dat hij en Bhoj Narayan elkaar die avond beter leerden kennen. Alsof deze bijzondere rampspoed (zoals het leek) nodig was geweest om hen samen te brengen. Ze gingen samen uit, weg van de walmende toortsen van de looierijen, naar de vage tl-verlichting van wat Willie nu de zuiverder stad leek, naar de bazaar (waar de vliegen nu sliepen) en de stationsbuurt.

Willie zei: 'Ze hebben ons honderdvijftig roepie voor twee weken gegeven. Dat is tien roepie per dag. In Berlijn zou je daarvoor nog geen kop koffie kunnen kopen. Denk je dat ze verwachten dat we ons eigen geld uitgeven?'

Bhoj Narayan zei, tamelijk streng: 'We moeten doen wat ze zeggen. Zij hebben hun redenen.'

En Willie begreep dat Bhoj Narayan een echte man van de beweging was, een man die zijn opdracht kende en serieus genomen moest worden.

Ze gingen naar de bazaar en besteedden vijf roepie aan *dhal*, bloemkool en tafelzuur; en nog eens twee roepie aan koffie. Daarna wandelden ze door het halfduister van de stad en spraken over hun verleden, waarbij beide mannen over zichzelf spraken op een manier die in het kamp niet was toegestaan. Willie sprak over Engeland en zijn achttien jaar in Afrika.

Bhoj Narayan zei: 'Daar heb ik iets over gehoord. In jouw ogen moeten we onbelangrijk zijn.'

Willie zei: 'Het lijkt opwindender dan het was. Woorden kunnen verkeerde ideeën oproepen. De namen van plaatsen kunnen verkeerde ideeën oproepen. Ze roepen te veel indrukwekkende associaties op. Als je er bent, in Londen, Afrika, kan alles zo gewoontjes lijken. Op school leerden we een komisch gedichtje van William Blake. Ik denk niet dat ik het me nog helemaal herinner. *There was a naughty boy, And a naughty boy was he. He ran away to Scotland, The people there to see. There he found that the ground was as hard, And the cherry was as red, As in England. So he stood in his shoes and he wondered.** Dat was ik. Daarom kwam ik naar jullie toe. Ik was ongelukkig waar ik was. Ik was ervan overtuigd dat ik in déze wereld thuishoorde.'

Terwijl ze door het donker liepen, zag Willie een postkantoor. Hij dacht: Ik moet dit morgen zien terug te vinden.

Bhoj Narayan vertelde dat zijn voorouders landbouwers waren. Ze waren aan het eind van de negentiende eeuw door een grote hongersnood van hun land en dorp verdreven. Ze behoorden tot een lagere kaste. Ze waren naar een nieuwe, door de Britten gebouwde stad aan de spoorlijn gegaan, en daar had zijn grootvader een baantje gevonden. Zijn vader had zijn school afgemaakt en werk gevonden bij het landelijk vervoersbedrijf. Vervolgens was hij accountant geworden. Zijn familie van moederskant had een vergelijkbare geschiedenis. Zij hadden een culturele achtergrond. Het waren musici. Maar ze waren van dezelfde lagere kaste.

Willie zei: 'Je vertelt me een succesverhaal. Waarom zit jij bij deze beweging? Waarom gooi je alles overboord? Je behoort nu tot de burgerij. Het kan jou en je familie alleen maar beter gaan.'

Bhoj Narayan zei: 'Waarom heb jij je aangesloten?'

'Een goede vraag.'

Bhoj Narayan zei licht geïrriteerd: 'Maar waarom?'

---

* Er was eens een ondeugend jongetje/ en ondeugend was het jongetje zeker./ Hij vluchtte helemaal naar Schotland/ om er de mensen te zien./ Daar ontdekte hij dat de grond er net zo hard/ en de kers net zo rood was/ als in Engeland./ En daar stond hij dan/ en was verbaasd.

Willie liet zijn ontwijkende houding, en de sociale afstand die deze impliceerde, varen en zei: 'Het is een lang verhaal. Ik vermoed dat het mijn levensverhaal is. Ik vermoed dat het de manier is waarop de wereld in elkaar zit.'

'Voor mij geldt hetzelfde. Bij gevoelige mensen kunnen de dingen nooit pasklaar zijn. Als je een machine koopt krijg je een handleiding. Zo werkt het niet bij mensen. Ik ben trots op mijn familie, trots op wat ze in de laatste honderd jaar hebben gedaan. Maar ik zal je ook dit vertellen. Als ik vroeger hoorde dat er een landheer was vermoord, zong mijn hart. Ik wilde dat alle leenheren werden vermoord. Ik wilde dat ze allemaal werden opgehangen en hangen bleven tot hun vlees van hun botten viel.'

Willie herkende de taal van Joseph.

Bhoj Narayan zei: 'En ik wilde het doden niet aan anderen overlaten. Ik wilde er zelf bij zijn. Ik wilde me aan hen tonen voor ze gedood werden. Ik wilde de verrassing en de angst in hun ogen zien.'

Willie dacht: Zou dit waar zijn? Of probeert hij indruk op me te maken. Hij bestudeerde de trekken van de donkere man, probeerde zich zijn familie voor te stellen, probeerde zich het machteloze verleden voor te stellen. Hij zei: 'Ik geloof dat de hongersnood die jouw volk uit het dorp verdreef, dezelfde hongersnood is die mijn overgrootvader, mijn vaders grootvader, uit de oude tempel verdreef. Is dat niet vreemd? We zijn meer met elkaar verbonden dan we dachten. Ik ontdekte een paar jaar geleden dat Rudyard Kipling een verhaal over die hongersnood heeft geschreven. Een liefdesverhaal, een Engels liefdesverhaal.'

Bhoj Narayan was niet geïnteresseerd. Ze gingen terug naar de straat van de looiers, om zich uit te kleden en te wachten tot de nacht voorbij was; en Willie was weer opgesloten in die nieuwe belevingswereld, van stank en verschrikking, maar met de overtuiging dat hij hierin al gauw zou leven als in een volkomen wereld, en overleven zou.

Die ochtend vond hij zijn weg naar het postkantoor. Op de oude, uit één vel bestaande luchtpostbrief die hij niet had afgemaakt – waarop hij Kandapalli's naam had doorgestreept, en vervolgens niet verder had durven schrijven – schreef hij: *Ik geloof dat ik me tussen de*

vijanden bevind van de man waarover we spraken. Ik ben niet vrij in
mijn bewegingen. Ik zal hier twee weken verblijven. Schrijf me alsje-
blieft poste restante naar deze stad. Deze brief zal er een week over doen
om je te bereiken. Jouw brief zal er een week over doen om mij te berei-
ken. Ik reken op je.

Hij en Bhoj Narayan gingen die middag naar de bazaar. 's Middags was het eten er verser dan 's avonds. Ze aten met smaak en daarna, toen ze door de stad liepen, pakte Bhoj Narayan zijn verhaal op.
Willie hoefde hem niet uit te horen.

Bhoj Narayan zei: 'In mijn tweede jaar op de universiteit overwoog ik met mijn studie te stoppen en me bij de guerrillastrijders
aan te sluiten. Ik ging dikwijls met een paar vrienden naar het water-
reservoir aan de rand van de stad. Ik denk dat het door mijn achtergrond komt; ik heb altijd van groen gehouden. Gras en bomen. Zo
zou de wereld eruit moeten zien. Daar spraken we dan over wat we
konden doen. Over ons bij de guerrillastrijders aansluiten. Maar we
hadden geen idee hoe we iets dergelijks moesten aanpakken. Het
enige wat in me opkwam was een van onze leraren aan te spreken.
Hij zei dat hij niet wist hoe hij me in contact met de guerrillabeweging kon brengen. Maar hij deed het. Op een dag kwam een man van
de gemeentelijke technische dienst me in het studentenhuis opzoeken. Hij gaf me een datum waarop hij zou langskomen om me bij de
mensen te brengen die ik wilde ontmoeten. Ik beloofde er met mijn
vrienden te zijn. Maar toen het zover was waren mijn vrienden niet
komen opdagen. Ze waren te bang. Ze waren te werelds. Ze hielden
te veel van het leven. Dus ging ik in mijn eentje. Zo is het begonnen.
Dat was drie jaar geleden.'

'Dus voor jou is het gunstig uitgepakt?'

'Voor mij pakte het gunstig uit. Ik ben een paar vrienden kwijtgeraakt. Ik had een half jaar nodig om eraan te wennen. Ik mis ook de
grapjes. In de beweging kun je geen grapjes maken. En je kunt ook
geen grapjes maken met de landarbeiders. Ze moeten er niets van
hebben. Ik heb soms het gevoel dat ze je zullen vermoorden als ze
denken dat je ze voor de gek houdt. Je moet altijd letterlijk zijn in wat
je zegt. Als je aan die andere manier van spreken gewend bent, is dat
niet altijd makkelijk.'

Zo verliepen de dagen, tien roepie per dag; en met het gezelschap van Bhoj was het niet ondraaglijk. Maar toen hun geld slonk en er geen aanvulling op volgde, en geen instructies, begon Willie zich zorgen te maken.

Bhoj Narayan zei: 'We moeten nu zuinig zijn met ons geld. We hebben nog dertig roepie. We moeten vijf roepie per dag aan eten besteden. Als we dat doen zal tien roepie per dag een luxe lijken. Het zal een goede oefening zijn.'

'Denk je dat ze ons zijn vergeten?'

'Ze zijn ons niet vergeten.'

Op de vijftiende dag, nadat ze drie dagen lang van vijf roepie per dag hadden geleefd, ging Willie naar het postkantoor. Bij de afdeling poste restante wachtte hem een brief van Sarojini. Het zien van de Duitse postzegel vervulde hem met blijdschap.

Lieve Willie, Ik weet niet hoe ik het moet zeggen. Ik neem aan dat als je probeert iets op grote afstand te regelen, zich communicatiestoornissen kunnen voordoen. Ik weet niet of Joseph verantwoordelijk is of iemand anders. De beweging is, zoals je weet, opgesplitst, en wat er is gebeurd is dat jij je onder de psychopaten bevindt. In elke ondergrondse beweging, maar dan ook elke ondergrondse beweging, is er een element van criminaliteit. Ik heb er genoeg van hen gezien en ik weet dat ik er met je over had moeten praten toen je hier was, maar ik dacht dat je een intelligent mens was en er zelf achter zou komen en eventueel zou weten wat eraan te doen. Ik hoef je niet te vertellen dat je voorzichtig moet zijn. Sommigen van de mensen om je heen zijn wat in de beweging bekendstaat als mannen van de daad. Dat wil zeggen dat ze hebben gedood en bereid zijn dat weer te doen. Ze zijn vaak vol eigendunk en onbeheerst. Een troost is dat jullie uiteindelijk allemaal dezelfde zaak dienen, en er kan een tijd komen, een dag, dat je kans zal zien over te lopen om je bij de mensen van Kandapalli te voegen.

Hij verfrommelde de brief en gooide hem, met de dierbare Duitse postzegel, op een hoop vochtige en rottende groente buiten de bazaar. In de bazaar zei Bhoj Narayan: 'Dit is de laatste dag dat we geld hebben.'

Willie zei: 'Ik denk dat ze ons vergeten zijn.'

'We moeten onze eigen vindingrijkheid laten zien. Als we gegeten hebben moeten we werk zoeken. In een stad als deze moet er deeltijdwerk te vinden zijn.'

'Wat voor werk zouden we kunnen doen?'

'Dat is het probleem. We beheersen geen vak. Maar we zullen iets vinden.'

Ze aten kleine beetjes rijst en dhal op bordjes van bladeren. Toen ze buiten kwamen zei Bhoj: 'Kijk. Daar, op een paar kilometer van hier, hangt zwarte rook in de lucht. Schoorstenen. Suikerfabrieken. Dit is de tijd waarin gemaald wordt. Kom, we gaan een wandeling maken.'

Ze liepen naar de rand van de stad en vervolgens door het halflandelijke gebied naar de fabriek, terwijl de schoorstenen almaar groter werden. Er reden voortdurend vrachtwagens met suikerriet aan hen voorbij, en vóór hen reden ossenwagens die eveneens met suikerriet waren beladen. Op de binnenplaats van de fabriek was het een chaos, maar ze vonden een man met gezag. Bhoj Narayan zei: 'Laat mij het woord maar doen.' En vijf minuten later kwam hij terug en zei: 'We hebben werk voor een week. Van 's avonds tien tot drie uur 's ochtends. We zullen natte bagasse opscheppen nadat het suikerriet is gekneusd. We zullen de bagasse naar een droogplaats brengen. Als het spul droog is gebruiken ze het als brandstof. Maar dat is niet onze zaak. Twaalf roepie per dag, heel wat minder dan het officiële minimumloon. Je zou er in Berlijn geen kop koffie voor kunnen kopen. Maar we zijn niet in Berlijn, en in sommige situaties ga je niet onderhandelen. Ik vertelde de voorman dat we vluchtelingen uit een ander land zijn. Dat was mijn manier om hem duidelijk te maken dat we niet moeilijk zullen gaan doen. Nu zullen we weer naar de straat van de looiers moeten gaan en de verdere middag rusten. Het zal weer een hele wandeling naar hier worden en in de ochtend een lange wandeling terug.'

En aldus veranderde voor Willie de kamer in de straat van de looiers opnieuw en werd het een plek om te rusten voor het werk. En hij veranderde, de volgende ochtend vroeg, vlak voor zessen, in een plek waar Willie en Bhoj Narayan, nadat ze in het donker waren teruggelopen en de plakkerige, zoete bagasse bij de gemeenschappelijke kraan (die op dat uur gelukkig aangesloten was) van hun lichaam hadden gespoeld, in een diepe slaap vielen, met een soort dierlijke voldoening.

Willie werd zo nu en dan wakker door de fysieke pijn van zijn overbelaste lichaam, en daarna zag hij in zijn halfslaap weer de spookachtige, halfverlichte scène op de binnenplaats met het haveloze krekelvolk, zijn medearbeiders, voor wie deze nachtelijke arbeid geen grapje of een klein drama op een ongewoon uur was, een onderbreking van de dagelijkse gang van zaken, maar een kwestie van leven en dood, heen en weer lopend in wat leek op een helse schaduwdans naar de vlakke en grote betonnen droogplaats met kleine manden natte bagasse op hun hoofd, en dan met lege manden in hun handen, terwijl in de verte anderen de oven van de fabriek voedden met de 's nachts gedroogde bagasse, waarbij de vlammen van de bagasse in een buitengewoon fraai turquoise oplaaiden en een extra bleekgroene gloed wierpen op de kleine, donkere lichamen, glimmend en afgebeuld: in totaal zestig man die doen wat tien man met kruiwagens in dezelfde tijd hadden kunnen doen, en wat twee eenvoudige machines met weinig moeite gedaan konden hebben.

Hij werd tegen enen wakker en besefte, toen hij erop keek, dat zijn Rolex zoiets als een aandenken was, een noodzakelijkheid uit een andere wereld. Bhoj Narayan sliep nog. Willie wilde hem niet storen. Zo snel als hij kon ging hij naar buiten, de stad in, weg van de straat van de looiers. Hij had een luchtpostbrief en een Pentel-pen. Hij zocht naar wat in stadjes als deze een hotel werd genoemd, maar in wezen weinig meer was dan een allerprimitiefst café of theehuis. Bhoj Narayan had zich afkeurend over dit soort avonturen uitgelaten. Willie vond zijn hotel. Hij vroeg om koffie en gestoomde rijstcakejes. Hij kreeg er twee soorten chutney en twee soorten dhal bij, en het leek hem het toppunt van luxe, hoewel dit hotel, waar de vliegen, levendiger dan de bezoekers, alom aanwezig waren en zich aan alles te goed deden, hem een maand geleden verontrust zou hebben. De magere kelner, fysiek net boven de krekelklasse, met zijn dikke, geoliede haar, droeg een uniform van wit keper. Het uniform zag zwart en vuil waar het maar vuil kon zijn, in het bijzonder rondom de uitpuilende zijzakken, alsof dit soort vuiligheid een bewijs van dienstbaarheid en hard werken was. Het was duidelijk dat de kelner maar één uniform per week werd vergund, en vandaag was het eind van de toegewezen week.

De kelner wreef voor Willie het marmeren tafeltje droog, tot ergernis van de vliegen, die hun heil in het haar van Willie en de kelner zochten; en Willie haalde zijn luchtpostbrief te voorschijn en schreef.

Lieve Sarojini, Ik hoef je niet te vertellen dat ik aan dit alles begon met de grootste oprechtheid en de wens te doen wat me met jouw lessen en mijn eigen ingevingen het juiste begon te lijken. Maar nu moet ik zeggen dat ik het niet meer weet. Ik weet niet welke zaak ik dien en wat de grond voor mijn handelen is. Op dit moment werk ik op een suikerfabriek, sjouw ik voor twaalf roepie per dag van tien uur 's avonds tot drie uur 's nachts met natte bagasse. Wat dit met de zaak van het volk van doen heeft is me niet duidelijk. Het is me alleen duidelijk dat ik me aan anderen heb overgeleverd. Dat deed ik al eerder, zoals je je zult herinneren, toen ik naar Afrika ging. Ik had me voorgenomen dat nooit meer te doen, maar naar is gebleken heb ik het weer gedaan. Ik ben hier in gezelschap van een meerdere van de beweging. Ik voel me bij hem niet op mijn gemak, en ik geloof niet dat hij zich bij mij op zijn gemak voelt. Ik ben even onze gemeenschappelijke kamer ontvlucht om deze brief te schrijven. Ik vermoed dat hij een van die mannen van de daad is waar jij me over schreef. Hij vertelde me dat de landarbeiders hier niet van grapjes houden en in staat zijn mensen te vermoorden van wie ze denken dat die hen voor de gek houden. Ik geloof dat hetzelfde voor hem geldt. Hij vroeg me waarom ik me bij de beweging heb aangesloten. Ik kon hem natuurlijk niet in een paar woorden het hele verhaal vertellen en zei: 'Een goede vraag.' Alsof ik in Londen, Afrika of Berlijn was. Hij vond het niet leuk en ik kon het niet met een grapje afdoen. Ik heb nóg een paar blunders tegenover hem gemaakt, en het gevolg is dat ik niet meer vrijelijk met hem durf te praten, en dat neemt hij me kwalijk. Hij heeft de leiding. Hij zit sinds drie jaar in de beweging. Ik moet doen wat me bevolen wordt, en ik heb het gevoel dat ik in een paar weken om voor mij onduidelijke redenen mijn vrijheid heb verloren. Ik overweeg te vluchten. Ik heb tweehonderd mark van het geld uit Berlijn over. Ik vermoed dat ik die bij een bank kan wisselen, als ze niet te wantrouwig worden, en dan kan ik naar het station gaan om te proberen ons ouder-

lijk huis te bereiken. Maar dat zou voor mij eveneens zoiets als dood-
zijn betekenen. Ik ga niet graag terug naar die vreselijke familie-ellen-
de. Het spijt me in deze toon te schrijven. Ik weet niet hoe lang ik in deze
stad zal blijven en of het voor jou nog zin heeft om me poste restante te
schrijven. Ik zal je zo gauw mogelijk een nieuw adres geven.

Toen Willie weer in de straat van de looiers kwam, lag Bhoj Narayan nog steeds op zijn veldbed. Willie dacht: Ik weet zeker dat hij weet waar ik ben geweest en wat ik heb gedaan.

Om vragen te voorkomen zei hij: 'Ik ben de stad in gegaan voor een kop koffie met wat erbij. Dat had ik nodig.'

Bhoj Narayan zei: 'We verdienen maar twaalf roepie per nacht op de suikerfabriek. Doe rustig aan. Er kan een moeilijke tijd aankomen.'

Willie, na zijn ontbijt weer slaperig, kleedde zich uit en zocht weer zijn smalle veldbed op. De gedachte aan de lange dag drukte zwaar op hem, en hij dacht aan de nachtelijke arbeid.

Hij dacht: Heeft dit alles zin? Het heeft zin voor Bhoj Narayan. Hij weet wat er gepland is en hoe hetgeen we hier doen daarin past. Hij gelooft er ten volle in. Dat geloof heb ik niet. Het enige wat ik nu nodig heb is de kracht door te zetten, de kracht voor alleen al deze nacht. Laat me hopen dat die kracht ergens vandaan komt, uit een of ander verborgen gebied in mijn geest. Zo zal ik vanaf nu moeten leven, van dag tot dag, of van halve dag tot halve dag. Ik heb de bodem bereikt. Ik dacht dat deze straat van de looiers het dieptepunt was. Maar de spookachtige bagassearbeiders hebben me nog een paar treden lager gebracht, en vanavond zullen ze er weer zijn, zullen ze bij al hun ellende weten te overleven. Misschien moest ik deze ware overlevenden leren kennen. Misschien zal deze blootstelling aan menselijke nulliteit me goeddoen, zal het me beter doen begrijpen.

Hij liet zich meeslepen door beelden van de turquoise vlammen op de nietige lichamen van de nachtarbeiders. De beelden raakten verwrongen, verloren hun samenhang, en hij viel in slaap. Toen hij wakker werd was het al bijna donker. Bhoj Narayan was niet in de kamer en daar was hij blij om. Hij kleedde zich aan, ging naar de bazaar en at bladeren met gekruide kikkererwten uit een kleine kom. Na het feest van die ochtend was het als een uitspatting. Het verzadigde hem, en toen hij terug was op de kamer was hij in staat rustig tot acht uur te wachten, wanneer Bhoj Narayan terugkwam en het tijd was om naar de suikerfabriek te gaan.

En op de een of andere manier, alsof het een antwoord op zijn behoefte was, hervond hij de kracht voor het nachtelijke werk. Wat de vorige nacht nieuw en slopend was geweest, zowel wat betreft arbeid als indrukken, was die tweede nacht routine; dat hielp. Na een uur (de Rolex gaf de tijd aan, zoals in zijn andere leven of levens) viel hem de vertroostende gedachte in dat het leek op een lange en zware rit in Afrika. Aanvankelijk was de gedachte daaraan verontrustend, maar als je er eenmaal aan begon, verliep het tamelijk goed en tamelijk mechanisch: de weg zelf leek je naar je bestemming te brengen. Je hoefde alleen maar kalm te blijven en het jezelf toe te staan te gaan.

Later stonden ze met de anderen in de rij, bezweet, bedekt met de plakkerige, grauwe bagasse, doorweekt, om hun twaalf roepic te ontvangen.

Bhoj Narayan zei: 'Eerlijk werk.'

Willie wist niet hoe hij dat op moest vatten. Hij wist niet of Bhoj Narayan ironisch sprak, spotte met de manier waarop een werkgever of fabrieksvoorman zou hebben gesproken, of dat hij serieus en bemoedigend was en bedoelde dat dit zware werk van hen op de bagasseplaats de zaak diende en als zodanig gekoesterd moest worden.

Toen Willie de volgende dag wakker werd, was Bhoj Narayan niet in de kamer en het viel Willie in dat hij misschien was weggegaan om via een omweg contact met de beweging te maken. Bhoj Narayan deed nog steeds alsof alles in orde was, alsof er al gauw een aanvulling op het geld en nieuwe instructies zouden komen, en Willie bracht de kwestie niet langer met hem ter sprake.

Het was één uur, een uur later dan Willie de vorige dag wakker was geworden. Zijn lichaam ging aan de tijden wennen; en met een geest die al op voorhand alarm sloeg, bedacht hij dat hij over een paar dagen waarschijnlijk de meeste uren van de dag in een doffe slaap zou doorbrengen en zijn wakkerste uren tijdens de uren van zijn werk met de bagasse.

Hij ging naar het hotel waar hij de vorige dag was geweest en bestelde koffie en gestoomde rijstcakejes. De gewoonte bracht soelaas.

De benedenmaatse kelner met zijn dikke, geoliede haar droeg nog steeds zijn uiterst gore uniform van wit keper. Het was nu waarschijnlijk iets vuiler, of veel vuiler; in deze fase van grijs en zwart was de mate van vuiligheid moeilijk in te schatten.

Willie dacht: We zullen het werk met de bagasse nog zes dagen doen. Misschien zullen we daarna ergens anders zijn. Misschien zal ik deze kelner nooit in een schoon uniform zien. Ik ben er zeker van dat hij zijn uniform aldus ziet: altijd wit, schoon en gestreken. Misschien zal hij, als hij zijn uniform ziet zoals het is, alle distinctie verliezen. Zal zijn leven veranderen.

Later ging hij naar het postkantoor en tikte op de balie van de afdeling poste restante om te zien of er tegen alle verwachting in weer een brief van Sarojini zou zijn. De vakjes in de donkere wand zaten vol brieven in elk formaat. Toen de beambte kwam nam die niet de moeite te kijken. Hij zei: 'Niets vandaag. Misschien over drie dagen. Dan krijgen we de post uit Europa.'

Hij wandelde door het armoedige winkelcentrum van het stadje. Moesson en zon hadden de muren gevlekt en hun oorspronkelijke kleur weggevaagd. Alleen de uithangborden, fel en schreeuwend om aandacht, waren nieuw en fris van kleur. Hij kwam langs een filiaal van de Baroda Bank. Binnen was het heel donker. De ventilatoren aan het plafond draaiden langzaam, zodat de slordig opgehoopte stapels papier ongestoord bleven, en de bedienden achter de balie bevonden zich achter een ijzeren hekwerk.

Willie zei: 'Zou het mogelijk zijn hier wat Duitse marken te wisselen?'

'Als u een paspoort hebt. Vierentwintig roepie voor een mark. We vragen een minimumcommissie van honderd roepie. Hebt u een paspoort?'

'Nu niet. Ik kom nog terug.'

Het idee ervandoor te gaan was pas de vorige dag bij hem opgekomen, nadat hij Sarojini had geschreven. En nu dacht hij: Als ik nu honderd mark wissel, zal ik na aftrek van de commissie 2300 roepie krijgen. Dat zal genoeg zijn om me naar mijn plaats van bestemming te brengen. Ik moet deze marken tegen elke prijs veilig stellen. Bhoj Narayan mag dit nooit te weten komen.

Bhoj Narayan zei niets over wat hij die ochtend had gedaan. Maar hij was zich zorgen gaan maken. En drie dagen later, toen hun nog maar drie dagen werk op de suikerfabriek restte, zei hij tegen Willie: 'Ik heb het gevoel dat er iets rampzaligs is gebeurd. We moeten leren leven met de gedachte aan een calamiteit. Ik ben nog niet eerder in de steek gelaten. En ik vermoed dat we moeten overwegen terug naar het kamp in het teakwoud te gaan.'

Willie dacht: Dat is wat jij zult gaan doen. Je zult het in je eentje moeten doen. Ik heb mijn eigen plannen. Ik zal ervandoor gaan en opnieuw beginnen. Dit is een vergissing.

De kelner droeg die dag een schoon uniform. Het had hem veranderd. Hij glimlachte en was een en al hartelijkheid. Er waren een paar te verwaarlozen vlekken bij zijn zakken, waar hij gedurende twee of drie uur zijn hand in had gestoken om het wisselgeld op te diepen.

Willie dacht: Ik had niet verwacht dit nog mee te maken. Het moet een omen zijn. En toen hij naar het postkantoor ging, zei de beambte: 'Er is iets voor u. Ik zei u toch dat het over drie dagen zou komen.'

Lieve Willie, Vader is ziek. Noch jij noch ik had al die jaren contact met hem, en ik neem aan dat als je me ernaar zou vragen ik zou hebben gezegd dat ik op zijn dood wachtte zodat niemand erachter zou kunnen komen wat mijn achtergrond is. Ik weet niet wat jij voelt, maar mijn schaamte was zeer groot, en mijn gelukkigste tijd was toen Wolf kwam en me weghaalde uit deze oneervolle familie en de ashram. Maar dit nieuws over het ziek-zijn van de oude man laat me de dingen door zijn ogen zien. Ik veronderstel dat men na verloop van tijd tot dit soort dingen geneigd is. Ik zie hoe ontwricht hij was, zonder daar iets aan te kunnen doen, en zie hoe hij naar vermogen zijn best deed. Wij zijn van een andere generatie en een andere wereld. Wij hebben een ander idee van wat de mens vermag en we mogen niet te hard over hem oordelen. Mijn hart zegt me dat ik naar hem toe moet, hoewel dat hart me ook zegt dat als ik daar ben ik dezelfde vertrouwde problemen zal tegenkomen en me voor hen allemaal zal schamen en ernaar zal verlangen ze opnieuw achter te laten.

Willie dacht: De kelner in het schone uniform was een omen. Dat idee om honderd mark in roepies om te wisselen en terug naar de ashram te gaan was een slecht idee. Het is lafheid. Het gaat in tegen alles wat ik van de wereld weet. Ik moet het voor altijd uit mijn hoofd zetten.

Toen hij terugging naar de straat van de looiers, zei hij tegen Bhoj Narayan: 'Je hebt gelijk. We moeten erover denken weer naar het kamp te gaan. Als er een calamiteit heeft plaatsgevonden, zullen ze ons des te meer nodig hebben.'

Op dat moment waren ze dikke vrienden, en ook die avond in de stad, en tijdens de tocht naar de fabriek, en de uren dat ze werkten, en de wandeling vlak voor het aanbreken van de dag. En Willie voelde voor het eerst zoiets als kameraadschap en genegenheid voor de donkere man.

Hij dacht: Ik heb nog nooit zoiets voor welke man dan ook gevoeld. Het is geweldig en verrijkend, dit gevoel van vriendschap. Daar heb ik veertig jaar op gewacht. Het zal allemaal goed komen.

Tegen de middag werden ze gewekt door een opstootje voor hun huis: veel schurende stemmen die door elkaar praatten. De schurende stemmen waren van de looiers, alsof ze deze ongewoon schurende karakteristiek van hun stem hadden ontwikkeld als compensatie voor de enorme stank waarin ze leefden. Het licht rondom en boven de deur was verblindend. Willie wilde buiten gaan kijken. Bhoj Narayan trok hem opzij. Hij zei: 'Iemand is naar ons op zoek. Het is beter als ik het afhandel. Ik zal weten wat te zeggen.' Hij kleedde zich aan en mengde zich in het opstootje, waardoor er nog meer opschudding ontstond, maar die verstomde door de autoriteit van zijn onbekende stem. De stemmen verwijderden zich van het huis, en een ogenblik later kwam Bhoj Narayan terug met een man die was uitgerust met wat Willie nu als de boerenvermomming die men in de beweging gebruikte kon herkennen.

Bhoj Narayan zei: 'We hebben geen moment gedacht dat we in de steek zouden worden gelaten. Maar we hadden bijna niet meer op jullie gerekend. We hebben bijna een week lang van de lucht geleefd.'

De pseudo-boer zei, terwijl hij zijn gezicht afveegde met de lange dunne handdoek die over zijn schouder hing, als een acteur die in zijn rol groeit: 'We hebben onder grote druk gestaan. De Greyhounds. We hebben een paar mensen verloren. Maar jullie zijn niet vergeten. Ik heb jullie geld en jullie instructies bij me.'

Bhoj Narayan zei: 'Hoeveel?'

'Vijfhonderd roepie.'

'Laten we de stad in gaan. Er zijn nu drie buitenstaanders in één kleine kamer in de wijk, en we hebben nogal wat aandacht getrokken. Dat zou ongezond kunnen zijn.'

De pseudo-boer zei: 'Ik moest de weg vragen. Misschien gebruikte ik niet de juiste woorden. En ze werden wantrouwig.'

Bhoj Narayan zei: 'Je probeerde waarschijnlijk grappig te zijn.'

Hij en de nieuwkomer gingen vooruit. Ze kwamen weer samen in het hotel waar Willie zijn koffie en rijstcakejes nuttigde. Het uniform van de kelner verloederde snel.

Bhoj Narayan zei tegen Willie: 'De leiding is bijzonder geïnteresseerd in jou. Je bent nog maar net bij de beweging, maar ze willen je nu al als koerier.'

Willie zei: 'Wat doet een koerier?'

'Hij brengt berichten van het ene gebied naar het andere, hij brengt instructies over. Hij is geen strijder, hij kent nooit de hele situatie, maar hij is belangrijk. Hij doet ook weleens andere dingen, afhankelijk van de omstandigheden. In voorkomende gevallen vervoert hij wapens van punt A naar punt B. Waar het bij een goede koerier om gaat is dat hij overal aanvaardbaar moet zijn. Hij mag nooit opvallen. En dat doe je uitstekend, Willie. Heb je ooit een straat in de gaten gehouden? Ik wel, op zoek naar agenten in vermomming, en het kost niet veel tijd om mensen in een straat te herkennen die daar niet thuishoren. Zelfs ervaren mensen. Daar kunnen ze niets aan doen. Ze verraden zichzelf op wel twintig manieren. Maar op een of andere manier lijkt Willie overal op zijn plaats. Zelfs op het bagasseterrein leek hij op zijn plaats.'

Willie zei: 'Het is het enige waar ik heel mijn leven aan heb gewerkt, me nergens thuis voelen en toch op mijn plaats lijken.'

Vier

Veilige huizen

De beweging had zwaar geleden onder een politieactie in een bepaalde zone, had een hele sectie verloren, en om de druk op de andere secties in die zone te verlichten had de leiding – ver weg, in het geheim – besloten een nieuw front te openen in een ander gebied, waar het tot dusver, in de taal van de guerrillabeweging, rustig was.

Tot dan had het guerrillagebied voor Willie uit een reeks afzonderlijke landschappen bestaan: woud, dorp, akkers, kleine steden. Nu als koerier, met Bhoj Narayan als zijn gids en meerdere, begon hij te merken dat die landschappen een geheel vormden. Hij was altijd onderweg, te voet in de dorpen, op driewielige scooters, in bussen op de hoofdwegen, of in treinen. Hij stond nog op geen enkele politielijst; hij kon openlijk reizen; dit was een deel van zijn waarde als koerier. Dit voortdurend onderweg zijn beviel hem, gaf hem een gevoel van effectiviteit en drama, hoewel hij de algemene situatie van de guerrilla slechts intuïtief kon begrijpen. Een deel van zijn taak als reizend man was moed inspreken, de omvang van de bevrijde gebieden overdrijven, de suggestie wekken dat in veel gebieden de oorlog op het punt stond te worden gewonnen en niet meer dan een laatste zetje nodig had.

Hij bracht meer tijd in de steden door en zo werd het voor hem mogelijk brieven van Sarojini te ontvangen. In de steden begon hij ook beter voedsel te eten. Vreemd genoeg was het voedsel op het land – waar het voedsel werd verbouwd – slecht; in de stad kon elke dag een feestdag zijn. In de dorpen schepte de boerenbevolking, als de tijden goed waren, het bord of blad vol graan, en nam er genoegen mee alleen maar allerlei kruiden toe te voegen; in de steden aten zelfs de armen kleinere hoeveelheden graan en meer groenten en linzen. Omdat Willie beter at, werd hij minder vatbaar voor kwaaltjes en de depressies die deze konden veroorzaken.

En voor het eerst, sinds die twee weken in het kamp in het teakwoud, begon hij een beter idee te krijgen van de mensen die zijn kameraden waren in de beweging. Zijn indrukken in het kamp waren niet best geweest, maar nu, met zijn hechte relatie met Bhoj Narayan, een relatie die in het begin niet zo geweldig was verlopen, beheerste hij zijn neiging de zwakheden van mensen te zien.

Zo ongeveer eens in de twee weken was er een bijeenkomst van hooggeplaatsten uit verschillende gebieden. Willie hielp deze bijeenkomsten organiseren. Hij was bij een groot aantal daarvan aanwezig. Ze werden gewoonlijk in een stad gehouden en ze konden riskant zijn, aangezien elke ongewone bijeenkomst door de plaatselijke bevolking zou worden opgemerkt en aan de politie gerapporteerd. Daarom had elke man of elk groepje mannen zijn contactpersoon in de stad en probeerde aan het begin van de avond het huis van zijn contactpersoon te bereiken, na een reis die vrij lang kon zijn, soms een dag of nog langer. Dat konden dagenlange wandelingen over bedijkingen zijn, tussen de akkers, ver van de gevaarlijke openbare wegen. Ze kwamen in kleren die geen aandacht zouden trekken. Vermomming was belangrijk. De instructies hielden in dat ze zich onderweg zouden kleden zoals ze zich in de dorpen gekleed zouden hebben. Geitenhoeders of wevers, of mensen die zich als zodanig voordeden, droegen een lakengrote omslagdoek die vrijwel alles aan een man verhulde.

Het was van de contactpersoon dat men bij aankomst vernam waar in de stad de bijeenkomst zou zijn. Soms gingen ze dan naar het dak van het huis van de contactpersoon en trokken daar minder bezwete kleren aan; of ze verwisselden de dagelijkse plattelandskleding, de plaatselijke lendedoek en het lange hemd met de grote zijzakken en de felgekleurde dunne handdoek over de schouder, voor stadskleding, een broek, overhemd of lang jasje. Soms wilden ze, ondanks hun revolutionaire praatjes, een broek dragen om als broekenmensen te worden gezien, om zich bij de besprekingen meer autoriteit onder hun gelijken aan te meten. Eenmaal in het huis van samenkomst schopten ze hun armoedige dorpsslippers uit; maar hun voeten bleven gekloofd en getekend door diep ingevreten stof, zelfs na ze te hebben gewassen, en al die groezelige omslagdoeken om hen heen verleenden de bijeenkomst een landelijke sfeer.

Men kwam naar de stad om te praten, om instructies te ontvangen, om sessies van zelfkritiek te houden. Maar ze kwamen ook om te eten, van het eenvoudigste stadse eten te genieten, al was het maar om het echte kristalzout te proeven. En deze onderdrukte, eenvoudige begeerte leidde tot een omgekeerd soort opschepperij, waarbij de aanwezigen hoog opgaven van de soberheid van hun leven in de dorpen.

Bij een van de eerste bijeenkomsten – in een plaatsje aan de spoorlijn, in het huis van een spoorwegwachter, waar het meubilair in het hoofdvertrek tegen de muren was geschoven en de aanwezigen op matrassen of lakens op de vloer zaten – hoorde Willie een man met een lichtgetint uiterlijk zeggen: 'Ik heb de laatste drie dagen koude rijst gegeten.' Willie beschouwde dit niet als een welwillende opening van een gesprek. Hij nam het letterlijk. Hij geloofde het niet, hield niet van de grootspraak, en hij liet zijn blik iets langer op het gezicht van de man rusten dan zou moeten. De man zag het en vond het niet leuk. Hij beantwoordde Willies blik, hardheid tegen hardheid, terwijl hij de aanwezigen bleef toespreken. 'Maar ik zag dat niet als een ongemak. Zo was het leven voor mij als kind.' Willie dacht: O! O! Ik heb een vijand gemaakt. Hij probeerde daarna de blik van de man te vermijden, maar was zich de hele avond bewust van het groeiende ongenoegen van de man. Voor hem was de avond verziekt. Hij herinnerde zich zijn aanvankelijk wantrouwen jegens Bhoj Narayan, hoe hij een man die India nooit had verlaten had beoordeeld naar de normen van een ander land. Hij wist niet hoe hij het geval met de eter van koude rijst moest oplossen, en hij hoorde later die avond dat de man de commandant was van een sectie en waarschijnlijk nog heel wat meer binnen de beweging, een hooggeplaatst en belangrijk man. Willie was maar een koerier, deed wat werd gezien als half intellectueel propagandawerk, en was nog in zijn proeftijd; het zou nog wel even duren voor hij tot een sectie zou worden toegelaten.

Willie dacht: Ooit zei ik zonder nadenken 'Een goede vraag' tegen Bhoj Narayan, en een tijdlang verdiende ik zijn vijandschap. Het was uit oude gewoonte dat ik, toen deze man over het eten van koude rijst sprak, spottender naar hem keek dan ik besefte. En nu is hij mijn vijand. Hij zal me op mijn nummer willen zetten. Net als Bhoj Narayan bij een paar andere mensen, zal hij de spot in mijn ogen willen zien plaats maken voor angst.

Willies vijand stond bekend als Einstein, en gedurende de volgende paar maanden zou hij stukje bij beetje zijn verhaal, dat in de beweging legendarisch was, leren kennen. Hij kwam uit een boerenfamilie. Een onderwijzer ontdekte zijn wiskundige aanleg en ondersteunde hem voor zover dat in een plattelandsgemeenschap mogelijk was. Niemand in de familie had ooit een hogere opleiding genoten, en er werden enorme offers gebracht om de jongeman, toen de tijd er rijp voor was, naar een nabijgelegen stadje te sturen waar hij de universiteit kon bezoeken. Er werd voor vijftien roepie per maand een kamer gehuurd, strikt genomen een ruimte van één meter tachtig bij één meter tachtig op de veranda van het huis van een wasman. De beperktheid van zijn leefruimte en de nietigheid van de bedragen die hij tot zijn beschikking had, vormden een deel van de romantiek van zijn verhaal.

Einsteins routine als student in het huis van de wasman was befaamd. Hij stond om vijf uur op, rolde zijn bed op, en maakte zijn woonruimte schoon (Willie, in de greep van zijn oude gewoonten, dacht niet dat daar veel tijd voor nodig was). Daarna spoelde hij zijn potten en pannen om (hij hield ze gescheiden van die van de wasman) en kookte zijn rijst boven het houtvuur in het kookgedeelte van de veranda. Willie zag dat er in Einsteins rooster als student geen ruimte was voor het sprokkelen van brandhout; misschien stond Einstein op brandhoutdagen om vier uur op. Als zijn rijst klaar was at hij die en bezocht hij de colleges. Wanneer hij 's middags thuiskwam waste hij zijn kleren; hij had maar één stel kleren. Daarna kookte hij nog wat eten, waarschijnlijk weer rijst, at en ging naar bed. Tussen die huishoudelijke taken door studeerde hij.

De examens voor het doctoraal begonnen. Einstein ontdekte dat hij al bij de allereerste opgave van het eerste schriftelijke examen de kluts kwijt was. Hij had een gat in zijn geheugen. Hij vond dat hij zijn vader een spijtbetuiging voor zijn falen moest schrijven. Hij begon te schrijven, maar terwijl hij schreef bood zich een geheel nieuwe oplossing van de eerste opgave bij hem aan. De rest van het examen ging hem gemakkelijk af en de nieuwe oplossing van de eerste opgave veroorzaakte commotie op de universiteit. Iedereen zou horen over die spijtbetuiging aan zijn vader waaruit, als in een droom, de oplossing was opgedoken; en men beweerde dat hij tot de lange rij van grote Indiase, twintigste-eeuwse wiskundige genieën behoorde. Deze bewering, die hij aanmoedigde, werd hem ten slotte fataal. Hij publiceerde een wiskundig artikel in een Indiaas tijdschrift. Het werd goed ontvangen, en hij meende dat het zijn taak was Einstein te corrigeren. Dit ontwikkelde zich al gauw tot maniakaal gedrag. Hij raakte zijn baan aan de universiteit kwijt en kon geen andere vinden. Hij publiceerde geen ander artikel. Hij keerde terug naar zijn dorp, zag af van alle uiterlijkheden van zijn opleiding (broek, in zijn broek gestopt hemd, schoenen en sokken), en droomde ervan de wereld te vernietigen. Toen de beweging opkwam, sloot hij zich aan.

Willie dacht: Deze man kan geen revolutie beginnen. Hij haat ons allemaal. Ik moet bij Kandapalli en de andere partij zien te komen.

Toen kwam er voor hem, bij de afdeling poste restante in een van de steden die hij regelmatig bezocht, een brief van Sarojini.

Lieve Willie, Onze vader is ernstig ziek en al zijn werk in de ashram is opgeschort. Ik weet dat je zal denken dat dit geen groot verlies voor de wereld is, maar ik begin het anders te zien. De ashram was zijn schepping, hoe je er ook over denkt. Ik vermoed dat dit het effect is dat het vooruitzicht van de dood op ons heeft. Het andere nieuws, dat al even slecht is, en vanuit jouw standpunt gezien misschien nog slechter, is dat het niet goed gaat met Kandapalli. Hij verliest zijn greep, en niets is twijfelachtiger dan een revolutionair die zijn greep verliest. Mensen die de sterke man bewonderden en in zijn kracht wilden delen ontvluchten de zwakke man. Zijn zwakheid verwordt tot een moreel falen, bespot al zijn ideeën en dat, vrees ik, is wat er met Kandapalli en zijn aanhangers gebeurt. Ik geloof dat ik je in de problemen heb gebracht. Ik weet niet of je nog eens met Joseph kunt gaan praten, of dat Joseph zelf een deel van het probleem is.

Willie dacht: Het is nu te laat om me druk te maken over Joseph en zijn kwaadaardige schoonzoon, die zoveel spanning in die flat brengt. Niemand is ijdeler en kwaadwilliger dan de laaggeborene die wraak wil nemen. Vanaf het moment dat ik hem ontmoette maakte

ik me zorgen over die schoonzoon, met zijn vertrokken, zelfingenomen glimlach.

Op een dag zei Bhoj Narayan: 'We hebben een interessante nieuwe
rekruut. Hij bezit een driewielige scootertaxi. Zijn achtergrond is die
van de eenvoudige weverskaste, maar om de een of andere reden –
misschien een leraar, misschien het voorbeeld van een vriend of verre verwant, misschien een belediging – werd hem ambitie vergund.
Dat is het type dat zich tot ons voelt aangetrokken. Ze zijn zich gaan
roeren en ontdekken dat ze sneller willen. We hebben in de beweging
onderzoek naar zulke mensen gedaan. We hebben de kasteverhou-
dingen in de dorpen onderzocht.'

Willie dacht: Je bent mijn vriend, Bhoj Narayan. Maar dat is ook
jouw verhaal. Dat is waarom je hem begrijpt. En korte tijd later, omdat hij zijn vriend zelfs niet in gedachten wilde verraden, viel Willie
deze buitengewone gedachte in: Misschien is het ook mijn verhaal.
Misschien geldt dit voor ons allemaal. Misschien is dat de reden
waarom we zo onhandelbaar zijn.

Bhoj Narayan zei: 'Hij heeft contact gezocht met onze mensen. Hij
heeft ze bij hem uitgenodigd en te eten gegeven. Toen de repressie
van de politie groot was, heeft hij zijn huis als schuilplaats aangeboden. Ik denk dat hij ons bij ons koerierswerk van nut kan zijn. We
moeten maar eens gaan kijken wat hij waard is. Zijn verhaal lijkt op
dat van Einstein, maar dan zonder de genialiteit. Hij is naar een kleine stad gegaan om te studeren, maar heeft zijn studie niet afgemaakt.
De familie moest hem weer naar het dorp halen. Ze konden de tien
of twaalf roepie huur voor een plek in de stad niet opbrengen, en de
twintig of dertig roepie voor het onderhoud van die knaap. Het is
aandoenlijk. Je zou nog medelijden krijgen. Terug in het dorp leed
hij. Hij was te veel aan het stadsleven gewend geraakt. Weet je wat het
stadsleven voor hem betekende? Het betekende 's ochtends naar een
klein theehuis of hotel gaan voor een kop koffie en een sigaret. Het
betekende een zitplaats van een halve roepie in een primitief bio-
scoopje. Het betekende sokken en schoenen dragen. Het betekende
een broek dragen en zijn hemd erin stoppen en als een man lopen, in
plaats van in een lang hemd op slippers rond te sloffen. Toen hij te-

rugging naar het ouderlijk weverskastehuis in het dorp, was hij dat alles in één keer kwijt. Hij had niets te doen. Hij zou geen wever worden. En hij verveelde zich te pletter. Weet je wat hij zei? "In het dorp heb je alleen maar de natuur, er is zelfs geen transistor." Slechts de lange, lege dagen, en de nog langere nachten. Ten slotte kreeg hij een lening van de bank en kocht hij een scootertaxi. Maar in feite was het zijn verveling die hem naar ons bracht. Als je eenmaal de verveling in een dorp kent, ben je bereid om revolutionair te worden.'

Op een middag, een week of zo later, gingen Willie en Bhoj Narayan naar het dorp van de scooterman. Dit was niet zo'n dorp met ongelijke rieten daken en ongeplaveide straten, het dorp van de heersende voorstelling. De straten waren er geplaveid en de daken van de plaatselijke rode, gegolfde dakpannen voorzien. Wevers behoorden tot een lagere kaste, en de *dalit*, of wijk van de lagere kaste, begon na een bocht in de dorpshoofdstraat, maar als je niet wist dat het een dalit was, zou je hem hebben gemist. De huizen waren als de voorgaande. De wevers zaten in de schaduw van de namiddag op het erf voor hun huis en sponnen vezels tot draad. De weefgetouwen stonden binnen; door de open voordeur kon je er mensen aan zien werken. Het was een verstild tafereel en niet vrij van schoonheid; het was moeilijk je voor te stellen dat dit spinnen en weven, dat zoveel leek op een van die gekoesterde en beschermde oude ambachten, slechts ten behoeve van het dorp werd gedaan, voor de allerarmsten; en voor de mensen in kwestie een wanhopige zaak was die op een te verwaarlozen winstmarge berustte. De spinnewielen waren van eigen makelij, met oude fietsvelgen als aandrijfwielen; elk ander onderdeel leek te zijn gemaakt van takken en touw en zag er kwetsbaar uit, op het punt te knappen.

De scooter van de scooterman stond op zijn erf, naast een spinnewiel. Hij woonde met zijn broer en diens gezin in een huis dat groter dan gemiddeld was. Links bevonden zich de twee slaapkamers, rechts de kamer met de weefgetouwen. De kamers waren niet dieper dan zo'n drie of drie en een halve meter, zodat je nauwelijks binnen was of je stond alweer buiten. Aan de achterzijde van het huis was aan een kant de open keuken met een grote mand vol maïskolven om op te stoken. Aan de andere kant was de buiten-wc. De akker van een rijkere dorpeling grensde aan hun lapje grond, precies tot waar de broer van de scooterman een boom met kleine blaadjes had geplant, die, nu nog iel en armetierig, na een paar seizoenen zou worden gekapt en als brandstof gebruikt.

Ruimte: hoe ze steeds weer bedrukte, hoe ze in al haar weidsheid steeds weer onbeduidend werd. Willie wilde niets weten over de leefomstandigheden in het huis. Hij nam aan dat er in elk van de slaapkamers wel zoiets als een tussenverdieping zou zijn. En hij begreep dat het voor een jongeman die de relatieve vrijheid van een kleine stad had gekend een soort dood moest zijn zich beperkt te weten tot de krappe ruimte van dit wevershuis, en daarbij niets te doen te hebben.

Ze brachten lage bankjes voor Willie en Bhoj Narayan, en met de hoffelijkheid uit een ver verleden, alsof ze zeer welgesteld waren, schonken ze thee. Het gezicht van zowel de vrouw als de broer toonde de ontbering van jaren. De wangen van de vrouw waren ingevallen en ze zag eruit als veertig, hoewel ze niet ouder dan vijfentwintig of achtentwintig kon zijn. Maar tegelijkertijd was Willie ook ontroerd door de zorgvuldigheid waarmee de vrouw van de broer zich voor de gelegenheid had gekleed, in een nieuwe sari in gedekte kleuren, met een patroon van grijze en zwarte rechthoeken, en met een gouden franje.

De scooterman was buiten zichzelf van vreugde om Willie en Bhoj Narayan bij zich op bezoek te hebben. Hij sprak iets te openlijk over zijn bewondering voor de beweging, en zo nu en dan zag Willie een lichte geschoktheid in de ogen van de broer.

Willie dacht: Hier is sprake van enig ongemak. Misschien is het een verschil in leeftijd, misschien is het een verschil in scholing. Een van de broers is een broekenman geweest en heeft verveling leren kennen. De oudere broer niet. Hij of zijn vrouw vermoedt waarschijnlijk dat ze te diep betrokken raken bij iets wat ze niet begrijpen.

Later, toen Bhoj Narayan aan Willie vroeg: 'Wat denk je?' zei Willie: 'Met Raja zit het wel goed.' Raja was de naam van de scooterman. 'Maar ik ben niet zo zeker van de broer of de vrouw van de broer. Ze zijn bang. Ze willen geen problemen. Ze willen gewoon weven en hun vierhonderd roepie per maand verdienen. Hoeveel denk je dat Raja bij de bank heeft geleend voor zijn scooter?'

'Een scooter kost ongeveer zeventig- à vijfenzeventigduizend roepie. Dat wil zeggen nieuw. Raja's scooter zal heel wat minder hebben gekost. Hij zal waarschijnlijk dertig- of veertigduizend hebben geleend. De bank zal hem niet meer hebben willen geven.'

'De oudere broer piekert daar waarschijnlijk elke nacht over. Mogelijk denkt hij dat Raja te veel heeft geleerd en het te hoog in zijn bol heeft gekregen en elk moment ten val kan komen.'

Bhoj Narayan zei: 'Ze zijn dol op hem. Ze zijn heel trots op hem. Ze zullen doen wat hij wil dat ze doen.'

Een paar keer per maand deden ze een beroep op Raja om wat werk voor de beweging te verrichten. Hij bracht Willie, Bhoj Narayan of anderen naar waar ze met spoed heen moesten. En nu Willie over deze voorziening beschikte, ging hij geregeld naar het postkantoor in kleinere steden, om te zien of er brieven uit Duitsland waren. Ze leerden Willie kennen in deze postkantoren; ze vroegen hem niet altijd zijn paspoort te laten zien. Hij was gecharmeerd van wat bekendstond als de Indiase vriendelijkheid; pas later ging hij er zich zorgen over maken.

En daarna, na een paar maanden, begon Raja voorraden te vervoeren, samen met Willie of Bhoj Narayan, of in zijn eentje. Er was ruimte onder de passagiersstoel van de scooter, en het was ook makkelijk daar een dubbele bodem te monteren. De plaatsen van ontvangst en aflevering veranderden voortdurend; het was duidelijk dat ze slechts onderdeel waren van een doorgeefsysteem. Bhoj Narayan trad op als de coördinator; hij wist iets meer dan Willie, maar zelfs hij wist niet alles. Voorraden, voornamelijk wapens, werden verzameld voor een nieuw, onbekend front. Na al haar recente verliezen was de beweging voorzichtig geworden. Ze gebruikte veel koeriers, en iedere koerier werd maar een of twee keer per maand gebruikt; en de voorraden werden in kleine partijen gestuurd, zodat een ontdekking of ongeluk in niet meer dan een klein, plaatselijk verlies zou resulteren, niets om het plan als geheel te veranderen.

Op een dag zei Raja tegen Willie: 'Heb je ooit het hoofdkwartier van de politie gezien? Zullen we even gaan kijken?'

'Waarom ook niet?'

Het was nog nooit in Willie opgekomen de tegenstander te gaan bekijken. Hij had inmiddels te lang met zijn onsamenhangende landschappen, zijn onsamenhangende verplichtingen geleefd zonder werkelijk inzicht in het resultaat van zijn handelingen. Het was niet bij hem opgekomen dat dit andere, zorgvuldig in kaart gebrachte gebied ook voor hem openlag, weinig meer vroeg dan het openslaan van een boek. En toen ze op de hoofdweg waren, op weg naar het districtshoofdkwartier, leek het even op terugkeren naar een vroeger, vollediger leven.

Het landschap maakte een vriendelijker indruk. De neembomen en schitterende schaduwbomen langs de weg, hoewel de bomenrij over lange stukken was onderbroken, getuigden van een oud idee van welwillendheid dat nog steeds voortleefde. De weg bracht een andere gewaarwording mee, de gewaarwording van een werkende wereld, met de genoegens van die wereld – de wegrestaurants met hun grote geschilderde reclameborden, de colaborden, de zwart berookte keukens aan de achterkant met hun lemen open haarden op verhoogde terrassen, en de fel gekleurde plastic tafeltjes en stoelen op de stoffige terrassen aan de voorkant (allemaal in de kleur van de colaborden) – zo anders van sfeer en verwachting dan de zelfopofferende genoegens waarmee Willie meer dan een jaar had geleefd. Waar water was, waren aardige akkertjes met padie, maïs, tabak, katoen, en soms aardappelen, soms paprika's. De akkers in de bevrijde gebieden die Willie kende, waren verwoest; de vroegere landheren en pachters waren jaren geleden gevlucht voor de chaos van de guerrilla, en een krachtige nieuwe orde was nog niet gevestigd.

Het was makkelijk voor Willie terug te keren naar zijn oude belevingswereld, en het was een schok toen ze bij het districtshoofdkwartier kwamen, bij het terrein van de politie aan de rand van de stad en, temidden van het verschrikkelijke lawaai van zo'n twintig of dertig taxiscooters als die van Raja, in een bruinblauwe wolk van uitlaatgassen, de oude gevlekte zandzakken te zien (die getuigden van zon en regen en opnieuw zon), de machinegeweren en de gekreukelde, veel gedragen uniformen van het leger van politiereservisten voor het hoofdkwartier, uniformen die spraken van een dodelijke ernst; dit gevolg te zien van de onsamenhangende dingen die hij had gedaan, op een nieuwe manier te zien dat het om levens ging. Het exercitieterrein van de politie (waarschijnlijk tegelijk sportveld) was zanderig; de trottoirbanden van de wegen, de kazernewegen, waren recentelijk gewit; de schaduwbomen waren groot en oud en zouden, net als al het andere op het terrein van de politie, een geschiedenis hebben; stamden waarschijnlijk nog uit de tijd van de Britse overheersing. Raja, die boven het gegier en geschraap van de scooters uit schreeuwde, vertelde Willie opgewonden waar in het twee verdiepingen tellende hoofdgebouw zich de burelen van de hoofdcommissaris bevonden, waar de politieverblijven en, naast het exercitieterrein of sportveld, de recreatiegebouwen.

Willie was niet opgewonden. Hij dacht met een bezwaard gemoed: Toen ze me over het doen en laten van de guerrillabeweging vertelden, had ik over de politie moeten vragen. Ik had mezelf nooit moeten toestaan te denken dat er maar één kant aan deze strijd zat. Ik weet niet hoe we tot zulke vergissingen komen. Maar we komen ertoe.

Niet lang daarna werd Raja tot een trainingskamp toegelaten. Hij bleef daar een maand, waarna hij zijn scooterwerk weer hervatte.

Het was vanaf dat moment dat de dingen zich tegen hem gingen keren.

Bhoj Narayan zei op een dag tegen Willie: 'Ik vind het heel vervelend om te vertellen, maar ik geloof dat we problemen met Raja hebben. Zijn laatste twee voorraden zijn door de politie precies waar hij ze had afgeleverd onderschept.'

Willie zei: 'Het zou toeval kunnen zijn. En misschien zijn de mensen die ze ontvingen er verantwoordelijk voor.'

Bhoj Narayan zei: 'Ik heb een andere verklaring. Ik vermoed dat de politie zijn oudere broer heeft omgekocht. Misschien beide broers heeft omgekocht. Dertigduizend roepie is een niet geringe schuld.'

'We kunnen het er voorlopig bij laten. We gebruiken hem even niet.'

'Dat kunnen we doen.'

Twee weken later zei Bhoj Narayan: 'Mijn vermoeden klopt. Raja wil uit de beweging stappen. Dat kunnen we niet toestaan. Dankzij hem kunnen we allemaal worden opgepakt. Ik denk dat we hem maar eens moeten gaan opzoeken. Ik heb hem gezegd dat we het komen bespreken. We moeten zorgen dat we er tegen zonsondergang zijn. We zullen een andere scooter nemen.'

De hemel was rood en goud. De weinige bomen in de wijk van de wevers waren zwart. In een huis, zo'n honderd meter verderop, brandde een keukenvuur. Het was het huis van een gezin dat *bidi's* maakte. Als ze duizend sigaretten per dag draaiden, verdienden ze veertig roepie. Dit betekende dat ze in één werkdag twee keer zoveel als een wever verdienden.

Bhoj Narayan zei tegen Raja en zijn broer: 'Ik denk dat we naar binnen moeten.'

Toen ze het huis ingingen zei de oudere broer: 'Ik heb hem gevraagd weg te gaan. Ik wilde niet dat hij gedood zou worden. Als hij gedood wordt, moeten we de scooter verkopen. Daar zullen we op verliezen en dan moeten we nog steeds de schuld aan de bank afbetalen. Dat zou ik nooit kunnen. Mijn kinderen zullen verpauperen.'

De vrouw van de oudere broer, die bij de vorige gelegenheid haar mooiste sari had gedragen, maar nu niet meer dan een boerenhemd droeg, zei: 'Vermink hem, meneer. Ontneem hem een arm of een been. Dan zal hij nog altijd achter een weefgetouw kunnen zitten en iets doen. Dood hem alstublieft niet. Als u dat doet worden we bedelaars.' Ze knielde op de vloer en omklemde Bhoj Narayans benen.

Willie dacht: Hoe meer ze bedelt en smeekt, des te bozer zal hij worden. Hij wil de angst in de ogen van de man zien.

En toen het schot was afgevuurd en Raja's hoofd één grote puinhoop was geworden, keek de oudere broer met uitpuilende ogen naar de grond. Zo lieten ze hem achter, de oudere broer, met uitpuilende ogen naast het zelfgemaakte weefgetouw.

De hele weg terug naar hun basis waren ze dankbaar voor het gesputter van de scooter.

Een week later, toen ze elkaar weer ontmoetten, zei Bhoj Narayan: 'Geef het een half jaar. Dat is naar mijn weten de tijd die ervoor staat.'

Daarna keek Willie een paar weken lang met verbazing naar zichzelf. Hij dacht: Toen ik Bhoj Narayan voor het eerst ontmoette mocht ik hem niet. Ik voelde me niet op mijn gemak bij hem. En daarna, toen we samen waren in de straat van de looiers, en ik diep in de put zat, ontdekte ik een kameraadschap met hem. Die kameraadschap had ik broodnodig. Het hielp me een moeilijke tijd door te komen toen ik wegzonk in mijn bekende gevoelens, in mijn oude gewoonte om te vluchten, en als ik aan hem denk is het dat gevoel van kameraadschap dat bovenal telt. Ik weet dat de andere Bhoj Narayan, de man die ik niet vertrouwde, er nog steeds is, maar nu kost het me de grootste moeite hem te vinden. De latere man is de man die ik ken en begrijp. Ik weet hoe hij denkt en waarom hij handelt zoals hij handelt. Ik draag in gedachten de scène in het huis met het weefgetouw mee. Ik zie de scooter op het erf, naast het spinnewiel met de oude fietsvelg. Ik zie die arme oudere broer met de uitpuilende ogen en begrijp zijn verdriet. En toch denk ik niet dat ik in staat ben Bhoj Narayan eigener beweging te verraden. Ik denk niet dat dit enige zin heeft. Ik weet nog steeds niet waarom ik denk dat het zinloos is. Ik zou het nodige kunnen zeggen over gerechtigheid en mensen die aan de andere kant staan. Maar het zou niet juist zijn. Het is een feit dat ik een nieuwe manier van begrijpen heb gevonden. En het is verbazingwekkend dat dit moest gebeuren na niet meer dan veertien of vijftien maanden van dit vreemde leven. De eerste nacht, in het kamp in het teakwoud, was ik verontrust door de gezichten van de nieuwe rekruten. Later was ik verontrust door de gezichten op de bijeenkomsten in de veilige huizen. Ik denk dat ik ze nu allemaal begrijp.

Ze gingen verder met het trage, nauwgezette werk van voorraden vervoeren naar waar een nieuw front zou worden geopend, werkten als mieren die een nest in de grond graven of bladresten naar dat nest dragen, waarbij iedere werker tevreden is en onontbeerlijk bij zijn minieme taak, het aandragen van een aardkorrel of afgebeten stukje blad.

Bhoj Narayan en Willie gingen naar een kleine stad aan de spoorlijn om te zien of de voorraden veilig waren. Deze stad was een van de plaatsen waar Willie zijn brieven ophaalde. Hij was er de laatste keer met Raja geweest en had toen het gevoel gehad – door de te vertrouwelijke, te vriendelijke beambte – dat hij te vaak op Raja's scooter naar het postkantoor was gegaan en er te veel was opgevallen als de man die brieven uit Duitsland ontving. Tot dan had hij de poste restante als behoorlijk veilig beschouwd; heel weinig mensen waren zelfs maar van deze faciliteit op de hoogte. Maar nu meende hij een voorgevoel te hebben. Hij overwoog alle gevaren die er aan de poste restante konden kleven; hij verwierp ze allemaal. Maar het voorgevoel bleef. Hij dacht: Dit komt door Raja. Dit is hoe een ongelukkige dood een doem op ons legt.

De kolonie van spoorwegwerkers was een oude nederzetting, waarschijnlijk uit de jaren veertig, van betonnen huizen met twee of drie kamers en platte daken, dicht opeengepakt aan ongeplaveide straten en zonder sanitair. Misschien werd het indertijd als een werk van maatschappelijk bewustzijn gepresenteerd, een manier om goedkoop huizen te bouwen, en het zou misschien aanvaardbaar hebben geleken in de idealiserende fijne lijnen (en fijne belettering) van de schets van de architect. Vijfendertig jaar later was deze schepping niet om aan te zien. Het beton was groezelig geworden, zag zwart tot een halve meter boven de grond; de raamkozijnen en deurposten waren gedeeltelijk weggevreten. Er waren geen bomen, geen parken, slechts hier en daar hing in een huis een kleine hangpot met basilicum, een kruid dat met religie werd geassocieerd en bij sommige religieuze riten werd gebruikt. Er waren geen gelegenheden om te zitten of te spelen of de was te doen of de was te drogen; en wat ooit op de tekening van de architect helder en strak en sober was geweest, was nu een verwarrend lijnenspel, van dikke en dunne elektrische bedradingen die van de ene overhellende paal naar de andere afhingen, en deze warboel was dicht bevolkt met mensen die door hun behuizing gedwongen werden het hele jaar buitenshuis te verblijven; alsof je hier alles met de mensen kon doen, het niet uitmaakte wat je ze gaf om in te wonen, ze in ik weet niet wat kon inpassen.

Het veilige huis bevond zich in een van de achterafstraatjes. Het leek een perfecte schuilplaats.

Bhoj Narayan zei: 'Blijf dertig meter achter me lopen.'

En Willie treuzelde, terwijl zijn hielen van het gladde leer van zijn dorpssandalen gleden en door het stof van de straat sleepten.

Een paar broodmagere jongens speelden een ruw soort cricket met een heel vuile tennisbal, met een geïmproviseerd slaghout, dat van de hoofdnerf van een kokosboomtak was gemaakt, en een doos als wicket. Willie bleef bij een stuk of vijf worpen toekijken: het ontbrak aan stijl en echte kennis van het spel.

Bij het huis voegde Willie zich bij Bhoj Narayan.

Bhoj Narayan zei: 'Er is niemand.'

Ze gingen achterom. Bhoj Narayan klopte op de gammele deur, die was weggerot aan de onderkant, waar de regen vele seizoenen tegenaan had gespat. Het zou makkelijk geweest zijn hem in te trappen. Maar van drie achter gelegen huizen klonken scherpe, bittere stemmen; mannen en vrouwen die in de smalle schaduw van hun huizen zaten.

Bhoj Narayan zei: 'Ik ben op zoek naar mijn zwager. Zijn vader ligt in het ziekenhuis.'

Een beklagenswaardig magere vrouw in een groene sari, die al haar botten toonde zei: 'Er is daar niemand. Er kwamen op een ochtend een paar mensen voor hem en hij is met ze meegegaan.'

Bhoj Narayan vroeg: 'Wanneer was dat?'

De vrouw zei: 'Twee weken geleden. Drie weken.'

Bhoj Narayan fluisterde tegen Willie: 'Ik denk dat we hier gauw weg moeten.' Tegen de vrouw zei hij: 'We zullen de boodschap aan andere verwanten moeten doorgeven.'

Ze liepen terug langs de parodie op het cricketspel.

Bhoj Narayan zei: 'We betalen nog steeds voor Raja. Iedereen die hij bij ons leerde kennen is gecompromitteerd. Ik ben onvoorzichtig geweest, ik vond hem zo aardig. We zullen deze stad moeten vergeten. Zelfs terwijl we hier lopen wordt er op ons gelet.'

Willie zei: 'Ik denk niet dat het Raja was. Het zou Raja's broer geweest kunnen zijn, en hij wist niet echt wat hij deed.'

'Raja of Raja's broer, we hebben een flinke klap opgelopen. We hebben een jaar werk verloren. Honderdduizenden roepies aan wapens. We waren hier een sectie aan het oprichten. God mag weten wat er in andere secties is gebeurd.'

Ze liepen van de kolonie aan de spoorweg naar de oude stad.

Willie zei: 'Ik zou graag naar het postkantoor gaan. Er zou een brief van mijn zus kunnen zijn. En aangezien we hier niet meer terugkomen, zou dit voorlopig weleens mijn laatste kans kunnen zijn van haar te horen.'

Het postkantoor was een klein en overdadig versierd, door de Britten gebouwd, stenen bouwwerk. Het had oker- of magnoliakleurige muren met een verhoogde, rood geschilderde bakstenen omlijsting; het had een brede, lage stenen dakrand in Indiase stijl; en boven aan de gevel een stenen of gemetseld halfrond schild met daarop de datum 1928. Schuin tegenover het postkantoor was een theehuis.

Willie zei: 'Laten we een kop koffie gaan drinken.'

Toen de koffie kwam zei Willie: 'Wat ik je wilde vertellen. Dat postkantoor werkt op mijn zenuwen. Ik kwam hier te vaak met Raja. Je weet hoe hij was. Een echte zwerver. Hij wilde altijd onderweg zijn. Ik kwam hier zelfs als ik wist dat er geen brief van mijn zuster zou zijn. Het moet gezegd dat ik hier soms alleen maar kwam voor het gezelschap en de rit. De beambte werd steeds vriendelijker. In het begin was het prettig dat ze me kenden. Daarna vond ik het verontrustend.'

Bhoj Narayan zei: 'Ik zal voor je gaan.'

Hij nam een slok koffie, zette het kopje neer en stak de zonovergoten straat over naar de ingang van het postkantoor, donker gelegen onder de laaghangende stenen dakrand. Hij werd opgeslokt door het duister en tegelijkertijd zag Willie hoe vier of vijf mannen in verschillende kledij zich losmaakten uit de onbeweeglijke houding waarin ze bij de donkere entree van het postkantoor hadden gezeten. Even later voerden deze mannen, nu tezamen, Bhoj Narayan haastig naar wat een taxi had geleken, maar nu een ongemarkeerd politiebusje bleek te zijn.

Nadat het busje was weggereden betaalde Willie de koffie, stak hij de zonovergoten straat over en ging naar de balie van de afdeling poste restante. De beambte was nieuw.

Hij vroeg aan de beambte: 'Wat was hier aan de hand?'

De beambte zei, in zijn te vormelijke Engels: 'Een of andere misdadiger. De politie zat hier al een week op hem te wachten.'

Willie zei: 'Kan ik hier postzegels kopen?'

'Die vindt u voorin.'

Willie dacht: Ik moet ervandoor. Ik moet er als de bliksem vandoor. Ik moet naar het station. Ik zal zo snel mogelijk naar de basis moeten terugkeren.

En gaandeweg kreeg hij, bij elke nieuwe gedachte die zich tijdens zijn haastige aftocht naar het station aan hem opdrong, meer inzicht in zijn hachelijke situatie. Sarojini's brief zou nu in handen van de politie zijn. De eerdere brieven waarschijnlijk ook. Ze wisten nu alles over hem. Hij stond op de politielijst. Hij genoot niet langer de bescherming van de anonimiteit. En na een paar minuten, nadat hij die nieuwe feiten omtrent zichzelf had verwerkt, herbeleefde hij die paar ogenschijnlijk onbeduidende minuten van Bhoj Narayans korte wandeling en arrestatie. Bhoj Narayan had opgeschept dat hij wist hoe je een straat moest observeren, en kon zien wie er niet thuishoorde. Ten slotte had die gave hem in de steek gelaten. Of hij had er niet aan gedacht hem te gebruiken. Misschien had hij het gevaar niet ingezien. Misschien was hij te zeer afgeleid geweest door wat er daarvoor in de kolonie aan de spoorweg was gebeurd.

Op het station zag hij op de bestofte en verschoten zwart-witte borden dat de volgende trein in de richting die hij op wilde een sneltrein was en geen passagierstrein. Passagierstreinen waren traag, stopten op alle tussenliggende stations. De sneltrein zou hem vele kilometers verder brengen dan waar hij moest zijn. Dat betekende dat hij 's nachts door dorpen en over velden zou moeten lopen, waarbij hij in de dorpen honden en in het open veld vogels zou opschrikken en zich voortdurend in het middelpunt van veel opwinding zou bevinden; of hij zou bij de hut van een of andere landbouwer of paria aan de rand van een dorp om onderdak moeten vragen, of het risico lopen in een open schuur bij de kippen en de kalveren te moeten slapen.

De sneltrein zou over iets meer dan een uur komen. Plotseling werd hij overvallen door de ongerijmde gedachte dat de Rolex aan zijn pols hem zou verraden aan eenieder die op zoek was naar een vluchteling met Duitse connecties. Daarop werd die gesimuleerde angst reëel, en hij vroeg zich af of hij in de stad zou zijn gevolgd, of niet een of andere in observatie gespecialiseerde politieman hem in het theehuis tegenover het postkantoor als een indringer had herkend, een buitenstaander.

Over de rails liep een pad naar het tegenoverliggende perron. Het was druk op het pad. Er was ook een oude houten loopbrug met hoge borstweringen (waarschijnlijk zo hoog om te voorkomen dat er mensen voor de trein zouden springen). Er stonden maar een stuk of zes mensen. Het waren jonge mensen; ze stonden op de brug voor de sensatie en het uitzicht. Willie ging bij ze staan en probeerde, in de wetenschap dat alleen zijn hoofd en schouders zichtbaar waren, een waarnemer van menigten te worden. Binnen de kortste keren was hij gefascineerd, toen hij zag hoe weinig de mensen zich van hun bewegingen bewust waren, hoe uniek de bewegingen van ieder mens waren, en hoeveel ze over iemand onthulden.

Hij zag niets om zich zorgen over te maken, en toen de sneltrein binnenreed en het leek alsof de menigte in gebrul uitbrak, en de venters hun kreten nog eens extra aanscherpten, opdat ze boven al het andere gebrul uit kwamen, rende hij naar beneden en bevocht hij zich een plaats in een derdeklascoupé die al overvol was. Voor de open ramen zaten horizontale spijlen; over alles dwarrelde fijn stof; het was er bloedheet, en iedereen rook naar te lang gedragen kleren en tabak. Toen de trein weer het zonlicht inreed, dacht hij: Ik heb geluk gehad. En het is voor het eerst dat ik hier alleen ben.

Niet ver van het tussenstation waar hij graag zou zijn uitgestapt, maakte het spoor een scherpe bocht. Zelfs de sneltrein moest daar vertragen, en Willie, die geloofde het geluk nu aan zijn kant te hebben, was van plan op dat punt van de trein te springen om zich een lange nachtelijke tocht door onbekend terrein te besparen. Dat punt lag nog twee uur voor hem.

Hij dacht: Ik ben alleen. Ik ben hier zonder Bhoj Narayan. Ik neem aan dat ik met sommige mensen een onaangename tijd zal hebben.

Hij bestudeerde de mensen in zijn coupé. Ze waren als de armelui waar Bhoj Narayan en zijn familie zich in een paar generaties boven hadden verheven. Al die inspanning en ambitie waren nu voor niets geweest; alle vooruitzichten waren nu vergooid. Hij had tegen Bhoj Narayan, toen ze lang geleden over deze dingen hadden gesproken, en voor ze vrienden waren geworden, gezegd dat zijn familiegeschiedenis een succesverhaal was. Maar Bhoj Narayan had niet geantwoord, leek het niet te hebben gehoord. Hetzelfde gold weliswaar, zij het in mindere mate, voor Raja's ontworsteling aan de weverskaste.

Ook die was veelbelovend, en ook die had tot niets geleid. Wat was de zin van die levens? Wat was de zin van wat kon worden gezien als twee zelfmoorden?

Vele minuten later, een stukje dichter bij de bocht in het spoor waar hij van de trein zou springen, dacht Willie: Ik heb het mis. Ik bekijk het vanuit mijn eigen gezichtspunt. Voor Bhoj Narayan had alles zin. Hij had het gevoel een hele vent te zijn. Dat was wat de beweging en zelfs zijn zelfmoord – als we het zo willen zien – hem gaf.

En nog wat later, vlak voor hij sprong, dacht Willie: Maar dat is een romantische en verkeerde voorstelling van zaken. Er is meer voor nodig om een man te zijn. Bhoj Narayan koos voor een kortere weg.

De trein minderde vaart tot ongeveer vijftien kilometer per uur. Willie sprong op de steile spoordijk en liet zich naar beneden rollen.

Het begon te schemeren. Maar Willie wist waar hij was. Hij moest een wandeling van zo'n vijf kilometer maken naar een dorp en een hut, meer een boerderij, waarvan hij de eigenaar zeer goed kende. De regentijd was voorbij, maar nu, als om hem te dwarsbomen, ging het regenen. Die vijf kilometer nam veel tijd in beslag. Toch, het had erger gekund. Als hij niet de moed had gehad om bij die gevaarlijk steile helling van de trein te springen, zou hij nog vele kilometers verder zijn gebracht naar het eindpunt van de sneltrein: te voet een dag lopen, minstens.

Het was bijna acht uur toen hij in het dorp aankwam. Er was geen licht. De mensen gingen hier vroeg naar bed; de nachten waren lang. De dorpsstraat liep langs de gevel van met leem gevuld vlechtwerk van Shivdas' hoge boerderij. Willie rukte aan de lage deur en riep. Shivdas antwoordde meteen, en een heel lange, donkere en broodmagere man, met bijna niets aan, opende de lage deur en liet Willie in de keuken, die zich aan de voorkant van het huis bevond, achter de muur van met leem gevuld vlechtwerk. Het strodak was zwart en korrelig van jaren koken.

Shivdas zei: 'Ik had u niet verwacht.'

Willie zei: 'Er is iets onvoorziens gebeurd. Bhoj Narayan is gearresteerd.'

Shivdas reageerde rustig op dit nieuws. Hij zei: 'Kom, droog uzelf af. Thee? Rijst?'

Hij riep naar iemand in de naastgelegen kamer, en er bewoog daar iets. Willie wist wat die beweging betekende: Shivdas vroeg zijn vrouw hun bed aan de bezoeker af te staan. Dat was wat Shivdas bij zulke gelegenheden deed. Deze hoffelijkheid kwam vanzelf bij hem boven. Hij en zijn vrouw verlieten het met riet bedekte hoofdgebouw en verhuisden naar de lage, open en met pannen bedekte vertrekken achter in de hof, waar hun kinderen sliepen.

Nog geen uur later, liggend in Shivdas' bed onder het hoge, zwarte, koele strodak, in de warme geur van te lang gedragen kleren en tabak, die leek op de geur in de derdeklascoupé een paar uur eerder, dacht Willie: We denken, of zij denken, dat Shivdas dit doet omdat hij een revolutionaire boer is, iemand die is gevormd door de beweging, iemand die veranderd is en heel waardevol. Maar Shivdas doet dit omdat hij intuïtief teruggrijpt op oude opvattingen, oude manieren, oude hoffelijkheden. Op een dag zal hij niet meer zijn bed aan me afstaan. Zal hij dat niet nodig vinden. Dat zal het eind van de oude wereld en de revolutie zijn.

Vijf

Dieper het woud in

Hij bereikte zijn basis – die van hem en Bhoj Narayan, zijn commandant, was geweest – aan het eind van de volgende middag. Het was een dorp diep in het woud waar men half of voor een kwart in stamverband leefde en waar tot dusver nog geen politionele actie was geweest; het was een plek waar hij echt tot rust zou kunnen komen, als een dergelijke rust voor hem nu weggelegd was.

Hij kwam op wat sommige mensen nog steeds het uur van het koeienstof noemden, het uur waarop in het verleden een jonge veedrijver (door het dorp voor een paar centen per dag in dienst genomen) het vee van het dorp in een wolk van stof naar huis dreef, en het gouden licht aan het begin van de avond dat heilige stof in zacht, golvend goud veranderde. Er waren geen veedrijvers meer; er waren geen grootgrondbezitters om ze in dienst te nemen. De revolutionairen hadden een eind gemaakt aan dat soort feodaal dorpsleven, hoewel er nog steeds mensen waren voor wie het vee moest worden gehoed, en er nog steeds jongetjes waren die maar al te graag ingehuurd wilden worden voor de lange, lege dag. Maar het gouden licht op dit uur werd nog steeds als bijzonder beschouwd. Het deed het open woud rondom oplichten, en een paar minuten lang maakte het dat de witte lemen muren en de daken van de hutten in het dorp, de her en der gelegen mosterd- en paprikaveldjes, er goed onderhouden en schitterend uitzagen; als een dorp uit een oud sprookje, dat er rustig en aantrekkelijk uitziet, maar dan vol dreiging, met dwergen en reuzen en veel hoge wilde bosgroei en mannen met bijlen en kinderen die in kooien worden vetgemest.

Dit dorp stond voorlopig onder controle van de beweging. Het was een van die dorpen die als hoofdkwartier dienst deden en min of meer onderworpen waren aan een bezetting door de guerrillastrijders. De guerrillastrijders waren herkenbaar aan hun dunne, olijfkleurige uniformen en kleppetten met rode ster; broekenmensen, zoals de stamleden hen eerbiedig noemden, en met geweren.

Willie had een kamer in een gevorderde dorpshut. Hij had een traditioneel, van touw gevlochten hemelbed, en hij had geleerd om als een dorpeling kleine dingen tussen de daksparren (van behouwen boomtakken) en het lage strodak te bewaren. De vloer, van aangestampte aarde, was verhard en gladgestreken met een mengsel van leem en koemest. Hij was eraan gewend geraakt. De hut was in een paar maanden zoiets als een thuis geworden. Het was waar hij na zijn reizen terugkeerde; en het was een belangrijke aanvulling op de lijst die hij in zijn hoofd had van plekken waar hij had geslapen en die hij kon tellen (zoals zijn gewoonte was) als hij behoefte had zich vast te houden aan de rode draad in zijn leven. Maar nu was de hut ook een plek geworden waar hij zich, zonder Bhoj Narayan, heel erg eenzaam voelde. Hij was blij er aangekomen te zijn, maar desondanks was hij vrijwel meteen rusteloos geworden.

De privacyregel, niet te veel over jezelf vertellen en de mensen niet vragen naar hun levensomstandigheden in die andere wereld, die hem in die eerste nacht in het kamp in het teakwoud was bijgebracht, die regel gold nog steeds.

Hij wist alleen iets over de man in de kamer naast de zijne. Deze man was donker en woest en had grote ogen. Hij was als kind of als tiener door de boevenbende van een of andere grootgrondbezitter wreed in elkaar geslagen, en sindsdien had hij tot de revolutionaire bewegingen in de dorpen behoord. De eerste van die bewegingen, historisch gezien de belangrijkste, was geleidelijk opgehouden te bestaan; de tweede was de kop ingedrukt; en nu, na een paar jaar te zijn ondergedoken, was dit zijn derde. Hij was midden of eind veertig, en een andere levensstijl was voor hem ondenkbaar. Hij vond het prachtig in zijn uniform door de dorpen te stampen, de dorpelingen te terroriseren en over de revolutie te praten; hij vond het heerlijk van het land te leven, en dit betekende tot op zekere hoogte van de dorpsbewoners; hij voelde zich graag belangrijk. Hij had geen enkele scholing, en hij was een moordenaar. Als hij maar even kon zong hij vreselijke revolutionaire liederen die de som van zijn politieke en geschiedkundige kennis bevatten.

Op een keer vertelde hij Willie: 'Sommige mensen zitten al dertig jaar in de beweging. Je ontmoet er weleens een tijdens een mars, hoewel ze moeilijk te vinden zijn. Ze zijn goed in zich verbergen. Maar soms komen ze naar voren om met mensen zoals wij te praten en op te scheppen.'

Willie dacht: Zoals jij.

En Willie dacht op de avond van zijn terugkeer, toen hij de man naast hem steeds weer zijn revolutionaire liederen hoorde zingen (zoals sommige jongens op Willies missieschool gewoon waren hymnen te zingen): Misschien dat ik weer iets van de zin van dit alles ga begrijpen.

Die nacht stond hij een paar keer op en ging hij naar buiten. Er waren geen buiten-wc's; de mensen gingen gewoon het bos in. Er was geen licht in het dorp. Er was geen maan. Hij was zich de wachten met hun geweren bewust. Hij gaf het wachtwoord, en even later moest hij het weer geven, zodat hij onder het lopen het vreemde woord 'kameraad' om hem heen hoorde weerklinken, als vraag en geruststelling. Het was donker in het woud, en vol geluiden: onverwachte vleugelslag, temidden van kreten van angst en pijn van vogels en andere dieren, een roepen om hulp die niet zou komen.

Willie dacht: Niets geruststellender in het leven dan de zekerheid van de dood. Er is voor mij geen mogelijkheid om de weg terug naar de bovenwereld te vinden. Waar bevond zich de bovenwereld? Berlijn? Afrika? Misschien bestaat de bovenwereld niet. Misschien is dat idee altijd al een illusie geweest.

's Ochtends klopte er iemand op de deur van Willies kamer en kwam binnen voor hij kon antwoorden. De man die binnenkwam had een AK-47. Hij was even lichtgetint als Einstein, maar veel kleiner, ongeveer één meter vijfenzestig. Hij was heel mager, had een skeletachtig maar knap gezicht en knokige, pezige handen. Een extra vijftien centimeter zou hem een indrukwekkend voorkomen hebben verleend.

Hij zei: 'Ik heet Ramachandra. Ik ben de sectiecommandant. Jouw commandant. Je bent niet langer koerier. We hebben de opdracht ontvangen je tot mijn sectie toe te laten. Je hebt jezelf bewezen. Vandaag of morgen zullen we een sectiebijeenkomst houden om de nieuwe situatie te bespreken. De bijeenkomst zal hier of elders worden gehouden. Ik weet het nog niet. Je moet je gereedhouden om nog vanavond te vertrekken.'

Hij had kleine, harde, krankzinnige ogen. Terwijl hij sprak speelden zijn knokige vingers voortdurend met zijn geweer. En vervolgens, in een poging zich een andere houding te geven, draaide hij zich abrupt om en verliet de kamer.

Net als Einstein was Ramachandra een man uit de hogere kaste, misschien de hoogste. Zulke mensen hadden het daarbuiten moeilijk; populistische regeringen hadden sinds de onafhankelijkheid allerlei hindernissen voor hen opgeworpen; een groot aantal van hen, die thuis geleidelijke verarming vreesden, emigreerde nu naar de Verenigde Staten, Australië, Canada, Engeland. Ramachandra en Einstein deden iets anders. Zij omarmden binnen de beweging hun vervolgers. Willie, met zijn gemengde achtergrond – zijn vader uit een hogere kaste, vreedzaam, inactief, met een neiging tot ascetisme, altijd vertrouwend op een goede afloop, zijn krachtdadiger moeder, vele kasten lager, met de wil de wereld te veroveren – Willie begreep deze mannen maar al te goed.

Hij dacht: Ik dacht dit alles achter me te hebben gelaten. Maar nu is het er allemaal weer, en net als vroeger overvalt het me. Ik ben de hele wereld over geweest, maar het is er nog steeds.

Tot Willies grote opluchting was er geen nachtelijke mars door het woud. De sectiebijeenkomst werd gehouden in het dorp waar hij was. Ze kwamen de volgende dag allemaal bijeen, niet in verschillende vermommingen, zoals in de stad, maar in uniform; met een groot vertoon van broederschap aten ze het eenvoudige dorpsvoedsel: gekruide linzen en van gierst gebakken *chapati*'s.

Einstein kwam. Willie had ertegen opgezien hem weer te ontmoeten, maar nu, na Ramachandra, was Willie bereid de kwaadaardigheid in zijn ogen te vergeten en zelfs genegen te denken dat Einstein vermurwd zou zijn.

Ook de leider van het kamp in het teakwoud kwam, die zo lang geleden Willie met Bhoj Narayan naar de straat van de looiers had gestuurd. Hij was minzaam en beleefd, verleidelijk zelfs, met uitmuntende manieren; hij sprak zacht en tegelijk met een zorgvuldige intonatie, als een acteur. Willie had zich hem in de buitenwereld voorgesteld als een universitair docent of ambtenaar in een grijs pak. Zich afvragend wat een zo ogenschijnlijk geslaagd man naar de guerrillastrijders en hun harde leven in de bush had gedreven, had Willie hem intuïtief gehouden voor een man die werd geplaagd door de ontrouw van zijn vrouw. Later had Willie gedacht: Ik heb het niet verzonnen. Ik zag het omdat hij om de een of andere reden wilde dat ik het zag. Het was de boodschap die hij uitdroeg. Nu hij de man na twee jaar weer ontmoette, nog steeds het oude verdriet in zijn ogen zag, dacht Willie, die zich min of meer voor de grap bij zijn eerdere beoordeling hield: Die arme man. Met die vreselijke vrouw. En zo bleef hij hem daarna zien.

De bijeenkomst was in Ramachandra's hut. Ze begon tegen tienen; dat was de gebruikelijke tijd voor dit soort sectiebijeenkomsten. Er was een petroleumlamp die in het begin raasde en hen verblindde; daarna veranderde dit in een zacht zoemen en nam het licht geleidelijk af. Er lagen bruine jutezakken op de aarden grond gespreid, en over de zakken lagen katoenen lakens en dekens, met daarop kussens en bolsters.

De man in burger, de leider van het kamp in het teakwoud, bracht het nieuws. Het was zeer slecht nieuws. Er was veel meer verloren dan de mannen van de kolonie aan de spoorweg. Zij vormden maar een deel van een sectie, en er waren drie hele secties door de politie uitgeschakeld. Alle wapens die dat jaar stukje bij beetje waren verzameld, waren verloren gegaan. Dat was een verlies van vele honderden duizenden roepies, waarvoor niets teruggekregen was.

De leider zei: 'In een oorlog moeten verliezen worden ingecalculeerd. Maar dit waren buitengewone verliezen, en we moeten onze strategie herzien. We moeten het plan opgeven de oorlog naar de kleinere steden aan de rand van onze bevrijde gebieden te brengen. Dat was in dit stadium waarschijnlijk te ambitieus. Hoewel moet worden gezegd dat ambitie in een oorlog soms lonend kan zijn. Natuurlijk zullen we in die plaatsen, of vergelijkbare plaatsen, opnieuw beginnen. Maar dat is voor de toekomst.'

Einstein zei: 'Het gif van Kandapalli's leer is verantwoordelijk voor wat er gebeurde. Zijn idee van het volk via het volk organiseren klinkt aardig, en de mensen in het buitenland zullen het toejuichen. Maar wij, die de werkelijke gang van zaken kennen, wij weten dat de plattelandsbevolking discipline moet worden bijgebracht aleer ze het voetvolk van de revolutie kan vormen. We moeten ze het een beetje moeilijk maken.'

Een donkere man zei: 'Hoe kun je zo praten terwijl je zelf uit een boerengezin komt?'

Einstein zei: 'Daarom kan ik zo praten. Ik ontken nooit mijn afkomst. Er is geen schoonheid in de boer. Dat is wat Kandapalli leert. Hij is een man uit de hogere kaste, hoewel hij zijn kastesuffix weglaat. Hij heeft het mis omdat deze beweging geen beweging van naastenliefde is. Geen enkele revolutie kan een beweging van naastenliefde zijn. Als je het mij vraagt, zouden al die boeren in hokken moeten worden gehouden.'

Iemand anders zei: 'Hoe kun je zulke vreselijke dingen zeggen terwijl mensen als Shivdas de beweging zo zijn toegedaan?'

Einstein zei: 'Shivdas is ons toegedaan omdat hij ons nodig heeft. Hij wil dat de mensen in zijn dorp zien hoe dicht we bij hem staan. Hij gebruikt onze vriendschap om de dorpelingen te terroriseren. Shivdas is heel donker en heel mager, stelt ons zijn bed ter beschikking en praat over revolutie en landhervorming. Maar hij is een oplichter en een dief. De grote landheren en feodale beambten zijn gevlucht. Er is geen politieagent of opzichter in zijn dorp, en elk jaar haalt Shivdas vele morgens van andermans oogst binnen en ploegt hij vele morgens van anderen. Als de mensen niet zouden denken dat we achter hem staan, zouden ze hem al lang geleden hebben vermoord. De dag dat Shivdas denkt dat hem dat beter uitkomt, zal hij ons aan de politie verraden. Een revolutionair moet te allen tijde een scherpe blik hebben en inzien met welk armetierig menselijk potentieel hij de pech heeft samen te werken. Als commandant Bhoj Narayan niet op het verkeerde been was gezet door onze Afrikaanse vriend, zou ons de ramp zijn bespaard waarover we hier zijn komen praten.'

Iedereen keek naar Willie. Ramachandra's blik was streng.

De man die als voorzitter optrad, de leider van het kamp in het teakwoud, en nu duidelijk de sectiecommandant, zei tegen Willie: 'Ik
denk dat je de gelegenheid moet krijgen iets te zeggen.'

Willie zei: 'De commandant heeft gelijk. Ik voel me verantwoordelijk. Ik voel me in het bijzonder verantwoordelijk voor wat Bhoj
Narayan overkwam. Hij was mijn vriend. Ook dat wil ik zeggen.'

Einstein leek gesust. Alle aanwezigen op de bijeenkomst ontspan-
den zich. Zelfkritiek maakte deel uit van deze bijeenkomsten. Als het
snel gebeurde had het een goed effect: het bracht de mensen samen.

De leider sprak: 'Chandran heeft grootmoedig gesproken. Ik denk
dat hem dat tot eer strekt.'

Vervolgens kwam de leider geleidelijk, via vele interrupties, via
onderzoek naar het verlies van de secties en de wapens en de arrestatie van Bhoj Narayan, en lange discussies over de aard van de plattelandsbevolking in vergelijking met de aard van het proletariaat in de
steden (een favoriet onderwerp), op de nieuwe strategie waartoe de
beweging had besloten.

De sectiecommandant zei: 'Zoals gezegd stoppen we met de oorlog naar de kleinere steden te brengen. In plaats daarvan zullen we
dieper in het woud doordringen. Elke sectie zal zo'n honderdvijftig
dorpen innemen. We zullen deze dorpen besturen en bekendmaken
dat we de bevrijde gebieden hebben uitgebreid. Dit zal het verlies
aan moreel opkrikken. Het zal niet makkelijk zijn. Het zal zwaar zijn,
maar het is de te volgen weg.'

De bijeenkomst eindigde na drieën. Al veel eerder had men gezegd wat men te zeggen had. Ze begonnen dingen te herhalen. Ze begonnen dingen te zeggen als 'persoonlijk denk ik' of 'het lijkt me het
beste', om hetgeen was gezegd wat meer bezieling te geven; het was
een teken dat ze vermoeid raakten. Zelfs de petroleumlamp ging
steeds lager branden en kon ten slotte niet meer hoger worden gedraaid.

Later – toen van de petroleumlamp al gauw niet meer over was
dan het slappe bruine kousje, en de bijeenkomst werd opgeheven,
terwijl een paar mensen nog wat bleven rondhangen voor een laatste
woord, zij het nu staand (op blote voeten of met olijfkleurige sokken
aan) op de lakens en zakken en tussen de kussens en bolsters waarop

ze hadden gezeten, anderen hun laarzen vonden tussen de vele laarzen bij de ingang, waarna ze met behulp van zaklantaarns de weg naar hun hut zochten; de zaklantaarns maakten het woud groter en de omringende nacht duisterder – later kwam Einstein, vlak voordat hij de hut verliet, naar Willie en zei: 'Was het de man uit de weverskaste die naar de politie ging?'

Willie zei: 'Daar ziet het naar uit.'

'Hij heeft er duur voor betaald. De politie zal Bhoj Narayan dan ook wel onder artikel 302 laten vallen. Waren er getuigen?'

Willie zei: 'De broer.'

Einsteins blik werd afwezig. Een paar tellen later knipperde hij met zijn ogen, knikte even alsof hij iets bevestigde, en klemde zijn lippen op elkaar: een man die informatie opsloeg.

Willie dacht: Ik hoop niet nog een vergissing te hebben gemaakt.

Binnen een maand begon het grote offensief om het bevrijde gebied uit te breiden, dieper het woud in. Elke sectie had haar eigen marsroute gekregen en een lijst van dorpen om te bezetten en her op te voeden. Soms konden twee secties gedeeltelijk dezelfde route volgen, en soms, bij uitzondering, konden twee of drie secties voor korte tijd in een van de grotere dorpen hun kamp opslaan. Alleen de mensen aan de top wisten hoe de secties werden ingezet en wat de strategie was; alleen zij kenden de omvang van het nieuwe bevrijde gebied. Ieder ander accepteerde de zware campagne te goeder trouw: de lange marsen door het woud, het slechte eten en bedorven water, de dagen doorgebracht tussen bange, passieve dorpelingen en stamleden die (voorbereid door een 'enthousiasmeringscommando' dat was vooruitgestuurd) zo nu en dan bijeenkwamen om hun 'problemen' te bespreken, of gewoon in hun handen klapten en dorpsliederen zongen. De sectiecommandant kon, indien mogelijk, met een oplossing komen voor de problemen waarover hij had gehoord. Als hij dat niet kon, sprak hij (altijd in de eenvoudigste bewoordingen en slogans) over het idee en de belofte van een bevrijd gebied; hij stippelde een paar nieuwe voorschriften en nieuwe verplichtingen voor hen uit. En daarna trok de sectie verder, met de belofte over een paar maanden terug te komen om te zien hoe de mensen met hun nieuw verworven vrijheid omgingen.

Het was een rare tijd voor Willie, een stapje omlaag naar weer een ander soort leven: onsamenhangend werk, zonder compensatie of doel, zonder privacy of kameraadschap, zonder nieuws uit de buitenwereld, zonder het vooruitzicht op brieven van Sarojini, zonder enig houvast. In het begin had hij geprobeerd vast te houden aan zijn idee van tijd, zijn idee van de draad van zijn leven, op de hem vertrouwde wijze, de bedden tellen waarin hij sinds zijn geboorte had geslapen (zoals Robinson Crusoe die, naar hij, terugkerend naar een van de boeken van zijn missieschool, had begrepen, elke dag met een keep in een stuk hout aangaf). Maar dat tellen van de bedden was, met de nauwelijks te onderscheiden dagen van marcheren, de dorpen die bijna allemaal eender leken, steeds moeilijker geworden. Er waren vele maanden verlopen sinds het leven van marcheren en kamperen begon; misschien een jaar, misschien langer. Wat aanvankelijk moeizaam was gegaan, de lange dagen overzien, was gewoonte geworden. Hij merkte dat zijn geheugen hem in de steek liet, zoals nu de tijd, en met dat vervagen van zijn herinnering verdween de zin van deze mentale oefening. Het werd te inspannend, te frustrerend; het bezorgde hem koppijn. Hij gaf het op; het was alsof hij een deel van zichzelf verloor.

Wat in de sectie nog het meest op kameraadschap leek, deelde hij met Ramachandra, zijn commandant. Wat Ramachandra aantrok, was wat Willie van de rest van de sectie onderscheidde.

Op een dag rustten ze in het bos. Er kwam een dorpeling met zijn vrouw voorbij, de vrouw met een bundel op haar hoofd. De dorpeling groette Willie en Ramachandra. Willie riep terug: 'Moet u nog ver?' De man zei dat ze op bezoek gingen bij een paar verwanten die vele kilometers verderop woonden. Daarna zei hij met een glimlach: 'Als ik een fototoestel had gehad, zou ik u een mooie herinnering van dit moment geven. "Verdwaald in het bos."' En hij lachte.

Ramachandra was meteen op zijn hoede. Hij vroeg Willie: 'Houden ze ons voor de gek?'

Willie zei: 'Nee hoor. Hij wilde alleen maar aardig zijn. Hoewel ik moet toegeven dat ik nog nooit een dorpeling zo'n uitvoerige grap heb horen maken. Hij zei niet gewoon dat we de indruk maakten verdwaald te zijn, wat hij eigenlijk bedoelde. Hij haalde het fototoestel erbij, bij wijze van grap. Dat heeft hij waarschijnlijk uit een film.'

Nadat de dorpeling en zijn vrouw waren doorgelopen zei Ramachandra: 'Ze zeggen dat je vader een tempelpriester is. Een man uit de hogere kaste. Als dat waar is, waarom ben je dan hier? Waarom ben je niet in Engeland of de Verenigde Staten? Daar verblijven veel van mijn kennissen.'

Willie schetste zijn leven in Engeland, Afrika en Berlijn. In het woud maakten alleen de namen al veel indruk, ook al sprak Willie (die geen jaloezie wilde oproepen en zijn best deed zijn persoonlijk drama niet te overdrijven) over falen en vernedering en zich verborgen houden. Ramachandra gaf geen blijk van jaloezie. Zijn blik werd wazig. Hij wilde meer horen. Het was alsof Willie het, in die verafgelegen plaatsen, tegelijk voor hem beleefde. En daarna kwam hij af en toe, maar nooit te vaak, en zonder ooit te vriendelijk te willen lijken, naar Willie om over verre dingen te praten.

Ongeveer twee weken later zei hij: 'Ik was anders dan jij. Jij kwam uit de middenklasse. Ik was een plattelandsjongen. Ik was arm. Maar je moet het zo zien. Toen ik arm was en op het platteland woonde dacht ik niet steeds dat ik arm was. Dat is wat heel wat mensen in de beweging niet begrijpen. Toen ik op het platteland woonde dacht ik altijd dat ons leven in alle opzichten een normaal leven was. Ik hoedde vee met een jongen uit de lagere kaste, een *harijan*, zoals ze dat in die tijd noemden. Stel je voor: vee hoeden en dat helemaal niet raar vinden. De harijan ging af en toe met me mee naar huis. Mijn vader vond dat niet erg. Hij dacht dat de jongen ambitieus was en dat vond hij heel belangrijk in mensen. Mijn moeder vond het ook niet erg, maar ze weigerde zonder meer elk kopje of elk glas dat de jongen had gebruikt af te wassen. Dus waste ik elk kopje of elk glas dat de jongen gebruikte af. Ik vraag me af of de jongen dat wist. Weet je hoe het hem is vergaan? Hij was ambitieus, mijn vader had gelijk. Hij is nu leraar aan een middelbare school, die jongen, zo vet als een *paratha* en zo rond als een ton. En ik ben hier.'

Willie, die diep nadacht, alsof er nog steeds valstrikken waren die hij waar het Ramachandra betrof moest vermijden, zei: 'Hij is waar hij wil zijn. Jij bent waar je wilt zijn.'

Ramachandra zei: 'Pas toen ik naar de stad ging om naar de universiteit te gaan besefte ik hoe arm we waren. Jij bent gewend me in uniform te zien. Maar toen ik voor het eerst naar de stad ging, droeg ik een lang hemd en een slobberbroek. Onze politici staan erop boerenkleding te dragen, om te laten zien dat ze de gewone man een goed hart toedragen, maar voor de mensen van het platteland zelf kan het een reden voor gêne zijn. Toen ik voor het eerst naar de stad ging, schaamde ik me voortdurend voor mijn kleren. Mijn vrienden op de universiteit hadden dat in de gaten. Ze waren rijker dan ik. Laten we zeggen dat ze iets meer geld hadden dan ik. Ze namen me mee naar een kleermaker en lieten een pak voor me maken. Een dag of drie later gingen we naar het atelier en hielpen ze me in het pak. Ik kon mijn ogen niet geloven toen ik mezelf zag. Al die mooie stof. Ik vroeg me af of ik ooit de moed zou hebben met die mooie kleren de stad in te gaan. Het is niet zo makkelijk je nu nog de allereerste keer te herinneren dat je een pak droeg; ik ben er zo aan gewend geraakt. Toen vroeg de kleermaker me om mezelf in de staande spiegel te bekijken. Dat was opnieuw een schok. De plattelandsjongen was verdwenen. Er keek een stadsmens naar mij. Maar toen gebeurde er iets onverwachts. Ik werd bezeten door seks. Ik was een stadsmens. Ik had de behoeften van een stadsmens. Ik wilde een meisje. Maar geen meisje wilde naar me omkijken.'

Willie bestudeerde het lichtgetinte, benige, knappe gezicht op het magere, kleine lijf, nog steeds niet meer dan het lijf van de kleine jongen die vee hoedde in het dorp. Het lichaam leek de spot te drijven met de schoonheid van het gezicht, het te ontkrachten; de harde ogen waren in feite ook vol verdriet.

Willie zei: 'Iedereen die van dit subcontinent komt heeft problemen met seks. We vinden het zo vanzelfsprekend dat onze ouders en verwanten het voor ons regelen. We weten er zelf geen raad mee. Als ik dat probleem niet had, zou ik niet met dat meisje zijn getrouwd. Zou ik niet naar Afrika zijn gegaan en achttien jaar van haar en mijn leven hebben vergooid. Als ik makkelijker met seks was omgegaan, als ik geweten had waar ik het moest vinden en aan mijn trekken zou zijn gekomen, zou ik een ander type man geweest zijn. Mijn mogelijkheden zouden eindeloos geweest zijn. Ook nu nog zou ik niet weten welke dat zouden zijn. Maar zonder die gave was ik gedoemd. Ik kon alleen krijgen wat me toeviel.'

Ramachandra zei: 'Het was nog altijd beter dan wat ik kreeg.'

Willie, die een zweem van jaloezie in Ramachandra's ogen opving, leek het beter het onderwerp te laten rusten.

En het was Ramachandra die, langs een omweg en vele dagen later, toen ze weer op weg waren, het onderwerp weer oppakte.

Hij zei: 'Welke boeken las je toen je jong was?'

Willie zei: 'Ik had veel moeite met de boeken die we moesten lezen. Ik probeerde *The Vicar of Wakefield* te lezen. Ik begreep er geen snars van. Ik had geen idee wie die mensen waren en waarom ik over ze las. Ik kon het niet in verband brengen met ook maar iets wat mij vertrouwd was. Hemingway, Dickens, Marie Corelli, *The Sorrows of Satan*; met hen en alle anderen had ik evenveel moeite. Uiteindelijk had ik de moed met het lezen ervan te stoppen. Het enige wat ik begreep en mooi vond waren sprookjes. Grimm, Hans Andersen. Maar ik had niet de moed het mijn leraren of vrienden te vertellen.'

Ramachandra zei: 'Mijn docent aan de universiteit vroeg me op een dag: – ik was toen al een broekenman, moet je weten – "Heb je *De drie musketiers* al gelezen?" Toen ik nee zei zei hij: "Je hebt je halve leven gemist." Ik heb lang naar dat boek gezocht. Het was geen boek dat je in ons kleine stadje makkelijk kon vinden. En een tegenvaller dat het was! Ik had geen idee waar ik was en wie die gekostumeerde mensen waren. En weet je wat ik dacht? Ik dacht dat mijn leraar – hij was half Engels – dat over mijn halve leven missen had gezegd omdat zijn leraar hetzelfde tegen hem had gezegd. Ik dacht dat dat gedoe met *De drie musketiers* van generatie op generatie was overgegaan, van onderwijzer op onderwijzer, en dat niemand ze had gezegd daarmee te stoppen. Weet je wat wel toegankelijk voor me was, wat ik meteen kon begrijpen en in verband brengen met mijn eigen behoeften? Lenin, Marx, Trotski, Mao. Ik had met geen van hen moeite. Ik vond ze niet abstract. Ik verslond ze. Het enige dat ik daarnaast nog kon lezen waren romannetjes van Mills & Boon.'

Willie zei: 'Liefdesverhalen voor meisjes.'

'Daarom las ik ze. Ik las ze voor het taalgebruik, de gesprekken. Ik dacht dat ik daaruit zou leren hoe ik de meisjes op de universiteit kon benaderen. Ik dacht dat ik door mijn achtergrond niet over de juiste woorden beschikte. Ik kon niet over film en muziek praten.

Een bepaalde taal leidt tot een bepaalde manier van praten en dan tot seksuele ervaring – dat was wat ik dacht. Dus ik ging na de colleges naar huis en las ik mijn Mills & Boon-boekjes en leerde hele passages uit mijn hoofd. Ik probeerde die taal uit op de meisjes in de mensa. Ze lachten me uit. Eén meisje lachte niet. Maar na een tijdje stond ze op en vertrok ze met de jongen op wie ze wachtte. Ze had me als tijdverdrijf gebruikt. Dat meisje haatte ik in het bijzonder. Ik werd bezeten door seks, zoals ik je vertelde. Ik wilde dat ik mijn plattelandskleren had aangehouden en nooit mijn dorp had verlaten. Ik wilde dat ik mijn vrienden nooit had toegestaan me in het pak te steken. Die woede werd steeds heviger. Ik had het gevoel dat ik elk moment iemand naar de keel kon vliegen. Het was die woede die me bij de beweging bracht. Iemand van de beweging bepleitte op de universiteit haat tegenover vrouwen. Hij bepleitte dit als een nieuwe vorm van moralisme. Hij zei bijvoorbeeld: "Het eerste offer is je seksualiteit, kameraad." Anderen zeiden hetzelfde. Ik hoorde ze zeggen dat de revolutionair eigenlijk een asceet en een heilige is. De asceet neemt in onze traditie een belangrijke plaats in en ik voelde me erdoor aangetrokken. Het is iets wat ik zelf bij mijn sectie bepleit. Ik heb twee mensen gedood die tegen de leer waren. Ik doodde een man die een meisje van een stam verkrachtte, en ik doodde een man die ik een dorpsjongen zag strelen. Ik vroeg hem niet om uitleg. Ik ontnam die kerel alles wat hem kon identificeren en liet zijn lichaam bij de dorpelingen achter om ermee te doen wat ze wilden.'

Willie bemerkte hoe onwillig Ramachandra was bij ongeacht welk verslag van zijn seksuele ellende zijn kleine postuur te erkennen. Hij sprak over al het andere, zijn achtergrond, zijn kleding, zijn taal, zijn dorpscultuur, maar vermeed wat het meest voor de hand lag en het belangrijkste was. Het was als de zelfkritieksessies die ze bij officiële bijeenkomsten hielden, waar de waarheid dikwijls dat was wat werd weggelaten, zoals Willie zelf de waarheid had weggelaten toen hij over de arrestatie van Bhoj Narayan en het verlies van zijn sectie had gesproken. Willie bewonderde Ramachandra omdat hij niet over zijn grootte klaagde, dat hij deed alsof hij als andere mannen was, in staat was over meer algemene zaken te spreken. Maar hoe men het ook verzweeg, hoe men ook meeleefde, het woog niet op tegen Ramachandra's verdriet en gebrek. En als Willie de man met de fijne trekken zag slapen, was hij dikwijls vervuld van genegenheid.

Willie dacht: Toen ik voor het eerst Bhoj Narayan ontmoette, zag ik in hem een schurk. Maar ik raakte met hem bevriend en toen verdween dat beeld. Toen ik voor het eerst Ramachandra ontmoette, zijn knokige handen met zijn geweer zag spelen, zag ik in hem een moordenaar en fanatiekeling. Dat beeld van hem verdwijnt nu al voor mij. Bij deze poging te begrijpen, verlies ik het contact met mezelf.

Een andere keer vroeg Ramachandra aan Willie: 'Waarom ben je bij je vrouw weggegaan?'

Willie zei: 'Ik was in Afrika. Een Portugese kolonie in verval. Ik had daar achttien jaar gewoond. Mijn vrouw kwam uit die kolonie. Ik woonde in haar grote huis en op haar land, twintig keer zoveel land als wie dan ook hier bezit. Ik had geen baan. Ik was gewoon haar man. Jarenlang dacht ik dat ik het had getroffen. Daar te wonen – heel ver van huis; India was wel de laatste plaats waar ik wilde zijn – en nog wel in zo'n grootse koloniale stijl. Want je moet begrijpen dat ik arm was, letterlijk zonder geld; en toen ik in Londen mijn vrouw ontmoette, aan het eind van mijn vruchteloze studietijd, had ik geen idee wat ik zou kunnen doen of waar ik naartoe zou kunnen gaan. Na vijftien of zestien jaar in Afrika begon ik te veranderen. Ik kreeg het gevoel dat ik mijn leven had vergooid, dat wat ik als mijn geluk beschouwde dat helemaal niet was. Ik kreeg het gevoel dat ik niets anders deed dan het leven van mijn vrouw leven. Haar huis, haar land, haar kennissen, niets was van mij. Ik kreeg het gevoel dat ik door mijn onzekerheid – de onzekerheid waarmee ik was geboren, net als jij – te veel aan het toeval had overgelaten en dat dit toeval me steeds meer van mezelf had vervreemd. Toen ik mijn vrouw vertelde dat ik haar ging verlaten omdat ik er genoeg van had haar leven te leven, zei ze iets heel raars. Ze zei dat het niet echt haar leven was. Daar heb ik de laatste twee jaar over nagedacht, en ik denk nu dat mijn vrouw bedoelde dat zij haar leven ook beschouwde als een reeks toevalligheden, net als ik dat deed. Afrika, de Portugese kolonie, haar grootvader, haar vader. In die tijd zag ik het als niet meer dan een berisping, en ik was totaal niet in de stemming om het te accepteren. Ik dacht dat ze bedoelde dat mijn leven met haar me kracht en karakter en kennis van de wereld had gebracht; dat dit haar geschenken aan mij waren en dat ik die nu gebruikte om haar leven te vergallen. Als ik toen had gedacht wat ik nu denk dat ze zei, zou ik heel ontroerd zijn geweest en zou ik haar misschien nooit hebben verlaten. Dat zou verkeerd zijn geweest. Ik moest haar verlaten om met mezelf geconfronteerd te worden.'

Ramachandra zei: 'Ik heb het gevoel dat alles wat mijn geboorte en mijn leven betreft toeval was.'

Willie dacht: Dat geldt voor ons allemaal. Misschien zouden mensen een veel ordelijker leven kunnen leiden als ze meer zeggenschap hadden over hun lot. Misschien is daarvan sprake in die gesimplificeerde wereld daarbuiten.

Ze kwamen bij een dorp dat verschilde van de andere dorpen of gehuchten in het woud waar ze het afgelopen jaar doorgekomen waren. Dit dorp moest in het verre verleden de residentie van een kleine landheer zijn geweest. Een belastingpachter, zei Ramachandra: de inner van de veertig of vijftig verschillende belastingen die deze arme dorpelingen in het verleden moesten betalen; de feitelijke eigenaar van twintig of dertig of meer dorpen. Het grote huis, te groot voor de omgeving, stond nog steeds aan de rand van het dorp. Het stond nu leeg, maar er was (misschien uit achterhaald respect of uit angst voor boze geesten) niemand ingetrokken, en in het gehele complex – het voorportaal, de geplaveide binnenplaatsen, de opeenvolgende vertrekken zonder deuren – hing de vochtige en bedorven geur van verrot metselwerk van een sinds lang verlaten landhuis. Deze stank kwam van vleermuizen en hun zachte, opgehoopte uitwerpselen en van duiven en minder vredelievende vogels, die zich er hadden gevestigd en die een korst van witte, korrelige spatten op de muren hadden achtergelaten, spat op spat op spat. Het zou een onsmakelijk werk zijn om het huis te ontdoen van wat de vleermuizen en vogels hadden achtergelaten, maar het zou ook, als het huis weer bewoond werd, veel tijd kosten om het de geur van menselijk leven terug te geven.

Het land van de landheer was nog tot ver buiten het dorp te zien:

overgroeide akkers, niet geïrrigeerd en opgedroogd; verwaarloosde boomgaarden met citroenen en zoete limoenen, met lange, verwilderde takken, en waar overal acacia's en neembomen groeiden.

Ramachandra zei: 'Je zou nog medelijden met deze dorpelingen krijgen. De meesten bezitten geen land en we proberen ze al drie jaar zover te krijgen dat ze deze tweehonderdvijftig hectare in bezit nemen. We hebben ik weet niet hoeveel bijeenkomsten met ze belegd. We hebben ze verteld over het weerzinwekkende van de wetten uit het verleden. Ze zijn het met alles eens, maar als we ze vertellen dat het nu aan hen is om deze hectaren in bezit te nemen en om te ploegen, zeggen ze: "Het land is niet van ons." We kunnen twee uur lang op ze inpraten en dan lijken ze het met je eens te zijn, maar dan zeggen ze ten slotte weer: "Het land is niet van ons." Je kunt ze waterreservoirs laten schoonmaken. Je kunt ze wegen laten aanleggen. Maar je kunt ze niet zover krijgen dat ze land in bezit nemen. Ik begin in te zien waarom revoluties in bloedvergieten moeten eindigen. Deze mensen zullen de revolutie pas gaan begrijpen als we mensen gaan doden. Dat zullen ze zonder moeite begrijpen. We hebben minstens drie revolutionaire comités hier en in veel andere dorpen opgericht. Ze zijn allemaal uiteengevallen. De jongemannen die zich bij ons aansluiten willen bloed zien. Ze hebben middelbaar onderwijs genoten. Sommigen hebben zelfs een diploma. Ze willen bloed, actie. Ze willen dat de wereld verandert. We bieden ze niet meer dan woorden. Dat is de erfenis van Kandapalli. Ze zien dat er niets gebeurt en gaan ervandoor. Als we de bevrijde gebieden met ijzeren hand zouden regeren, zoals zou moeten, zouden we die honderdvijftig hectare in één maand geschoond en omgeploegd hebben. En de mensen zouden een beetje gaan begrijpen waar de revolutie voor staat. Dit keer zullen we iets moeten doen. We hebben gehoord dat de familie van de vroegere belastingpachter dit land probeert te verkopen. Ze zijn aan het begin van de opstand gevlucht en hebben sindsdien in een of andere stad gewoond. Ze leven daar als vanouds parasiterend, ze doen niks. Nu zijn ze arm. Ze willen dit land via een louche overeenkomst aan een plaatselijke boer verkopen, zo iemand als Shivdas. Hij woont zo'n dertig kilometer verderop. We zijn vastbesloten die deal te voorkomen. We willen dat het land in het bezit van de dorpelingen komt, en het ziet ernaar uit dat we dit keer een paar mensen moeten doden. Ik denk dat we hier een paar man moeten achterlaten om onze wil op te leggen. Op dit punt heeft Kandapalli ons ondermijnd. Huilen om de armen, nauwelijks in staat een zin te vormen, op iedereen indruk maken, en niets doen.'

Ze kwamen bij het huis van de landheer. Het was twee verdiepingen hoog en de buitenmuur was ongepleisterd. De hal liep door de hele benedenverdieping van het huis. Aan beide zijden van de hal bevond zich in de dikke muur een nis met een flinke verhoging van tussen de zestig en negentig centimeter breed. Hier zouden in het verleden de poortwachters de wacht hebben gehouden of geslapen of hun waterpijp gerookt en eenvoudiger bezoekers zouden er hebben gewacht. De stijl van dit huis – beurtelings binnenhoven en reeksen vertrekken met een centrale doorgang, zodat het mogelijk was door een tunnel van licht en donker helemaal van voor tot achter te kijken – deze stijl zou hier de traditionele bouwstijl zijn geweest. Menig boer had een eenvoudiger versie van het grote huis. Het getuigde van een cultuur die, althans op dit punt, onveranderd was gebleven; en Willie voelde zich ondanks de stank van het half vergane gebouw geroerd door dit onverwachte kijkje dat hem op zijn land werd vergund. Het verleden was verschrikkelijk; het moest verdwijnen. Maar het verleden had ook een zekere volkomenheid waar mensen als Ramachandra niets om gaven en waar ze niets voor in de plaats konden stellen.

De volgende middag verliep de dorpsbijeenkomst zoals Ramachandra had voorspeld. De dorpelingen kwamen gedienstig met hun korte tulbanden en hun lange of korte lendedoeken en lange hemden, en ze luisterden en maakten een verstandige indruk. De geüniformeerde mannen van de beweging zorgden ervoor dat hun geweren werden gezien, zoals Ramachandra had bevolen. Ramachandra zelf keek ongeduldig en hard en trommelde met zijn knokige vingers op zijn AK-47.

'Er zijn hier vijf- of zeshonderd hectaren land. Honderd man kunnen ieder vijf hectare in bezit nemen en met ploegen beginnen, ervoor zorgen dat het land weer vruchtbaar wordt.'

Er klonk zoiets als een collectieve zucht, alsof dit iets was waar ze lang op hadden gehoopt. Niettemin, toen Ramachandra de mensen individueel ondervroeg, was het antwoord telkens weer: 'Het land is niet van ons.'

Na afloop zei Ramachandra tegen Willie: 'Je ziet hoe goede oude manieren en goede oude gebruiken de mensen rijp maken voor slavernij. Het is de traditionele cultuur waar onze politici over praten. Maar er is nog iets anders. Ik begrijp deze mensen omdat ik een van hen ben. Ik hoef maar een knopje in mijn hoofd om te draaien en ik weet precies wat ze denken. Ze accepteren dat sommige mensen rijk zijn. Dat vinden ze helemaal niet erg. Omdat deze rijke mensen niet zijn zoals zij. Mensen zoals zij zijn arm, en ze zijn ervan overtuigd dat de armen arm blijven. Als ik ze zeg een halve hectare in bezit te nemen, weet je wat ze dan denken? Ze denken: Ik wil niet dat Srinivas een halve hectare land krijgt. Het zal hem onuitstaanbaar maken. Het is beter als ik geen halve hectare krijg als daarmee wordt voorkomen dat Srinivas en Raghana er een halve hectare bij krijgen. Alleen het geweer kan een omwenteling teweegbrengen. Ik denk dat we dit keer een halve sectie moeten achterlaten om hen tot rede te brengen.'

Die avond zei hij tegen Willie: 'Ik heb het gevoel dat we een stap voorwaarts doen en dan twee achterwaarts, en de regering zit erop te wachten dat we falen. Er zitten een paar mensen in de beweging die alle opstanden hebben meegemaakt en al dertig jaar hetzelfde doen als wij. Zij zijn de mensen die liever niet hebben dat er nu iets gebeurt. Voor hen zijn de revolutie en zich schuilhouden en bij dorpelingen op de deur kloppen en om eten en onderdak voor de nacht vragen een manier van leven geworden. We hebben altijd onze door het woud dolende kluizenaars gehad. Het zit in ons bloed. De mensen waarderen het in ons, maar het brengt ons nergens.'

Hij wond zich op, hartstocht won het van de achting die hij voor Willie had en Willie was blij dat ze voor de nacht uiteengingen.

Willie dacht: Ze willen allemaal dat de gevestigde orde verdwijnt. Maar de gevestigde orde is een deel van het menselijk bestaan. Als de gevestigde orde verdwijnt, zullen de mensen niet weten wie ze zijn, en deze dorpen, die hun eigen schoonheid hebben, zullen overwoekerd worden.

Ze lieten vijf man van de sectie achter om te praten over de noodzaak het land van de landheer om te ploegen.

Ramachandra, die deze ochtend een stuk rustiger was, als een kat die plotseling zijn woede is vergeten, zei: 'Ze zullen niets ondernemen.'

Anderhalve kilometer buiten het dorp kwamen er jongemannen uit het woud. Ze gingen in de pas van de sectie lopen. Ze gaven geen blijk van spot.

'Onze rekruten,' zei Ramachandra. 'Je ziet het. Middelbare scholieren. Zoals ik je voorspelde. Voor hen zijn we een visioen van het leven dat ze ooit hadden. Maar het ontbrak hun aan het geld om in het stadje te kunnen blijven waar ze voor hun scholing naartoe gingen. Wij zijn voor hen wat de uit Londen en Amerika teruggekeerde jongens voor jou waren. We zullen ze teleurstellen, en het lijkt me beter om ze in dit stadium weg te sturen.'

Rond het middaguur rustten ze.

Ramachandra zei: 'Ik heb je nog niet verteld waarom ik me bij de beweging aansloot. De reden is in feite heel simpel. Je herinnert je die jongens van de universiteit die mijn vrienden werden en een pak voor me kochten. Er was aan die universiteit een docent die om de een of andere reden heel aardig voor me was. Toen ik mijn kandidaats had meende ik dat ik op mijn beurt iets voor hem moest doen. Weet je wat ik dacht? Lach alsjeblieft niet. Ik dacht dat ik hem te eten moest vragen. Het was iets wat altijd in die boeken van Mills & Boon gebeurde. Ik vroeg hem of hij bij me wilde komen eten. Hij zei ja en we maakten een afspraak. Ik wist niet hoe ik dat etentje moest regelen. Ik zat er erg mee in mijn maag. Ik had nog nooit iemand te eten gevraagd. Toen kreeg ik een krankzinnig idee. Er woonde een welgestelde familie in de stad. Het waren kleine industriëlen, die pompen en dat soort dingen produceerden. In mijn ogen een luisterrijke wereld. Ik kende deze mensen niet, maar ik verzamelde al mijn moed en ging naar hun grote huis. Ik trok mijn pak aan, het pak dat me zoveel vreugde en verdriet had gegeven. Je kunt je de auto's op de oprijlaan voorstellen, de lichten, de enorme veranda. De mensen kwamen en gingen, en aanvankelijk merkte niemand me op. Halverwege de salon was er een soort bar zoals men in die moderne huizen aantreft. In al die drukte besteedde niemand veel aandacht aan mij en ik had de indruk dat ik zelfs aan de bar kon gaan zitten en de bediende met zijn strikje om een drankje kon vragen. Hij was de enige die ik dacht aan te kunnen spreken. Ik vroeg hem niet om een drankje. Ik vroeg hem naar de eigenaar van het huis. Hij wees hem mij, zoals hij daar temidden van andere mensen op de open veranda zat. Hij zat daar in de koele avondlucht. Eerder een stevig gebouwde dan dikke man van middelbare leeftijd met dun, strak naar achteren gekamd haar. Met het hart in mijn schoenen, zoals het gezegde luidt, begaf ik me naar de veranda en zei tegen de machtige man, in aanwezigheid van al die mensen daar: "Goedenavond, meneer. Ik studeer aan de universiteit. Professor Coomaraswamy is daar mijn docent, en hij heeft me naar u gestuurd met een verzoek. Hij zou heel graag een keertje met u eten – ik noemde de dag – als het u schikt." De machtige man stond op en zei: "Professor Coomaraswamy wordt in deze stad zeer bewonderd, en ik beschouw het als een grote eer samen met hem te eten." Ik zei: "Professor Coomaraswamy zou het bijzonder op prijs stellen als u hem te eten zou vragen, meneer." De boeken van Mills & Boon hadden me zo leren praten. Zonder die boeken had ik zoiets niet kunnen doen. De machtige industrieel leek verrast, maar zei toen: "Dat zou me een nog grotere eer zijn." Ik zei: "Dank u wel, meneer", en rende bijna het grote huis uit. Op de afgesproken dag trok ik mijn pak van vreugde en verdriet aan en nam ik een taxi naar het huis van mijn leraar. Hij zei: "Ramachandra, dit doet me groot plezier. Maar waarom ben je met de taxi gekomen? Gaan we ver?" Ik zei niets, en we reden naar de industrieel. Mijn leraar zei: "Dit is een heel groot huis, Ramachandra." Ik zei: "Voor u wil ik alleen maar het beste." Ik bracht hem naar de open veranda, waar de industrieel met zijn vrouw en nog een paar mensen zat, en ook nu weer rende ik bijna het huis uit. De volgende dag op de universiteit zei mijn leraar: "Waarom heb je me ontvoerd en naar die mensen gebracht, Ramachandra? Ik wist niet wie ze waren, en zij hadden geen idee wie ik was." Ik zei: "Ik ben arm, meneer. Ik kan niet iemand als u te eten vragen, en ik wilde alleen maar het beste voor u." Hij zei: "Maar, Ramachandra, mijn achtergrond is als die van jou. Mijn familie was net zo arm als de jouwe." Ik zei: "Ik heb een fout gemaakt, meneer." Maar ik schaamde me dood. Dat was waartoe dat pak en de Mills & Boon-boekjes me hadden gebracht. Ik haatte mezelf. Ik wilde iedereen die getuige van mijn schaamte was geweest uit de weg ruimen. Ik stelde me de hilariteit van die mensen op de veranda voor. Ik meende dat er voor mij geen plaats was op de wereld, tenzij deze mensen dood waren. Tenzij mijn leraar dood was. Ik ben bijna vergeten hoe ze eruitzagen, maar die schaamte en woede draag ik nog steeds met me mee.'

Ik zei: 'Kleine dingen zijn vaker dan we denken de drijfveer van menselijk handelen. Er zijn zoveel dingen waar ik me voor schaam. In India, Londen en Afrika. Na twintig jaar zijn ze nog altijd springlevend. Ik denk niet dat ze ooit zullen verdwijnen. Ze zullen pas verdwijnen als ik doodga.'

Ramachandra zei: 'Zo beleef ik het ook.'

Later die middag kwam er, toen de sectie voorbijmarcheerde, een groep jongemannen uit het woud. Ze hadden waarschijnlijk de hele dag op de sectie gewacht; tijd was hier van vrijwel geen betekenis. En je kon aan hun stralende gezichten en gretige houding zien dat deze jongemannen potentiële rekruten waren, jongemannen die zich in hun dorp opgesloten wisten en ervan droomden uit te breken; droomden van de stad en modieuze kleding en eigentijds amusement, droomden van een wereld waarin tijd meer betekenis zou hebben, misschien zelfs droomden, diegenen onder hen die over meer geestkracht beschikten, over maatschappelijke verandering en macht. Vergelijkbare groepen hadden zich tijdens verschillende fasen van de mars bij de sectie aangesloten; hun naam, afkomst en de naam van hun dorp waren genoteerd. Maar deze groep jongemannen verschilde van de andere. Deze jongemannen hadden nieuws; hun nieuws maakte hen heel opgewonden.

Ze kwamen naar de man met het grote geweer en herkenden hem als de commandant. Ramachandra en zij wisselden een paar woorden. Na een tijdje gaf Ramachandra de colonne een teken halt te houden.

Ramachandra zei: 'Ze zeggen dat ons verderop een hinderlaag wacht.'

Willie zei: 'Van wie?'

'Het kan iedereen zijn. Als het waar is. Het kan de politie zijn. Het kunnen Kandapalli's aanhangers zijn. Het kunnen mannen zijn die zijn ingehuurd door de herenboer die het land van die feodaal wil kopen. Zij zouden ons als hun vijand beschouwen. Het kunnen zelfs dorpelingen zijn die het zat zijn ons in hun dorpen te hebben en van ons af willen. Ze weten dat we niet serieus zijn. Dat is een deel van het probleem. Iedereen weet dat de oude wereld aan het veranderen is en niemand heeft een duidelijk beeld van de toekomst. We hebben onze kans vergooid en nu zijn er honderden motieven. Als we behoorlijk militair getraind waren zouden we weten wat we in het geval van een hinderlaag moesten doen. Maar we wilden geen geweren gebruiken. We deden slechts dat padvinders- en studentenweerbaarheidsgedoe. Geweer schouderen en presenteren en op de plaats rust. Dat is prima als je de enige met een geweer bent. Maar nu er iemand anders is met een geweer weet ik niet wat ik moet doen. Het enige wat ik kan bedenken is dat ik verder ga en hem probeer te doden. Ik kan jullie niet vragen me te volgen, omdat ik niet weet wat te doen. Als er een hinderlaag is en er gebeurt iets met me, moeten jullie rechtsomkeert maken. Zorg nu dat je je niet laat zien.'

Willie zei: 'Ramachandra.'

'Ik heb een goed geweer.'

Ze wachtten in dat deel van het woud tot het donker was. Toen riep een van de jongemannen die het nieuws van de hinderlaag hadden gebracht vanaf het pad naar hen.

'Ze hebben hem gedood.'

'Wie waren het?'

'Politieagenten. Hij kroop tot vlak bij hen en schoot zijn geweer leeg. Hij doodde er drie. Dat verraadde hem en ze schoten hem neer. Dit zal in de krant komen, geloof me.'

Willie zei: 'Hij doodde er drie?'

'Jazeker, meneer.'

Het was uiteindelijk toch goed nieuws. Willie dacht: Hij deed ten slotte zijn naam eer aan. In het Indiase epos behoort Ramachandra tot de meest eminente mensen. Hij is veel meer dan een religieus mens. Je kunt te allen tijde van hem verwachten dat hij zich goed gedraagt, het juiste doet.

De jongeman die het nieuws had gebracht zei: 'Erg voor u, om een geweer te verliezen.'

Even later – ze hadden (in overeenstemming met Ramachandra's laatste bevel) rechtsomkeert gemaakt, waarbij ze het hoofdpad vermeden, zich in het duister voortbewogen, vastbesloten zo nodig de hele nacht door te lopen om uit handen van de politie te blijven, voor het geval de politie hen achtervolgde – dacht Willie: Ik heb niet aan die dode politieagenten gedacht. Ik heb mezelf laten meeslepen. Nu ben ik pas echt verloren. In alle opzichten. Ik weet niet wat voor of achter me ligt. Het enige wat me rest is overleven, maken dat ik hier wegkom.

Zes

Het einde van Kandapalli

Na twee bange dagen kwamen ze weer bij het dorp met het verlaten huis van de landheer, de verlaten strokleurige velden van de landheer (met het diepe groen van snel groeiende, woekerende wingerds) en de boomgaarden, waar de takken uit hun krachten waren gegroeid, waar de ogenschijnlijk ten dode opgeschreven bladeren, in de verkeerde kleur, aan de stakerige, verkorte twijgen spaarzaam waren en de vruchten verspreid en misleidend, waar onder de rottende, grijswitte schil van zoete limoenen en citroenen de wespen zich nestelden.

Het was een ander dorp voor hen. De twee weken dat ze er waren, waren ze sterren geweest. Ze hadden geweren gehad en uniformen en kleppetten met een bloedrode ster en hun woorden waren van belang geweest (ook al had niemand ze echt geloofd). Nu was dat veranderd, het hele dorp wist van de hinderlaag van de politie en de dood van de angstaanjagende sectiecommandant. Zonder specifieke agressie, slechts in de manier waarop ze de kleine dingen van het dagelijks dorpsleven aanpakten, met het zelfbewustzijn van mensen die wisten hoe de dingen in elkaar zaten, leken de dorpelingen de terugkerende geüniformeerde mannen te doorzien.

Ze zochten de drie mannen die ze hadden achtergelaten om de overname van het land van de landheer te regelen. Dat ze gedacht hadden iets dergelijks te kunnen wagen kwam hun nu onthutsend voor. Het moet voor de drie mannen een hel zijn geweest. Niemand in het dorp wist waar ze waren. Niemand leek zelfs een herinnering aan hen te hebben. En het werd de overgeblevenen van Willies sectie en Keso, de dikke, donkere, plaatsvervangend commandant, een gesjeesde student in de medicijnen, al gauw duidelijk dat deze mannen gedeserteerd waren. Keso was met desertie bekend.

Toen ze het dorp bezet en bevrijd hadden, was hun het gebruik van hutten toegestaan. Nu meende Keso dat het verkeerd zou zijn geweest en misschien zelfs gevaarlijk om te vragen in het dorp te mogen overnachten. Hij beval dat ze hun mars zouden voortzetten, doen wat Ramachandra had gezegd, op hun schreden terugkeren en in etappes naar de basis gaan.

Keso zei: 'Je ontkomt niet aan het gevoel dat Ramachandra gelijk had. We zouden heel wat meer bereikt hebben als we telkens bij de bevrijding van een dorp een paar van deze mensen hadden gedood. Het zou nu ook veiliger voor ons zijn geweest.'

Ze kenden het woud niet goed genoeg om de paden links te laten liggen en de dorpen te vermijden. Ze gingen de dorpelingen als vijanden zien, hoewel ze voor water en voedsel van hen afhankelijk waren. Elke nacht kampeerden ze een kleine kilometer buiten een dorp; elke nacht zetten ze (met wat hun restte van hun zeer rudimentaire militaire training) een gewapend lid van de sectie als wachtpost uit. Dat ze dit deden werd bekend; het voorkwam dat ze door zekere dorpelingen werden beroofd.

Toen hij de stad verliet, realiseerde Willie zich nu, en gedurende al die tijd in de beweging, had hij geleefd met de idyllische voorstelling van het platteland en het woud die aan het denken van de beweging ten grondslag lag. Hij had zichzelf ervan overtuigd dat dat het platteland was dat hij zag; hij had het nooit in twijfel getrokken. Hij had zichzelf ervan overtuigd dat zich buiten het lawaai, het gedrang en de verschrikking van de steden, deze totaal andere wereld bevond waar alles nog volgens oude gebruiken verliep en dat het de taak van de revolutie was hieraan een eind te maken. Dit idyllische beeld hield de gedachte in dat de landarbeider zware arbeid verrichtte en werd onderdrukt. Wat dit idyllische beeld niet inhield was de gedachte dat het dorp – zoals de andere dorpen die ze tijdens hun mars hadden bevrijd (en die ze zich vervolgens lieten ontglippen) en misschien op een goede dag met wat geluk opnieuw zouden bevrijden – vol criminelen zat, die net zo primitief en wreed en gewelddadig waren als de omgeving en van wie het bestaan niets had te maken met de gedachte aan zware arbeid en onderdrukking.

Willie vroeg zich af hoe hij na het verlaten van de stad deze criminelen over het hoofd had kunnen zien. Misschien dat Ramachandra met zijn knokige vingers aan zijn AK-47 hen gedeisd had gehouden. Nu werd de uitgedunde sectie in elk dorp door criminelen belaagd en getart. In een van de dorpen was er een lichtgetinte man te paard en met een geweer – hoe konden ze hem ooit over het hoofd hebben gezien – die naar hun kampement kwam en schreeuwde: 'Stelletje CIA'ers, CIA'ers. Ze zouden jullie moeten fusilleren.' Keso besloot dat ze niet zouden reageren. Dat was het beste, maar makkelijk was het niet. De man op het paard was een schurk uit het dorp die zich namens het dorp misdroeg, die blijk gaf van een onverschrokkenheid die hij een tijdje terug liever verborgen had gehouden.

In sommige dorpen had men het in het hoofd gehaald dat de sectie een groep rondtrekkende desperado's was die kon worden ingehuurd om een vijand te doden. De mensen die iemand wilden laten vermoorden hadden gewoonlijk geen geld, maar ze dachten dat ze de mannen door zeuren of vleien zover konden krijgen dat ze aan hun wensen tegemoet kwamen. Misschien was dit hun manier van leven, bij alles om gunsten smeken. Deze levenshouding manifesteerde zich in hun wilde blikken en verwaarloosde lichamen.

Willie herinnerde zich een van de dingen die Ramachandra vaak zei: 'We moeten het idee iedereen te veranderen laten varen. Te veel mensen zijn daarvoor te ver heen. We moeten wachten tot deze generatie is uitgestorven. Deze generatie en de volgende. We moeten plannen maken voor de generatie die na hen komt.'

Dus gingen ze in etappes terug, terwijl voor Willie de idyllische voorstelling zich uitwiste, als bij toverslag verdween. Wegen die door de sectie met behulp van de dorpelingen werden aangelegd waren verdwenen; waterreservoirs waaruit de modder werd verwijderd waren opnieuw verstopt. Familievetes, van geen enkel belang, over land of waterputten of erfenissen, die Ramachandra als sectiehoofd ter beoordeling waren voorgelegd, waren weer opgelaaid; er was minstens één moord gepleegd.

Op een dag kwam in de buurt van een dorp een donkere man van middelbare leeftijd naar de marcherende sectie. Hij zei tegen Keso: 'Hoe lang bent u al in de beweging?' En het leek wel of hij alleen maar had gesproken om hun zijn prachtige beschaafde stem te laten horen en duidelijk te maken dat hij, niettegenstaande zijn boerenkleding en de dunne handdoek over zijn schouder, een stedeling was.

Keso zei: 'Acht jaar.'

De onbekende zei: 'Als ik mensen zoals u ontmoet – en zo nu en dan ontmoet ik mensen zoals u – kan ik het niet helpen te denken dat u slechts kapitein of majoor bent. Beginnelingen, nog onder aan de ladder. Trek het u niet aan. Ik ben sinds dertig jaar in de beweging, in alle bewegingen zo u wilt, en ik zie geen reden waarom ik dat niet nog eens dertig jaar zou blijven. Als je voortdurend op je tenen loopt, kun je niet gepakt worden. Om die reden beschouw ik mezelf als een generaal. Of, als u dat te pretentieus vindt, een brigadegeneraal.'

Willie zei: 'Hoe brengt u uw tijd door?'

'Arrestatie ontlopen, uiteraard. Naast het feit dat ik me mateloos verveel. Maar temidden van die verveling laat de geest nooit na over de wereld te oordelen en haar zonder mankeren waardeloos te vinden. Dat is niet iets wat buitenstaanders makkelijk is uit te leggen. Maar het houdt me staande.'

Willie zei: 'Hoe bent u begonnen?'

'Op de gebruikelijke wijze. Ik bezocht de universiteit. Ik wilde zien hoe de armen leefden. Er werd onder de studenten nogal eens opgewonden over hen gesproken. Een scout voor de beweging – daar liepen er tientallen van rond – regelde voor me dat ik de armen kon ontmoeten. We troffen elkaar op een station en reisden de hele nacht in een derdeklascoupé van een heel trage trein. Ik leek op een toerist en mijn gids leek op een reisleider. We kwamen ten slotte bij ons arme dorp. Het was heel arm. Het is nooit bij me opgekomen mijn gids te vragen waarom hij nu juist dit dorp had gekozen of hoe de beweging het had gevonden. Er was uiteraard geen sanitair. Dat kwam me toen als heel bijzonder voor. En er was heel weinig te eten. Mijn gids stelde de bevolking vragen en vertaalde hun antwoorden voor mij. Een vrouw zei: "Er is in drie dagen geen vuur in mijn huis geweest." Ze bedoelde dat ze drie dagen niet had gekookt en dat zij en haar gezin in geen drie dagen hadden gegeten. Ik was heel verontwaardigd. En aan het eind van die eerste avond zaten de dorpelingen buiten rond een vuur en zongen liederen. Het kwam geen moment in me op te vragen of ze dat voor ons of voor zichzelf deden, of dat ze dat elke avond deden. Ik wist alleen maar dat ik me vreselijk graag bij de beweging wilde aansluiten. De beweging van die tijd, de beweging van dertig jaar geleden. Dat werd door de gids voor me geregeld. Dat nam wat tijd in beslag. Ik verliet de universiteit en ging naar een kleine stad. Daar wachtten mijn contactpersonen me op. Ze zeiden dat ze me in een bepaald dorp zouden stationeren. Het was een heel eind lopen van de kleine stad. De hoofdweg ging over in een onverharde weg, en toen viel de avond. Het was maart, dus het was heel aangenaam, niet te warm. Ik was niet bang. En toen kwam ik bij het dorp. Het was niet te laat. Tegelijk met het dorp zag ik het huis van de machtige landheer. Het was een groot huis met een keurig onderhouden strodak. De armen hadden geen keurig onderhouden strodaken. Hun overhangende daken waren niet bijgesneden. Die machtige landheer was de man die ik moest vermoorden. Het was nogal opmerkelijk, op mijn allereerste dag het huis zien van de man die ik moest vermoorden. Het daar gewoon te zien staan. Als ik een ander type mens was geweest, zou ik hierin de hand van God hebben gezien. Die me de weg wees. Mijn opdracht was te zorgen dat de landheer werd vermoord. Ik mocht hem niet zelf vermoorden. Dat was de ideologie van die tijd, van landarbeiders opstandelingen maken en via hen de revolutie ontketenen. En, geloof het of niet, meteen nadat ik in het donker het huis had gezien, zag ik een landarbeider van zijn werk komen, om de een of andere reden verlaat. Opnieuw de hand van God. Ik stelde me aan de landarbeider voor. Ik zei zonder omhaal: "Goedenavond, broeder. Ik ben een revolutionair. Ik zoek onderdak voor de nacht." Hij sprak me aan met meneer en nodigde me in zijn hut. Daar aangekomen bood hij me zijn koestal aan. Het is het klassieke verhaal van de revolutie. Het was een weerzinwekkende koestal, hoewel ik nu heel wat ergere heb gezien. We aten wat onsmakelijke rijst. Het water kwam uit een klein stroompje. Niet zo'n sprookjesachtig, murmelend Engels beekje, helder als kristal. Dit is India, mijne heren, en dit was een weerzinwekkend, modderig stroompje. Wat je nog uit die onwelriekende troep wist te wringen moest worden gekookt. Ik sprak met mijn gastheer over zijn armoede, zijn schulden en de wreedheid van het bestaan. Hij leek verrast. Daarna stelde ik hem voor zijn heer te vermoorden. Ik liep wat hard van stapel, denkt u niet? Tenslotte was het mijn eerste avond. Mijn landarbeider zei zonder meer nee. Eerlijk gezegd was ik opgelucht. Ik was nog niet gehard genoeg. Als de man had gezegd: "Wat een goed idee, meneer. Ik denk al een tijdje aan niets anders. Kom mee en zie hoe ik die rotzak overhoopsteek", zou ik er maar al te graag vandoor zijn gegaan. Wat mijn landarbeider zei was dat hij de komende drie maanden voor eten en geld van zijn heer afhankelijk was. De heer vermoorden, zei hij, als een wijsheid die hij me in ruil voor mijn theorieën gaf, zou zoiets zijn als de kip met de gouden eieren slachten. Zijn verhaal was doorspekt met dergelijke gezegden. De volgende ochtend ging ik er zo gauw mogelijk vandoor. Het is een klassiek revolutionair verhaal. De meeste mensen zouden weer naar de stad zijn teruggekeerd en de bus of trein naar huis hebben genomen om zich weer aan hun studie en het neuken van dienstmeisjes te wijden. Maar ik hield vol. En hier ben ik dan, dertig jaar later. Nog altijd onder de plattelandsbevolking, met die filosofie van het moorden.'

Willie zei: 'Hoe brengt u de dag door?'

Keso zei: 'Dat wilde ik hem juist gaan vragen.'

'Ik logeer in iemands hut. Daar heb ik de nacht doorgebracht. Geen zorgen over huur en verzekeringen en openbare voorzieningen. Ik sta vroeg op en ga naar het veld om mijn behoefte te doen. Ik ben er nu aan gewend. Ik betwijfel of ik nog terug zou kunnen naar een kamertje tussen vier muren. Ik ga terug naar de hut, eet een beetje van wat het landleven me biedt. Ik lees een tijdje. De klassieken: Marx, Trotski, Mao, Lenin. Daarna bezoek ik verschillende mensen in het dorp en regel ik een bijeenkomst voor een nader te bepalen datum. Ik ga terug. Mijn gastheer komt van het veld. We praten wat. In feite praten we niet. Praten gaat moeizaam. We hebben elkaar niets te zeggen. Je kunt je niet in het dorpsleven mengen. Na nog een paar dagen ben ik weg. Ik wil niet dat mijn gastheer me beu wordt en me bij de politie aangeeft. Op deze manier gaat de dag voorbij en elke dag is gelijk aan alle andere. Ik denk dat het leven dat ik beschrijf te vergelijken is met dat van een topmanager.'

Willie zei: 'Dat begrijp ik niet.'

Keso zei: 'Ik begrijp het ook niet.'

De onbekende zei: 'Ik bedoel de verveling. Alles is voor hen geregeld. Als je eenmaal deel uitmaakt van zo'n onderneming zit je voor je leven gebakken. British American Tobacco, Imperial Tobacco, Unilever, Metal Box. Ze vertellen me dat de hoge heren van Imperial alleen maar lunchen en dan de data op de sigarettenpakjes in de winkel gaan controleren.'

Hij was geïrriteerd geraakt omdat hij een licht wantrouwen bespeurde en zijn toon werd defensief. Iets van zijn retorische stijl was verdwenen. Hij wilde zich nu niet langer bij de sectie ophouden en toen hij maar even kans zag – bij het zien van een groepje hutten waar hij zou kunnen uitrusten – excuseerde hij zich.

Keso zei: 'Denk je dat hij ooit bij een van die grote ondernemingen heeft gewerkt?'

Willie zei: 'Ik denk dat hij heeft gesolliciteerd en is afgewezen. Als ze hem bij Metal Box of een van de andere ondernemingen hadden aangenomen, zou hij nooit naar het platteland zijn gekomen om landarbeiders te vragen mensen te vermoorden. Dat wat hij zei over kapiteins en majoors en zelf een generaal zijn, duidt er waarschijnlijk op dat hij in het leger wilde en het leger hem afwees. Ik ben een beetje pissig op hem.'

'Dat is nogal drastisch.'

'Ik ben pissig op hem omdat ik aanvankelijk dacht dat hij ondanks zijn clownerie enige wijsheid bezat, iets wat ik kon gebruiken. Ik luisterde heel aandachtig en dacht dat ik later wel zou gaan begrijpen wat hij allemaal zei.'

Keso zei: 'Hij is gek. Ik denk dat hij nooit is opgepakt omdat de politie het niet de moeite waard vindt. De landarbeiders vinden hem waarschijnlijk belachelijk.'

Willie dacht: Dat zijn we in de ogen van de landarbeiders waarschijnlijk allemaal. Misschien zijn we zonder het te weten allemaal een beetje gek of in de war. Keso zou graag dokter zijn geworden. Nu is dit zijn leven en probeert hij zichzelf wijs te maken dat het menens is. Het is altijd makkelijk de waanzin van een ander te zien. We kunnen de waanzin zien in de ogen van de dorpelingen die wilden dat we mensen voor ze ombrachten. Die mannen met hun mismaakte, verwrongen gezichten, alsof hun geboorte voor hen letterlijk een pijnlijk gebeuren was. Onze eigen waanzin kunnen we niet zien. Hoewel ik die van mij heb leren kennen.

Ten slotte kwamen ze bij de basis, waar Willie een eigen hut had. De wens van het opperbevel om de bevrijde gebieden uit te breiden was niet vervuld; dat was iedereen bekend. Maar in weerwil van de algemene somberheid was Willie blij ergens te zijn waar hij al eerder was geweest. Hij had het gevoel niet langer in het ledige te opereren; hij had het gevoel dat hij misschien opnieuw zichzelf de baas kon zijn. Hij hield van het lage, schone strodak – dat gevoel van veiligheid, vooral als hij op zijn van touw gevlochten bed lag – waaronder hij kleine dingen kon bewaren tussen de daksparren en het dak; hij hield van de aangestampte en gladgestreken aarden vloer, die hol klonk onder zijn voeten.

Willie hoopte de sectiecommandant weer te ontmoeten, de man met de rustige, beschaafde manieren. Maar die was er niet. Volgens de berichten was hij gedeserteerd, had hij zich na uitvoerige onderhandelingen aan de politie overgegeven. Hij had de premie voor zijn arrestatie opgeëist; guerrillastrijders die zich overgaven konden aanspraak op deze premie maken. Daarna was hij weer naar de grote stad gegaan waar hij vandaan kwam. Daar had hij een paar dagen zijn van hem vervreemde vrouw gevolgd voor hij haar doodschoot. Niemand wist waar hij nu was. Misschien had hij zichzelf omgebracht; waarschijnlijker was het dat hij, met de bewegingsvrijheid die zijn premie hem zou hebben gegeven, zich ergens in het immens grote land bevond, waarbij hij al zijn guerrillakennis gebruikte op het gebied van vermommen en zich schuilhouden, en waarschijnlijk probeerde hij zich nu te ontdoen van zijn vroegere identiteit en het verdriet dat hij al die jaren had meegedragen.

Het nieuws zou meer commotie hebben veroorzaakt als de politie niet terzelfder tijd Kandapalli had gearresteerd. Dat was een veel grotere gebeurtenis, hoewel Kandapalli inmiddels de meeste van zijn aanhangers had verloren en daardoor weinig veiligheidsrisico opleverde zodat de politie het bij zijn arrestatie of bij zijn voorgeleiding niet nodig had gevonden extra maatregelen te nemen. Het opmerkelijkste aan hem was het knipselboek dat hij al die tijd met zich meesleepte. In dat boek had hij krantenfoto's van kinderen geplakt. Daarin moest een sterk motief voor bewogenheid liggen, in die foto's van kinderen, maar Kandapalli kon zich daarover niet uitspreken; zijn verstand had het laten afweten; het enige wat hem restte was deze intense bewogenheid. Willie was diep geroerd, dieper geroerd dan toen hij in Berlijn van Sarojini voor het eerst over Kandapalli had gehoord: zijn hartstochtelijke liefde voor de mensheid, zijn emotionaliteit. Er was nu geen mogelijkheid contact met haar op te nemen en een paar dagen lang, in een hulpeloos soort verdriet, dat verdriet om zichzelf en de wereld inhield om ieder individu en elk dier dat gekrenkt was, probeerde Willie zich in de geest van de gestoorde man te verplaatsen. Hij probeerde zich de kleine oude onderwijzer voor te stellen die foto's uit de krant koos en in zijn boek plakte. Welke foto's zouden hem hebben geraakt, en waarom? Maar de man ontglipte hem, bleef een gevangene in zijn geest, voor altijd tot eenzame opsluiting gedoemd. De gedachte aan de verwarring van de geest, waar niemand hem nu nog kon bereiken, de onvoorstelbare werveling van heden naar verleden, maakte meer indruk dan het nieuws van de eventuele dood van de man zou hebben gemaakt.

Zelfs de vijanden van de man waren geroerd. Einstein vond dat de beweging een gebaar moest maken om van solidariteit met de oude revolutionair te getuigen. Hij bracht de zaak ter sprake op de officiële bijeenkomst van de sectie.

Hij zei: 'Zijn ongenade is ons aller ongenade. We waren met hem in conflict, maar we zijn het hem verschuldigd iets te doen. We zijn het hem verschuldigd omdat hij de beweging in slechte tijden nieuw leven inblies, toen ze een grote klap had opgelopen en ten dode was opgeschreven. Ik stel voor dat we een minister van de centrale regering ontvoeren of, als dat voor ons te hoog gegrepen is, een minister van deze deelstaat. We laten duidelijk weten dat we dit doen als een gebaar ter ere van Kandapalli. Ik stel mezelf vrijwillig ter beschikking. Ik heb wat research gedaan. Ik heb een bepaald iemand in gedachten en weet wanneer het kan gebeuren. Ik heb niet meer dan drie mensen, drie pistolen en een auto nodig. Ik heb nog een man nodig om bij de stoplichten voor het huis van de minister te staan om gedurende drie of vier seconden het overstekende verkeer tegen te houden terwijl wij ervandoor gaan. Deze man moet doen geloven dat hij dit voor de minister doet. De actie als zodanig zal niet meer dan twee seconden duren. Ik heb het trouwens al geprobeerd en het duurde één minuut en vijftig seconden.'

Een vooraanstaand sectiecommandant zei: 'We kunnen op dit moment beter niets meer doen wat de politie aanmoedigt ons nog harder aan te pakken. Maar vat alsjeblieft je plan samen.'

'Het huis van de minister staat in Aziznagar. We moeten er een week van tevoren zijn, of op zijn minst vier dagen, om ons het wegenplan eigen te maken. We hebben een auto nodig. Die zullen we ergens anders huren. Drie mannen zullen die ochtend vlak voor het huis in de auto zitten. Het huis van de minister is vanaf de straat door een hoge muur aan het oog onttrokken. Dat komt goed uit. Er zal een wacht komen en ons vragen wat we daar doen. Met deze man zullen we later te maken krijgen. We zullen zeggen dat we aan de universiteit studeren – ik zal nog kijken welke we zullen noemen – en dat we de minister willen vragen met ons te komen praten of iets dergelijks. Ik zal bepalen wanneer het verkeer is afgenomen en het moment is gekomen. Ik stap uit de auto en loop langs de wacht naar de voordeur van de minister. Als ik daar loop, zal een van de mannen die bij me is de wacht in zijn hand of zijn voet schieten. Inmiddels ben ik in het huis van de minister. Ik schiet iedereen neer die me in de weg staat. Ik zal met veel kabaal en geschreeuw het bureau of de ontvangstruimte van de minister binnendringen. Ik zal hem in zijn hand schieten, een snel schot, en blijven schreeuwen. Hij zal doodsbang zijn. Meteen nadat hij gewond is duw ik hem met geweld door de voordeur naar de auto die de poort blokkeert. Ik heb zijn postuur bekeken. Dat lukt me wel. Ik kan hem met geweld naar buiten duwen. Dit alles moet worden gedaan met beheersing, precisie en vastberadenheid. Er mag geen moment worden geaarzeld. We rijden door het verkeerslicht dat voor ons gesaboteerd wordt. Twee minuten. Twee doortastende, koelbloedige minuten. De actie zal ons goeddoen. Het zal het volk laten weten dat we er nog zijn.'

De sectiecommandant zei: 'Het is doordacht en eenvoudig. Misschien te eenvoudig.'

Einstein zei: 'De doeltreffendste dingen zijn eenvoudig en direct.'

Keso zei: 'Ik maak me zorgen over die verkeerslichten. Zou het niet beter zijn ze uit te schakelen?'

Einstein zei: 'Te vroeg, en ze zullen ze repareren. Te laat, en er zal een opstopping op het kruispunt zijn. Het is beter als er iemand naar het kruispunt loopt, waar hij heel beheerst witte, officieel ogende handschoenen aantrekt en het overstekende verkeer stopt. Als de lichten in ons voordeel zijn, hoeven we helemaal niets te doen.'

De sectiecommandant zei: 'Staat er een politieagent of politiepost bij het kruispunt?'

Einstein zei: 'Als er een politiepost zou zijn, zou ik er niet over gedacht hebben. Als we voorbij zijn, zal deze man rustig de straat oversteken, zijn handschoenen uittrekken en in een auto of taxi stappen, die de plek dan zal verlaten. Het kan dus zijn dat we een tweede auto nodig hebben. Als iemand al iets ziet zal men denken dat het weer zo'n idioot is zoals men in India wel meer op straat tegenkomt. Vier man, twee auto's, drie pistolen.'

Keso zei: 'Ik heb het gevoel dat je vastbesloten bent dit te doen, ongeacht wat we ervan vinden.'

Einstein zei: 'Ik vind het een uitdaging. En het zal onverwacht zijn, aangezien we niets tegen deze minister in het bijzonder hebben. Het onverwachte bevalt me. Ik denk dat het een voorbeeld voor onze mensen zal zijn. Velen van ons kunnen, als we een militaire actie plannen, alleen maar rechttoe rechtaan denken. Daardoor ligt de tegenstander altijd op de loer en vullen we de gevangenissen.'

Later spraken Einstein en Willie elkaar.

Einstein zei: 'Ik hoorde dat jullie een zware tijd hadden bij die opmars in het binnenland. Die uitbreiding van het bevrijde gebied. De strategie was zwak en sommige mensen hebben daarvoor moeten boeten. We hebben ons te veel verspreid om effectief te zijn.'

'Ik weet het. Ik weet het.'

'De leiders laten ons vallen. Een te goed leven. Te veel bijeenkomsten op exotische plaatsen. Te veel gedrang om naar het buitenland te mogen om aandacht en fondsen te verwerven. Trouwens, herinner jij je die vent uit de weverskaste die ons een paar jaar geleden bij de politie aangaf?'

Willie zei: 'De Bhoj Narayan-kwestie?'

'Hij zal tegen niemand getuigen. Ik denk niet dat ze Bhoj Narayan onder artikel 302 zullen laten vallen.'

Willie zei: 'Een hele opluchting.'

'Ik wilde het je laten weten. Ik weet dat jullie dikke vrienden waren.'

'Ga je die actie uitvoeren?'

'Je moet het er niet meer over hebben. Je kunt maar al te makkelijk je mond voorbijpraten, zie je. Het is als met wiskunde als je jong bent. Het inzicht komt buiten je weten om, als je helemaal leeg bent.'

Willie dacht aan de kolonie van wevers zoals hij die voor het laatst had gezien: de rode lucht, de schone erven, waar vezels tot draad werden geweven, de driewielige scootertaxi voor het huis waar Raja met zijn oudere broer woonde. Hij herinnerde zich het vuur van de sigarettenmakers, zo feestelijk verlicht tegen het eind van de dag, in de halfopen keuken, op zo'n honderd meter van de weg; mensen die het twee keer zo goed hadden of half zo arm waren als de wevers; dat vroeg ontstoken vuur leek het verschil tussen hen aan te geven. Hij herinnerde zich de vrouw van de oudere broer, die zich in haar boerenhemd voor Bhoj Narayan op de grond liet vallen, zijn knieën omklemde en naast het zelfgemaakte weefgetouw voor het leven van haar zwager pleitte.

Hij dacht: Wie zou hier weten dat ik genegenheid voor die mensen voelde? Misschien zijn de beide broers dood beter af. Misschien is het zoals Ramachandra zei. Voor mensen als Raja en zijn broer is de geleden schade al te groot. Deze generatie is verloren, en de volgende waarschijnlijk ook. Misschien is beide broers een onnoemelijke hoeveelheid zinloos streven en nodeloos verdriet bespaard.

Er werden nu om de twee weken districtsbijeenkomsten gehouden. Sectiecommandanten of hun plaatsvervangers uit de bevrijde gebieden kwamen in verschillende delen van het woud bijeen om zoiets als traditioneel sociaal verkeer na te bootsen. Het onofficiële nieuws dat ze brachten betrof door de politie verrichte arrestaties en de liquidatie van secties, maar de valse voorstelling van een succesvolle revolutie en de gestage toename van bevrijde gebieden werd nog steeds gehandhaafd, althans in de officiële discussies, zodat deze discussies steeds abstracter werden. Zo debatteerden ze bijvoorbeeld in alle ernst over wat de grootste tegenstrijdigheid was, het feodalisme of het imperialisme. Iemand maakte zich dan bijzonder druk over het imperialisme – wat in die omgeving nogal vergezocht leek – en dan zei iemand anders tegen Willie: 'Dat moest hij natuurlijk wel zeggen. Zijn vader is landheer, en wat hij feitelijk zegt, als hij over imperialisme praat, is: "Wat jullie ook doen, kom niet in de buurt van mijn vader of mijn gezin."' Of ze debatteerden – dit deden ze om de twee weken, en iedereen wist wat de ander zou gaan zeggen – over de vraag wie de revolutie zou verwezenlijken, de plattelandsbevolking of het industriële proletariaat. Ondanks al het moorden werd de beweging steeds meer een zaak van deze abstracte formuleringen.

Tussen dit alles door kwam er nieuws van Einsteins actie. Hij had alles zo gedaan als hij had gezegd en het was mislukt. Einstein had gezegd dat de hoge muur voor het huis van de minister gunstig voor de actie was, omdat deze het zicht op Einstein en zijn vrienden in de ontvoeringsauto zou ontnemen. Maar zijn research was niet zo zorgvuldig geweest als hij bij de sectiebijeenkomst wilde doen geloven. De muur betekende ook dat het geheel aan veiligheidsmaatregelen van het huis voor Einstein was verborgen. Hij had gedacht dat er maar één gewapende wacht was en wel bij de poort. Wat hij op de dag van de actie en maar een paar minuten voor de voorgenomen ontvoering ontdekte, was dat er daarbinnen nog twee gewapende wachten waren. Hij besloot de hele actie af te blazen, en meteen nadat hij de binnenplaats was opgelopen, was hij weer langs de wacht naar buiten geschoten en in de auto gestapt. De lichten zaten hen tegen, maar de man die ze hadden aangewezen om het verkeer uit de andere richting tegen te houden deed zijn werk geweldig; hij liep langzaam naar het midden van de straat, deed zijn grote witte handschoenen aan en hield het verkeer tegen. Sommige mensen hadden dit als het zwakste punt van het plan beschouwd. Naar achteraf bleek, was dit het enige punt dat werkte. En, zoals Einstein had gezegd, het werd nauwelijks opgemerkt.

Toen hij zich weer bij hen voegde zei hij: 'Misschien is het wel goed zo. Misschien zou de politie ons echt hard hebben aangepakt.'

Willie zei: 'Dat was erg goed van jou, dat plan op het laatste moment afblazen. Ik denk dat ik zou hebben doorgezet. Hoe meer ik mezelf in de problemen zag komen, des te verder ik zou zijn gegaan.'

Einstein zei: 'Elk plan moet een beetje ruimte voor flexibiliteit hebben.'

Er kwam een man van het opperbevel van de beweging naar de volgende sectiebijeenkomst. Hij was in de zestig, veel ouder dan Willie had verwacht. Dus had die gek met zijn opschepperij die had gezegd dat hij dertig jaar lang in alle bewegingen had gezeten in sommige opzichten misschien wel gelijk. Ook hij had iets van een ijdeltuit, dit hooggeplaatste lid van het opperbevel, groot en slank en met schitterend, goed verzorgd, glanzend grijs haar. Ook dit was iets wat Willie niet verwachtte.

Einstein, om het gesprek van zijn eigen afgeblazen plan af te leiden, zei tegen de man van het opperbevel: 'We moeten echt stoppen met over bevrijde gebieden te praten. We vertellen de mensen op de universiteit dat het woud bevrijd gebied is en we vertellen de mensen in het woud dat de universiteiten bevrijd gebied zijn. Het onwaarschijnlijke gebeurt: deze mensen komen elkaar soms tegen. We kunnen niemand meer iets wijsmaken en we schrikken de mensen af die we willen rekruteren.'

De man van het opperbevel werd razend. Zijn gezicht vertrok en hij zei: 'Wie zijn die mensen die wat ik zeg in twijfel willen trekken? Hebben ze de boeken gelezen die ík heb gelezen? Kunnen ze die boeken wel lezen? Kunnen ze ook maar iets van Marx en Lenin begrijpen? Ik ben Kandapalli niet. Deze mensen zullen doen wat ik zeg. Ze zullen staan als ik ze zeg te staan en zitten als ik ze zeg te zitten. Heb ik die hele reis naar hier gemaakt om naar deze onzin te luisteren? Ik had elk moment gearresteerd kunnen worden. Ik ben hier gekomen om over een nieuwe tactiek te praten en dan krijg ik deze nonsens te horen.'

Zijn woede – de woede van een man die te lang gewend was zijn zin te krijgen – lag als een wolk over het vervolg van de bijeenkomst en niemand durfde nog een ander serieus punt naar voren te brengen.

Later zei Einstein tegen Willie: 'Door die man voel ik me voor gek gezet. Hij heeft ons allemaal voor gek gezet. Ik moet er niet aan denken wat we allemaal voor hem hebben gedaan.'

Willie zei (onverwacht won zijn vroegere Londense studentikoze gevatheid het van zijn voorzichtigheid): 'Mogelijk gingen de dikke boeken die hij las over de grote heersers van deze eeuw.'

De nieuwe tactiek, die tijdens de bijeenkomst besproken had moeten worden, kwam rechtstreeks van het opperbevel in de vorm van bevelen. Bevrijde gebieden dienden voortaan geïsoleerd te worden en streng gecontroleerd; de bevolking in die gebieden mocht slechts weten wat de beweging haar wilde laten weten. Wegen en bruggen langs de grenzen moesten worden opgeblazen. Er mochten geen telefoons zijn, geen kranten van buiten, geen films, geen elektriciteit. Er moest meer nadruk worden gelegd op het aloude idee van liquidatie van de klassevijand. Aangezien de feodale heren lang geleden waren gevlucht en er strikt gesproken geen klassevijand in deze dorpen was overgebleven, waren de mensen die geliquideerd moesten worden de beter gesitueerden. De revolutionaire gek die Willie en Keso hadden ontmoet, had over de filosofie van het moorden gesproken als zijn revolutionaire bijdrage voor de armen, de zaak waarvoor hij week na week van dorp naar dorp trok. Iets wat op zijn filosofie leek werd weer van stal gehaald en als doctrine naar voren geschoven. Het vermoorden van klassevijanden – en dat waren nu alleen de boeren met iets te veel land – was nodig om het succes van de politie te compenseren. De discipline binnen de secties moest strakker worden; sectieleden dienden elkaar aan te geven.

Willie werd bij een nieuwe sectie ingedeeld en bevond zich ineens onder vreemden die hem wantrouwden. Hij raakte zijn hut met het overhangende dak kwijt, die hij als de zijne was gaan beschouwen. De taak van zijn sectie was het vernietigen van wegen en bruggen, en hij verbleef in een tentenkamp en was weer voortdurend onderweg. Hij raakte gedesoriënteerd. Hij herinnerde zich de tijd dat het hem opbeurde, hem een houvast gaf, de bedden te tellen waarin hij had geslapen. Een dergelijk houvast was niet langer binnen zijn bereik. Hartstochtelijk wilde hij nu alleen nog zichzelf redden, zichzelf hervinden, de bovenwereld zien te bereiken. Maar hij wist niet waar hij was. Zijn enige troost was – en hij was er niet zeker van in hoeverre dit een troost was – dat hij tussen al die onbekenden van wie hij niet wilde weten wie ze waren, die hij (gezien zijn grote vermoeidheid en desoriëntatie op dat moment) liever ondoorgrondelijk wilde houden, zijn enige troost was dat hij op de tweewekelijkse bijeenkomsten van de sectie Einstein bleef ontmoeten.

Nu kreeg de sectie het bevel de dorpelingen zover te krijgen dat ze de meer welgestelde boeren gingen vermoorden. Dit was niet langer facultatief, een doel dat bereikt kon worden op een dag dat de omstandigheden zich daartoe leenden. Dit was een bevel, te vergelijken met de opdracht die managers van een winkelketen kregen om de verkoopcijfers te verhogen. Het opperbevel wilde cijfers.

Willie en een andere man van de sectie gingen bij het vallen van de avond met een geweer naar een dorp. Willie herinnerde zich het verhaal van de gek die na het vallen van de nacht naar een dorp ging en de eerste de beste landarbeider die hij zag vroeg de landheer te doden. Dat gebeurde dertig jaar geleden. En nu beleefde Willie het allemaal opnieuw. Alleen, nu was er geen landheer.

Ze hielden een landarbeider aan. Hij was donker, droeg een korte tulband en had ruwe, harde handen. Hij zag er doorvoed uit.

De man die Willie vergezelde zei: 'Goedenavond, broeder. Wie is de rijkste man in jouw dorp?'

De dorpeling leek te weten waar ze heen wilden. Hij zei tegen Willie: 'Ga alstublieft weg met uw geweren.'

De man die Willie vergezelde vroeg: 'Waarom zouden we weggaan?'

De dorpeling zei: 'Voor u beiden is het geen probleem. U gaat terug naar uw fraaie huizen. Maar uiteindelijk komt het erop neer dat ik, als ik doe wat u zegt, van de een of ander op mijn donder krijg. Daar ben ik zeker van.'

De man die Willie vergezelde zei: 'Maar als je de rijke man vermoordt, is dat weer een man minder die jou onderdrukt.'

De dorpeling zei tegen Willie: 'Vermoordt u hem maar voor mij. Daarbij, ik kan niet met een geweer omgaan.'

Willie zei: 'Ik zal je laten zien hoe je een geweer hanteert.'

De dorpeling zei: 'Het zou voor ons allemaal een stuk makkelijker zijn als u hem vermoordde.'

Willie zei: 'Ik zal het je laten zien. Je pakt hem zo vast en dan kijk je hierlangs.'

In het verlengde van het geweer kwam een boer in zicht. Hij kwam een flauwe helling af gelopen. Hij was aan het eind van zijn dagelijkse arbeid. Willie, de man die hem vergezelde en de dorpeling waren verscholen achter het struikgewas naast de dorpsweg.

Terwijl Willie door het vizier naar de man keek, bewoog het geweer met rukjes, als reageerde het op zijn innerlijke onzekerheid of zekerheid, veranderde het voor hem de schaal van de dingen, en hij speelde met die verandering van schaal. Iets vergelijkbaars had zich in Portugees Afrika voorgedaan toen de regering na een massale slachting van kolonisten de schietbaan van de politie had opengesteld om de mensen die dat wilden te leren schieten. Willie wist niets van geweren, maar die verandering van de schaal van de wereld om hem heen als hij door het vizier keek, had hem in vervoering gebracht. Het was alsof je je in een donkere ruimte op een vlam concentreerde: een mystiek moment dat hem deed denken aan zijn vader en de ashram waar hij deze vorm van verlichting bood.

Iemand zei: 'Je hebt de rijkste man van het dorp in het vizier.'

Willie herkende zonder naar de spreker te kijken de stem van de commandant van zijn nieuwe sectie.

De niet meer zo jonge commandant zei: 'We hebben ons al een tijd zorgen over je gemaakt. Je kunt niet aan een man vragen iets te doen wat je zelf niet kunt. Schiet. Nu.'

En de gestalte die met schokjes in en uit het vizier was gegaan, tolde naar één kant, alsof hij een enorme dreun had geïncasseerd, en viel vervolgens op het hellende pad.

De sectiecommandant zei tegen de geschrokken dorpeling: 'Kijk. Dat is alles.'

Toen zijn bloed afkoelde dacht Willie: Ik bevind me tussen maniakken van het ergste soort.

Een tijdje later dacht hij: Dat was wat ik het eerste dacht in het kamp in het teakwoud. Ik stond toe dat deze gedachte werd verdrongen. Dat moest ik wel, zodat ik met die mensen onder wie ik me bevond kon leven. Nu is die gedachte weer bovengekomen, om me te straffen. Ik ben zelf een maniak geworden. Ik moet ervandoor zolang ik nog een kans heb tot mezelf te komen. Ik weet dat die tijd me is gegeven.

Later zei de sectiecommandant, en hij was bijna aardig: 'Geef het een half jaar. Over een half jaar zul je weer de oude zijn.' Hij glimlachte. Hij was in de veertig, het kleinkind van een landarbeider, de zoon van een zachtaardige beambte in dienst van de overheid: zijn gezicht getuigde van een leven van verbittering en frustratie.

Hij zou naar het punt lopen waar de weg niet was opgeblazen. Een kleine vijftien kilometer. Het was een eenvoudige landweg, twee betonnen banen op een ondergrond van rode modder. Er reden geen bussen, geen taxi's, geen scooters over die weg. Het was guerrillagebied, een gevaarlijk gebied, en taxi's en scooters durfden er niet in de buurt te komen. Dus moest hij zich zo onverdacht mogelijk maken (de dunne handdoek, het lange hemd met de grote zijzakken, en een broek; een broek zou het doen) en naar het dichtstbijzijnde busstation of spoorwegstation lopen.

Maar op dat punt kwam er een einde aan zijn ontsnappingsdroom. Hij stond op een politielijst, en de politie zou bij een busstation of spoorwegstation extra waakzaam zijn. Het was voor hem, als lid van de beweging, mogelijk om zich te verschuilen als hij eenmaal, bij wijze van spreken, de vrijheid bereikte; de beweging had een netwerk. Maar als iemand die de beweging ontvluchtte en die zich voor de politie verborg, genoot hij geen bescherming. Niet in zijn eentje. Hij had geen plaatselijke contacten.

Hij overwoog tot de volgende sectiebijeenkomst te wachten en Einstein in vertrouwen te nemen. Het was riskant, maar er was niemand anders met wie hij zou kunnen praten.

Al zijn twijfels over Einstein verdwenen op het moment dat hij met hem sprak.

Einstein zei: 'Er is een betere weg. Een kortere weg. Die brengt ons weer naar een andere weg. Ik ga met je mee. Ik heb er ook genoeg van. Er zijn twee dorpen aan die weg. Ik ken de wevers in beide dorpen. Zij zullen ons onderdak voor de nacht bieden, en ze zullen een scooter voor ons regelen om ons op weg te helpen. Voorbij de landsgrens. Zij hebben vrienden aan de andere kant. Ook wevers hebben hun netwerken. Zoals je ziet heb ik deze tocht onderzocht. Wees voorzichtig met de mensen hier. Doe zo nodig alsof je bij hen hoort.

Als ze denken dat je wilt deserteren, zullen ze je vermoorden.'

Willie zei: 'Wevers en scooters.'

'Je denkt dat het is zoals met Raja en zijn broer. Goed, zo is het ook. Maar zo gaan de dingen soms. Een groot aantal van die wevers probeert in de scooterbusiness te gaan. De banken helpen hen daarbij.'

Gedurende de dagen van de bijeenkomst spraken ze over vluchten.

Einstein zei: 'Je kunt je niet zomaar aan de politie overgeven. Ze zouden je kunnen neerschieten. Het is een complexe aangelegenheid. We moeten ons verbergen. We moeten ons misschien lange tijd verbergen. Dat doen we eerst bij een paar wevers in dat andere land en dan nemen we de volgende stap. We moeten een paar politici aan onze kant krijgen. Zij zouden graag de erkenning voor onze overgave willen opeisen. Zij zouden voor ons met de politie kunnen onderhandelen. Het zou zelfs de man kunnen zijn die ik wilde ontvoeren. Zo zit de wereld nu eenmaal in elkaar. De mensen staan nu eens aan deze, dan aan die kant. Jij mocht me niet toen je me voor het eerst ontmoette. Ik mocht jou niet toen ik je voor het eerst ontmoette. Zo gaat dat nu eenmaal. Sluit je nergens voor af. En er is nog iets. Ik wil niet weten wat je zoal hebt gedaan terwijl je bij de beweging zat. Van nu af aan moet je dit onthouden: je hebt niets gedaan. Het gebeurde allemaal buiten je om. Anderen deden dingen. Maar jij deed niets. Dat is wat je voor de rest van je leven moet onthouden.'

Het duurde een half jaar. Bij tijd en wijle leek het zich losmaken van hun leven in de beweging op een voortzetting van dat leven.

Op de eerste avond, voor ze bij de hut van de wever kwamen waar ze de nacht zouden doorbrengen, trokken ze hun uniform uit en begroeven het, omdat ze geen vuur durfden te maken en de uniformen ook niet in aanwezigheid van de wevende gastheren wilden verbranden. Er volgden lange en hete dagen, hobbelende tochten over verschillende soorten wegen in laaghangende, driewielige scootertaxi's, nu eens allebei in één, dan weer ieder in een andere (Einsteins idee, met het oog op de veiligheid). Het vouwdak van de scootertaxi was hoog maar smal, zoals dat van een kinderwagen, en de zon viel voortdurend naar binnen. Op drukkere wegen werd er van alle kanten rook en bruin uitlaatgas over hen uitgeblazen en hun huid, verbrand door de zon, deed pijn en werd korrelig. 's Nachts verbleven ze in weverskolonies. De kleine huizen met maar twee kamers leken eerder gebouwd om onderdak te bieden aan de kostbare weefgetouwen dan aan de bewoners. Eigenlijk was er geen plaats voor Willie en Einstein, maar er werd plaats gevonden. Elk huis dat ze aandeden leek op een vorig huis, met een paar plaatselijke variaties: rommelige daken van stro in plaats van pannen, muren van baksteen in plaats van gepleisterd leem of met leem opgevuld vlechtwerk. Ten slotte bereikten ze de landsgrens, en een paar weken bleef het netwerk van de wevers aan de andere kant hun nog bescherming bieden.

Willie had nu een vaag vermoeden waar ze waren. Hij wilde heel graag contact met Sarojini opnemen. Hij dacht dat hij haar een brief zou kunnen schrijven en haar vragen een brief te sturen naar de afdeling posterestante van een stad die ze zouden aandoen.

Einstein zei nee. De politie was nu van die list op de hoogte. Posterestantebrieven waren ongebruikelijk en ze zouden uitkijken naar posterestantebrieven uit Duitsland. Dankzij de wevers hadden ze tot dusver een relatief makkelijke tocht achter de rug; en Willie mocht dan denken dat ze veel te voorzichtig waren, hij moest niet vergeten dat ze op de lijst van vogelvrijverklaarden stonden.

Ze verhuisden van de ene naar de andere stad. Einstein had de leiding. Hij probeerde nu iemand in de publieke sector over te halen met de politie te praten.

Willie was onder de indruk. Hij vroeg: 'Hoe weet je dit allemaal?'

Einstein zei: 'Dit weet ik van de vroegere sectiecommandant. De man die deserteerde en daarna zijn vrouw vermoordde.'

'Dus al die tijd dat ik hem kende was hij zijn vlucht al aan het voorbereiden?'

'Sommigen onder ons waren zo. En soms waren dat dezelfde mensen die telkens weer bleven, tien, twaalf jaar, en een behoorlijke tik opliepen, niet meer in staat tot iets anders.'

Voor Willie was deze tijd van wachten, het zich van stad naar stad verplaatsen, als de tijd die hij in de straat van de looiers had doorgebracht, toen hij niet wist wat er nog komen zou.

Einstein zei: 'Het wachten is nu op de politie. Ze onderzoeken onze zaak. Ze willen weten welke aanklachten er tegen ons zijn ingediend voor ze onze overgave kunnen accepteren. Ze hebben wat problemen met jou. Iemand heeft je aangegeven. Het heeft met je internationale connecties te maken. Ken jij iemand die Joseph heet? Ik kan me niemand herinneren die Joseph heet.'

Willie wilde wat zeggen.

Einstein zei: 'Zeg maar niets. Ik wil het niet weten. Dat hebben we zo afgesproken.'

Willie zei: 'Eigenlijk is er niets.'

'Dat is zo'n beetje het grootste probleem.'

'Als ze mijn overgave niet willen accepteren, wat dan?'

'Je houdt je schuil, anders vermoorden of arresteren ze je. Maar we zien wel als het zover is.'

Enige tijd later kondigde Einstein aan: 'Het is in orde, voor ons allebei. Jouw internationale connecties waren achteraf niet zo bedreigend.'

Einstein belde de politie, en toen kwam de dag dat ze naar het hoofdbureau gingen in de stad waar ze verbleven. Ze namen een taxi en Willie zag een versie van wat Raja hem uit eigen opwinding in een andere stad lang geleden had laten zien: een kazerneachtig complex dat ten tijde van de Britten was gebouwd, de nu oude bomen, die in die tijd waren geplant en tot zo'n anderhalve meter boven de grond witgekalkt, de witte trottoirbanden langs de weg, het zanderige exercitieterrein, de dependance met de toegangstrap, de recreatiegebouwen, de twee verdiepingen tellende residentie.

Daar bevond zich het bureau van de politiecommissaris, op de begane grond. Toen ze het vertrek betraden stond de man in hoogsteigen persoon op om ze te begroeten, in burgerkleding, glimlachend. Dit gebaar van wellevendheid was wel het laatste wat Willie verwachtte.

Hij dacht: Bhoj Narayan was mijn vriend. Mijn sympathie ging uit naar Ramachandra. Zonder Einstein zou ik niet hebben geweten hoe ik hier moest komen. Maar de man voor me is meer een mens zoals ik. Mijn hart en geest gaan onmiddellijk naar hem uit. Zijn gezicht straalt intelligentie uit. Bij hem hoef ik niet terughoudend te

zijn. Ik heb het gevoel dat we gelijken zijn. Na mijn jaren in de bush –
jaren waarin ik om te kunnen overleven mezelf toestond in dingen te
geloven waar ik niet zeker van was – ervaar ik dit als een zegen.

Zeven

Niet de zondaren

Hij dacht na afloop van het gesprek met de politiecommissaris, een man die zowel beschaafd was als fysiek goed getraind, dat hij vrijuit zou gaan, en dat bleef hij nog denken nadat hij van Einstein was gescheiden en naar een gevangenis in een afgelegen gebied werd gebracht. Waarschijnlijk had Willie, door de moeilijkheden die hij en Einstein bij het regelen van hun overgave hadden, en omdat Einstein bij het verklaren van het steeds terugkerende uitstel op een gegeven moment had gezegd dat de politie hun zaak moest 'natrekken', het begrip overgave met het begrip amnestie verward. Hij had gedacht dat hij na zijn bezoek aan het hoofdbureau van de politie en zijn overgave zou worden vrijgelaten. En hij bleef die hoop zelfs koesteren toen hij naar de gevangenis werd gebracht, waar hij werd ingeschreven zoals dat gebeurt in een primitief plattelandshotel, maar dan door primitief plattelandspersoneel in kaki uniformen. Dit inschrijven had iets routinematigs. De nieuw aangekomene voelde zich bij elk deel van het gevangenisritueel steeds minder welkom.

Dit alles is voor mij natuurlijk beangstigend, dacht Willie, maar voor dit gevangenispersoneel is het de dagelijkse gang van zaken. Het zou minder verontrustend zijn als ik me in hen verplaats.

Dit was wat hij probeerde, maar het leek hun te ontgaan.

Nadat hij was ingeschreven werd hij met een groot aantal andere mannen in een lang vertrek ondergebracht, een kazerneachtige ruimte. De meesten waren dorpelingen, klein van stuk, onderdanig, die hem met hun heldere donkere ogen goed in zich opnamen. Deze mannen wachtte een veroordeling voor verscheidene vergrijpen; dat was de reden waarom ze hun burgerkleding nog droegen. Willie wilde zich niet in hun ellende verdiepen. Hij wilde niet zo gauw terugkeren naar die andere gevangenis, die van de emoties. Hij wilde zichzelf niet zien als een van de mannen in dat lange vertrek. Erop vertrouwend dat hij binnenkort zou weggaan en van dit alles bevrijd zou zijn, dacht hij dat hij Sarojini in Berlijn zou moeten schrijven – een vrolijke, onbezorgde brief; de toon was hem al duidelijk – waarin hij haar zou vertellen wat hem in die jaren sinds zijn laatste schrijven allemaal was overkomen.

Maar een brief schrijven was niet iets wat zomaar gedaan kon worden, zelfs als hij pen of potlood en papier had. Hij kon pas de volgende dag denken aan het schrijven van die brief, en toen bleek het vel papier dat de bewaker hem bracht, als een immense gunst, een beduimelde bladzij uit een kasboek, smal, de lijnen dicht opeen, bij de perforatie aan de linkerkant gescheurd, linksboven een paarse stempel met de naam van de gevangenis en rechts een groot zwart gestempeld nummer. Dat stuk papier – dun, aan de geperforeerde kant omgekruld – stemde hem droevig, leidde hem af van de intentie te schrijven.

De volgende dagen maakte hij kennis met de gevangenisroutine. En, nu hij de gedachte aan een naderende invrijheidstelling uit zijn hoofd had gezet, aanvaardde hij zijn nieuwe leven zoals hij al die andere levens had aanvaard die hem op verschillende momenten hadden opgeëist. Het opstaan om halfzes, de standpijpen op de binnenplaats, de vormelijkheid van de smakeloze gevangenismaaltijden, de verveling tijdens de luchttijden, de lange, lege uren op de grond gedurende de opsluiting; aan dit alles probeerde hij zich aan te passen door een aanvulling op de yoga (zoals hij het gewoonlijk zag) waarmee hij lange tijd, sinds hij naar India was teruggekeerd (en waarschijnlijk daarvoor, waarschijnlijk zijn hele leven) dagelijkse handelingen en behoeften tegemoet trad die opeens akelig verontrustend waren geworden. Een yoga die bewust werd beoefend tot de voorwaarden voor elke nieuwe bestaansvorm vertrouwd werden, het leven als zodanig werden.

Op een ochtend, een paar dagen na zijn komst, werd hij naar een kamer aan de voorkant van de gevangenis gebracht. Daar was de politiecommissaris, die hij aardig vond. Hij vond hem nog steeds aardig, maar aan het eind van de ondervraging, die over van alles en nog wat ging, drong het tot hem door dat zijn zaak niet zo eenvoudig was als hij had gedacht. Einstein had gesproken over een paar problemen met zijn 'internationale connecties'. Daarmee konden alleen Sarojini en Wolf bedoeld worden, en dat was uiteraard waar zijn avontuur was begonnen. Maar bij de volgende ondervraging, door de politiecommissaris en een collega van hem, werd daarover niet gesproken. Er was het incident dat hij had moeten vergeten, het incident waarover Einstein (die duidelijk meer wist dan hij losliet) zei dat hij er niet over wilde horen. Er waren getuigen geweest, en die konden weleens naar de politie zijn gegaan. Maar daarover werd in die kamer aan de voorkant van de gevangenis niets gezegd. En het was pas tijdens de vierde ondervraging dat Willie begreep dat de politiecommissaris en zijn collega geïnteresseerd waren in de moord op de drie politieagenten. Willie had, als hij daaraan terugdacht, meer belangstelling voor het pathos en de heroïek van Ramachandra; de politieagenten, ongezien, onbekend, waren ver weg gestorven.

Tijdens eerdere ondervragingen, toen hij tegen hersenschimmen had gestreden, had hij meer gezegd dan hij besefte. Nu hoorde hij dat de politiecommissaris de namen wist van iedereen in Ramachandra's sectie, en ook hoe bevriend Willie was met Ramachandra. Aangezien de politiecommissaris het verhaal ook van de kant van de politie kende, was zijn voorstelling van het gebeuren vollediger dan die van Willie.

Willie was van zijn stuk gebracht. Toen hij begreep dat hij medeplichtig was aan de moord op drie mannen en zou worden aangeklaagd, verloor hij de moed.

Hij dacht: Wat oneerlijk. Het grootste deel van mijn tijd in de beweging, in feite al mijn tijd, bracht ik met nietsdoen door. Het grootste deel van de tijd verveelde ik me te pletter. Ik was van plan Sarojini in die half komische brief die ik niet schreef te vertellen hoe weinig ik had gedaan, hoe onschuldig mijn leven als revolutionair was geweest en hoe het gebrek aan activiteit me tot overgave had gedreven. Maar de politiecommissaris heeft duidelijk een andere voorstelling van mijn leven als guerrillastrijder. Hij neemt me twintig keer zo serieus als ik mezelf nam. Hij wilde niet geloven dat de dingen zonder meer buiten mij om gebeurden. Hij telt alleen de lijken.

Willie had het tellen van de bedden waarin hij had geslapen lang geleden opgegeven. Het India van zijn kindertijd en adolescentie; de drie verontrustende jaren in Londen; een student, zoals in zijn paspoort stond, maar in feite niet meer dan een lanterfanter, bereid te vluchten voor wie hij was, die niet wist waar hij terecht zou komen en hoe zijn leven er zou gaan uitzien; daarna de achttien jaren in Afrika, snel vervlogen en nutteloze jaren waarin hij iemand anders leven leidde. Hij kon al die bedden uit die jaren tellen en het tellen gaf hem een eigenaardige genoegdoening, gaf hem het gevoel dat zijn leven ondanks zijn passiviteit tot iets leidde; er was iets om hem heen gegroeid.

Maar hij was ontrafeld door het India van zijn terugkeer. Hij zag geen patroon, geen draad. Hij was teruggekeerd met de gedachte te handelen, zich werkelijk een plaats in de wereld te veroveren, maar hij was een scharrelaar geworden, en de wereld was meer dan ooit een fantasmagorie geworden. Dat verwarrende gevoel, die fantasmagorie, was opgekomen de dag dat die arme Raja hem, met jongensachtige opwinding, had meegenomen voor een ritje op zijn driewielige scooter om hem de 'vijand' te laten zien: het plaatselijke hoofdkwartier van de politie, met de oude bomen en het zanderige exercitieterrein, waar bij de poort zwaarbewapende leden van de reservepolitie op wacht stonden achter bevlekte en vuile zandzakken die een regentijd hadden doorstaan. Willie kende de weg en het kleurloze uitzicht. Maar alles wat hij die dag tijdens zijn uitstapje had gezien had een bijzondere kwaliteit. Alles was fris en nieuw. Het was alsof hij na een lang verblijf ondergronds weer boven was gekomen. Maar hij kon daar niet blijven, kon dat beeld van frisheid en nieuwheid niet vasthouden. Hij moest met Raja en zijn scooter terug naar die andere wereld.

Een fantasmagorie was verwarrend. Hij had op een gegeven moment het vermogen verloren de bedden te tellen waarin hij had geslapen; het had geen enkele zin meer; en hij had het opgegeven. Nu, in deze nieuwe belevingswereld waarin hij terecht was gekomen – ondervragingen, verschijningen voor het hof, overplaatsingen van de ene naar de andere gevangenis; hij wist niets van deze geheel eigen wereld van gevangenissen en straf uitzitten en criminelen –, begon hij opnieuw, niet vanaf het allereerste begin, maar vanaf de dag van zijn overgave.

De dag kwam dat hij dacht dat hij Sarojini zou moeten schrijven. De vrolijke bui had hem sinds lang verlaten; en toen hij eindelijk met zijn gezicht naar het ruwe, felgekleurde gevangeniskleed op de grond lag en op het krap gelijnde papier begon te schrijven, werd hij overmand door verdriet. Hij dacht aan zijn eerste nacht in het kamp in het teakwoud; de hele nacht was het woud vol met vleugelslag en geschreeuw van vogels en andere dieren die om hulp riepen die niet zou komen. De schrijfhouding was ongemakkelijk en de dicht opeenstaande lijnen leken, toen hij ertussen probeerde te schrijven, zijn hand te verkrampen. Ten slotte bedacht hij dat zijn gehoorzaamheid niet zover hoefde te gaan dat hij zich aan de lijnen zou moeten houden. Hij liet zijn schrift over twee lijnen lopen. Hij had meer papier nodig en ontdekte dat dit, als er eenmaal voor was getekend, geen probleem was. Hij had gedacht dat een brief vanuit de gevangenis maar één vel mocht beslaan; hij had het niet gevraagd; hij had aangenomen dat in de gevangenis de wereld in alle opzichten was gekrompen.

Aangenomen dat ze in de gevangenis niet moeilijk zouden doen over zijn brief, kon hij Sarojini in Berlijn binnen een week bereiken, aangenomen dat haar adres niet was gewijzigd. Aangenomen dat ze direct terugschreef en aangenomen dat het personeel van de gevangenis daar niet moeilijk over zou doen, zou haar antwoord hem binnen één week bereiken. Twee weken dus.

Maar er gingen twee weken voorbij, en drie weken, en vier weken. En er kwam geen brief van Sarojini. Het wachten was uitputtend en een manier om daarmee om te gaan was er niet meer op te rekenen, te denken dat het er niet van zou komen. Dat was wat Willie deed. En zijn leven in de gevangenis en de rechtszaal had op dat moment, zoals het toeval wilde, een dramatische wending genomen.

Hij werd tot tien jaar opsluiting veroordeeld. Hij hield zichzelf voor dat het erger had gekund. De gevangenis waar hij uiteindelijk naartoe werd gebracht had een groot bord boven de poort. Op dit bord stond in grote, smalle letters HAAT DE ZONDE, NIET DE ZONDAREN. Hij zag het vanuit de arrestantenbus bij zijn binnenkomst en hij dacht er vaak aan. Was het gandhiaans, deze verwoording van een ongemakkelijke vorm van vergevingsgezindheid, of was het christelijk? Het zou allebei kunnen zijn, aangezien veel van de ideeën van de mahatma ook christelijk waren. Hij had vaak de tekst aan de andere kant van de gevangenismuur voor ogen. Aan de binnenkant van de muur stond BEDANKT VOOR UW BEZOEK geschilderd. Dit was niet voor de gevangenen bedoeld, maar voor de bezoekers.

Op een dag kreeg Willie een brief. De postzegels waren Indiaas, en op de Indiase envelop (geen vergissing mogelijk) was het adres van de afzender een adres dat hij goed kende: het was het adres van het huis waar hij was opgegroeid, het adres van zijn vaders zielige ashram. Hij zou niet bereid zijn geweest de brief open te vouwen (het gevangenispersoneel had de envelop aan de bovenkant opengesneden) als hij niet had gezien dat de brief niet van zijn vader was, maar van Sarojini, plotseling niet meer in Charlottenburg. Ze had, in Willies gedachten, meteen de stijl verloren die Berlijn haar had gegeven. Hij zag haar weer zoals ze achtentwintig jaar geleden was, vóór Wolf, de reis, en haar verandering. En het leek wel of iets van die vroegere persoonlijkheid bij het schrijven van haar brief weer bezit van haar had genomen.

Lieve Willie, Ik heb het appartement in Charlottenburg lang geleden verlaten en je brief is van het ene adres naar het andere gegaan en uiteindelijk naar hier. Berlijners zijn heel goed in dat soort dingen. Het spijt me dat je zo lang op antwoord moest wachten. Het moet heel naar voor je geweest zijn. En al die tijd was ik zo dicht bij je, op nog geen dag reizen. Maar denk alsjeblieft niet dat ik je kom bezoeken als je dat niet wilt. Toen ik je indertijd in Londen op de lerarenopleiding bezocht vond je het niet zo leuk. Dat weet ik nog. En ik wilde alleen maar aardig zijn. Het is mijn vloek. De zaak is voor jou wel heel gauw misgelopen. Wat moet ik zeggen? Ik zal het mezelf nooit vergeven. Dat zal wel geen troost voor jou zijn, ik weet het. Je werd naar de verkeerde mensen gestuurd en zoals achteraf bleek was die andere groepering al niet veel beter. Je zou in beide gevallen beduveld zijn.

Ik kwam hier omdat ik even uit Berlijn weg moest en dacht dat ik een tijdje bij onze vader moest zijn, die niet lang meer zal leven. Ik heb je dit al eerder verteld, maar ik denk inmiddels dat hij een beter mens was dan wij wilden erkennen. Misschien is uiteindelijk het ene leven zo goed als het andere, maar dat is waarschijnlijk wat mislukkelingen zichzelf moeten voorhouden. Ik ben niet zo gelukkig met wat ik heb gedaan, hoewel alles altijd met de beste bedoelingen gebeurde. Het is verschrikkelijk om te zeggen, maar ik geloof dat ik heel wat mensen in heel wat landen naar de ondergang heb geleid. Ik weet nu dat agenten van de inlichtingendiensten van verschillende landen ons de laatste jaren overal volgden. De mensen vertrouwden ons om wat we hadden gedaan en omdat we niemand in de steek lieten. Maar vervolgens zijn de afgelopen jaren de mensen die we overhaalden in onze films te figureren een voor een opgepakt. Ik kan je een lijst van die landen geven. Zo is het niet altijd geweest en Wolf had er niets mee te maken. Hij is er net zozeer de dupe van als wij allemaal.

Ik weet niet hoe ik met deze gedachte moet leven. Ik deed mijn best, maar toen het tij keerde, zeiden de mensen dat ik het ergst denkbare had gedaan. Misschien zou het nu het beste zijn als iemand me uit wraak zou vermoorden.

Meer heb ik je op dit moment niet te vertellen. Je zult uit wat ik schrijf niet opmaken dat mijn hart breekt. Als ik deze brief herlees zal ik hem weggooien en nooit meer aan een nieuwe beginnen. Dus stuur ik hem zoals hij is. Laat me alsjeblieft weten of je wilt dat ik je kom opzoeken. Een beetje geld komt in de gevangenis altijd van pas. Vergeet dat alsjeblieft niet.

Hij had enige tijd nodig om wat er zoal in de brief stond te verwerken. Aanvankelijk had hij gemeend dat de brief, deels nogal kinderlijk, emotioneel vals was. Maar na enige tijd, in overweging genomen dat ze, toen ze die brief schreef, omringd moet zijn geweest door herinneringen aan een kindertijd vol vertwijfeling (die als die van hem moesten zijn), geloofde hij dat het allemaal oprecht was. Het nieuws van het verraad verraste hem niet, maar dat was misschien omdat hij de laatste jaren gewend was geraakt aan de, om zo te zeggen, vloeibaarheid van de menselijke persoonlijkheid wanneer deze zich aan nieuwe omstandigheden aanpaste. Het schokkende was dat zij (die hem had misleid) zo dichtbij en in zo'n berouwvolle bui was geweest. Toen de wereld voor hem een fantasmagorie was geworden, gedurende die lange marsen en bivakken in het woud, vruchteloos en eindeloos, had hij elk moment een hand naar haar kunnen uitsteken en, om zo te zeggen, weer in contact kunnen komen met de werkelijkheid.

Hij wachtte een paar dagen met schrijven. Hij wilde zijn gedachten ordenen en de juiste woorden vinden. (Er was geen reden tot haasten. Elk alledaags voorval moest nu worden gerekt; een nieuwe vorm van yoga.) En dit keer kwam haar antwoord binnen tien dagen.

Lieve Willie, Ik verwachtte van jou zoiets als een berisping. Die was er niet. Je bent een heilige. Misschien ben je toch nog een zoon van onze vader...

En overal om hem heen was het gereglementeerde, beschermde leven van de gevangenis: negen uur luchten, vijftien uur opsluiting.

BEDANKT VOOR UW BEZOEK: dat stond, voor de bezoekers, op de binnenkant van de muur aan de straatkant, aan het eind van een laantje dat naar de dubbele toegangspoort leidde. Voor de gevangenen waren er kleinere borden met teksten in schuine, primitieve letters. *De waarheid wint altijd. Woede is de grootste vijand van de mens. Goeddoen is de grootste religie. Werken is bidden. Geweldloosheid is de allergrootste religie.* Op een dag zou hij deze borden niet meer zien. Maar in het begin dacht Willie, uit een soort studentikoze ondeugendheid die hem was bijgebleven, hoewel hij inmiddels bijna vijftig was, dat hij op de muur moest schrijven: *Van uitstel komt afstel.* Hij deed er nooit een poging toe. De straffen waren streng. Maar voor zijn geestesoog zag hij de tekst gewoon tussen de andere en hij had er wekenlang plezier om.

Willie deelde een cel met zeven of acht andere gevangenen. Het aantal wisselde; sommigen kwamen en anderen gingen. De cel was behoorlijk groot, negen bij drieënhalve meter, en voor sommige gevangenen was dat groter dan wat ze daarbuiten ooit hadden gekend.

Een paar gevangenen waren in de fabriekswijken van een stad opgegroeid, met broers en zussen en ouders samen in één kamer. De standaardkamer in die buurten was een kubus, van drie bij drie bij drie meter, met op twee meter hoogte een vloer die voor extra slaapplaats zorgde (in het bijzonder nuttig voor nachtwerkers, die de hele ochtend of middag konden doorslapen terwijl zich onder hen het gezinsleven afspeelde). De man die Willie dit vertelde deed dat aanvankelijk op een onopgesmukte manier, sprak over dingen die voor hem nogal vanzelfsprekend waren, maar toen hij merkte dat Willie het stuitend vond, begon hij een beetje te bluffen en te overdrijven. Ten slotte (Willie stelde een heleboel vragen) moest de man toegeven, met tegenzin, aangezien het aan zijn verhaal afdeed, dat het gezinsleven in een enkele kamer slechts mogelijk was omdat er zoveel buitenshuis werd gedaan, in de brede gang en op de binnenplaats. Verder was het, zei de man, als op een overvolle bus stappen. Je dacht dat je niet mee kon, maar op de een of andere manier ging het toch; als je eenmaal binnen was dacht je dat het zo niet langer ging, maar na een paar minuten hadden ze allemaal, door de bewegingen van de bus, wat ingeschikt en had iedereen zijn plek gevonden. Het was een beetje als de gevangenis, zei de man. Je dacht dat je het niet aan zou kunnen, maar dan ontdekte je dat het eigenlijk zo slecht nog niet was. Een goed dak, bij echt warm weer een ventilator aan het plafond, een stevige betonnen vloer, geregeld eten, elke ochtend een bad onder de standpijp op de binnenplaats, en zelfs een kleine tv, als je het niet erg vond om met de anderen staande te kijken.

Het plezier van deze man in de gevangenisroutine hielp Willie. En zelfs nadat de man was overgeplaatst, zoals dat in de gevangeniswereld gaat, herinnerde Willie zich wat hij over 'inschikken' had gezegd en voegde hij dit aan zijn yoga toe.

De bevolking van de cel veranderde geleidelijk tot ze allemaal als Willie waren, mensen van de beweging die zich hadden overgegeven. Hun behandeling was inmiddels veel beter en de gevangenisdirecteur, als om dit te verklaren, zei op een dag, toen hij zijn wekelijkse ronde deed, in gezelschap van al zijn eerbiedige ambtenaren, dat ze nu als 'politieke gevangenen' werden gezien. De Britten, aldus de directeur, hadden deze categorie gevangenen ingevoerd voor de omgang met Gandhi en Nehru en de andere nationalisten die de wet overtraden, maar niet als andere criminelen konden worden behandeld.

Willie was opgewonden bij het vooruitzicht van een bevoorrechte behandeling. Maar zijn opwinding duurde niet lang. De mensen in de politieke cellen (er waren er meer) waren vrij, althans binnen de gevangenisroutine, hun eigen activiteiten te organiseren. Al heel gauw zag Willie dat deze bevoorrechte behandeling hem had teruggebracht naar wat hij was ontvlucht. De routine die de politieke gevangenen instelden leek heel erg op de routine in het eerste kamp in het teakwoud, maar zonder geweren en legeroefeningen. Ze werden om halfzes gewekt. Om zes uur verzamelden ze zich buiten, waarna ze tweeënhalf uur in de moestuin en de boomgaard van de gevangenis werkten. Om negen uur kwamen ze terug en ontbeten ze. Daarna lazen ze de plaatselijke kranten (door de gevangenis voorzien) en bespraken ze het nieuws. Maar het serieuze intellectuele werk 's ochtends was het bestuderen van de teksten van Mao en Lenin. Deze studie, deels devoot, deels geveinsd, met mensen die zeiden wat ze meenden te moeten zeggen over de landarbeiders, het proletariaat en de revolutie, leverde in de ogen van Willie niets op, was zoals altijd een verspilling van scholing en geest, en al gauw, in weerwil van de bevoorrechte behandeling en het respect dat het in de gevangenis meebracht, werd het ondraaglijk. Hij had het gevoel dat zijn geest zou wegrotten als hij drie tot vier uur per dag aan deze discussies moest deelnemen. En dan waren er na de spelen en de sport 's middags, volleybal, jogging, met de bedoeling dat het hen zou uitputten zodat ze konden slapen, in de cel, na het uur van opsluiting om halfzeven, de avondlijke politieke discussies, oppervlakkig, leugenachtig en herhalend, waarbij nooit iets nieuws werd gezegd.

Willie dacht: Dit houd ik niet vol. Ik zal niet inschikken, zoals die man zei dat de mensen in de overvolle bus inschikten als de bus in beweging kwam. In de bus kun je inschikken omdat je alleen maar lichaam bent. Er wordt je niet gevraagd je hersens te gebruiken. Hier moet je je hersens of de helft van je hersens gebruiken op een afschuwelijk corrumperende wijze. Zelfs je slaap wordt vergald, omdat je weet wat je bij het ontwaken te wachten staat. De ene vreselijke dag na de andere. Het is vreemd te bedenken dat mensen dit zichzelf aandoen.

Op een maandag, ongeveer twee maanden later, toen de directeur zijn ronde deed met zijn gevolg van lager gevangenispersoneel, kwam Willie uit de rij gevangenen naar voren. Hij zei tegen de directeur: 'Meneer, ik zou u graag op uw bureau spreken, als dat mogelijk is.' Het lagere personeel, cipier en hoofdcipier en het hoofd van de hoofdcipiers, wilde niets liever dan Willie met lange stokken terug in de rij slaan, maar Willies wellevendheid en beschaafde stem en het feit dat hij de directeur aansprak met meneer, werkten als een bescherming.

De directeur zei tegen de bewaker: 'Breng hem na de ronde naar mijn bureau.'

De hiërarchie in de gevangenis! Ze leek op die van het leger, ze leek op die van een zakelijke onderneming, ze leek een beetje op die in de beweging. Het voetvolk werd gevormd door de cipier, de hoofdcipier en het hoofd van de hoofdcipiers (terwijl 'cipier' toch zo'n mooi, wellevend woord leek). De officieren waren de gevangenenbewaarders en het hoofd van de gevangenenbewaarders (een benaming die, dacht Willie steeds weer, in weerwil van de gewelddadige associaties met rammelende sleutels beter paste bij de ondergeschikten die voor de cellen heen en weer drentelden). Boven de gevangenenbewaarder en het hoofd van de gevangenenbewaarders had je de onderdirecteur, en helemaal bovenaan stond de directeur van de gevangenis. Als een arrestant naar de gevangenis kwam, wist hij waarschijnlijk niets van de hiërarchie die nu zijn leven bepaalde, was hij niet in staat de uniformen te interpreteren, maar al gauw zou zijn reactie op die uniformen en titulatuur intuïtief zijn.

Het kantoor van de directeur was betimmerd met een donkerbruin hout dat zo te zien was gevernist. Hoog in de wand zat een ijzeren rooster met een ruitvormig motief, dat voor luchtverversing zorgde. Aan een van de betimmerde wanden hing een grote plattegrond van de gevangenis: het terrein, de cellenblokken, de appelplaatsen, de moestuin, de boomgaard, de dubbele ommuring waarin elke uitgang van betekenis van een dikke rode X was voorzien.

Op de schouders van de directeur zaten glanzende metalen initialen van het staatsgevangeniswezen.

Willie zei: 'Ik wilde u spreken, meneer, omdat ik uit de cel wil waarin ik zit.'

De directeur zei: 'Maar het is de beste cel in de gevangenis. Een fraaie, grote ruimte. Veel buitenactiviteit. En u hebt daar de best opgeleide mensen. Gesprekken en dergelijke.'

Willie zei: 'Ik hou het er niet uit. Iets als dit heb ik al acht jaar meegemaakt. Ik wil er mijn eigen gedachten op na houden. Plaatst u me alstublieft tussen de gewone criminelen.'

'Dit is heel ongewoon. Het gaat er in de andere cellen heel ruig aan toe. We proberen u hier te behandelen zoals we de mahatma en Nehru en de anderen behandelden.'

'Ik weet het. Maar plaatst u me alstublieft over.'

'Het zal u niet makkelijk vallen. U bent geschoold.'

'Geef me de gelegenheid het te proberen.'

'Goed dan. Maar laat het me over een week of twee doen. Laat de mensen vergeten dat u me gesproken hebt. Ik wil niet dat ze denken dat u om overplaatsing hebt gevraagd. Ze zouden zich beledigd kunnen voelen, of ze zouden denken dat u een spion was, en ze zouden het u op allerlei manieren lastig kunnen maken. In een gevangenis is iedereen in oorlog. Dat moet u niet vergeten.'

Drie weken later werd Willie naar een andere cel in een ander deel van de gevangenis gebracht. Het was er vreselijk. De cel was een lange betonnen ruimte waar blijkbaar geen meubilair was. Door de hele cel liep door het midden een duidelijk afgebakend pad van ongeveer één meter tachtig breed. Aan beide kanten van dit pad bevond zich de vloerruimte voor de gevangenen. Willies stuk grond was ongeveer negentig centimeter breed, en op dat stuk grond had hij een kleed van de gevangenis (met een groot blauw motief). Dat was alles. Geen tafel, geen kast; de gevangenen bewaarden hun eventuele bezittingen aan het hoofd van hun stuk grond. De ruimte was krap; de kleden lagen tegen elkaar. De gevangenen, slapend of wakend, hadden hun hoofd bij de muur en hun voeten naar het pad. Elk kleed had zijn eigen patroon en kleur; dit hielp iedereen zijn plaats te onthouden (en het was ook praktisch voor de cipiers).

Willie dacht: Ik kan de directeur niet vragen me weer bij de politieke gevangenen te plaatsen. En als ik erover nadenk weet ik niet zeker of ik wel terug wil. Ze hebben die aardige moestuin en boomgaard om in te werken. Maar al die gesprekken over de kranten 's ochtends, die in feite geen gesprekken zijn, en al dat bestuderen van Mao en Lenin 's avonds is een te zware tol. Zelfs onder kolonisten in Afrika bestond niet zoiets ergs. Misschien dat ik, als ik een standvastiger man was, het allemaal aan zou kunnen zonder te worden beïnvloed. Maar ik ben niet zo standvastig op dat punt.

Toen hij de eerste avond over de uitgespaarde ruimte tussen de gevangeniskleden en slaapruimten liep, sprong er van een van de kleden een heel kleine man op die met een schreeuw op hem toeliep en zijn voeten omklemde. Hij was een kleine man van één meter vijftig uit Bangladesh, een illegale immigrant; steeds als hij na het uitzitten van zijn straf over de grens werd gezet duwden de Bengali hem terug, waarna hij een paar maanden rondzwierf tot een andere Indiase gevangenis hem opeiste. Dat onverwachte schreeuwen en opspringen en rennen om de knieën van een nieuwe beambte of bezoeker te omarmen was een van zijn acts; soms gedroeg hij zich als een afgericht dier; zijn hele leven was tot op dat niveau gereduceerd.

Er kwam een brief van Sarojini. *Lieve Willie, Onze vader is dood. Hij is gisteren gecremeerd. Ik wilde je niet lastig vallen met dit nieuws, omdat ik ervan uitging dat je niet lastig gevallen wilt worden. Hoe dan ook, dit is mijn nieuws voor jou. Ik heb besloten de ashram van onze vader voort te zetten. Mijn gedachten waren al een tijdje die kant opgegaan, maar zoals je weet beschik ik niet over religieuze wijsheid en zal ik niet in staat zijn de mensen ook maar iets te geven wat onze vader ze gaf. Ik denk erover de ashram te veranderen in een gelegenheid voor rust en meditatie, iets in de boeddhistische richting, waar ik iets vanaf weet, dankzij Wolf. Raar eigenlijk dat ik, die mijn hele leven zo weinig van een plek als deze moest hebben, dit nu ga doen. Maar dat is wat het leven soms met mensen doet. Laat me je komen bezoeken. Ik wil het een en ander onder vier ogen uitgebreider bespreken...*

Hij kreeg een vel gelinieerd papier van de bewaker en schreef, liggend op zijn kleed, zijn lichaam iets over de plek van zijn buurman gedraaid zodat hij op de lage vensterbank van de cel kon schrijven: *Lieve Sarojini, Je rent van het ene uiterste naar het andere uiterste. Het idee van de ashram is het idee van de dood tijdens het leven en gaat in tegen alles waarin je hebt geloofd. Wat we in Berlijn bespraken blijft waar. Ik ben er dankbaar voor dat je me met mezelf confronteerde en beschouw dat als een geschenk dat het leven me bracht. Ik ben hier omgeven door een soort wanhoop waar ik geen raad mee weet, maar de ashram is niet de oplossing. Net zomin als die belachelijke oorlog waar-*

in ik ging vechten. Die oorlog was niet die van jou of van mij en had niets te maken met de dorpelingen voor wie we zeiden te vechten. We spraken over hun onderdrukking, maar we buitten ze voortdurend uit. Onze ideeën en woorden waren belangrijker dan hun leven en hun eigen wensen. Ik vond dat verschrikkelijk, en het gaat hier gewoon door, waar de praters een betere behandeling krijgen en de armen behandeld worden zoals armen altijd behandeld worden. Het zijn voornamelijk dorpsbewoners en ze zijn klein van postuur en mager. Het belangrijkste aan hen is hun kleine postuur. Het is moeilijk ze te associëren met de grotere misdaad en de crime passionnel waarvoor sommigen worden gestraft. Abductie, ontvoering. Ik neem aan dat je ze als dorpeling als misdadig en gevaarlijk zou zien, maar als je ze van een afstand bekijkt, zoals ik ze nog steeds bekijk, hoewel ik dag en nacht met ze te maken heb, zou je geroerd worden door de werking van de menselijke ziel, zo volledig in die tengere lichamen. Die woeste en hongerige ogen achtervolgen me. Ze lijken me een distillaat van de ellende in dit land te bevatten. Ik denk niet dat er zoiets bestaat als een enkele actie die kan helpen. Je kunt geen geweer pakken en die ellende doden. Je kunt alleen maar mensen vermoorden.

Sarojini kwam hem bezoeken. Ze droeg een witte sari – wit is de kleur van het verdriet – en uiteraard hoefde ze niet te wachten met al die anderen die de gevangenen in Willies cel kwamen opzoeken. Haar houding, haar manier van spreken en haar kleding leverden haar onmiddellijk respect op, en ze zat niet gehurkt in de brandende zon – in een lage, gedweeë rij, twee man breed – met de andere bezoekers, onder de blikken van de bewakers met hun zware stokken. Ze zat in een kamer aan de voorkant van de gevangenis en Willie werd gehaald om haar te zien. Sarojini's sari beviel hem, zoals haar stijl in het algemeen, zoals hij had gehouden van de spijkerbroeken en dikke truien die ze in Berlijn had gedragen. Het stemde haar woedend dat de mensen van het platteland daarbuiten in een rij in de zon op hun verwanten moesten wachten.

Hij zei: 'Ze beklagen zich niet. Ze zijn blij zich in die rij te bevinden. Sommigen maken lange reizen en wachten de hele nacht, om 's ochtends te worden weggestuurd. Omdat ze de bewakers geen geld kunnen toesteken, of omdat ze niet wisten dat ze de bewakers geld moesten toesteken. Geld maakt alles veel makkelijker in de gevangenis. Ook de bewakers moeten zien rond te komen, begrijp je.'

'Je probeert me te choqueren. Maar dat verwachtte ik al. Ik maak eruit op dat je goedgehumeurd bent.'

'Wat we echt zouden kunnen proberen is me in de ziekenzaal te krijgen. Daar zijn zo tussen de zestien en twintig bedden. Het is een groot, luchtig vertrek, een beetje kaal, maar in een gevangenis verwacht je geen interieurverzorging. Als we de bewakers dertig of veertig roepie per dag kunnen toesteken, dan zal mijn verblijf in de gevangenis een waar feest worden. Ik krijg een ijzeren bed met een matras, wat beter is dan een kleed op de grond, en al mijn maaltijden worden me direct vanuit de keuken gebracht. Ontbijt, lunch en avondeten op bed. Als in een hotel.'

'En hoe moet het dan met de zieken?'

'Die zijn waar ze thuishoren, in de cellen. Wat dacht je dan?'

Ze zei, in alle ernst: 'Zou je er echt naartoe gaan, als ik dat zou doen?'

'Misschien. Ik krijg genoeg van de cel. Ik zou ook graag iets te lezen hebben. De anderen kunnen Mao en Lenin bediscussiëren tot ze een ons wegen. Maar het enige wat ze je in de gewone cellen graag zien lezen is een religieus werk.'

'Tegen de tijd dat je de gevangenis verlaat zal je een geestelijk wrak zijn.'

'Ik denk dat je gelijk hebt. Ik kom aan het eind van mijn geestelijke vermogens. Ooit had ik in Afrika een afspraak gemaakt om iemand in de stad aan de kust te ontmoeten. Om verschillende redenen was ik te laat. Meer dan een uur. Toen ik echter in het koffiehuis kwam, was de man er nog, hij zat rustig te wachten. Het was een Portugees. Ik verontschuldigde me. Hij zei: "Dat is niet nodig. Mijn geest is welvoorzien." Ik vond dat geweldig. Mogelijk had hij het van iemand anders gehoord, maar ik maakte het tot mijn ideaal. Daarna, als ik bijvoorbeeld weer eens in de wachtkamer van een dokter zat, of in een polikliniek, rende ik nooit naar die smoezelige tijdschriften om de tijd te doden. Ik onderzocht mijn welvoorziene geest. Dat heb ik ook veel in mijn cel gedaan. Maar mijn geest laat me nu in de steek. Ik kom aan het eind van mijn geestelijke vermogens. Ik heb gedacht aan onze ouders en mijn kindertijd. Daar is overigens nog heel wat. Ik heb gedacht aan Londen. Ik heb gedacht aan Afrika. Ik heb gedacht aan Berlijn. Heel belangrijk. Ik heb gedacht aan mijn jaren in de beweging. Als ik een religieus mens was, zou ik zeggen dat ik mijn geestelijke leven op orde bracht. De bedden telde waarin ik heb geslapen.'

Twee weken na Sarojini's bezoek werd hij naar de ziekenzaal overgebracht. Hij ontving boeken van Sarojini en begon weer te lezen. Hij was onder de indruk van alles wat hij las. Alles leek even wonderlijk. Iedere schrijver kwam hem als een wonderkind voor. Iets vergelijkbaars overkwam hem weleens toen hij lang geleden, in een ander leven, zoals het nu leek, zelf had geprobeerd verhalen te schrijven en soms bleef steken, zijn gedachten vastgelopen. Dat gebeurde meestal als hij al een heel eind in het verhaal zat. Hij verbaasde zich er dan over hoe iemand ooit de moed kon opbrengen een zin te schrijven. Het kwam zelfs voor dat hij naar een buisje aspirine of een fles hoestsiroop keek en zich het hoofd brak over het zelfvertrouwen van degene die de gebruiksaanwijzing en waarschuwing had geschreven. Op een vergelijkbare manier overviel hem nu een groot respect voor iedereen die woorden kon samenvoegen en hij raakte in vervoering van alles wat hij las. Het was een heerlijke ervaring, en dan dacht hij dat het alleen hiervoor al de moeite waard was in de gevangenis te komen, dit verhoogde intellectuele genot, deze ontsluiting van iets in zijn leven waarvan hij weinig wist.

Ongeveer vijf maanden nadat hij naar de ziekenzaal was gegaan gebeurde er iets ongewoons.

De directeur deed zijn maandagochtendronde. Willie voelde de blik van de directeur op hem gericht en de eerste gedachte die bij hem bovenkwam was dat er aan deze tijd in de ziekenzaal een eind ging komen. En inderdaad bereikte Willie later die dag via de keten van gezagsdragers een bericht van de directeur.

De volgende dag ging Willie naar het kantoor van de directeur, met zijn donkere betimmering en het ijzeren ventilatierooster met het ruitvormige motief.

De directeur zei: 'Een ziel in nood, zie ik.'

Willie maakte een smekend gebaar, waarmee hij om begrip vroeg. 'Ik zal u zeggen waarom ik u heb laten komen. Ik heb u uw geprivilegieerde plaats in de gevangenis uitgelegd en het staat u vrij daar elk moment gebruik van te maken. We werken met dezelfde wetten als onder het Brits bestuur. Bij uw overgave verklaarde u plechtig niets te hebben gedaan dat in de zin van artikel 302 als een afschuwelijke misdaad kan worden beschouwd. Dat was een deel van de overeenkomst.Dat hebben jullie allemaal plechtig verklaard. Dus zitten we nu met de vreemde situatie dat er door uw beweging honderden, zo niet duizenden mensen zijn gedood, maar dat er niettemin niemand onder u te vinden is die iets heeft gedaan. In al uw verklaringen was het iemand anders die doodde of de trekker overhaalde. Stel nu dat er iemand in de gevangenis zit die die verklaring wil veranderen. Iemand die bereid is te zeggen dat X of Y of Z een bepaalde moord heeft begaan.'

Willie zei: 'Is er zo iemand?'

De directeur zei: 'Het zou kunnen. In de gevangenis is iedereen in oorlog. Dat heb ik u al eens verteld.'

Hij was aardig lucide in het bureau van de directeur. Maar later in de ziekenzaal betrok zijn geest en werd hij door duisternis overvallen. Het was alsof er koude vloeistoffen door zijn lichaam stroomden. Iets als een echte ziekte leek hem af te koelen. En tegelijkertijd dacht hij met een standvastiger deel van zijn geest, alsof hij iets voor toekomstig gebruik opsloeg: Dit is een schitterende zet. Als je iemand wilt verraden en kwaad wilt doen, moet je het zo doen. Wanneer het het minst wordt verwacht en zonder visitekaartje.

Een gevangene die zijn hoofd op de wijze van Gandhi had bedekt bracht hem zijn eten uit de gevangeniskeuken. Het was hetzelfde als altijd. Een plastic kom met linzensoep, waarschijnlijk met bloem aangedikt (dat wist je pas als je het proefde). En zes chapati's, die snel afkoelden en zweetten.

Toen hij midden in de nacht wakker werd dacht hij, in de troosteloosheid van de ziekenzaal: Gisteren was ik gelukkig.

Hij had zichzelf aangeleerd uit de buurt te blijven van de moestuin en de boomgaard, waar de politieke gevangenen werkten. Maar toen hij de volgende ochtend een kijkje ging nemen zag hij de man die hij vreesde te zien: Einstein. In zijn geest was hij hem als een verrader gaan zien, en hem nu voor het eerst op het terrein van de gevangenis zien was als een bevestiging. Einstein, die hij bij de eerste ontmoeting intuïtief antipathiek vond (en de herinnering aan die antipathie bij die eerste ontmoeting was Willie altijd bijgebleven), intuïtief wantrouwde, die daarna een gezel in moeilijke tijden was, en die hij nu weer wantrouwde. Willie wist dat Einstein hetzelfde gevoeld moet hebben. Hij was gaan geloven, in het bijzonder die laatste jaren in het woud, dat er een ware wederkerigheid in relaties bestond. Als je een man mocht kon je altijd met hem opschieten; als je je niet met hem op je gemak voelde, voelde hij vrijwel zeker hetzelfde tegenover jou. In de gevangenis zouden Einstein en een groot aantal van de anderen naar hun haat zijn teruggekeerd, ieder naar de zijne, als naar een of andere geheime schat, iets wat ze in een tijd van onzekerheid konden bezien en laten herleven. (Willie herinnerde zich de retorische, onwetende en opschepperige revolutionair die ze in het woud hadden ontmoet, een overblijfsel van een sinds lang verloren opstand, die dertig jaar lang van dorp naar dorp was getrokken met zijn simpele filosofie van het moorden, niet meer in staat tot verhevener gedachten en toch makkelijk in verlegenheid gebracht.) Er was niet zoveel nodig om zich voor te stellen hoe Einstein in de gevangenis, terwijl die dagelijks de schat van zijn persoonlijke haat koesterde, en mogelijk zonder dat er iets tegenover stond, een enorme bevrediging zou vinden in zijn verraad aan Willie.

Nadat Willie Einstein had gezien ging hij terug naar zijn ziekenhuisbed. Hij vroeg de bewaker om een vel briefpapier en schreef naar Sarojini.

Twee weken later kwam ze hem bezoeken. Toen hij haar vertelde wat er was gebeurd, zei ze: 'Dit is ernstig.'

En hij kon meteen zien hoe, haar leven in de ashram en haar witte katoenen sari ten spijt, de regelnicht in haar aan het denken sloeg. Actie voeren ten gunste van politieke gevangenen over de hele wereld was een deel van haar politieke werk geweest. In het kleine kamertje in de gevangenis kon hij haar hersens in hoog tempo de mogelijkheden zien aftasten.

Ze zei: 'Wie publiceerde je boek in Londen? Die verhalenbundel.'
Hij vertelde het haar. Het leek nu een ander leven.

'Een goede linkse uitgeverij. Was dat in 1958?'

'Het jaar van de Londense rassenrellen in Notting Hill.'

'Die rassenrellen zullen toch wel op jou van invloed zijn geweest?'
Ze leek op een jurist.

'Ik weet het niet.'

'Of je het weet of niet, het zou een aardige ingang kunnen zijn.
Kende je iemand die belangrijk was? Mensen die op de universiteit
een lezing kwamen houden, of zoiets.'

'Er was een Jamaicaan. Hij ging naar Zuid-Amerika om zich bij
Che Guevara aan te sluiten, maar ze smeten hem eruit. Daarna ging
hij naar Jamaica, waar hij een nachtclub exploiteerde. Ik denk niet
dat je daar veel aan hebt. Er was ook een jurist. Hij maakte wat uit-
zendinkjes voor de BBC. Zo heb ik hem leren kennen. Hij heeft me
bij mijn boek geholpen.'

'Na dertig jaar zou hij weleens beroemd kunnen zijn.'

Hij gaf haar de naam en ze liet hem achter in een onwerkelijke
stemming, half levend in het verleden en gegeneerd door de vage
herinnering aan onware verhalen die hij in die donkere tijd had geschreven, half levend in de ziekenzaal met de domper van zijn hachelijke situatie.

Roger, de jurist, wiens naam Willie aan Sarojini had gegeven, had
Willie een paar weken na het verschijnen een brief over het boek geschreven. Willie had de brief jarenlang bij zich gehouden als een magische formule. Hij had hem meegenomen naar Afrika en hem in de
eerste jaren vaak herlezen. *Zoals de Latijnse dichter zegt,* had Roger
op de ouderwetse manier van de hooggeschoolde geschreven, *hebben boeken hun eigen bestemming, en dit boek zou weleens kunnen
voortleven op manieren die je versteld zullen doen staan.* Willie had in
die woorden zoiets als een goede voorspelling gezien. Er was hem
niets bijzonders overkomen en na verloop van tijd had hij de voorspelling terzijde gelegd. Hij had er niet aan gedacht die brief mee te
nemen toen hij Afrika verliet; en misschien had hij hem ook niet
kunnen vinden: nog iets wat hij in die tijd in de puinhoop van Afrika

was kwijtgeraakt. Maar nu kwamen in de gevangenis die woorden van Roger weer bij hem boven en hij hoopte, net als toen, dat het een gunstige voorspelling was.

Dat leek het ook te worden toen de directeur hem een paar weken later weer bij zich liet komen.

'Nog steeds een ziel in nood, zie ik,' zei de directeur, die zijn grapje herhaalde. Toen zei hij, op een andere toon: 'U heeft ons niet verteld dat u schrijver was.'

Willie zei: 'Dat was lang geleden.'

'Daar gaat het juist om,' zei de directeur, die een vel papier van zijn bureaublad oppakte. 'Hier staat dat u een wegbereider van de hedendaagse Indiase literatuur bent.'

En Willie begreep dat, net als zijn vader dertig jaar geleden met zijn bedelbrieven aan grote mannen in Engeland een of andere zaak aan het rollen had gebracht die hem ten slotte naar Londen zou brengen, dit keer Sarojini met haar grote politieke ervaring was begonnen zich voor hem in te zetten.

Een half jaar later was Willie, op grond van een bijzondere amnestieregeling, opnieuw op weg naar Londen.

Acht

De Londense bonenstaak

Het vliegtuig dat Willie naar Londen bracht taxiede nadat het was geland nog een heel eind. Het leek naar de andere kant van de luchthaven te gaan en toen de passagiers ten slotte het vliegtuig verlieten, moesten ze het hele eind dat het vliegtuig getaxied had weer teruglopen, naar de immigratiebalie en het hart van de luchthaven. De bagage moest een vergelijkbare route gaan en het duurde vijftien tot twintig minuten voor ze begon binnen te druppelen. Het merendeel daarvan bestond uit de aandoenlijke spullen van de arme immigrant: met touw bijeengehouden kartonnen dozen; met ijzer beslagen houten koffers, nieuw, maar gelijkend op ouderwetse hutkoffers, bedoeld vóór slecht weer op zee; enorme uitpuilende koffers (bijna allemaal van een zwart synthetisch materiaal) die door geen mens met gemak konden worden vertild, getild of gedragen en eigenlijk bedoeld waren voor het van een kussentje voorziene hoofd van de Indiase kruier.

Willie voelde de vertrouwde opwinding, het begin van oud zeer. Maar daarna dacht hij: Dat heb ik al eens meegemaakt. Ik heb een deel van mijn leven gegeven, zonder dat het iets opleverde. Dat wil ik niet nog eens meemaken. Ik moet dat deel van me laten verdwijnen. Ik moet die ijdelheid laten varen. Ik moet begrijpen dat grote naties opkomen en neergaan al naargelang het spel van interne krachten die de macht van de enkeling te boven gaan. Ik moet nu proberen alleen nog mezelf te zijn. Als zoiets al mogelijk is.

Roger stond aan de andere kant van het hek, weggemoffeld tussen taxichauffeurs met naambordjes en grote, rumoerige gezinnen die op de passagiers met zware bagage wachtten. Tegen beter weten in zocht Willie naar een man die dertig jaar jonger was en Roger was niet meteen herkenbaar. Op het eerste gezicht leek hij op een man in vermomming.

Willie verontschuldigde zich dat hij hem had laten wachten.

Roger zei: 'Ik heb geleerd mijn ziel met geduld te dragen. Op het bord stond dat je was geland en daarna stond er dat je je naar alle waarschijnlijkheid in de bagagehal bevond.'

De stem en de toon waren vertrouwd. Ze herschiepen de verdwenen man, de man die Willie zich herinnerde, die nu was als iemand die zich in de persoon voor hem verborgen hield. Het effect was verwarrend.

Later, toen Willies koffertje in de kofferbak van Rogers auto lag en het parkeergeld aan de betaalautomaat was voldaan, zei Roger: 'Het is alsof je in het theater bent. Maar in het echte leven is het verontrustend. De tweede akte eindigt en na de pauze komt de man op met een bepoederde pruik en een gerimpeld gezicht. Je ziet hem als oud. De ouderdom vertoont zich vaak als een moreel gebrek, en in het echte leven iemand plotseling ouder zien is als een plotseling aan het licht komen van een moreel gebrek. En dan ontdek je dat de ander op dezelfde wijze naar jou kijkt. Ken je hier iemand? Heb je contact gehouden?'

'Ik kende een jonge vrouw op de parfumafdeling van Debenham. Kennen kun je het nauwelijks noemen. Ze was de vriendin van een vriend en was al die tijd met iemand anders verloofd. Het is allemaal te gênant om daar nu nog aan terug te denken. Denk je dat ze het zich zou herinneren, na achtentwintig jaar?'

Roger zei: 'Ze zou het zich herinneren. Als ze haar minnaars telt – en ze zou dat vrij vaak doen – zou ze jou meetellen.'

'Wat verschrikkelijk. Wat denk je dat er van haar is geworden?'

'Dik. Vals. Bedrogen. Beklaagt zich over een boosaardige wereld. IJdel. Praat te veel. Ordinairder dan ooit. Vrouwen zijn lichamelijker en oppervlakkiger dan je je voor kan stellen.'

Willie zei: 'Zal ik hier nu voor altijd moeten blijven?'

'Dat was een deel van de overeenkomst.'

'Wat zal er met me gebeuren? Hoe zal ik de tijd doorkomen?'

'Denk daar nu maar niet over na. Laat het gewoon gebeuren. Laat het beginnen. Laat het je overkomen.'

'Ik herinner me dat toen ik naar Afrika ging ik op de eerste dag uit het wc-raampje keek en alles buiten door een verroeste hor zag. Ik wilde beslist niet blijven. Ik verwachtte dat er iets zou gebeuren, dat ik nooit zou uitpakken. Toch bleef ik achttien jaar. En zo was het toen ik me bij de guerrillabeweging aansloot. De eerste nacht in het teakwoud. Het was te onwezenlijk. Ik zou niet blijven. Er zou iets gebeuren en ik zou worden bevrijd. Maar er gebeurde niets en ik bleef zeven jaar. We waren in het woud altijd op weg. Op een dag ontmoette ik in een dorp een man, een revolutionair, die zei dat hij al dertig jaar in het woud was. Hij zal wel overdreven hebben, maar hij was daar al een heel lange tijd. Hij was iemand van de vorige opstand. Die opstand was sinds lang neergeslagen, maar hij ging door. Het was voor hem een manier van leven geworden, zich schuilhouden, doen alsof hij een dorpeling was. Zoals in een oud verhaal een asceet in zijn kluis in het woud. Of zoals Robinson Crusoe, die van het land leefde. De man was gek. Zijn verstand was gestopt, was als een stilstaande klok, en hij leefde nog steeds met de ideeën die in zijn hoofd zaten toen de klok bleef stilstaan en voor altijd dezelfde tijd aanwees. Die ideeën waren heel duidelijk en als hij erover sprak was hij net een normaal mens. Zulke mensen waren er ook in de gevangenis. Ik kon altijd afstand van mezelf nemen en mijn situatie overzien. Maar er waren momenten dat ik mezelf voelde veranderen. Het was allemaal zo ongewoon, zo'n opeenvolging van onwezenlijke gebeurtenissen, dat ik begreep dat ik op den duur net zo gek als de anderen zou zijn geworden. De hersens zijn zo kwetsbaar en een mens kan zich aan zoveel situaties aanpassen. Zo is het mij vergaan. Was het voor jou eender? Dat wil zeggen in zekere zin?'

Roger zei: 'Ik zou het liefst zeggen dat het voor ons allemaal eender is. Maar zo is mijn leven de afgelopen dertig jaar niet geweest. Ik heb mezelf altijd in de werkelijke wereld geweten. Dat kan zijn omdat ik altijd heb gedacht dat het leven me gunstig gezind was. Het klinkt misschien burgerlijk, maar er waren geen verrassingen.'

Willie zei: 'Mijn leven bestond uit een aaneenschakeling van verrassingen. In tegenstelling tot jou had ik de dingen niet in de hand. Ik dacht van wel. Mijn vader en al die mensen om hem heen dachten van wel. Maar wat op besluiten leek waren geen echte besluiten. Voor mij was het een vorm van me laten meevoeren, omdat ik niet zag welke andere mogelijkheden ik had. Ik dacht dat ik naar Afrika wilde. Ik dacht dat er iets zou gebeuren en dat me de juiste weg zou worden gewezen, de weg die alleen voor mij was bedoeld. Maar ik was nog niet op het schip of ik was al bang. En jij – ben je met Perdita getrouwd?'

'Ik zou je niet kunnen zeggen waarom. Ik neem aan dat mijn seksuele energie minimaal is. Er waren zes of zeven vrouwen met wie ik had kunnen trouwen en het zou altijd zo zijn geëindigd als met Perdita. Ik had het geluk dat ze niet lang na ons huwelijk een goede en vaste relatie met een vriend van me opbouwde. Deze vriend had een heel groot huis in Londen. Het was een van de dingen die hij had geërfd, maar dat grote huis in Londen wond Perdita op. Eigenlijk was ik teleurgesteld in haar – in haar behagen in dat grote huis van die man. Maar de meeste mensen in dit land hebben iets vulgairs. De aristocraten zijn dol op hun titels. De rijken tellen voortdurend hun geld en willen altijd weten of de ander minder heeft of meer. In het verleden koesterde de burgerij de romantische voorstelling dat de ware aristocraten, in tegenstelling tot de omhooggevallen burgers, nooit echt wisten wie ze waren. Vergeet het maar. De aristocraten die ik heb leren kennen weten altijd wie ze zijn. Ze kunnen vreselijk vulgair zijn, die aristocraten. Ik ken een man die het prachtig vindt om in ochtendjas te verschijnen voor de mensen die hij te eten heeft genodigd en zo drankjes in te schenken – en dan gaat hij zich aankleden, na ons allen die in zijn grote huis waren uitgenodigd beledigd te hebben. "Wat waren we weer chic gekleed, mijn beste," zei hij later tegen iemand, toen hij op het incident terugkwam. "Wat zagen we er geweldig uit!" Die was natuurlijk ironisch bedoeld. Hij bedoelde "ze", de gasten, die zich allemaal voor de gelegenheid hadden gekleed, en ik was degene aan wie hij later het verhaal vertelde. Ik neem dus aan dat Perdita's vulgariteit niet zo ongewoon is. Maar ik had grotere verwachtingen van iemand die met me was getrouwd.'

Willie herkende Londense namen op de richtingborden. Maar ze reden over een nieuwe snelweg.

Roger zei: 'Dit alles was ooit bekend terrein voor jou. Tot ze deze weg erdoorheen aanlegden. Volgens mij is de gewone man de enige die niet vulgair is op de manier die ik bedoel. Oppervlakkig en egocentrisch en handelend volgens een voorstelling van wie ze denken te zijn. Hoe dan ook, Perdita had dus die relatie met die proleet in dat grote huis in Londen, dit alles tot tevredenheid van alle partijen, de proleet had dus andermans vrouw als maîtresse, en Perdita wist zich innig verbonden met een groot huis in Londen en waande zich heel volwassen. Toen werd Perdita zwanger. Het was nogal laat voor haar, misschien te laat. Het vriendje schrok zich een hoedje. Zo ver ging zijn liefde niet – altijd maar voor een kind moeten zorgen. Dus kwam Perdita steun bij mij zoeken. Ik zag haar niet graag zo ellendig. Ik heb een zwak voor haar, begrijp je. Maar ik schatte de situatie niet goed in. Ik verkeek me op Perdita's gevoelens en zei met zoveel woorden dat ik, bij wijze van spreken, bereid was van al mijn rechten af te zien. Bereid haar te laten gaan. Ik dacht dat dat was wat ze wilde horen. Maar het maakte haar hysterisch, dat twee mannen zo weinig om haar gaven. We hadden heel wat huilsessies. Een paar weken lang zag ik ertegen op naar huis te gaan. En toen zei ik dat het kind misschien wel van mij was en dat het me verheugde dat er een kind op komst was. Dat was natuurlijk allemaal niet waar.

Ik vreesde de komst van het kind. Een tijdje speelde ik met de gedachte dat ik Perdita zou verlaten, dat ik ergens een eenkamerappartement zou vinden. In mijn verbeelding werd dat eenkamerappartement steeds knusser en steeds verder van alles verwijderd. Het was buitengewoon vertroostend. En toen gebeurde er iets. Perdita kreeg een miskraam. De problemen stapelden zich op. Precies zoals ik in mijn schulp kroop, van mijn knusse eenkamerappartement droomde, sloot zij zich in zichzelf op. Ze liet zich helemaal gaan. Het was erger dan daarvoor. Er waren dagen waarop ik overwoog naar een hotel te gaan in plaats van naar huis. Ze vervloekte het vriendje, de proleet, mijn vroegere vriend in de rechten. Na een tijdje begon ik te geloven dat ze van de situatie genoot en ik leefde in die tijd met haar samen als met iemand die een gebroken been of arm had, iets wat tragisch was om te zien, maar niet levensbedreigend.

Op een dag zond haar ploertige minnaar – geloof het of niet – een gedicht. Ik wist ervan omdat het voor mij ter kennisneming was achtergelaten, op een bijzettafel in de eetkamer. Het was een lang gedicht. Het was geen gedicht dat hij had overgeschreven, iets wat hij citeerde. Het was een gedicht waarvan hij zei dat hij het voor haar had geschreven. Ze wist dat ik op de man met het grote huis neerkeek als op een soort paljas, en ik veronderstel dat dit als een klap in mijn gezicht was bedoeld. En ja hoor, het vrijen tussen die twee werd hervat, de middagen in het grote huis of misschien wel in het mijne, de opwinding van die twee. Hoewel het in die fase misschien geen opwinding was, maar een hervatte gewoonte.

Ik wist natuurlijk dat het gedicht niet oorspronkelijk was. Maar zoals we bij bepaalde populaire muziekstukken worden achtervolgd door het spook van gedane zaken, zo werd ik achtervolgd door dit gedicht voor Perdita. Ik ging er in het wilde weg naar op zoek en op een dag vond ik het. In een werk van W.E. Henley, een Victoriaans-Edwardiaanse dichter, een vriend van Kipling. Onderschat nooit de kracht van slechte kunst, Willie. Ik had het erbij moeten laten, had die minnaars hun gang moeten laten gaan, maar ik was geërgerd door de domheid en zelfingenomenheid van Perdita – het feit dat ze het gedicht voor mij ter inzage had achtergelaten. Op een dag zei ik tegen haar: "Dit is een aardige dichtbundel voor jou, Perdita." En ik gaf haar dat boek van Henley. Dat had ik natuurlijk niet mogen doen, maar het gaf me voldoening te denken aan de scènes die Perdita en haar dichtende minnaar zouden hebben. Uiteraard waren ze een tijdje uit elkaar. Maar ik geloof dat het nu weer aan is.'

Ze waren nu voor Rogers huis aangekomen. Het was een groot huis, twee-onder-een-kap, maar hoog en breed.

Roger zei: 'En dat is de persoonlijke tragedie van dit huis. Ik veronderstel dat elk huis hier een vergelijkbare tragedie kent.'

Willie zei: 'En toch zeg je dat er geen verrassingen in je leven waren.'

'Dat meende ik. Wat ik ook had gedaan, met wie ik ook was getrouwd of gaan samenleven, we zouden in dezelfde situatie zijn beland als die waarover ik je heb verteld.'

Het was een indrukwekkend huis in deze stille, door straatlantaarns verlichte straat vol bomen en schaduwen.

Roger zei: 'Het kleine huis bij Marble Arch was het zaadje. Sindsdien ben ik langzamerhand langs de bonenstaak van het bezit opgeklommen, en het heeft me hier gebracht. Dat geldt voor minstens de helft van de straat, hoewel we doen alsof dat niet zo is.'

Het huis was groot, maar de kamer waar ze naartoe gingen, twee trappen op, was klein. Willie meende dat hij er Perdita's inbreng in kon zien. Hij was geroerd. De stugge gordijnen waren gesloten. Toen hij ze iets openschoof, keek hij neer op de bomen en het lantaarnlicht en de schaduwen en de geparkeerde auto's. Niet lang daarna ging hij naar de woonkamer beneden. Die was voor de ene helft zitkamer, de andere helft eetkamer en keuken. Willie sprak hardop zijn verrassing uit over het behang, het witte schilderwerk, het fornuis midden in het keukengedeelte van de kamer, de kap van de afzuiger. Hij zei: 'Schitterend, schitterend.' De kookplaten waren keramisch, gelijk met het oppervlak. Ook daarover sprak Willie zijn verrassing uit. Roger zei: 'Je overdrijft, Willie. Dat is echt niet nodig. Zo mooi is het nou ook weer niet.' Maar toen begreep Roger, die naar Willies gezicht keek, dat hij niet overdreef of hem voor de gek hield, dat hij half in vervoering was.

En, inderdaad, die eerste avond in Rogers huis ontdekte Willie dat hij vervuld was van elke denkbare sensuele opwinding. Het was donker, maar nog niet helemaal nacht. Door de opengeschoven gordijnen zag Willie de jonge bomen met hun zwarte stammen en de donkergroene schemering van de kleine achtertuin. Hij meende nog nooit zoiets te hebben gezien, zoiets heilzaams. Hij raakte er niet op uitgekeken. Hij zei tegen Roger: 'Ik zat in de gevangenis. We hadden een boomgaard om te onderhouden, maar dat was niets in vergelijking met dit. Als guerrillastrijders liepen we door het woud, maar dat was een broeierig woud onder een verzengende zon. Ik dacht tijdens die tochten vaak dat ik een narcoticum nodig had. Ik hield van het woord. Ik zou nu graag iets drinken. In het woud dronken we niets. In Afrika dronken we achttien jaar lang Portugese en Zuid-Afrikaanse wijn.'

Van ver weg, zo leek het, zei Roger: 'Heb je zin in een glas witte wijn?'

'Ik had graag whisky, champagne.'

Roger schonk hem een groot glas whisky in. Willie dronk het in één teug leeg. Roger zei: 'Het is geen wijn, Willie.' Maar hij dronk nog een glas op dezelfde gulzige manier. Hij zei: 'Wat heerlijk zoet, Roger. Zoet en sterk. Zoiets heb ik nog nooit geproefd. Niemand vertelde me dat over whisky.'

Roger zei: 'Dat is het effect van ontspanning. In 1977 of 1978 wisten we een man Argentinië uit te krijgen. Hij was gruwelijk gemarteld. Een van de eerste dingen die hij wilde toen hij hier kwam was winkelen. Een van de winkels die hij bezocht was Lillywhites. Dat is op Piccadilly Circus. Een sportzaak. Hij stal daar een set golfclubs. Hij speelde geen golf. Hij zag gewoon een gelegenheid om te stelen. Het intuïtieve, vertrouwde gedrag van de guerrillastrijder, crimineel of outlaw. Hij wist niet waarom hij het had gedaan. Hij sleepte die clubs naar de bushalte en toen helemaal van Maida Vale naar het huis, waar hij ze liet zien. Als een kat die een muis thuisbrengt.'

Willie zei: 'In de beweging moesten we sober zijn. De mensen schepten op over hun soberheid, over hoe weinig ze nodig hadden. In de gevangenis hadden de andere gevangenen hun drugs. Maar wij politieke gevangenen hadden die nooit. Wij bleven clean. Dat was, vreemd genoeg, een deel van onze kracht. Maar tijdens de rit naar Londen voelde ik, terwijl jij sprak, iets vreemds over mij komen. Het drong tot me door dat ik niet langer in de gevangenis zat, en een ander mens, niet helemaal ikzelf, begon als het ware uit zijn schuilplaats te kruipen. Ik weet niet of ik wel met deze nieuwe mens kan leven. Ik weet niet of ik hem kan afschudden. Ik heb het gevoel dat hij er altijd zal zijn, op me wacht.'

Daarna ontdekte hij dat hij uit een heftige, diepe slaap ontwaakte. Na een tijdje dacht hij: Ik neem aan dat ik me in Rogers mooie huis bevind, met de mooie woonkamer en de groene tuin met de kleine bomen. Ik neem aan dat Roger me hierboven bracht. Toen kwam er een nieuwe gedachte op, in die nieuwe mens die bezit van hem had genomen, hem had overmeesterd: Ik heb nog nooit in een eigen kamer geslapen. Nooit thuis in India, als jongen. Nooit hier in Londen. Nooit in Afrika. Ik verbleef altijd in iemand anders huis en sliep in iemand anders bed. In het woud waren er uiteraard geen kamers en de gevangenis was de gevangenis. Zal ik ooit in een eigen kamer slapen? En hij verwonderde zich erover dat hij nog niet eerder zo'n gedachte had gehad.

Op een gegeven moment klopte er iemand op de deur. Perdita. Hij zou haar op straat niet herkend hebben. Maar haar stem was onmiskenbaar de hare. Hij herinnerde zich haar verhaal en was geroerd haar te zien. Hij zei: 'Herken je me nog?' Zij zei: 'Natuurlijk herken ik je. Rogers Indiase jongen met het slanke middel. Dat is althans wat men dacht.' Hij wist niet hoe hij dat moest interpreteren en zag af van een antwoord. Hij deed de ochtendjas aan die in de aan zijn kamer grenzende badkamer hing en ging naar beneden, naar de woonkamer met het in het midden geplaatste fornuis onder de afzuiger. De avond tevoren was hij overrompeld door de schoonheid van het apparaat. Perdita schonk hem koffie uit een ingewikkeld ogend apparaat.

En toen vroeg ze zonder waarschuwing, heel direct: 'Met wie ben je getrouwd?' Gewoon zo, alsof het leven een ouderwets verhaal was en trouwen in alles orde schiep, zelfs in Willies geklungel van de afgelopen dertig jaar, en er een zin aan gaf. Alsof hij, wat het huwelijk betrof, een ruime keuze had gehad. Of misschien helemaal niet. Alsof Willie vanaf die andere kant bekeken, als man, een privilege had dat haar altijd was ontzegd.

Willie zei: 'Ik ontmoette iemand uit Afrika met wie ik meeging en samenleefde.'

'Wat boeiend. Was het leuk? Ik denk vaak dat het vroeger in Afrika leuk moet zijn geweest.'

'Toen ik in India in de gevangenis zat, lazen we in de kranten soms berichten over de oorlog in het gebied waar ik ben geweest. We bespraken die onderling. Het maakte deel uit van onze politieke scholing, het bespreken van deze Afrikaanse bevrijdingsbewegingen. Soms las ik een bericht over precies de streek waar ik verbleef. Naar het schijnt is het hele gebied verwoest. Elk betonnen huis was verbrand. Je kunt geen beton afbranden, maar je kunt de kozijnen verbranden en de daksparren en het hele interieur. Ik probeerde me dat vaak voor te stellen. Elk betonnen huis zonder dak en getekend door roet onder de dakrand en om de vensters. In de gevangenis had ik de gewoonte me al die reizen die ik ooit gemaakt heb voor de geest te halen en ik stelde me voor dat iemand, of een paar mensen, die reizen maakte en al die betonnen gebouwen in brand stak. Ik probeerde me dan voor te stellen hoe het geweest zou zijn als er niets meer van de buitenwereld binnenkwam. Geen metaal, geen gereedschappen, geen kleren, geen garen. Niets. Toen de Afrikanen zonder buitenlanders leefden waren ze heel vaardig met metaal en kleren. Maar ze hadden lange tijd niet meer zonder buitenlanders geleefd en ze waren die vaardigheden kwijtgeraakt. Het zou boeiend geweest zijn te zien wat er zou gebeuren als ze weer helemaal alleen waren.'

Perdita zei: 'Wat gebeurde er met degene met wie je naar Afrika vertrok?'

Willie zei: 'Ik weet het niet. Ik neem aan dat ze is weggegaan. Ik kan me niet voorstellen dat ze is gebleven. Maar ik weet het niet.'

'Goeie genade. Haatte je haar zo erg?'

'Ik haatte haar niet. Ik heb vaak overwogen het uit te zoeken. Het was mogelijk. Ik had kunnen schrijven. Vanuit het woud of de gevangenis. Maar ik wilde geen slecht nieuws ontvangen. En daarna wilde ik helemaal geen nieuws meer ontvangen. Ik wilde vergeten. Ik wilde mijn nieuwe leven leiden. Maar hoe zit het met jou, Perdita? Wat heeft het leven jou gebracht?'

'Heeft het leven iemand ooit iets gebracht?'

Hij keek naar haar enigszins dikke buik – zo lelijk bij een vrouw, zoveel lelijker dan bij een man. Haar huid was slecht, grof, met aangekoekte foundation. Hij dacht: Ik heb haar nooit aantrekkelijk gevonden. Maar ik wilde indertijd wel met haar naar bed, haar ontkleed zien. Nu nauwelijks voorstelbaar. Was het mijn leeftijd, mijn gemis, mijn hormonen, zoals ze dat noemen? Of was het iets anders? Was het een voorstelling van Engeland die in die tijd zo overheersend was dat ze zijn vrouwen glans gaf?

Perdita zei: 'Ik denk niet dat Roger gisteren de gelegenheid had je dit te laten zien.' Ze pakte een klein pocketboek van de bijzettafel. Willie herkende zijn naam en de titel van het boek dat hij achtentwintig jaar geleden had geschreven. Ze zei: 'Het was Rogers idee. Het hielp je vrij te komen. Het toonde aan dat je een echte schrijver was, en niet politiek.'

Willie kende de naam van de uitgever van het pocketboek niet. De gedrukte bladzijden waren dezelfde die hij zich herinnerde. Het boek moest een fotografische herdruk van het origineel zijn. Het omslag was nieuw. Willie las dat zijn boek aan het begin stond van de postkoloniale Indiase literatuur.

Hij nam het boek mee naar zijn kleine kamer in het grote huis.

Zenuwachtig, bang zijn vroegere zelf te ontmoeten, begon hij te lezen. En al gauw werd hij meegesleept; hij overwon zijn zenuwen. Hij was zich niet meer bewust van de kamer en de stad waarin hij las; hij was zich niet meer bewust te lezen. Hij voelde zich verplaatst in de tijd, alsof hij op magische wijze door de tijd reisde, achtentwintig jaar terug, toen hij schreef. Hij bemerkte dat hij zelfs weer de volgorde van de dagen kon betreden, opnieuw de straten, het weer en de kranten kon zien, en opnieuw de man kon worden die niet wist hoe de toekomst zich zou ontvouwen. Hij betrad weer die tijd van onschuld of onwetendheid, van zelfs geen juiste voorstelling van de wereldkaart hebben. Het was dan ook buitengewoon om zo nu en dan tot zichzelf te komen en vervolgens weer in zijn boek en dat andere leven op te gaan, opnieuw die aaneenschakeling van weken en maanden te herbeleven, met onder alles die angst, nog vóór Ana en Afrika.

Als het hem zou zijn gevraagd, zou hij gezegd hebben dat hij altijd dezelfde was geweest. Maar het was een ander die als van grote afstand naar die vroegere zelf keek. En geleidelijk aan, terwijl hij de hele ochtend met de tijdcapsule of tijdmachine van het boek speelde, beurtelings die vroegere persoonlijkheid betrad en verliet, zoals een kind of iemand die niet weet wat airconditioning is op een heel warme dag zou spelen met het binnengaan en verlaten van koelere kamers, zo kreeg Willie geleidelijk aan een idee van de man die hij was geworden, kreeg hij een idee wat Afrika en daarna het leven als guerrillastrijder in het woud en vervolgens de gevangenis en uiteindelijk gewoon zijn leeftijd met hem hadden gedaan. Hij voelde zich ongelooflijk sterk; nooit eerder had hij zich zo gevoeld. Het was alsof het hem was gelukt in zijn hoofd een schakelaar om te zetten waardoor voor hem in een verduisterde kamer alles zichtbaar was geworden.

Perdita riep hem voor het middageten. Ze zei: 'Meestal eet ik een boterham of zo. Maar voor jou is er iets bijzonders. Maïsbrood. Dat heb ik gisteren gebakken. Je hoeft het niet te eten. Ik ben niet zo goed in die dingen, maar ik vond dat ik zoiets moest doen.'

Het was vettig en zwaar. Maar de gedachte dat Perdita dit slechte brood had gebakken trok Willie op een vreemde manier aan.

Hij zei: 'Al die tijd dat ik weg was had ik beelden van jou in mijn hoofd. Ik herinner me dat ik je voor de eerste keer zag in dat Franse restaurant in Wardour Street. Ik vond dat je heel veel stijl had. Ik dacht dat het de stijl van Londen was. Zo iemand als jij had ik nog niet ontmoet. Je had gestreepte handschoenen aan, hoewel ik niet weet of ze van stof of van leer waren.'

Ze zei: 'Dat was toen mode.'

Hij zag dat ze terugdacht, en hij dacht: De dertig jaar die voorbij zijn waren de ware jaren van haar leven. Nu heeft ze geen leven meer. Geen toekomst. We zijn van plaats gewisseld. Hij zei: 'En toen zag ik je op dat feestje dat jij en Roger in dat huis bij Marble Arch voor die uitgever gaven. Die dikke man. Iemand sprak. Ik keek naar jou en zag dat jij naar mij keek. Ik hield je blik even vast en verlangde ernaar met je naar bed te gaan. Een tijdje later deed ik een poging. Ik bracht er niets van terecht. Maar er was veel moed nodig om het te wagen. Ik vraag me af of je dat wist. Die twee beelden van jou heb ik altijd meegedragen. In Afrika in donkere tijden, en verder overal waar ik ging. Ik heb nooit gedacht dat het me vergund zou zijn je ooit nog terug te zien.'

Hij stond op, ging achter haar stoel staan en legde zijn handen op haar schouders.

Ze zei: 'Ga terug naar je stoel.'

Iets dergelijks had ze achtentwintig jaar geleden gezegd en hij had zich geïntimideerd gevoeld. Het had hem al zijn seksuele moed ontnomen. Maar nu verhoogde hij zijn druk op haar. Vertrouwend op zijn intuïtie – want hij had nog nooit een vrouw op deze wijze benaderd – hield hij zijn handpalmen stevig op haar en drukte hij door een dunne stof op haar kleine, slappe borsten. Hij kon haar gezicht niet zien (en zag slechts een deel van haar lichaam). Dat maakte hem vrijpostiger. Hij liet zijn handpalmen op haar borsten rusten. Een tijdje liet hij ze daar, zonder haar gezicht te zien, zijn blik gericht op haar korrelige, grijze haar. Hij zei: 'Laten we naar mijn kamer boven gaan.' Hij liet haar langzaam los en ze duwde haar stoel naar achter en stond op. Vervolgens liet ze zich naar naar zijn kamer leiden. Ze maakte zich van hem los en begon zich zorgvuldig uit te kleden. Zo doet ze 's middags bij haar minnaar, dacht Willie, de man met het grote huis; ze heeft me slechts in haar middagroutine opgenomen.

Hij ontkleedde zich even zorgvuldig als zij en zei: 'Ik zal op zijn

Balinees met je vrijen.' Het was half als grap bedoeld, maar niet veel meer, een manier om zich na zijn falen van zoveel jaar geleden opnieuw bij haar te introduceren. Het Balinese standje was iets wat hij lange tijd geleden in Afrika had opgepikt uit een handboek over seksualiteit dat mogelijk serieus was, mogelijk obsceen – dat wist hij niet meer. Hij zei: 'De Balinezen houden er niet van om hun lichamen tegen elkaar te drukken. In Bali zit de man op de vrouw. Op die manier zal een jonge man het niet vervelend vinden om met een heel oude vrouw te vrijen.' Hij had zich door zijn woorden laten meeslepen. Maar ze leek het niet te horen. En na al die jaren van onthouding in de Indiase bossen, en vervolgens in de Indiase gevangenis, hervond hij het Balinese standje; zijn knieën en heupen lieten hem niet in de steek. Ze was bereidwillig maar terughoudend, even onverschillig voor zijn opluchting het standje te beheersen als voor hetgeen hij daarvoor had gezegd. Ze was allesbehalve een wrak. Er waren nog gladde gedeelten op haar huid.

Hij bekeek de omgeving, de kamer die zij had ingericht. De meubels – bed, tafel, stoel – waren door het boenen bijna van hun laag verf of lak of politoer ontdaan, en het hout zag er kaal en oud uit, met witte vlekken, waarschijnlijk een stugge grondverf; maar misschien was het de stijl van geloogde meubels. De gordijnen waren stijf en met een strook kant afgezet, ivoorkleurig of gebroken wit, met een zuinig dessin van lichtblauwe bloemetjes. De kanten strook en de stijfheid gaven de indruk dat de gordijnen naar binnen bolden. Dit gaf, tezamen met het geloogde meubilair, de suggestie dat zich direct daarbuiten de zee en een gezonde zilte bries bevonden. De vorige dag had Willie, in de opwinding van de aankomst en de roes van de whisky, dit alles gezien zonder het echt waar te nemen. Nu zag hij hoe zorgvuldig dit bijeen was gebracht. Het materiaal van de gordijnen kwam terug in de overtrek van de stoel en een sierstrook rondom het geloogde tafelblad. De gecanneleerde houten lampvoet was geloogd en had de gebruikelijke witte vlekken. De lampenkap was koningsblauw. In een dicht gevlochten mandje van geplet stro stonden prachtig gepunte potloden met de kleur van sigarenkistjes. Daarnaast stond een massieve, matglazen bol met een kleine holte waarin lucifers stonden. Willie had zich daarover de avond tevoren verwonderd, en die ochtend had hij eens goed gekeken. De glazen bol was verrassend zwaar. De matheid van het oppervlak kwam van de horizontale groeven die de bol van boven tot onder omringden. Diagonale sporen over de groeven hadden Willie op het idee gebracht dat je de roze gekopte lucifers over de groeven moest strijken om ze te ontsteken. Dat deed hij; de lucifer ontvlamde; en daarna had hij de afgebrande lucifer weer bij de andere lucifers gezet. Hij was er nog. Hij dacht dat dit beetje stijl uit Perdita's eigen verleden stamde, of iets wat ze als meisje op een dag in haar eigen huis wilde. En hij werd overspoeld door medelijden met Perdita, altijd zo gereserveerd, altijd zo bereidwillig, haar hoofd schuin geheven.

Hij dacht: Er ligt meer van haar ziel in de inrichting van deze kamer dan waar ook, meer zelfs – vanuit zijn zithouding gezien – dan in haar verlopen lichaam. En toen was ze, onverwacht, en zonder veel stuiptrekkingen bevredigd, en haar bevrediging leidde langzaam tot de zijne, die van heel ver leek te komen. Hij dacht: Ik moet nooit de Perdita's vergeten. Londen moet er vol van zijn. Ik mag nooit de verwaarloosden verwaarlozen. Als ik hier moet blijven, is dit misschien de weg die voor me ligt.

Perdita pakte zorgvuldig haar kleren van de beklede stoel en ging naar beneden, naar haar eigen badkamer, liet hem de zijne. Hij dacht: Zo is ze als ze met haar minnaar is. Dit is het belangrijkste deel van haar leven. Hij verwachtte niet dat ze weer boven zou komen, maar ze kwam. Ze was weer aangekleed. Hij was weer in bed. Ze zei: 'Ik weet niet of Roger het je verteld heeft. Hij doet zaken met die vreselijke bankier en het is een puinhoop.'

Willie zei: 'Ik geloof dat hij me over die bankier heeft verteld. De man in de ochtendjas.'

Ze ging weer naar beneden en hij keerde terug naar zijn eigen boek, bewoog zich in en uit het verleden, in en uit zijn vroegere zelf, nu ongemeen opgewonden door de kamer, het huis, de grote stad daarbuiten. Hij bleef daar, wachtte – als een kind, als een echtgenote – tot Roger thuis zou komen. Hij viel in slaap. Toen hij wakker werd was het licht buiten, achter de ivoorkleurige gordijnen, bijna verdwenen. Hij hoorde Roger thuiskomen. Hij hoorde hem later aan de telefoon spreken. Van Perdita geen teken van leven. Willie wist niet zeker of hij zich zou aankleden en naar beneden gaan. Hij besloot te blijven waar hij was; en hij hield zich, als een kind dat zich verstopt, zo stil mogelijk. Na een tijdje kwam Roger boven en klopte. Toen Roger Willie in bed zag liggen zei hij: 'Bofkont.'

Willie verborg zijn boek en zei: 'De eerste keer dat ik naar Engeland kwam was met de boot. Op een dag, vlak voor we bij het Suezkanaal kwamen, zei de steward dat de kapitein zou komen voor zijn inspectieronde. Het had wel iets van de gevangenis. De steward was opgewonden, zoals de gevangenenbewaarder en de anderen waren als de directeur zijn ronde deed. Ik dacht dat het niet voor mij gold – dat de kapitein kwam. Dus toen hij met zijn officieren binnenkwam, vond hij me half gekleed in mijn kooi. De kapitein keek naar me met een blik vol haat en verachting en zei nooit meer iets. Ik heb die blik niet meer vergeten.'

Roger zei: 'Voel je je sterk genoeg om beneden iets te komen drinken?'

'Laat me me eerst even aankleden.'

'Doe je ochtendjas aan.'

'Die heb ik niet.'

Ik weet zeker dat Perdita een ochtendjas voor je heeft klaargelegd.'

'Dan lijk ik net jouw bankier.'

Hij ging in ochtendjas naar beneden, naar de woonkamer met het grandioze groene uitzicht, miraculeus in het afnemende licht. Perdita liet zich horen noch zien.

Roger zei: 'Ik hoop dat je hier nog een tijdje wilt blijven. Tot je je eigen plek hebt gevonden.'

Willie wist niet wat te zeggen. Hij nipte aan de whisky. Hij zei: 'Gisteravond was het stroperig en zoet en sterk. De hele tijd. Vandaag was alleen de eerste slok zoet. En daarvan het allereerste begin. Nu is het weer de whisky die ik me herinner. Hij lijkt de smaakpapillen op mijn tong te binden. Ik was niet echt een drinker.'

Roger zei: 'Dit was een van die dagen dat ik geen zin had naar huis te gaan.'

Willie herinnerde zich iets wat zijn vrouw Ana in Afrika tegen hem had gezegd toen er tussen hen het een en ander misging. Ze had gezegd: 'Toen ik je ontmoette dacht ik dat je een man uit een andere wereld was.' Deze woorden, gewoon gesproken, zonder woede, hadden hem in zijn hart getroffen; hij had nooit geweten dat hij zo bij haar was overgekomen, een bijzonder mens, iets wat hij graag had willen zijn. En die woorden hadden hem doen wensen, wanhopig, met een kwart of minder van hemzelf, dat hij dat voor haar had kunnen blijven. Hij voelde dat hij dat nu voor Roger was geworden: een veilig iemand, iemand uit een andere wereld.

Toen hij de volgende middag Perdita meenam naar de kleine kamer met de geloogde meubelen boven, vroeg hij haar: 'Waar was je gisteren toen Roger thuiskwam?' Ze zei: 'Ik ging uit.' En Willie vroeg zich af, maar durfde het niet te vragen – omdat hij al iets van de vernedering ervoer die zelfs een verlopen vrouw in een man kon oproepen – Willie vroeg zich af of ze naar haar minnaar was gegaan, de man die het gedicht van Henley had overgeschreven en dat als het zijne had gepresenteerd. Hij dacht, terwijl hij op haar zat: Zal ik haar nu wegsturen? Het was verleidelijk, maar toen dacht hij aan al die complicaties die dat tot gevolg kon hebben; misschien zou hij zelfs het huis moeten verlaten; Roger zou hem kunnen afwijzen. Dus volhardde hij in zijn Balinese standje. Hij dacht: Het feit dat ik kan denken zoals ik denk, laat zien dat ze me niet kan vernederen.

Het mag voor Roger moeilijk geweest zijn naar huis terug te keren, voor Willie gold dat niet. Het huis stond in St John's Wood. Het was een genot voor hem na zijn uitstapjes in Londen met de bus Edgware Road af te rijden, in Maida Vale uit te stappen en weg te lopen van het verkeer en het lawaai naar de bomen en de stilte van St John's Wood. Het was voor hem zo'n andere wereld. Dertig jaar geleden, toen hij zijn weinige bezittingen inpakte om naar Afrika te gaan, zijn studentenkamertje uitruimde, met gemak zijn aanwezigheid wiste, had het hem toegeschenen dat hij een leven ontmantelde dat niet meer hersteld kon worden. Dat leven was middelmatig geweest. Dat had hij altijd geweten; hij had op allerlei manieren geprobeerd zich ervan te overtuigen dat dat niet zo was; hij had roosters ontworpen om zichzelf wijs te maken dat zijn leven vol en geordend was. Hij verbaasde zich nu over de trucs die hij had gebruikt om zichzelf voor de gek te houden.

Hij ging naar plekken die hij had gekend. Aanvankelijk had hij gedacht het spel te spelen dat hij had gespeeld toen hij naar India ging om zich bij de guerrillabeweging aan te sluiten. Hij zag toen met plezier versies van zijn Indiase wereld ineenkrimpen, waarbij herinneringen werden gewist, oud verdriet werd verwijderd. Maar zijn Londense wereld was niet de wereld van zijn kindertijd; het was slechts de wereld van dertig jaar geleden. Ze kromp niet ineen. Ze tekende zich scherper af. Hij zag het allemaal, al die verschillende gebouwen, als door de mens gemaakte dingen, door allerlei mensen in verschillende tijden gemaakt. Het was niet iets wat er eenvoudigweg was; en die verandering in zijn manier van zien was als een klein wonder. Hij begreep dat er in het verleden, op deze plekken, altijd al, samen met de duisternis en onvolledigheid van zijn visie, een innerlijke duisternis en pijn was geweest, een soort verlangen in zijn hart dat hij niet kende.

Nu werd hij niet door die duisternis en die last vergezeld. Hij stond ontspannen voor de gebouwen die allerlei mensen hadden gebouwd. Hij ging van de ene naar de andere plek – het pretentieloze collegegebouw met zijn pseudo-gotische bogen, de beangstigende pleinen van Notting Hill, de straat met de kleine club, ten noorden van Oxford Street, de nauwe zijstraat bij Marble Arch waar Roger zijn huis had – zag overal het kleine wonder geschieden, voelde de druk afnemen, en voelde zich herboren worden. Hij had nooit een idee gehad – nooit, sinds zijn kindertijd – van wat hij zou kunnen zijn. Nu had hij het gevoel dat hem een idee werd gegeven, vluchtig, onmogelijk te bevatten, maar niettemin echt. Wat hij in essentie was wist hij nog niet, hoewel hij al zo lang op deze wereld had geleefd. Hij wist op dat moment niet meer dan dat hij een vrij mens was – in alle opzichten – en een hernieuwde kracht bezat. Hij was zo anders, zo anders dan degene voor wie hij zich had gehouden, thuis, in Londen, en gedurende de achttien jaar van zijn huwelijk in Afrika. Hoe kan ik deze mens van dienst zijn? vroeg hij zich af, terwijl hij door de Londense straten liep die hij kende. Hij kon geen antwoord vinden. Hij liet de kwestie naar zijn achterhoofd gaan.

In de straten van het centrum was het heel druk, zo druk dat het soms niet makkelijk was te lopen. Overal zag je zwarte mensen, en Japanners, en mensen die Arabieren leken. Hij dacht: Er is flink in de wereld geroerd. Dit is niet het Londen waar ik dertig jaar geleden woonde. Hij voelde een enorme opluchting. Hij dacht: De wereld wordt nu door elkaar geschud door krachten die zoveel groter zijn dan ik me kon voorstellen. In Berlijn, tien jaar geleden, maakte mijn zus Sarojini me bijna ziek met verhalen over armoede en onrecht thuis. Ze bracht me ertoe me bij de guerrillabeweging aan te sluiten. Nu hoef ik me bij niemand aan te sluiten. Nu kan ik alleen nog maar vieren wie ik ben, of wat er van me geworden is.

Na deze wandelingen keerde hij terug naar het grote huis in St John's Wood, naar Roger, en, vaak in de middag, Perdita.

Negen

De reus aan de top

Na twee weken nam zijn geëxalteerde stemming af en begon hij genoeg te krijgen van de routine waarin hij was terechtgekomen. Zelfs Perdita werd tot last, haar lichaam te vertrouwd. De tijd drukte zwaar op hem en naar zijn mening was er voor hem niet veel meer te doen. Hij had genoeg van Londen gezien. Zijn nieuwe manier van zien bracht geen verrassingen meer. Het wond hem niet langer op het Londen van zijn verleden te zien. Te veel zien was als het afpellen van herinneringen en op die manier het verliezen van waardevolle delen van zichzelf. De beroemde bezienswaardigheden waren nu als afbeeldingen, vluchtig in zich opgenomen, en boden nauwelijks meer dan hun prentbriefkaartgezichten – hoewel hij zich zo nu en dan nog kon verwonderen over de rivier: het wijde zicht, het licht, de wolken, de onverwachte kleur. Hij wist te weinig van geschiedenis en architectuur om verder te kijken; en het verkeer, de giftige dampen en de horden toeristen waren uitputtend; en in de grote stad begon hij zich af te vragen, zoals hij zich in het woud en de gevangenis had afgevraagd, hoe hij de tijd zou gaan doorbrengen.

Roger ging een weekend weg. Hij kwam die zondag en maandag niet terug. Zonder hem was het huis leeg. Ook Perdita leek het, vreemd genoeg, op te vallen.

Ze zei: 'Hij is waarschijnlijk bij zijn hoer. Kijk niet zo geschokt. Heeft hij het je niet verteld?'

Willie herinnerde zich wat Roger op de luchthaven had gezegd over ouderdom die zich bij mensen als een soort moreel gebrek manifesteerde. Hij had het vrijwel meteen nadat ze elkaar hadden ontmoet gezegd; het moet toen een belangrijke plaats in zijn gedachten hebben ingenomen, zijn manier om Willie op zoiets als dit moment voor te bereiden.

Een grote treurigheid overviel hem bij dit nieuws. Hij dacht: Ik moet dit ontzielde huis verlaten. Ik kan niet tussen deze twee mensen leven.

Het was weinig meer dan een gewoonte – geen behoefte, geen opwinding – die hem ertoe bracht Perdita mee te nemen naar zijn kamertje met zijn suggestie van zee en wind. Elke gebeurtenis versterkte zijn besluit weg te gaan.

Roger kwam in de loop van de week thuis. Willie ging op een avond naar beneden om wat met hem te drinken.

Hij zei: 'Ik heb aldoor gehoopt de whisky nog eens te proeven zoals ik hem die eerste avond hier heb geproefd. Stroperig en zoet en krachtig. Een kinderdrank, bijna.'

Roger zei: 'Als je dat opnieuw wilt beleven moet je heel wat jaren in de bush doorbrengen en dan een tijdje naar de gevangenis gaan. Als je een enkel of been breekt en een paar weken in het gips zit, beleef je op de dag dat ze het gips verwijderen en je probeert te staan een wonderbaarlijk moment. Het is een afwezigheid van gevoel en gedurende die eerste momenten is het werkelijk heerlijk. Het verdwijnt snel. De spieren beginnen zich onmiddellijk te herstellen. Als je dat gevoel nog eens wilt beleven moet je opnieuw je been of enkel breken.'

Willie zei: 'Ik heb nagedacht. Jij en Perdita hebben me geweldig opgevangen. Maar nu denk ik dat ik moet gaan.'

'Weet je waar je naartoe wilt?'

'Nee. Maar ik hoopte dat jij me zou helpen een plek te vinden.'

'Dat zal ik te zijner tijd zeker doen. Maar het is niet alleen een kwestie van een plek vinden. Je hebt geld nodig. Je hebt werk nodig. Heb je ooit gewerkt?'

'Daar heb ik de laatste paar dagen over nagedacht. Ik heb nog nooit gewerkt. Mijn vader heeft nog nooit gewerkt. Mijn zuster heeft nog nooit echt gewerkt. We besteedden al onze tijd aan denken over de slechte kaarten die ons zijn toebedeeld en we hebben ons niet echt op iets voorbereid. Ik neem aan dat dat een deel van onze situatie is. We kunnen alleen maar denken aan in opstand komen, en als je me nu vraagt wat ik denk te kunnen, kan ik alleen maar niets zeggen. Ik neem aan dat als mijn vader een fatsoenlijk beroep had gehad, of de oom van mijn moeder, ook ik waarschijnlijk ergens goed in was geweest. Al die tijd in Afrika heb ik er nooit aan gedacht een ambacht of beroep te leren.'

'Je bent niet de enige, Willie. Zo zijn er hier honderdduizenden. De maatschappij hier geeft ze zoiets als een voorwendsel. Zo'n twintig jaar geleden leerde ik een zwarte Amerikaan kennen. Hij was in Degas geïnteresseerd, heel serieus geïnteresseerd, en ik meende dat hij dat professioneel zou moeten aanpakken. Maar hij zei nee, de burgerrechtenbeweging was belangrijker. Als die strijd zou zijn gewonnen kon hij aan Degas gaan denken. Ik vertelde hem dat hij de zaak met willekeurig welk serieus werk over Degas net zo zou dienen als met willekeurig welke politieke actie. Maar hij begreep het niet.'

Willie zei: 'Het is nu anders in India. Als iemand als mijn vader nu zou opgroeien zou hij vanzelf aan een beroep denken, en ik, die na hem kom, zou ook vanzelf aan een beroep denken. Het is het soort verandering dat dieper gaat dan welke guerrilla-actie ook.'

'Maar je moet niet te romantisch over werk denken. Werk is in feite iets verschrikkelijks. Wat je morgen moet doen is bus zestien naar Victoria nemen. Ga boven in de bus zitten en kijk naar de kantoren waaraan je voorbijkomt, in het bijzonder bij Marble Arch en Grosvenor Gardens, en stel je voor dat jij daar zit. De Griekse filosofen hadden nooit met het probleem arbeid te maken. Zij hadden slaven. Tegenwoordig zijn we allemaal onze eigen slaaf.'

Omdat hij niets te doen had nam Willie de volgende dag bus zestien en deed wat Roger had voorgesteld. Hij zag lage, door tl-buizen verlichte kantoren in Maida Vale en aan Park Lane en Grosvenor Lane bij Grosvenor Gardens. Het was een nieuwe manier om naar de prachtige namen van belangrijke straten in deze machtige stad te kijken, en zijn hart kromp ineen.

Hij dacht: Je hebt werk en werk. Werk als een roeping, als een zoektocht naar zelfontplooiing, kan edel zijn. Maar wat ik zie is verschrikkelijk.

Toen hij Roger zag zei hij: 'Als je me hier nog een tijdje kan houden zal ik daar dankbaar voor zijn. Ik moet het allemaal nog eens overdenken. Je had gelijk. Dank je dat je me tegen mezelf hebt beschermd.'

Toen Perdita de volgende ochtend naar zijn kamer kwam zei ze: 'Heeft hij je over zijn hoer verteld?'

'We hebben het over andere dingen gehad.'

'Ik vraag me af of hij dat ooit zal doen. Roger is erg terughoudend.'

Roger zei op een dag tegen Willie: 'Ik heb voor jou een uitnodiging van mijn bankier. Voor het weekend.'

'De man met de ochtendjas?'

'Ik heb hem het een en ander over jou verteld en hij is hoogst geïnteresseerd. Hij zei: "Van de organisatie?" Zo iemand is het. Weet alles, kent iedereen. En, wie weet, hij zou je weleens een voorstel kunnen doen. Het is een van de redenen van zijn succes. Hij is altijd op zoek naar nieuwe mensen. Wat dat betreft kun je zeggen dat hij geen snob is. Op andere vlakken is hij natuurlijk een onvoorstelbare snob.'

Twee dagen voor ze dat weekend zouden vertrekken zei Roger: 'Ik denk dat ik je maar beter kan waarschuwen. Ze gaan je spullen voor je uitpakken.'

Willie zei: 'Het lijkt de gevangenis wel. Daar pakken ze altijd alles voor je uit.'

'Ze nemen je koffer aan en als je naar je kamer gaat zal je zien dat al die mannen met gestreepte broeken al je kleren en andere zaken te voorschijn hebben gehaald en die op verschillende gepaste plekken hebben gelegd. Je wordt geacht te weten waar. Voor het personeel heb je dus geen geheimen. Dat kan heel verrassend zijn. De eerste keer dat dit gebeurt kan het heel erg gênant zijn. Ik heb vaak overwogen ze terug te pakken door vreselijke vodden in een vieze plunjezak te stoppen om te laten zien hoe weinig ik me van ze aantrek. Maar dat doe ik nooit. Op het laatste moment ontbreekt me de moed. Ik kan niet anders dan denken aan dat onderzoek daarginds door bedienden, mensen die in feite onder me staan, en ik pak zorgvuldig, zelfs op een enigszins exhibitionistische manier. Maar jij kunt het wel. Jij kunt proberen ze te beledigen. Jij bent een outsider en voor hen maakt het niet uit wat je doet. Niet veel mensen weten dat een dergelijke grotehuizenbediende tegenwoordig nog bestaat. Dat denken ze ook van jou en ze geven zich een bepaalde houding. Ik ga niet ontspannen met ze om. Ik vind ze een beetje duister. Ik denk dat ze altijd al wat duister waren, die bedienden in grote huizen. Ik denk dat iedereen dat tegenwoordig gênant vindt, dat spelletje tussen heer en butler die net doen alsof het gewoon is. Mijn bankier vindt het soms leuk te doen alsof iedereen een butler heeft.'

Toen zij (en hun koffers) op vrijdag in de taxi op weg naar het station waren, zei Roger: 'Het komt eigenlijk door Perdita dat ik tot dit avontuur met de bankier ben gekomen. Ik wilde indruk op haar maken. Geloof me of niet, maar ik wilde haar laten zien dat ik een man kende die een huis had dat tien keer zo groot was als het grote huis van haar minnaar. Niet dat ik wilde dat ze haar minnaar opgaf. Integendeel. Ik wilde alleen dat ze een idee had van zijn plaats in het wereldplan. Ik wilde dat ze zich een beetje erbarmelijk voelde. Wat een ramp is dat voor me geworden.'

Toen ze in de stationshal waren zei Roger: 'Gewoonlijk koop ik bij deze gelegenheden een eersteklaskaartje. Maar ik denk dat ik dit keer maar eens tweede klas ga.' Hij stak zijn kin in de lucht alsof hij zijn besluit wilde benadrukken.

Willie stond met hem in de rij. Toen Roger aan de beurt was vroeg hij om twee kaartjes eerste klas.

Hij zei tegen Willie: 'Ik kon het niet. Soms halen ze je op het perron af. Ik weet dat het een belachelijk, ouderwets gedoe is waar ik niet echt iets om geef. Maar als het zover is denk ik niet dat ik de moed heb door een van die vreselijke bedienden te worden gezien terwijl ik uit de tweede klas stap. Ik neem het mezelf erg kwalijk.'

Ze waren de enigen in de eersteklascoupé. Dat was, vreemd genoeg, een beetje een tegenvaller (omdat er niemand als getuige was). Roger viel stil. Willie zocht naar iets om te zeggen om daarmee het zwaarmoedige moment te doorbreken, maar alles wat hem inviel leek op de een of andere manier aan hun extravagante manier van reizen te refereren. Vele minuten later zei Roger: 'Ik ben een lafaard. Maar ik ken mezelf. Niets wat ik doe kan me nog echt verrassen.'

En toen ze hun station bereikten stond er op het perron niemand om hen te begroeten. De man (in uniform, maar zonder pet) zat in een middelgrote auto op de parkeerplaats van het station op hen te wachten. Maar inmiddels was Rogers humeur omgeslagen, en hij was in staat, op een enigszins overdreven stijlvolle manier, met de chauffeur om te gaan.

Hun gastheer stond hen onder aan de trap van het grote huis op te wachten. Hij was sportief gekleed, en in een hand speelde hij met wat in Willies ogen (hij wist niets van golf en tees) leek op een heel lange en witte getrokken kies. Het was een robuuste, nuchtere en goed getrainde man, en op het moment van de ontmoeting werd al zijn energie, en die van Roger, en van Willie, en ook de energie van de bediende die met zijn mollige benen in een gestreepte broek de trap afkwam, gebruikt om te doen alsof een dergelijke ontvangst voor een dergelijk huis voor iedereen de gewoonste zaak van de wereld was.

Voor Willie was het een onwerkelijk moment, moeilijk te vatten, alsof er een sluier overheen lag. Het was wat hij in het woud en de gevangenis had ervaren, een loskomen van zijn omgeving. Op een manier die hij niet kon reconstrueren werd hij gescheiden van Roger, en gehoorzaam, zoals in de gevangenis, zonder echt naar iets te kijken, volgde hij de bediende naar een kamer. Het raam keek uit op vele hectaren tuin. Willie vroeg zich af of hij naar beneden zou gaan om de tuin te verkennen, of dat hij op zijn kamer zou blijven en zich verborgen zou houden. De gedachte naar beneden te gaan en de weg te vragen benauwde hem. Hij besloot zich verborgen te houden. Op de glazen plaat op de kaptafel lag een gebonden boek. Het was een vroege uitgave van *The Origin of Species*. De smalle Victoriaanse typografie (met letters die roestig van ouderdom leken) was ontmoedigend, net als de geur van het gerimpelde oude papier en de oude drukinkt (die sombere beelden opriep van de drukkerijen en drukkers uit die tijd), die het rimpelen van het papier kon hebben veroorzaakt.

De man met de gestreepte broek (misschien iemand uit Oost-Europa) begon aan het beruchte uitpakken. Maar omdat de man uit Oost-Europa kwam, was Willie niet zo overrompeld als Roger van hem had verwacht.

Terwijl Willie aan de kaptafel zat, de bladzijden van *The Origin of Species* omsloeg en de illustraties uitvouwde, en de man uitpakte, zag hij een mandje of houder met scherp gepunte cederhoutkleurige potloden, zoals die op zijn kamer in Rogers huis. Daarna zag hij een kleine kristallen bol, waarin van onder tot boven lijnen waren gegraveerd, en bovenop een kleine holte met lange lucifers met roze koppen. Ook dat leek op iets in zijn kamer in Rogers huis. Hier was het – waar Roger, zich onvoorspelbaar gedragend, haar had gebracht om indruk te maken met een grandeur die hem niet toebehoorde, zoals een arme plaatselijke bewoner een bezoeker de grote huizen van zijn stad laat zien –, hier was het (en mogelijk ook nog op andere plaatsen, misschien zelfs op plaatsen die ze als kind had bezocht of gekend) dat Perdita wat ideeën voor haar woninginrichting had opgedaan, waarbij ze zich beperkte tot wat klein, ondergeschikt en haalbaar was. Willie werd overspoeld door een enorme golf van medelijden met haar, en (zwichtend voor iets in hem) tegelijkertijd voelde hij zich bedrukt door het op dat moment verkregen inzicht in de duisternis waarin eenieder zich bewoog.

Even later ging hij naar de badkamer. Deze bevond zich in de oudere kamer en de scheidsmuren waren dun. Het behang had een levendig dessin, wijd uiteengeplaatste groene wingerdranken die een grote ruimtelijkheid moesten suggereren. Maar aan een van de muren hing geen behang, geen gevoel van ruimtelijkheid, slechts pagina's van een oud geïllustreerd blad dat *The Graphic* heette, met op Victoriaanse wijze dicht opeengeplaatste kolommen, verlucht met gravures van gebeurtenissen en plaatsen uit de hele wereld. De pagina's dateerden uit de jaren zestig en zeventig van de negentiende eeuw. De kunstenaar of verslaggever (waarschijnlijk dezelfde persoon) zou zijn kopij of schetsen per schip hebben verzonden; in de kantoren van het blad zou een professionele kunstenaar de tekeningen hebben uitgewerkt, waarschijnlijk met een paar zelfverzonnen toevoegingen; en week na week werden deze tekeningen, het product van een geavanceerde journalistieke onderneming, die voor een geïnteresseerd publiek gebeurtenissen uit het gehele imperium en elders illustreerden, volgens de beste methoden van die tijd gereproduceerd.

Voor Willie was het een openbaring. Het was alsof het verleden op deze opgeplakte pagina's er gewoon was, iets wat hij kon aanraken en betasten. Hij las over het India van na de opstand, over de ontsluiting van Afrika, over het militair machtige China, over de Verenigde Staten na de burgeroorlog, over de onlusten op Jamaica en in Ierland;

hij las over de ontdekking van de oorsprong van de Nijl; hij las over koningin Victoria alsof ze nog in leven was. Hij las tot het licht afnam. Het was moeilijk bij het zwakke elektrische licht het kleine letterschrift te lezen.

Er werd op de deur geklopt. Het was Roger. Hij had met de bankier over zaken gesproken en hij zag er afgemat uit.

Hij zag het boek op de kaptafel en zei: 'Wat heb je daar voor boek?' Hij pakte het op en zei: 'Weet je, dat is een eerste druk. Hij laat ze graag nonchalant rondslingeren voor zijn gasten. Later worden ze heel zorgvuldig verzameld. Dit keer heb ik een Jane Austen.'

Willie zei: 'Ik heb *The Graphic* gelezen. In de badkamer.'

Roger zei: 'Die vind je ook in mijn badkamer. Daar zal ik je over vertellen. Ik heb daar een aandeel in, zoals ze dat noemen. Er was een tijd dat ik nogal eens naar Charing Cross Road ging om de boekhandels te bezoeken. Dat kun je nu niet meer doen, niet op dezelfde manier. Op een dag vond ik een paar jaargangen van *The Graphic* op het trottoir voor een van de boekhandels. Ze waren nogal goedkoop, een paar pond per deel. Ik kon mijn geluk niet op. *The Graphic* was beroemd, een van de voorlopers van de *Illustrated London News*. Het waren prachtig gebonden delen. Zo deden ze dat in die tijd. Ik weet niet of het blad ze had ingebonden, of de bibliotheken, of de mensen die geabonneerd waren. Ik kon maar twee delen van *The Graphic* mee naar huis nemen, en ik moest met de taxi. Het waren heel dikke delen, zoals ik al zei, en heel zwaar. Het was rond die tijd dat ik onze bankier leerde kennen. Ik begon de enorme macht van de ziekelijke egoïst op de mensen om hem heen te begrijpen. In feite zwichtte ik zonder het te weten voor die macht. Voor een intelligent mens als ik, is de egoïst in zekere zin zielig, een man die niet zoals de rest van ons ziet dat de weg naar roem slechts naar het graf leidt. En daardoor raakt de intelligente mens gebonden. Hij begint met bevoogden en eindigt als een hielenlikker. Hoe dan ook. Niet lang nadat ik die delen van *The Graphic* had gezien kwam ik hier. De machtige man maakte me nog steeds het hof en eigenlijk was ik al gebonden. Ik maak hier geen woordspeling. Hij liet me wat schilderijen zien. Hij vertelde me hoe hij aan ze was gekomen. En ik vertelde hem, om niet voor hem onder te doen, hoe ik onlangs die twee gebonden jaargangen van *The Graphic* had gevonden. Ik schepte op. Hij had uiteraard nog nooit van *The Graphic* gehoord, en ik vertelde hem alles wat ik erover wist. Nadat ik tegenover hem over *The Graphic* had opgeschept dacht ik, op de terugweg naar Londen, dat ik nog een paar van die jaargangen moest aanschaffen. Ik vond niets. Onze vriend had zijn auto gestuurd en de hele partij laten meenemen. Dat was het idee van zijn vrouw, die pagina's in de badkamers plakken. Als dat huis wordt gerenoveerd, of verkocht, en een hotel of iets dergelijks wordt, gaan al die bladzijden naar de vuilnisbelt van de aannemer.'

'Je denkt dat het een hotel wordt?'

'Zoiets. Gewone mensen kunnen niet meer in dergelijke huizen wonen. Je hebt een heleboel bedienden nodig. Deze huizen zijn gebouwd in een tijd waarin er bedienden in overvloed waren. Vijftien tuiniers, tig kamermeisjes. Die mensen heb je tegenwoordig niet meer. De dienstbare stand, zoals ze dat noemden. Er was een tijd dat ze een groot deel van de bevolking vormden.'

Willie zei: 'Wat is er van hen geworden?'

'Dat is een goede vraag. Ik denk dat een van de antwoorden is dat ze uitstierven. Maar dat is niet de vraag die je stelde. Ik weet wat je vraagt. Als we die vraag vaker stelden zouden we misschien gaan begrijpen in wat voor land we leven. Ik realiseer me nu dat ik nog nooit iemand die vraag heb horen stellen.'

Willie zei: 'In veel delen van India is dat tegenwoordig het belangrijkste onderwerp van discussie. Wat ze het omwoelen van de kasten noemen. Ik denk dat dit belangrijker is dan het religieuze vraagstuk. Bepaalde middengroepen komen op, bepaalde bovengroepen worden omlaag gezogen. De guerrillastrijd die ik ging voeren was een afspiegeling van die beweging. Een afspiegeling, meer niet. India zal zich binnenkort met het gezicht van de onaanraakbaren aan de wereld tonen. Het zal niet fraai zijn. De mensen zullen het niet prettig vinden.'

Later gingen ze naar beneden voor een drankje en het avondeten. Het was geen formele aangelegenheid. De vrouw van de bankier was afwezig. De enige andere gast was een galeriehouder. De bankier was een kunstschilder, naast al het andere, en wilde een tentoonstelling in Londen. Hij had tegen Willie en Roger gezegd, toen hij hen over hun tafelgenoot vertelde: 'Het leek me beter hem uit te nodigen om het een en ander te bespreken. Deze mensen houden van een beetje stijl.' Deze laatste frase gebruikte hij zowel om Willie en Roger te vleien als om ze in zijn complot tegenover deze galeriehouder te betrekken.

Hij, de galeriehouder, was net zo vormelijk gekleed als Roger. Hij had grote, rode handen, alsof hij de hele dag in zijn galerie met grote ingelijste schilderijen had lopen sjouwen.

Vanaf het plafond van de heel grote kamer schenen spotjes op drie schilderijen die de bankier had gemaakt. Willie ging iets begrijpen van wat Roger had gezegd over de macht van de ziekelijke egoïst. Het stond Willie en Roger en de galeriehouder vrij om te zeggen dat de schilderijen die de bankier had uitgekozen om te belichten middelmatig waren, het werk van een zondagsschilder, meer niet. Het stond ze vrij om nogal bot te zijn. Maar de man had zichzelf op zo'n onschuldige wijze prijsgegeven dat niemand hem wilde kwetsen.

De galeriehouder had het zwaar te verduren. De opwinding die hij gevoeld mocht hebben als gast in dat grote huis (en door zijn elegante kleding te showen) ebde weg.

De bankier zei: 'Geld is voor mij van geen enkel belang. Dat begrijpt u. Dat zult u ongetwijfeld begrijpen.'

De galeriehouder had het moeilijk en vergat te zeggen dat hij in de kunsthandel zat om geld te verdienen en dat het laatste waarin hij was geïnteresseerd een schilder was die geen geld nodig had. Hij kwam met een paar onsamenhangende gedachten en gaf het op.

Het onderwerp werd daarna met rust gelaten. Maar voor Willie was er genoeg ego en macht tentoongespreid (de spotjes aan het plafond speelden nog steeds op de schilderijen van de bankier) om in te zien dat als er afspraken met de galeriehouder gemaakt zouden worden, die, na deze grote artistieke aanval, zonder de aanwezigheid van derden gemaakt zouden worden.

De bankier zei tegen Willie: 'Kent u de maharadja van Makkhinagar?' Hij gaf Willie geen kans te antwoorden. 'Hij heeft hier gelogeerd. Dat was vlak nadat Mrs. Gandhi de prinses niet meer wilde erkennen en hun persoonlijke toelage werd ingetrokken. Dat zal in 1971 zijn geweest. Hij was nog heel jong, voelde zich onzeker in Londen, terneergeslagen door het verlies van zijn persoonlijke toelage. Ik meende iets voor hem te moeten doen. Mijn vader kende zijn grootvader. Natuurlijk was de jongeman toen hij hier kwam, na al die veranderingen in India, gesteld op zijn status. Dat was voor niemand een probleem, maar ik geloof niet dat hij veel waardering had voor de mensen die ik voor hem had bijeengebracht. Als hij dat had gewild waren er veel deuren voor hem opengegaan, maar hij leek niet erg geïnteresseerd. Zo gedragen ze zich en dan gaan ze weg en praten alsof er hier een gebrek aan respect is. In Londen nodigde ik hem uit voor een lunch in de Corner Club. Kennen jullie de Corner Club? Die is kleiner dan de Turf Club en nog exclusiever, als zoiets al voorstelbaar is. De eetzaal is erg klein. De Corner wordt niet voor niets de Corner genoemd. Laat me je vertellen dat ze bedenkelijk keken toen ze de jonge Makkhinagar zagen. Maar daarna heb ik nooit meer iets van hem gehoord. Zo'n vijftien jaar later ging ik naar Delhi. Een van de vele keren dat het gerucht ging dat de economie zou worden geliberaliseerd. Ik zocht Makkhinagar op in het telefoonboek. Hij was inmiddels lid van het Hogerhuis en had een huis in Delhi. Hij nodigde me op een avond uit. Al die beveiliging rond zijn huis, wachten en soldaten en zandzakken bij de poort, mannen met geweren binnen. Niettegenstaande dat alles was Makkhinagar een stuk ontspannener. Hij zei: "Peter, dat was een amusante, kleine lunchgelegenheid die we de laatste keer bezochten." Dat is nu wat ik bedoel met die Indiërs. "Een amusante, kleine lunchgelegenheid." De Corner! Je slooft je uit en dat is wat je ervoor terugkrijgt.'

Willie zei niets. De galeriehouder lachte ingehouden, inmiddels een man die zich verheugde tot dit onderhoud over de groten der aarde te worden toegelaten; maar Roger zweeg en maakte een gekwelde indruk.

De volgende dag zouden er nog meer gasten komen. Willie keek er niet naar uit. Hij vroeg zich af waarom. Hij dacht: Het is ijdelheid. Ik kan me alleen maar op mijn gemak voelen met mensen die enig idee hebben wie ik ben. Of misschien is het alleen maar het huis. Het vergt te veel van een mens. Ik ben er zeker van dat het hen verandert. Het heeft in elk geval de bankier veranderd. Het veranderde mij. Het verhinderde dat ik bij aankomst de dingen in het juiste licht zag.

Die ochtend na het ontbijt (waarvoor hij naar beneden was gegaan) ontmoette hij de vrouw van de bankier. Ze groette hem voor hij haar groette, waarbij ze met uitgestrekte hand op hem toe schreed, als bij een waar onthaal, een nog jonge vrouw met lang, veerkrachtig haar en een stevig, veerkrachtig achterwerk. Ze noemde haar naam en zei, met een mooie tinkelende stem: 'Ik ben Peters vrouw.' Een vrouw met smalle schouders, een smal bovenlichaam, aantrekkelijk; een heel fysieke verschijning, vond Willie. Daarna was niets zo mooi aan haar als op dat eerste moment. Ze bestond slechts uit haar lach en haar stem.

Willie dacht: Ik moet erachter zien te komen waarom ik me, net als de maharadja in de Corner Club, niet met deze mensen op mijn gemak voel. De maharadja ervoer het gebrek aan verwelkoming en zette het hem vijftien jaar later betaald. Zo ervaar ik het niet. Ik voel geen gebrek aan verwelkoming. Integendeel, ik denk dat iedereen die hier komt maar al te bereid is de gasten van de bankier te ontmoeten. Wat ik ervaar is dat het voor mij geen zin heeft om deze gelegenheid voort te zetten. Ik wil niemand behagen of door hen behaagd worden. Dat is niet omdat ik ze als materialisten zie. Geen mens op aarde is zo openlijk materialistisch als de gegoede Indiër. Maar in het woud en de gevangenis veranderde ik. Ik heb mijn materialistische zelf afgeschud. Ik moest wel, wilde ik overleven. Ik heb het gevoel dat deze mensen geen weet hebben van de andere kant van de dingen. De woorden kwamen vanzelf bij hem boven. Hij dacht: De woorden moeten een betekenis hebben. Ik moet erachter komen welke dat is. De mensen hier weten niet wat nietigheid is. De fysieke nietigheid van wat ik in het woud zag. De geestelijke nietigheid die daarmee samenhing en die in veel opzichten lijkt op waar mijn arme vader zijn leven lang mee leefde. Ik heb deze nietigheid in mijn botten gevoeld en kan daar elk moment naar terugkeren. Als we de andere kant van de mens niet begrijpen, Indiaas, Japans, Afrikaans, kunnen we hem niet echt begrijpen.

De bankier had met Roger over zaken gesproken, waarbij hij met zijn tee speelde als met een rozenkrans. Toen ze te voorschijn kwamen van waar ze gezeten hadden, nam de bankier Roger en Willie, de galeriehouder en iemand die zojuist was aangekomen mee op een rondje langs een paar van zijn spullen. Hij was teruggekomen van een wereldreis waarop hij zakenrelaties bezocht en (als een bezoekend staatshoofd) geschenken van die mensen had gekregen. Sommige daarvan stalde hij nu uit. Veel daarvan vond hij belachelijk. Bijzonder belachelijk vond hij een grote blauwe, half doorzichtige porseleinen vaas, grof beschilderd met plaatselijke bloemen. De bankier zei: 'Waarschijnlijk heeft de vrouw van de plaatselijke manager hem beschilderd. Er is in de lange nachten in die contreien niets te beleven.' De vaas was aan de basis heel smal, boven te breed, labiel, hij wankelde als je er naar wees. Hij was al een paar keer gevallen en had een grote diagonale barst; er was een stuk van het porselein afgebroken.

Roger, die met een ongebruikelijke ergernis sprak, waarschijnlijk als een gevolg van iets wat tijdens zijn zakelijke bespreking was voorgevallen, zei provocerend: 'Ik vind hem wel aardig.'

De bankier zei: 'Hij is van jou. Ik geef hem je.'

Roger zei: 'Dat zal te veel moeite geven.'

'Niks moeite. Ik zal hem laten inpakken en ervoor zorgen dat hij in de trein met je meegaat. Perdita zal er vast een plekje voor vinden.'

Dat was wat er de volgende middag gebeurde. Aldus hadden de eersteklaskaartjes die Roger had gekocht alsnog de getuige waarvoor ze waren bedoeld, en Roger was de allerergste schaamte bespaard gebleven. Maar, toen het op een fooi aankwam, kreeg hij weer de zenuwen en gaf hij tien pond aan de bediende.

Hij zei tegen Willie: 'De hele tijd bedacht ik in de auto wat ik als fooi zou geven. Voor al die extra moeite vanwege die foeilelijke vaas. Ik besloot vijf pond, maar op het laatste moment veranderde ik van gedachte. Dat is allemaal het gevolg van het ego van die man. Ik sta hem toe me te beledigen, zoals hij met die gebroken vaas deed, en dan probeer ik verontschuldigingen te vinden. Ik denk: Hij is net een kind. Hij heeft geen weet van de werkelijkheid. Op een dag zal iemand die niets te verliezen heeft hem op een verschrikkelijke manier beledigen en dan zal de magie verbroken zijn. Maar tot die tijd is er voor mensen zoals ik een elektrische lading rond die man.'

Willie zei: 'Denk je dat jij degene zal zijn die hem te zijner tijd op die verschrikkelijke manier zal beledigen?'

'Niet nu. Ik heb te veel te verliezen. Ik ben te afhankelijk van hem. Maar uiteindelijk, ja. Toen mijn vader in het ziekenhuis op sterven lag, was zijn karakter totaal veranderd. Die bijzonder wellevende man begon iedereen die hem kwam bezoeken te beledigen. Mijn moeder, mijn broer. Hij beledigde al zijn zakenrelaties. Zei heel gemene dingen. Hij zei alles wat hij van iedereen vond. Hij hield niets voor zich. De nabijheid van de dood verleende hem die volmacht. Je zou kunnen zeggen dat voor mijn vader de dood zijn meest oprechte en gelukkigste moment was. Maar ik wilde zo niet sterven. Ik wilde op een andere manier sterven. Zoals Van Gogh, naar wat ik heb gelezen. Rustig een pijp rokend, verzoend met alles en iedereen, zonder wie ook te haten. Maar Van Gogh kon het zich permitteren romantisch te zijn. Hij had zijn kunst en zijn roeping. Mijn vader had die niet, en ik heb die niet, en maar heel weinigen van ons hebben die, en nu het eind in zicht is, ontdek ik dat mijn vader daar een punt had. Het maakt de dood tot iets om naar uit te zien.'

Toen ze weer in het huis in St John's Wood waren zei Roger tegen Perdita: 'Peter heeft voor jou een geschenk meegegeven.'

Ze was opgewonden en begon meteen de grote en onhandig gevormde vaas uit de door de bediende ondeskundig en ongeïnteresseerd aangebrachte verpakking (een heleboel plakband) te halen.

Ze zei: 'Het is een prachtig stuk handwerk. Ik moet Peter schrijven. Ik weet er een plek voor. De barst kan uit het zicht blijven.'

Een paar dagen stond de vaas waar ze hem had gezet, maar daarna verdween hij en werd er niet meer over gesproken.

Een week of zo later zei Roger tegen Willie: 'Je hebt grote indruk op Peter gemaakt. Wist je dat?'

Willie zei: 'Ik vraag me af hoe. Ik heb nauwelijks iets tegen hem gezegd. Ik luisterde alleen maar.'

'Waarschijnlijk daarom. Peter heeft een verhaal over Indira Gandhi. Hij had nooit een goed woord voor haar over. Hij dacht dat ze niet geschoold was of veel wist over de mensen in de wijde wereld. Hij meende dat ze een bluffer was. In 1971, in die tijd van dat gedoe met Bangladesh, ging hij naar Delhi en probeerde hij haar te spreken te krijgen. Hij was met een of ander project bezig. Ze negeerde hem.

Hij draaide duimen in een hotel, een week lang. Hij was razend. Uiteindelijk ontmoette hij iemand uit de directe omgeving van Indira Gandhi. Hij vroeg diegene: "Hoe beoordeelt die dame de mensen?" Die antwoordde: "Haar methode is eenvoudig. Ze wacht tot ze weet wat haar bezoeker wil." Peter heeft de hint ongetwijfeld begrepen. Hij wachtte steeds om te zien wat je van hem wilde en je zei niets.'

Willie zei: 'Ik wilde helemaal niets van hem.'

'Dat bracht het beste in hem boven. Hij sprak me later nog over jou en ik vertelde hem iets over jouw geschiedenis. Het gevolg is dat hij je een voorstel doet. Hij is betrokken bij een paar grote bouwbedrijven. Ze geven een serieus tijdschrift over moderne gebouwen uit. Het gaat om public relations van grote kwaliteit. Publiekelijk verkopen ze geen enkel bedrijf of product. Hij denkt dat je misschien voor ze wilt werken. Parttime of fulltime. Dat hangt van jou af. Ik kan je vertellen dat het aanbod gemeend is. Het is Peter op zijn best. Hij is heel trots op zijn blad.'

Willie zei: 'Ik weet niets van architectuur.'

En Roger wist dat Willie geïnteresseerd was.

Hij zei: 'Ze geven cursussen voor mensen zoals jij. Het is zoiets als de cursussen kunstgeschiedenis die de veilinghuizen organiseren.'

Zo had Willie eindelijk een baan in Londen gevonden. Of iets gevonden om 's ochtends naartoe te gaan. Of, om het nog onbeduidender te maken, iets om het huis in St John's voor te verlaten.

De kantoren van het tijdschrift bevonden zich in een oud, smal gebouw met een vlakke gevel in Bloomsbury.

Roger zei: 'Het lijkt op iets van *central casting.*'

Willie wist niet wat die woorden betekenden.

Roger zei: 'Vroeger hadden de studio's in Hollywood een afdeling die overdreven sets van buitenlandse plaatsen maakte. Overdreven en vol met clichés zodat het publiek kon begrijpen waar ze waren. Als iemand – die bijvoorbeeld *A Christmas Carol* produceerde – naar hen toe ging en vroeg om een dickensiaans kantoor in een dickensiaans gebouw, dan zouden ze iets gebouwd hebben als jouw gebouw en het in mist hebben gehuld.'

Het was niet ver van het British Museum – timpaan en kolommen, groot voorplein en hoog, gepunt zwart hekwerk. En het was niet ver van het Trade Union Congress, dicht aan de straat, modern, drie of vier verdiepingen hoog, glas en beton in rechthoekige segmenten, met een vreemde, op een balk geplaatste vliegende figuur in brons boven de ingang, die de dreigende of overwinnende arbeid moest voorstellen, of misschien alleen arbeid of de idee arbeid, of misschien ook voornamelijk de strijd van de beeldhouwer met zijn socialistische onderwerp.

Willie liep elke dag langs dat beeld. De eerste paar weken, tot hij het niet meer zag, voelde hij zich erdoor berispt: zijn werk bij het blad stelde werkelijk weinig voor en het grootste deel van de dag kon je nauwelijks van werk spreken.

Het was een deel van Londen dat Willie van zevenentwintig of achtentwintig jaar geleden kende. Ooit zouden de associaties beschamend zijn geweest, nu deed het er niet toe. De uitgeverij die zijn boek had gepubliceerd bevond zich in een van die grote zwarte blokken. Willie had het gebouw onbetekenend gevonden. Maar vervolgens was hij, toen hij de stenen trap beklom, verrast te ontdekken dat het gebouw groter leek te worden; en het interieur, achter de oude zwarte baksteen, overtrof in lichtheid en verfijning alles wat hij had verwacht. Boven, in wat in vroegere tijden de belangrijkste kamer moet zijn geweest, zoals de uitgever hem vertelde, moest hij voor het hoge raam gaan staan van wat ooit de salon was en op het plein neerkijken, en de uitgever liet hem zich de karossen en bedienden uit *Vanity Fair* voorstellen. Waarom deed hij dat? Was het alleen maar om, in deze voorname kamer op de eerste verdieping, een beeld te scheppen van de rijkdom van de kooplieden en handelaren uit de hoogtij van de slavernij? Dat deed hij, uiteraard; maar hij wilde ook een ander punt scoren. En wel dat het in een vergelijkbare kamer in *Vanity Fair* was dat de rijke koopman zijn zoon wilde dwingen met een zwarte of halfbloed erfgename uit Saint Kitts te trouwen. Wilde de uitgever zeggen dat voor die rijke mannen geld boven alles ging, zelfs boven de verplichtingen van een man tegenover zijn ras? Wilde hij misschien zeggen dat, anders gezien, ze door deze houding vrij waren van racistische smetten? Nee, iets dergelijks zei hij niet. Hij gaf lucht aan zijn kritiek. Hij sprak als een man die Willie in een nationaal geheim liet delen. Wat bedoelde hij? Bedoelde hij dat een rijke mulattin door iedere rechtgeaarde man moest worden geschuwd? Willie was (steeds als hij in Afrika aan zijn knullige boekje dacht) ook blijven piekeren over de interpretatie die de uitgever aan *Vanity Fair* gaf. En hij was tot de slotsom gekomen dat de uitgever niets bedoelde, dat hij slechts probeerde in Willies aanwezigheid voor zichzelf een standpunt te bepalen, probeerde zich lichtelijk op te winden over zowel de rijken als de behandeling van zwarten en halfbloeden, iets wat hij zou vergeten als de volgende bezoeker zijn vertrek betrad.

En steeds weer, misschien elke dag een paar seconden, dacht Willie, als hij van het station van de ondergrondse naar het kantoor liep: Toen ik voor het eerst naar deze wijk kwam zag ik niets. Nu is deze plek vol details. Het is alsof ik een schakelaar heb omgedraaid. En tegelijk kan ik me makkelijk verplaatsen in die manier van niet-zien.

Het gebouw waarin Willie zijn werk deed, dat op iets van central casting leek, was alleen vanbuiten oud. Vanbinnen was het zo vaak gerenoveerd en gerestaureerd en vervolgens, zonder pardon, weer verwoest, waarbij scheidsmuren werden opgetrokken en weer afgebroken, dat het er op de begane grond uitzag als een winkel zonder enig karakter, slechts voor het moment ingericht, broos en wankel, met pas opgebrachte verf over de scherp afgetekende nerf van nieuw zacht hout. Het was alsof de winkelinrichters elk moment konden worden opgeroepen om wat ze hadden gebouwd weg te halen en door een nieuw interieur te vervangen. Alleen de muren en (wellicht dankzij een regel van monumentenzorg) de smalle trappen met hun mahonie leuningen overleefden elke verandering. De kleine wachtkamer op de begane grond had een glazen scheidingswand, vlak achter het hokje van de receptioniste. Aan een van de muren hing een oude zwart-witfoto van Peter en twee andere directeuren van een bouwbedrijf die de koningin ontvingen. Op een kleine, niervormige tafel lagen exemplaren van het moderne bouwblad. Ze zagen er indrukwekkend en prijzig uit, met schitterende foto's.

Het bureau van de hoofdredacteur was boven, aan de voorkant, een veel eenvoudiger versie van de grandeur die Willies uitgever er achtentwintig jaar geleden op na hield. De hoofdredacteur was een vrouw van rond de veertig of vijftig met een verwoest gezicht en grote, uitpuilende ogen achter een bril met zwart montuur. Het kwam Willie voor dat ze werd verteerd door elk denkbaar gezinsprobleem en seksueel leed, en het was alsof ze zich vijf of zes keer per dag uit die toestand omhoog moest werken voor ze zich met andere zaken kon bezighouden. Ze was vriendelijk tegen Willie, behandelde hem als een vriend van Peter, en dat maakte het moeilijker het leed in haar gezicht te moeten zien.

Ze zei: 'We zullen zien hoe je je hier aanpast. En dan zullen we je naar Barnet sturen.'

Barnet was waar de cursussen architectuur van het bedrijf werden gegeven.

Toen Willie Roger verslag deed van zijn ontmoeting met de hoofdredacteur, zei Roger: 'Telkens als ik haar ontmoet ruik ik de lichte geur van gin. Ze is een van Peters zielepoten. Maar ze doet haar werk voortreffelijk.'

Het blad kwam elk kwartaal uit. De artikelen werden door deskundigen geschreven en de honorering was goed. De taak van de hoofdredacteur was de opdracht voor de artikelen te geven; het was het werk van de fotoredacteur foto's op te sporen; en het was het werk van de staf de artikelen te redigeren, te corrigeren en de drukproeven te controleren. De lay-out werd professioneel verzorgd. Op de bovenverdieping was een architectuurbibliotheek. De boeken waren groot en ontmoedigend, maar Willie vond er al gauw zijn weg in. Hij bracht veel tijd in de bibliotheek door en in zijn derde week leerde hij tegen de hoofdredacteur zeggen, als hij niets te doen had en ze vroeg wat hij deed: 'Ik doe onderzoek.' Deze zinsnede stelde haar steeds weer gerust.

Op een keer tussen de middag, toen hij op een van de rustiger pleinen liep, stopte er een grote auto naast hem. Er stapte een vrouw uit. Ze had een gefrankeerde brief bij zich die ze in de brievenbus wilde doen. Toen ze dat had gedaan groette ze Willie. Hij had tot dan toe geen belang in de vrouw gesteld. Maar haar tinkelende, vrolijke, ritmische stemgeluid was meteen herkenbaar, de stem die hoorde bij haar veerkrachtige haar en veerkrachtige achterwerk. Het was de vrouw van Peter. Ze zei met een snelle, kabbelende klank: 'Ik hoor dat je voor Peter werkt.' Hij was gevleid dat ze zich hem herinnerde, maar ze liet hem geen tijd iets te zeggen. Ze tinkelde verder: 'Peter heeft zijn tentoonstelling. Het staat in alle kranten. We hopen dat je komt.' Met diezelfde kabbelende klank stelde ze Willie aan de half-verborgen bestuurder van de auto voor en, zonder te wachten tot een van de mannen iets zei, stapte ze in de auto en werd weggereden.

Toen Willie Roger over de ontmoeting vertelde zei Roger: 'Dat is haar minnaar. Ze had naar een andere brievenbus kunnen gaan, maar ze wilde zich met haar minnaar aan jou laten zien. Ze wil dat iedereen die haar met Peter heeft gezien haar met die andere man ziet. Peter lijdt daaronder. Het moet hem van streek maken. Zijn hoofd moet vol pijnlijke seksuele voorstellingen zitten. En de man die ze je liet zien is een heel gewone man. Een kleine makelaar, niet erg onderlegd. Zo heeft Peter hem ontmoet. Peters pogingen in de makelaardij waren op zijn zachtst gezegd niet zo succesvol. En nu kan niets wat hij doet zijn vrouw terugbrengen. Ik heb haar jaren ge-leden in het huis ontmoet, kort nadat ze met Peter trouwde. Ze ver-telde me over haar eerdere huwelijk en waarom dat was mislukt. Ze zei dat het haar beklemde. Ik wist niet wat ze bedoelde. Ze zei: "Tim zei dan, vlak voordat hij naar zijn werk ging: 'Ik heb geen tandpasta meer. Koop een tube voor me.' Ik geef maar een voorbeeld. En de he-le dag dacht ik dan aan die tube tandpasta die ik moest kopen. Tim zat op zijn kantoor, deed al die spannende zaken, hield die spannen-de lunches, en ik zat thuis te denken aan die tube tandpasta die ik voor hem moest kopen. Begrijp je wat ik bedoel? Het beklemde me. Je begrijpt het toch wel?" Ze vertelde dit met haar schitterende stem en met haar mooie ogen op me gericht en ik deed mijn uiterste best haar beklemming te begrijpen. Ik had het gevoel dat ze wilde dat ik de strijd met haar onderdrukker aanging. Ik voelde ook, om je de waarheid te zeggen, dat ze me probeerde te versieren. Ik bemerkte dat ze me in dat bijzonder soort spinrag van haar wikkelde. En ver-volgens realiseerde ik me, uiteraard, dat ik niet kon begrijpen wat ze zei omdat er niets te begrijpen viel. Ze luisterde alleen naar wat ze zelf zei. Ik begon me zorgen over Peter te maken. Hij zou voor haar van heel veel dingen afzien als hij zeker van haar kon zijn. Het is op dat punt dat machtige mannen ten val kunnen worden gebracht. Ik ben niet meer dezelfde geweest sinds ik met Perdita trouwde. Nu weet de hele wereld van haar minnaar met het grote huis in Londen. Niemand zou geloven dat ze jarenlang aandrong dat ik met haar zou trouwen. Nu wordt ze de vrouw die slecht is behandeld, de vrouw die ik heb teleurgesteld.'

Nu Willie op werkdagen het bouwblad en Bloomsbury had om naartoe te gaan, had hij niet langer zijn ochtenden met Perdita. Ze kwam slechts zo nu en dan naar zijn kamertje, gewoonlijk 's avonds, misschien een keer per week als Roger bij zijn del was (zoals zij het graag noemde) en ze niet haar grote huis had om naartoe te gaan of anderszins vrij was. Deze ontmoetingen moesten nu binnen ieders doen en laten passen en voor de eerste keer voelde Willie zich bewust een bedrieger in dit huis. Hij wilde dat het anders kon zijn, maar hij gaf de voorkeur aan de nieuwe regeling. Het was minder vermoeiend; hij ging daardoor Perdita aardiger vinden.

Ze spraken meer dan daarvoor. Hij probeerde nooit meer te weten te komen over de man met het grote huis of Rogers andere vrouw. Deels kwam dit door de terughoudendheid die hij in de guerrillabeweging had geleerd (waar het in de strenge eerste dagen verboden was, om redenen van doctrine en veiligheid, andere mensen in de beweging te veel vragen te stellen over hun familie of achtergrond). Deze terughoudendheid was een deel van Willies natuur geworden. En hij wilde werkelijk niet meer weten over Rogers andere leven of dat van Perdita. Hij wilde het houden bij wat hij wist; hij wilde niet dat meer wetenschap het leventje zou verpesten dat hij in het huis in St John's Wood, op zijn kamertje, in het centrum van onwetendheid, had gevonden.

Perdita gaf zo nu en dan enkele details over haar vroegere leven in het noorden. Willie moedigde haar aan. Hij meende dat zijn eigen gezinsleven zonderling was geweest, zijn kindertijd zorgelijk. Zich Perdita's vroegere leven als gelukkig voor te stellen, en dit te herscheppen met de details die ze gaf, was als het in overdrachtelijke zin wandelen over een veld van glorie. Het maakte haar groter dan hij haar aanvankelijk had gezien. Ze voelde zijn nieuwe zienswijze en leefde in zijn aanwezigheid op. Ze groeide, werd minder passief.

Op een zaterdagochtend zei ze: 'Roger mag dan niet willen praten over zijn avontuur met Peter,' – 'avontuur', zo noemde Roger het –

'maar ik weet zeker dat dit gauw zal gebeuren. Zijn carrière staat op het spel.' En ze vervolgde, op een bedachtzamer wijze: 'Ik heb met Roger te doen. Waar het Peter betreft was hij altijd wat zielig. Met die gebroken vaas als een geschenk voor mij thuiskomen. Er zijn veel manieren om nee te zeggen, en hij zou er ten minste één gevonden moeten hebben. Al Rogers energie, of veel daarvan, is in zijn presentatie en pretenderen gaan zitten. Het is de grote valkuil voor mensen van Rogers klasse. Ze hebben een kant-en-klare stijl die ze kunnen aannemen, en hebben ze die eenmaal aangenomen, dan vinden ze het niet nodig zich verder nog in te spannen.'

Willie zei: 'Maar je drong er bij hem op aan met je te trouwen. In 1957 of 1958. Dat herinner ik me nog goed.'

Ze zei: 'Ik werd door zijn grote show aangetrokken. Ik was jong. Ik wist weinig van de wereld. Hij was een illusie. Zijn beste kant zit in zijn werk, zijn juridische praktijk.'

Willie vroeg zich nog een tijdje af waar Perdita die taal had opgepikt, en een paar dagen later viel het hem in: Perdita gebruikte de taal van haar minnaar, de man met het grote huis, Rogers collega. Roger was aan alle kanten in bedrog verstrikt geraakt.

Na zes weken in het kantoor in Bloomsbury, ging Willie naar het opleidingscentrum in Barnet. De hoofdredacteur zei vaak: 'Ze zullen je binnenkort naar Barnet willen sturen.' De lay-outman zei vaak: 'Ben je nog niet naar Barnet geweest?' Barnet, Barnet: al gauw was het niet alleen een plaatsnaam. Het leek te staan voor luxe en rust, een plek waar men drie of vier weken zonder toezicht verbleef, en al die tijd werd doorbetaald, een zegen die de gelukkigen toeviel. Er gingen geruchten over hoe mooi het er was, over het eten in het opleidingscentrum, over de plaatselijke pubs.

Er was een folder over die plek, met een kaart en aanwijzingen. Roger besloot om Willie ernaartoe te rijden. Ze vertrokken vroeg op een zondagochtend. Op de Londense ringweg was het heel druk. Roger sloeg af naar de oudere wegen, en de namen van sommige van de lokaties waar ze doorheen reden waren voor Willie met romantiek beladen.

Cricklewood: achtentwintig jaar geleden was het voor Willie een mysterieuze wijk, ergens ver ten noorden van Marble Arch, waar de mensen in zijn verbeelding een geregeld, volledig en veilig bestaan leidden. Het was waar June, het meisje van de parfumafdeling in Debenham, met haar familie woonde (en ook sinds haar kindertijd een vriendje had), en het was de wijk waarnaar ze de bus moest nemen na zijn armzalige seksuele ervaring met haar in de flat in Notting Hill. In Cricklewood, hoorde Willie later, bevond zich een grote busgarage; het was ook (Willie hield in die tijd het nieuws over Cricklewood bij) waar de mooie jonge actrice Jean Simmons was geboren en opgroeide; een feit dat June op haar parfumafdeling een ondraaglijke extra bekoring verleende.

Cricklewood (of wat Willie voor Cricklewood aanzag) was vanaf de overvolle zondagmiddagwegen gezien een eindeloze horizontale rode rij huizen van twee verdiepingen, baksteen en gepleisterd beton, met daartussen kleine winkelcentra, met winkels die zo klein en laag waren als de huizen die ze bedienden; Londen, zoals geschapen door bouwers en ontwikkelaars van zestig of zeventig jaar geleden, een soort speelgoedland, knus en bekrompen; dit is het huis waarin Jan met de pet en zijn vrouw zullen wonen en liefhebben en hun kindertjes zullen krijgen, dit is de winkel waar de vrouw van Jan met de pet haar boodschappen gaat doen, dit is de pub op de hoek waar Jan met de pet en zijn vrienden en de vriendinnen van zijn vrouw zich soms bedrinken. In niets op een stad lijkend, geen parken of tuinen, geen andere gebouwen dan huizen en winkels. Het leek allemaal in één keer te zijn gebouwd, en Cricklewood (als het Cricklewood was) liep ongemerkt over in Hendon, en Hendon in wat daarop volgde, en zo ging het door, met soms een verhoging in de weg waar deze de spoorweg in de diepte kruiste.

Willie zei: 'Zo heb ik Londen nooit gekend. Dit komt niet van central casting.'

Roger, die de meeste tijd was afgeleid door het trage, veeleisende verkeer, zei: 'Zo is het in het oosten, westen, noorden en zuiden. Je begrijpt waarom ze de groene gordel hebben moeten aanleggen. Anders zou de helft van het land zijn opgeslokt.'

Willie zei: 'Ik zou hier niet willen wonen. Stel je voor dat je hier dag na dag thuiskomt. Wat zou nog de zin van alles zijn?'

Roger zei, alsof hij hetgeen hij eerder had gezegd wilde ontkennen: 'De mensen maken er het beste van.'

Willie vond het een slappe opmerking, maar toen verstomde hij. Er bevonden zich steeds meer Indiërs op de bochtige hoofdweg; en Pakistani; en Bengali die gekleed waren zoals ze dat thuis waren geweest, de mannen met lagen lange jassen of hemden en de witte muts van onderworpenheid aan het Arabische geloof, hun kleine vrouwen nog meer ingepakt en het gezicht verborgen achter afschrikwekkende zwarte sluiers. Willie was bekend met de grote immigratiegolf uit het subcontinent; maar hij had (doordat ideeën vaak in vakken zijn onderverdeeld) niet gedacht dat Londen (in zijn voorstelling nog steeds iets van central casting) in dertig jaar zo herbevolkt kon zijn.

Aldus was deze zondagmiddagrit door het noorden van Londen een dubbele openbaring. Het maakte een einde aan de fantasie die Willie meer dan vijftig jaar had over een June die bij Marble Arch de bus nam naar de geborgenheid en pracht van haar thuis. En misschien was het maar goed ook dat die fantasie werd gewist, aangezien June zelf, zoals Roger had gezegd, inmiddels door de jaren zwaar beschadigd (in alle betekenissen) zou zijn, vrijwel zeker dik en vol eigendunk (haar minnaars tellend), en ook op andere manieren zou zijn veranderd, zich had aangepast aan een of ander banaal televisiemodel, welke vervlogen verlangens ze op de chique parfumafdeling ook mocht hebben gekoesterd. Het was misschien meer dan goed dat die fantasie was verdwenen. En voor Willie was het een opluchting, aangezien het hem in staat stelde de vernedering die aan de fantasie was verbonden af te werpen, haar een plaats te geven.

Aan de horizontale rode rij herbevolkte huizen en winkels kwam geen einde. Ten slotte verlieten ze de hoofdweg. En toen waren ze, geheel onverwacht, terwijl Willie nog nadacht over wat hij had gezien, de rode rij gebouwen en de kledij van het subcontinent, bij het opleidingscentrum. Een bakstenen muur, ijzeren toegangshek, geplaveide oprijlaan, en een paar lage witte gebouwen in een grote tuin. Toen ze stopten en hij uitstapte dacht hij dat hij het verkeer van de hoofdweg kon horen. Die kon niet ver weg zijn geweest. Ooit moest het park echt tot het platteland hebben behoord. Daarna was Londen uitgebreid en tot daar gekomen; delen van het park zouden zijn verkocht; en rondom waren overal wegen aangelegd om de bevolking te bedienen. Nu lag het park, sterk gereduceerd, in immigratiegebied.

Roger zei enigszins spottend: 'Het is een van Peters aankopen als makelaar.'

Het geraas van het verkeer was alom aanwezig. Maar na de wegen, de horizontale rij rode huizen, de rommel en uithangborden van de winkeltjes, was het groen van het parkje een verademing. Het was ver genoeg van Londen om bezoekers van avonturen te laten dromen. En Willie begreep waarom het zo geliefd was bij de mensen op kantoor.

Roger hielp Willie zich te installeren in zijn kleine kamer in het tehuis of woongebouw. Hij leek geen haast te hebben te vertrekken. Ze gingen naar de grote foyer. Die bevond zich in een ander gebouw. Aan een tafel of buffet schonken ze zich mineraalwater en thee in. Roger kende de weg in het opleidingscentrum. Er waren andere bezoekers in de foyer, in pak, nog wat onwennig aan het begin van hun cursussen. Er was een Afrikaan of West-Indiër; en een Indiër of Pakistaan met witte leren schoenen.

Roger zei: 'Raar is dat. Eerst moest ik jou helpen. En nu zit ik zelf diep in de problemen. Ik heb geen idee hoe ik er bij zal zitten als jij hier klaar bent met je cursus. Je moet een vermoeden hebben gehad, aangezien je bij mij woonde, dat er problemen waren.'

Willie zei: 'Je vertelde me iets die eerste dag, toen je me van de luchthaven naar huis reed. Perdita liet weleens wat vallen, maar meer weet ik niet.'

'Het is een van die dingen die in alle opzichten legitiem beginnen. En dan ontwikkelt het zich tot iets anders. Ik ben ervan overtuigd dat toen Peter het avontuur begon, het niet meer was dan de behoefte alles zogezegd binnenshuis te houden. Stel je Peters bank voor, toen, met een portefeuille vol bezittingen. Stel je een zeer achtenswaardig taxatiebureau voor. Stel je een zeer achtenswaardig advocatenkantoor voor. Dat is waar ik in het spel kom. Stel je een paar volkomen bonafide projectontwikkelaars voor. Als Peter zeker onroerend goed wenst af te stoten, doet het taxatiebureau de taxatie, het advocatenkantoor verzorgt de papieren, en het onroerend goed gaat naar de projectontwikkelaars, die het dan na een paar jaar waarschijnlijk met grote winst kunnen verkopen. We spreken over onroerend goed in de city. Dat is niet makkelijk te taxeren. Je kunt er altijd een paar miljoen naast zitten. Bovendien zitten we in een tijd waarin de waarde van eigendommen stijgt. Iets wat vandaag voor tien miljoen wordt gekocht kan over drie jaar voor vijftien miljoen worden verkocht en niemand zal ervan opkijken. Daarom kon dit avontuur met onroerend goed zo lang onopgemerkt blijven. Het bleef twaalf jaar lang onopgemerkt. Maar toen kreeg iemand er lucht van en begon moeilijk te doen. Peter wist tot een oplossing te komen, betaalde miljoenen compensatie. Maar sommige mensen waren lastig. En als zij hun zin krijgen komt mijn kantoor in de problemen en zal ik waarschijnlijk moeten voorkomen. Dat zal voor mij het einde zijn. En toch blijf ik geloven dat toen Peter begon, hij zogezegd niet meer wilde dan de zaken binnenshuis houden. Om zijn clientèle uit te breiden, om respect te winnen. Hij kan niet genoeg gerespecteerd worden. Je kent Peter. Hij is een tomeloze egoïst, maar hij heeft zijn genereuze kant. En hij heeft ideeën. Dit opleidingscentrum, bijvoorbeeld. Ik pieker al jaren over deze zaak, probeer haar voor mezelf en mijn imaginaire gerechtshof in een zo gunstig mogelijk licht te zien. Ik word er gek van. En precies op dit moment dreigt mijn privéleven naar de knoppen te gaan. Zo gaat het altijd, een paar dingen tegelijk. Mijn hele leven heb ik gemeend dat ze met drie tegelijk komen. Het is mijn enige bijgeloof. Als je een ekster ziet, zoek dan de tweede. Ik wacht op de derde klap.'

'Perdita?'

'Niet Perdita. Dat is naar vermogen geregeld. Ik heb alles gegeven wat ik kon. Er is niets meer te geven. Nee, niet Perdita. Het is mijn leven buitenshuis. Zonder Perdita. Wat je een leven noemt. Laat ik erover ophouden. Ik weet zeker dat Perdita dit alles niet voor zich heeft weten te houden.'

Willie zei: 'Het kan zijn dat ze iets heeft gezegd. Maar ik heb nooit verder gevraagd.'

'Ze komt uit de arbeidersklasse. Mijn collega op de zaak, de man met het grote huis, pakte Perdita van me af. Ik dacht dat ik wel goed zat met deze minnares. Ik stelde haar aan een paar collega's van me voor om hun te laten zien dat ik me ook zonder Perdita wist te redden. Ik was stom. Misschien zal ik op dit gebied altijd stom zijn. Mijn minnares staat op het punt me voor gek te zetten. Ze gaat een weekend weg met een vriend van me. Ik wist niet dat het mogelijk was zoveel te lijden. Ik dacht dat ik haar beschermer was. Ik doe alles voor haar. Al die jaren dacht ik alles in de hand te hebben.'

Al sprekend werd hij energieker. Hij stond resoluut op, zei: 'Ik moet het niet te laat maken. Ik moet terug.'

Hij liet Willie verdrietig in het opleidingscentrum achter, waar hij wat door de foyer en de tuin zwierf en vervolgens naar zijn kamertje ging in de hoop te kunnen slapen. Hij hoorde, heel vaag, het verkeer op de hoofdwegen, en voor zijn geleidelijk vertekenende geestesoog kwam er geen einde aan de horizontale rij rode huizen. Hij wilde dat hij ergens anders naartoe kon.

Tien

Een bijl aan de wortel

De cursus in het opleidingscentrum was boeiender en diepgaander dan Willie had verwacht en hij ging erin op, terwijl hij Rogers problemen aan de periferie van zijn geest hield.

's Ochtends hadden ze lezingen over hedendaagse bouwtechnieken, over beton en de water-cementverhouding, en beton en gespannen staal, dingen die voor Willie niet altijd makkelijk te begrijpen waren, maar die (juist als hij ze niet begreep) zijn voorstellingsvermogen op de proef stelden. Zou de spanning in gespannen staal, bijvoorbeeld, blijvend zijn? Was de cursusleider daar zeker van? Was het belachelijk te veronderstellen dat, ergens in de toekomst, gespannen staal, of de bouten die een stuk staal gespannen hielden, het zouden begeven? En zou het dan kunnen zijn dat in de eenentwintigste, of vierentwintigste of vijfentwintigste eeuw maand na maand, jaar na jaar, in een golf van architecturale terreur, gebouwen van beton en staal over de hele wereld misschien zonder aanleiding van buitenaf in elkaar gaan storten in de volgorde waarin ze waren opgetrokken?

In de namiddag was er een cursus architectuurgeschiedenis. De spreker was een slanke man van in de veertig. Zijn pak was zwart of heel donker, en zijn grote voeten staken in zwarte schoenen, die in een ongemakkelijke hoek ten opzichte van elkaar werden gehouden. Zijn gezicht was vlak en heel wit, en zijn dunne, donkere haar vormde een dunne donkere lijn boven zijn wasachtige voorhoofd en kleine, knipperende ogen. Hij hield zijn lezing met een verlegen maar vastberaden stemmetje, liet foto's zien en beantwoordde vragen, terwijl hij een afwezige indruk maakte. Waar waren zijn werkelijke gedachten? Had hij, de bezitter van zoveel kennis, een of ander klein leed? Was dit zijn enige baan? Gingen zijn gedachten naar, of woonde hij feitelijk in een van die lage rode huizen in het noorden, waar hij de fantasie verwerkelijkte van een of andere architect of project-ontwikkelaar uit de jaren dertig over hoe de mensen zouden moeten leven?

De architectuur waarover de spreker sprak betrof slechts die van de westerse wereld, en hij haastte zich zelfs bij die perioden te komen waarin zijn opdrachtgevers geïnteresseerd waren. Dus vloog hij door de gotiek en de Renaissance om neer te strijken bij de architectuur van het latere industriële tijdperk, in de late negentiende en twintig-ste eeuw, in Groot-Brittannië en de Verenigde Staten.

Willie was gefascineerd. Het idee van leren om het leren had hem altijd aangetrokken, en hij was teleurgesteld geweest door zijn mis-sieschool en zijn Londense lerarenopleiding. Omdat deze plekken hem geen behoorlijke basis hadden gegeven, had hij het altijd moe-ten laten afweten bij zijn latere, zijdelingse pogingen zijn gezichts-veld te verbreden. Maar nu ontdekte hij dat architectuur, die direct en overal te zien was, voor hem toegankelijk was, en veel van de leer-stof bevatte de bestanddelen van een sprookje. Hij leerde over de be-lasting op ramen in Engeland, en de belasting op bakstenen die duurde van rond de Franse Revolutie tot de tijd van de Indiase op-stand. Door op deze wijze data te verbinden met de belasting op bak-stenen in Engeland had Willie, zonder de hulp van de spreker, de bij-na vergeten herinnering opgeroepen dat ook in het door de Britten geregeerde India een belasting op bakstenen had bestaan, bizar maar onredelijk, aangezien deze niet werd geheven op gebakken en afge-werkte stenen, maar op de ongebakken kleibroden, en geen rekening hield met de vele beschadigde of in de steenovens vernietigde stenen. (Hij herinnerde zich de ovens die op veel plaatsen stonden, de hoge schoorstenen, vreemd gezwollen aan de basis, naast de rechthoekige kleiputten en de stapels gebakken stenen; misschien dat de ovens en de schoorstenen zich door het land verplaatsten en werden opge-bouwd waar bruikbare klei was.) Willie had het altijd benauwd ge-kregen van die rode baksteen in Engeland, zo wijdverspreid, zo ge-woontjes. Hij leerde nu, van de zachtmoedige maar koppige spreker, dat het gebruik van de Londense baksteen uit de jaren tachtig van de negentiende eeuw zou zijn bevorderd door de afschaffing van de belasting op bakstenen. Het industriële Victoriaanse Engeland beschikte over de machines om allerlei bakstenen in buitengewoon grote hoeveelheden te produceren. Die baksteen uit de jaren tachtig van de negentiende eeuw zou de verre voorloper zijn van die waarmee in de jaren dertig in het noorden van Londen, van Cricklewood tot Barnet, de eindeloze rij rode huizen is opgetrokken.

Willie dacht: Wat ik in deze paar dagen leer, werpt zelfs licht op wat hier rondom mij is. Toen we hier een paar dagen geleden reden wist ik nog niet echt wat ik zag. Roger zei: 'De mensen maken er het beste van.' Dat stelde me teleur, maar hij had gelijk. Het is verschrikkelijk en hartverscheurend dat ik het pas zo laat op deze manier ben gaan zien en begrijpen. Ik kan er nu niets meer mee. Een man van vijftig kan zijn leven niet meer overdoen. Ik heb horen zeggen dat in een bepaalde economie het enige verschil tussen de rijken en de armen is dat de rijken hun geld tien, vijftien of twintig jaar eerder hebben dan de armen. Ik veronderstel dat hetzelfde geldt voor manieren van zien. Voor sommige mensen komt het te laat, als hun leven al voorbij is. Ik moet niet overdrijven, maar ik heb nu het gevoel dat toen ik in Afrika was, alle achttien jaren, in de bloei van mijn leven, ik nauwelijks wist waar ik was. En die tijd in het woud was al even duister en verwarrend. Ik dacht zo afkeurend over hen die de cursus volgden. Hoe ijdel en dom. Ik ben niet anders dan zij.

Hij dacht niet aan de mensen uit Zuid-Afrika of Australië of Egypte, mannen van in de veertig, geboren pakkendragers, hooggeplaatst in hun organisatie, en waarschijnlijk op de een of andere manier verbonden aan Peters ondernemingen. Het deed deze mensen tot op zekere hoogte plezier als schoolkinderen in de bankjes te zitten. Ze waren na de lezingen zelden in de grote foyer te zien; er kwamen heel vaak auto's om hen naar het centrum van Londen te brengen. Hij dacht aan mensen zoals hij: de grote zwarte man of de halfbloed uit West-Indië, die zich naar boven had gewerkt en immens blij was in dit kosmopolitische gezelschap te mogen verkeren; de zeer keurige Maleisische Chinees, duidelijk een zakenman, in een reebruin pak en een wit overhemd met witte stropdas, die in de foyer zat met zijn tengere benen elegant over elkaar geslagen en een gereserveerde indruk maakte, bereid de hele cursus te doorlopen zonder met wie ook te praten; de man van het Indiase subcontinent met zijn belachelijke witte schoenen, die uit Pakistan bleek te komen en een religieus fanaat was, bereid het Arabische geloof te verspreiden in dit opleidingscentrum gewijd aan een ander soort kennis en eerbetoon, andere profeten: de baanbrekende negentiende- en twintigste-eeuwse architecten (waarvan sommigen voorvechters van de baksteen) die tegen alle verwachtingen in vasthielden aan hun visie en ten slotte bijdroegen aan de som van de architecturale kennis.

Op een middag kwamen ze in de foyer (rieten stoelen, met chintz beklede kussens, bijpassende gordijnen van chintz) bijeen voor de thee. De spreker had hun zojuist verzocht na te denken over het feit dat de eenvoudigste en meest bescheiden huizen, zelfs een huis zoals te zien was aan de wegen rond het centrum, een enorme geschiedenis bezaten: de armen die niet langer in hutten in de schaduw van het grote huis van hun heer woonden, niet langer de lijfeigenen van het vroege industriële tijdperk die in bedompte hoven of dicht opeenstaande woonkazernes huisden, armen die nu hun eigen architecturale behoeften hadden, behoeften die zich ontwikkelden zoals materialen zich ontwikkelden.

Willie was opgewonden door dit idee en wilde, zoals de spreker had gevraagd, het samen met de anderen overwegen: het gewone huis, het huis van de arme, als meer dan een onderkomen of toevluchtsoord, als iets wat uitdrukking aan het wezen van de cultuur gaf. Hij dacht aan de dorpen in het woud die hij had bezocht, waar hij doelloos paradeerde met zijn dunne olijfgroene uniform en de rode ster op zijn pet; hij dacht aan Afrika, waar de huizen van riet of stro uiteindelijk de vreemde wereld van beton zouden verdringen.

De man met de witte schoenen dacht dat de spreker alleen over Engeland sprak.

Willie dacht: Dat zegt me veel over je achtergrond.

De man uit West-Indië zei: 'Het geldt voor iedereen.'

De man met de witte schoenen zei: 'Dat kan niet voor iedereen gelden. Hij kent niet iedereen. Mensen leer je pas kennen als je hetzelfde eten eet. Hij weet niet wat voor eten ik eet.'

Willie wist welke kant dit geschil opging: voor de man met de witte schoenen was de wereld verdeeld, heel eenvoudig, in mensen die varkens aten en mensen die dat niet deden, mensen die het Arabische geloof aanhingen en mensen die dat niet deden. Hij vond het gluiperig en beschamend dat dit eenvoudige idee op deze manier werd gepresenteerd. En op deze manier ging het idee van de spreker, over de huizen van de armen in alle culturen, dat Willie zo had getroffen, verloren in deze zogenaamde discussie over het dieet als de grote scheidingslijn. In deze discussie, zoals die werd gevoerd, had de man met de witte schoenen alle troeven in handen. Hij zou het onderwerp al veel vaker ter sprake hebben gebracht. De anderen zochten naar woorden, en toen voer de man met de witte schoenen, gewend aan het omgaan met tegenspraak, flink tegen hen uit.

De Maleisische Chinees moest een idee hebben van waar het in de discussie werkelijk om ging, maar hij hield zijn kennis liever voor zich. Hij glimlachte en hield zich tijdens de discussie afzijdig. Hij, die aanvankelijk heel Chinees had geleken, gereserveerd, eenzelvig, onafhankelijk, bleek de leukste van het stel te zijn. Hij leek niets serieus te nemen, leek geen politiek standpunt te hebben, en was blij te kunnen mededelen, min of meer voor de grap, dat hij in Maleisië, niet langer platteland, maar nu een land van snelwegen en wolkenkrabbers, een Ali Baba-bouwonderneming leidde. Wat niets te maken had met de veertig rovers: in Maleisië was Baba de benaming voor een plaatselijke Chinees, en een Ali Baba-onderneming was er een waarin een Ali, een Maleisische moslim, als stroman fungeerde, om de Maleisische regering tevreden te stellen, en een Baba, een Chinees zoals de grappenmaker zelf, op de achtergrond de leiding had.

Om de een of andere reden, waarschijnlijk om Willies voornaam, of om Willies ongewone Engelse accent, of eenvoudigweg omdat hij Willie toegankelijk vond, zocht de man met de witte schoenen het grootste deel van die eerste week Willies gezelschap.

Op zaterdag, in de stille foyer na het eten (veel cursisten waren uit, sommige naar de plaatselijke pubs, andere naar het centrum van Londen), boog hij zich naar Willie en zei op een samenzweerderige toon: 'Ik wil je iets laten zien.'

Hij haalde een gefrankeerde envelop uit een van zijn binnenzakken (waarbij hij het label liet zien van een kleermaker in een stad die Multan heet). Met gebogen hoofd, alsof hij bij hetgeen hij deed liever

zijn gezicht wilde verbergen, gaf hij de envelop aan Willie. Hij zei:
'Ga je gang. Maak maar open.' De postzegels op de envelop waren
Amerikaans, en toen Willie de brief openvouwde, vond hij een paar
kleine kleurenfoto's van een robuuste blanke vrouw op straat, in een
kamer, op een plein.

De man zei: 'Boston. Ga door. Lees het.'

Willie begon te lezen, eerst langzaam, uit belangstelling, vervolgens steeds sneller, uit verveling. De man met de witte schoenen liet
zijn hoofd steeds dieper zakken, als door verlegenheid verteerd. Zijn
donkere, krullende haar hing van zijn voorhoofd. Toen Willie naar
hem keek, rechtte hij enigszins zijn hoofd en Willie zag een blozend,
door trots vertroebeld gezicht.

'Ga door. Lees het.'

... zoals je zei wat is het voorbijgaande genot van alcohol en de dans-
vloer in vergelijking met het eeuwige leven...

Willie dacht: Om maar niet te spreken over het steeds weer hernieuwde genot van seks.

... wat een geluk jou te hebben gevonden Zonder jou liefste zou ik in
duisternis hebben gelopen Het is mijn kismet zoals je dat in het begin
zei Ik vond al dat gepraat heel raar maar nu zie ik de waarheid van dat
alles in Als je me niet had verteld van Gandee of Gander die op Hitler
leek zou ik nooit hebben geweten Ik zou die onzin zijn blijven geloven
die ze me vertelden de macht van de propaganda of public relations in
onze verziekte zogenaamde beschaving PS Ik heb erover gedacht mijn
gezicht te bedekken. Ik heb er met mijn vriendinnen over gesproken Ik
heb gedacht dat het aardig zou zijn als ik overdag de Jesse James-stijl
onder de ogen zou dragen en in de avond het Zorro-masker bij officiële
gelegenheden...

Willie was aan het eind van de brief gekomen. Zonder iets te zeggen, zonder op te kijken, hield hij de brief iets langer vast dan hij had
moeten doen, en de man met de witte schoenen stak met iets van ab-
ruptheid zijn hand uit – alsof hij diefstal vreesde – om de brief en de
foto's en de envelop met de Amerikaanse postzegels terug te nemen.
Hij pakte het allemaal met een geroutineerd gebaar samen, stopte de
envelop terug in een van zijn binnenzakken en stond op. Zijn samenzweerderige blik en daarna zijn vreugde, die zo groot leek dat ze zijn

blik vertroebelde, had nu plaats gemaakt voor iets wat op lompheid leek. Hij verliet daarop abrupt de foyer, op een manier die Willie leek te zeggen: 'Dat had je niet gedacht, hè? En laat ik nu geen onzin meer van je horen.'

In de verlaten foyer werd Willie overvallen door somberheid. Hij begreep nu waarom de man gedurende die week zijn gezelschap had gezocht: het was alleen maar om op te scheppen; hij was ervan uitgegaan dat Willie voor deze vorm van opscheppen open zou staan.

De spreker op de middagen had een week lang gesproken over de aanwas van kennis en vaardigheden in het industriële tijdperk, van visie en experimenten, succes en falen. Voor de man uit Multan (en de anderen die de cursus volgden, was Willie in de loop van de week opgevallen) deed dat verhaal er nauwelijks toe; ze waren door hun land of onderneming gestuurd om kennis te verwerven die daar gewoon aanwezig was, schijnbaar door God gegeven, kennis die hun lange tijd om raciale of politieke redenen ten onrechte was ontzegd maar die ze nu, in een op miraculeuze wijze veranderde wereld, als de hunne konden opeisen. En deze voor het eerst opgeëiste kennis bekrachtigde voor elk van deze mannen de juistheid van zijn eigen raciale, tribale of religieuze levenswijze. Langs de ingevette paal omhoog en dan loslaten. De versimpelde rijke wereld, van succes en verworvenheden, als altijd zichzelf; de wereld daarbuiten als altijd in rep en roer.

Willie dacht: Ik heb dit eerder meegemaakt. Ik moet er niet meer intrappen. Ik moet de wereld laten voor wat hij is.

Er kwam een brief van zijn zuster Sarojini. Hij werd door Roger doorgestuurd vanuit zijn huis in St John's Wood, en dat geschoolde handschrift, dat nog steeds van zelfvertrouwen en stijl getuigde, niets liet zien van het gekwelde leven van de schrijfster, was voor Willie nu vol ironie.

Lieve Willie, Wat ik te zeggen heb zal voor jou niet als een verrassing komen. Ik heb besloten de ashram te sluiten. Ik kan de mensen niet geven waarvoor ze naar me toe komen. Ik was nooit een spiritueel of onthecht mens, zoals je weet, maar ik dacht dat er na alles wat ik had meegemaakt iets goeds zou schuilen in een leven van onthouding en verstilling. Het spijt me te moeten zeggen dat ik nu ernstige twijfels heb over de wijze waarop onze vader de dingen tegemoet trad. Ik denk niet dat hij meer deed dan het verstrekken van poedertjes en drankjes, en ik ontdek dat dit het is wat de mensen van mij verwachten. Ze geven geen moer, om een net woord te gebruiken, om een leven van meditatie en rust, en ik vind het verschrikkelijk te bedenken wat onze vader al die jaren heeft gedaan. Hoewel het me natuurlijk niet echt verrast. Ik vraag me af of het niet altijd zo is geweest, zelfs in de ver achter ons liggende tijd van de wijzen in het woud, waar die mensen van de televisie hier zo dol op zijn. Heel veel mensen van hier zijn naar de Golf geweest om voor de Arabieren te werken. De laatste tijd is het daar niet zo goed gegaan en nu zijn er veel van die arbeiders uit de Golf teruggekomen. En ze willen wanhopig aan hun levensstijl vasthouden, zoals ze geleerd hebben te zeggen, en ze komen bij mij en vragen me voor hen te bidden of hun amuletten te geven. De amuletten die ze echt willen zijn die welke ze in de Golf kregen van Afrikaanse spiritisten of maraboes, wat jij en ik kwakzalvers noemen. Wil je wel geloven dat voor veel mensen hier deze Afrikaans-mohammedaanse onzin het nieuwste van het nieuwste is, en je zult niet geloven hoezeer ze me de laatste maanden hebben lastiggevallen. Voor kaurischelpen en dergelijke. Ik stel me zo voor dat onze vader jarenlang in dit soort dingen heeft gehandeld. Geld krijgen voor oude touwtjes, dat denk ik, ik hoop dat je het niet erg vindt. Het gevolg van dit alles is dat ik het hier voor gezien houd. Ik heb naar Wolf geschreven, en die lieve oude man heeft me zonder een woord van verwijt beloofd te zien wat hij voor me in Berlijn kan doen. Het zal leuk zijn om weer eens een paar documentaires te maken.

Willie begon nog diezelfde dag aan een brief aan Sarojini. *Lieve Sarojini, Je moet oppassen niet van het ene uiterste naar het andere uiterste te gaan. Er bestaat niet zoiets als een antwoord op de beproevingen van de wereld en de beproevingen van de mens. Dat is altijd je zwakke punt geweest* – Hij brak af en dacht: Ik moet haar niet de les lezen. Ik heb haar niets te bieden. En hij hield op met schrijven.

Voor Willie werden de weekends in het opleidingscentrum miserabel. Vrijwel iedereen die aan de cursus deelnam leek mensen daarbuiten te kennen en ging in het weekend weg. De keukens van het opleidingscentrum deden het wat kalmer aan; in minder kamers brandde licht; en het verkeer op de hoofdwegen naar het noorden klonk luider. Voor Willie, die geen behoefte had de dichtbijgelegen pubs te bezoeken, en geen zin had in de reis naar het centrum van Londen om zich onder de rondhangende toeristen te begeven, was het alsof hij zich ver van de bewoonde wereld bevond.

Hij meende dat het beter was als hij een tijdje uit het huis in St John's Wood wegbleef. Maar al gauw werd hij overvallen door een eenzaamheid die hem terugbracht naar de lange dagen en weken als guerrillastrijder; verschrikkelijke, niet te verklaren perioden van wachten in kleine steden, gewoonlijk in een armoedige kamer zonder sanitair, waar zich buiten bij het vallen van de avond een vreemd rumoerig leven ontwikkelde, niet aantrekkelijk, niet uitnodigend om te gaan wandelen, zodat hij zich ging afvragen wat de zin was van wat hij deed; terug naar bepaalde avonden in Afrika, toen hij zich ver voelde van alles wat hij kende, ver van zijn eigen geschiedenis en ver van het zelfbeeld dat waarschijnlijk uit die geschiedenis was voortgekomen; terug naar die eerste tijd in Londen, dertig jaar geleden; terug naar bepaalde avonden in zijn kindertijd, toen – de spanningen in zijn familie begrijpend, tussen zijn melancholische vader, een kasteman, beroofd van een leven waar zijn knappe uiterlijk en zijn geboorte hem recht op gaven, en zijn moeder, kasteloos en niet knap, in alle opzichten agressief, en waar hij, Willie, niettemin zielsveel van hield; bijgevolg met de ergst denkbare pijn te begrijpen dat er voor hem niet echt een plaats in deze wereld was –, toen hij op een paar buitengewoon ongelukkige avonden, met de allergrootste duidelijkheid, een visioen kreeg van een in duisternis rondtollende aarde waarop iedereen verloren was.

Hij belde naar het huis in St John's Wood. Hij was opgelucht toen Perdita opnam. Maar hij had al min of meer verwacht dat zij zou opnemen. In het weekend ging Roger naar zijn andere leven. Dat andere leven waarover Roger had gezegd dat het misschien niet verder ging. Maar waarvan Willie, die Roger nu beter begreep, dacht dat het verder zou gaan.

Nu hij wist dat ze alleen in het huis was zei hij: 'Perdita, ik mis je. Ik moet met je vrijen.'

'Maar dan kom jij terug. En ik ga niet weg. Je kunt naar het huis komen.'

'Ik weet de weg niet.'

'Daar zit hem het probleem. En tegen de tijd dat je hier bent zou je je weleens heel anders kunnen voelen.'

Dus bedreven ze de liefde via de telefoon. Ze onderwierp zich aan hem zoals ze deed als ze samen waren.

Toen er niets meer te zeggen viel zei ze: 'Rogers leven is naar de knoppen.'

Rogers woorden; dus Willie begreep dat Roger niets voor haar verborgen hield.

Ze zei: 'Niet alleen door zijn hoer, maar door iedereen. Aan dat avontuur met onroerend goed komt een einde en Peter gooit hem voor de wolven. Peter is uiteraard vanaf het begin ingedekt. Ik neem aan dat als Roger is afgeschreven we het huis zullen moeten opgeven. Langs de bonenstaak af glijden. Ik denk niet dat het zwaar zal vallen. Het huis lijkt meestal leeg.'

En Willie dacht dat hij Roger hoorde spreken.

Hij zei: 'Ik neem aan dat ik een andere plek om te wonen moet vinden.'

'Dat doet er nu even niet toe.'

'Het spijt me. Het klonk nogal bot, maar ik probeerde alleen maar iets te zeggen na wat jij zei. Het waren loze woorden.'

'Ik weet niet waarover je het hebt. Roger zal je meer vertellen.'

Dus voelde Willie, nogal laat in hun verhouding, een nieuw respect voor Perdita. Bij talloze gelegenheden had ze zich aan hem blootgegeven; maar deze kant van haar – de resoluutheid, de betrouwbaarheid, de scherpte, dit vermogen tot loyaliteit met Roger in moeilijke tijden – had ze achtergehouden.

Ze moest daarna met Roger hebben gesproken. Hij belde Willie, maar het was slechts om te zeggen dat hij naar Barnet zou komen om hem aan het eind van de cursus terug te rijden. Zijn stem klonk opgewekt door de telefoon; een man zonder zorgen; totaal niet wat Willie verwachtte na wat Perdita had gezegd.

Hij zei: 'Hou je van bruiloften? Nu kunnen we er een bezoeken, als je wilt. Herinner je je Marcus? De West-Afrikaanse diplomaat. Hij diende elke vorm van vervloekt dictatorschap in zijn land. Hij hield zich gedekt en is overal ambassadeur geweest. Het gevolg is dat hij nu naar verluidt overal zeer gerespecteerd wordt. Een hoogst beschaafde Afrikaan, de man om naar voren te schuiven als je iets goeds over Afrika wil zeggen. Hij kwam naar dat etentje dat we een half leven geleden in het huis bij Marble Arch gaven. Hij was toen nog in opleiding tot diplomaat, maar hij had al vijf half blanke kinderen van verschillende nationaliteiten. Je was erbij, bij dat etentje. Er was ook een uitgever uit het noorden die zijn eigen necrologie voorlas. Marcus leefde voor interraciale seks en wilde een blank kleinkind. Hij wilde als hij oud was King's Road af lopen met zijn blanke kleinkind aan de hand. De mensen zouden hen nakijken en het kind zou Marcus vragen: "Waarom kijken ze, opa?"'

Willie zei: 'Hoe zou ik Marcus kunnen vergeten? De uitgever die mijn boek ging uitgeven sprak over niets anders als ik op zijn kantoor was. Hij dacht dat hij heel hoogstaand en socialistisch was door Marcus te prijzen en af te geven op dat verderfelijke verleden van slavernij.'

'Marcus is geslaagd. Zijn half Engelse zoon heeft hem twee kleinkinderen geschonken, waarvan een heel blank, een niet zo blank. De ouders van de twee kleinkinderen gaan trouwen. Dat is nu in de mode. Trouwen nadat de kinderen komen. Ik neem aan dat de kinderen als sleepdragertjes zullen fungeren. Dat is meestal zo. De zoon van Marcus heet Lyndhurst. Heel Engels. Het betekent "de woudplek", voor zover ik mijn Oud-Engels nog ken. Dat is de bruiloft waarvoor we zijn uitgenodigd. De triomf van Marcus. Het klinkt bijna Romeins. De anderen zijn verschillende dingen gaan doen, zijn honderden verschillende kanten opgegaan, en sommigen hebben gefaald, maar Marcus heeft vastgehouden aan zijn eenvoudige ambitie. De blanke vrouw en het blanke kleinkind. Ik denk dat hij daarom is geslaagd.'

Zijn toon was al die tijd onbezorgd. Perdita klonk somber door de telefoon, vol vrees; bijna alsof Roger zijn zorgen aan haar had overgedragen.

Twee weken later, aan het eind van de cursus, kwam Roger zoals beloofd naar het opleidingscentrum om Willie naar St John's Wood terug te rijden. Zijn goede humeur leek te zijn gebleven. Alleen waren zijn ogen hol en had hij donkere wallen.

Hij zei: 'Hebben ze je hier iets geleerd?'

Willie zei: 'Ik weet niet hoeveel ze me hebben geleerd. Ik weet alleen maar dat als ik het allemaal over had mogen doen ik voor architectuur had gekozen. Het is de ware kunst. Maar ik ben te vroeg geboren. Twintig of dertig jaar te vroeg, een paar generaties. We hadden nog een koloniale economie en de enige vakgebieden waar ambitieuze jongemannen aan dachten waren medicijnen en rechten. Ik hoorde nooit iemand over architectuur praten. Ik ga ervan uit dat dat nu anders is.'

Roger zei: 'Misschien viel ik te snel terug op de gebaande paden. Ik heb mezelf nooit afgevraagd wat ik zou willen doen. En ik denk dat dat een verwoestende werking op mijn leven heeft gehad.'

Ze reden langs de lage rode huizen. De weg leek minder bedrukkend dan de eerste keer, en niet zo lang.

Willie zei: 'Is het nieuws zo erg als Perdita suggereerde?'

'Zo erg is het. Ik deed bewust niets verkeerds of onprofessioneels. Je zou kunnen zeggen dat deze zaak me van achteren heeft beslopen. Ik vertelde je hoe mijn vader stierf. Hij had naar dat moment van sterven uitgezien, of die periode van sterven, om de wereld te laten weten wat hij werkelijk dacht. Sommige mensen zouden zeggen dat dit de manier van verscheiden is, je haat voor dat moment bewaren. Maar ik dacht er anders over. Ik dacht dat ik nooit zo zou willen sterven. Ik wilde op die andere manier doodgaan. Zoals Van Gogh. In vrede met de wereld, zijn pijp rokend en niemand hatend. Zoals ik je vertelde. Mijn hele leven heb ik me op dat moment voorbereid. Ik ben bereid langs de bonenstaak omlaag te glijden en de bijl aan de wortel te zetten.'

Willie vervolgde de brief aan Sarojini.

... als je naar Berlijn gaat, zal ik misschien een manier vinden om de wet te omzeilen om bij jou te zijn. Wat een mooie maanden waren dat. Maar deze keer zou het fijn zijn als ik een architectuuropleiding zou kunnen volgen, iets wat ik vanaf het begin had moeten doen. Ik weet niet wat je ervan denkt. Je zult denken dat ik praat als een ouwe gek, en

dat ben ik waarschijnlijk ook. Maar ik kan op deze leeftijd niet doen
alsof ik mijn eigen weg volg. In feite zie ik met de dag duidelijker dat ik
hier, hoewel gered en fysiek een vrij man en gezond van lijf en leden, ook
een man ben die een levenslange gevangenisstraf uitzit. Ik beschik niet
over de filosofie om daarmee om te gaan. Dat durf ik ze hier niet te zeg-
gen. Het zou te ondankbaar zijn. Dit herinnert me aan iets wat bij het
blad van Peter gebeurde, ongeveer een maand na mijn komst daar. Pe-
ter pikt zielepoten op, zoals ik je geloof ik vertelde. Ik was er zo een en ik
vond het niet erg. Het beviel me eigenlijk wel. Toen ik op een dag in de
bibliotheek op de bovenste verdieping was, waar ik mijn eeuwige onder-
zoek deed om de hoofdredactrice tevreden te stellen, kwam er een man
in een bruin pak binnen. De mensen hier hebben iets tegen bruine pak-
ken – vertelde Roger me. Deze man groette me van verre. Hij had een
overdreven lijzig accent. Hij zei: 'Zoals u ziet heb ik mijn bruine pak
aan.' Hij bedoelde dat hij of een onbetekenend mens was of iemand die
zich niets van de conventie aantrok, misschien beide. In feite was hij een
beschadigd mens. Het bruine pak sprak de waarheid voor hem. Het was
heel donker als pure chocolade. Later diezelfde ochtend kwam hij recht
tegenover me aan tafel zitten en zei op een uiterst lijzige toon: 'Natuur-
lijk, ik heb in een penitentiaire inrichting gezeten.' Hij zei penitentiaire
inrichting in plaats van gevangenis, alsof dat interessanter was. En hij
sprak dat 'natuurlijk' uit alsof dat feit over hem algemeen bekend was,
alsof iedereen een tijdje in de gevangenis zou moeten zitten. Ik vond het
nogal verontrustend. Ik vroeg me af waar Peter hem had opgepikt. Ik
wilde er Roger naar vragen, maar vergat het steeds weer. Het is ver-
schrikkelijk te denken aan die mensen die er ondanks hun verborgen
wonden normaal uitzien, en nog verschrikkelijker te bedenken dat ik er
ook zo een ben, dat dat het was wat Peter in me zag.

Hij hield op met schrijven en dacht: Dit moet ik haar niet aandoen. En hij stelde de voltooiing van zijn brief uit tot het een en ander hem duidelijker zou worden.

Het was toen, toen het avontuur met onroerend goed niet meer te
herstellen of te verdoezelen was, dat Roger met Willie begon te praten, niet over dat onheil, maar over dat andere dat hem buiten zijn
normale leven was overkomen. Dat deed hij niet in één keer. Hij

deed dat in de loop van meerdere dagen, waarbij hij woorden en gedachten toevoegde aan wat vooraf was gegaan; wat hij zei was niet altijd in de juiste volgorde. Hij begon indirect, kwam tot het hoofdonderwerp via verschillende observaties die hij eerder misschien voor zich zou hebben gehouden.

Hij sprak over socialisme en hoge belastingen, en de inflatie die onvermijdelijk op die hoge belastingen moest volgen, die families en de status van families zou vernietigen. Deze status van de familie (eerder dan de familie) gaf de waarden van generatie op generatie door. Deze gedeelde waarden hielden het land in stand; het verlies van deze waarden brak het land af, versnelde het algemene verval.

Voor Willie was dit spreken over verval een verrassing. Hij had Roger nog nooit over politiek of politici horen praten (slechts nu en dan over mensen met politieke ideeën), en hij was tot de slotsom gekomen dat Roger niet geïnteresseerd was in het voorbijgaande politieke toneel (waarmee hij op Willie leek), dat hij een man van overgeërfde liberale ideeën was, een in dit liberalisme geworteld man, bezorgd over de mensenrechten waar ook ter wereld en tegelijkertijd tevreden met de recente geschiedenis van zijn land, dat hij zich met de stroom liet meevoeren.

Nu zag hij dat hij Roger verkeerd had ingeschat. Roger zag zijn land als superieur; hij verwachtte veel van de Engelse bevolking; hij was, in alle opzichten, een patriot. Verval deed hem pijn. Terwijl hij met Willie over verval sprak, met uitzicht op de tegenoverliggende muur van de zitkamer, de tuin aan het eind van de zomer, kwamen er tranen in zijn ogen. En Willie dacht dat die tranen eigenlijk voor zijn eigen situatie waren, dat dat het was waarover hij had gesproken.

Hij sprak, obsessief, over de bruiloft van Marcus' zoon, en scheen dit niet in verband te brengen met de status van families. Hij zei: 'Lyndhurst heeft goed gekozen. Hij heeft gekozen voor wat de Italianen "een familie aan het eind van haar lijn" noemen. Een familie die niets meer te bieden heeft, maar nog steeds een familie van betekenis is. Marcus zou op dat punt bijzonder veeleisend zijn. Ik probeer me Marcus voor te stellen terwijl hij met zijn blanke kleinkind tussen de tenten en luifels loopt en de kritische blikken van de gasten beantwoordt. Zouden het slechts kritische blikken zijn, of zou er ook goedkeuring zijn? Zoals je weet zijn de tijden veranderd. Wat denk je, zou hij een hoge hoed dragen, en een jacquet? Zoals een zwarte diplomaat van een of ander chaotisch land zich, op een ongebruikelijk vredig moment, naar het paleis begeeft om zijn geloofsbrieven aan te bieden. Hij zal ongetwijfeld het juiste willen doen, Marcus. Zal hij naar de aanwezigen buigen, of zal hij gewoon in gedachten verzonken kijken, terwijl hij met zijn kleinkind keuvelt? Ik zal je wat vertellen. Bij een cricketwedstrijd op het cricketveld van Lord's – niet ver van hier, moet je weten – zag ik ooit tijdens de lunchpauze de legendarische Len Hutton. Hij speelde niet. De grote batsman was oud, was al lang geleden gestopt. Hij had een grijs pak aan. Hij liep het veld rond, achter de tribunes, alsof hij zich warm ging lopen. Wat hij feitelijk deed was een ererondje maken op Lord's, waar hij zo vaak de innings voor Engeland opende. Iedereen in het stadion wist wie hij was. We keken allemaal. Maar hij, Len Hutton, leek het niet te zien. Hij stond met een andere oudere man met een pak aan te praten. Het onderwerp van hun gesprek leek hun allebei zorgen te baren. Hutton fronste zelfs. En zo liep hij langs, zijn beroemde gebroken neus naar de grond gericht en fronsend. Zou Marcus als Hutton zijn, opgaand in zijn ereronde? Dat was zoals hij het in zijn verbeelding wilde. Met zijn blanke kleinkind aan de hand op King's Road lopen en zich nergens iets van aantrekken terwijl de mensen hen nakeken. Maar bij de bruiloft van zijn zoon zal hij niet op King's Road kunnen lopen. Hij zal de gasten moeten begroeten. Ik stel me de ouwelui van de ooit vooraanstaande familie aan de ene kant voor, en Marcus' zoon met zijn vrienden aan de andere. Het zal net een circus zijn. Maar Marcus zal zich er uitstekend doorheen slaan, zal er de allergewoonste zaak van de wereld van maken, en het zal prachtig zijn om mee te maken.'

Een andere keer zei hij: 'Bruiloften zijn vandaag de dag zulke circussen. Ik ging niet lang geleden naar een bruiloft. Vanuit mijn andere leven. We hebben alles omvergeworpen, we hebben voor alles de regels veranderd, maar de dames willen nog steeds hun bruiloft. Dat geldt vooral in woningwetwijken. Woningwetwijken zijn groepen flatgebouwen of woningen die door de gemeente of de parochies, zoals ze ooit genoemd werden, voor de armen zijn gebouwd. Alleen zijn de mensen daar niet arm meer. De vrouwen hebben er drie of vier kinderen van drie of vier mannen en leven allemaal van de bijstand. Zestig pond per kind per week, en dat is nog maar het begin. Je mag niet van aalmoezen spreken. Dus spreken we van bijstand. De vrouwen beschouwen zichzelf als geldproducerende machines. Het is als het Engeland van Dickens. Er is niets veranderd, behalve dat er veel geld ter beschikking is, en de Gewiekste Ontwijker weet zich uitstekend te redden, hoewel alles heel duur is en iedereen hopeloos in de schulden zit en de bijstand graag zou zien stijgen. De mensen daar moeten een paar keer per jaar op vakantie. Niet meer naar Blackpool, Minehead of Mallorca, maar naar de Maldiven, Florida of die slechteseksplaatsen in Mexico. Ze moeten uren vliegen. Anders is het geen echte vakantie. "Ik ben dit jaar nog niet één keer echt op vakantie geweest." Dus zitten de vliegtuigen vol met dit zuipende tuig en zijn de luchthavens overvol. En elke week staan er in de krant twintig pagina's met advertenties voor vakanties die zo goedkoop zijn dat je je afvraagt hoe iemand in Mexico nog aan ze kan verdienen. De bruiloft waar we naartoe moesten was van een vrouw die drie kinderen had van een kok die in een club werkte en waarmee ze nu en dan samenleeft. Gewoonlijk de kok, maar ook, zo nu en dan, op bijzonder feestelijke avonden, de uitsmijter van de club. Het hele gedoe was een afschuwelijke socialistische parodie. Fulltime klaplopers met hoge hoed en jacquet. Dat is wat de mishandelde vrouwen hun mannen op de zaterdagse huwelijksvoltrekking willen zien dragen. Zelf willen ze de lange witte jurken en sluiers dragen om de kneuzingen en blauwe ogen te verbergen van een liefde die komt en gaat, wat ze een relatie noemen. Bij de betreffende bruiloft waren de bijeengerommelde kinderen, dik of broodmager, gewoonlijk levend van boterhammen, pizza's, chips en chocoladerepen, mooi uitgedost en tentoongesteld en kregen ze nog vetter voedsel te eten. Deze jonge kinderen worden net als jonge stieren voor de slacht in de arena in grote aantallen gefokt als offerande voor de socialistische bijstand die ze in een gemeentewoning brengen. Er wordt niet echt voor ze gezorgd, en veel van hen zijn voorbestemd om gemolesteerd, ontvoerd of vermoord te worden, om op die manier als echte kleine gladiatoren gedurende een drie of vier dagen voor socialistische opwinding van de burgers te zorgen. Ik vertelde je al eens dat de enigen hier die niet vulgair zijn, in de zin van vals of zelfgenoegzaam, tot het vulgus behoren.'

Willie zei: 'Dat herinner ik me. Dat beviel me. Je zei het toen we van de luchthaven naar hier kwamen. Londen was op dat moment voor mij volkomen nieuw, en wat je zei was een deel van de romantiek van dat moment.'

Roger zei: 'Het was onjuist. Het klonk goed en dus zei ik het. Ik viel in mijn eigen liberale val. De gewone man is net zo verward en onzeker als de rest. Het zijn acteurs, net als de rest. Hun accent verandert. Ze proberen te zijn als de mensen in die soaps op de televisie, en nu hebben ze het contact met wat ze werkelijk zijn verloren. En er is niemand om ze dat te vertellen. Je hebt geen idee hoe het er daar aan toegaat, tenzij je er bent geweest. De ergste verslaving is als de ondeugd je geen voldoening geeft, maar je niet zonder kunt. Zo ging het met mij. Het begon allereenvoudigst. Toen ik op een keer in het weekend mijn vader bezocht zag ik een vrouw die op een bepaalde manier was gekleed. Vrouwen hebben geen weet van de kleine ondoordachte dingen die hen aantrekkelijk maken, en ik neem aan dat dat ook geldt voor wat vrouwen in mannen aantrekt. Je vertelde me dat je voor Perdita viel bij die eerste lunch die we samen hadden. Chez Victor, in Wardour Street.'

Willie zei: 'Ze droeg gestreepte handschoenen. Ze deed ze uit en gooide ze op tafel. Ik was gefascineerd door dat gebaar.'

'De vrouw over wie ik het heb had een zwarte outfit van lycra aan. Dat werd me althans later verteld. De broek of panty was op de rug ver naar beneden gekropen en liet iets meer dan wat huid zien. Nogal goedkoop, die stof, maar ook dat vond ik aantrekkelijk. De aandoenlijkheid van de arme, de aandoenlijkheid van een poging tot stijl op dat niveau. Ik had er geen idee van wie ze was en wie ze zou kunnen zijn. En dat feit, het verschil tussen ons, gaf me de stimulans mijn hofmakerij te vervolgen.'

En dit was, nadat alle stukjes waren samengevoegd, het verhaal dat Roger vertelde.

Elf

Stakkers

Mijn vader was ziek (zei Roger). Nog niet ten dode opgeschreven. Ik ging hem in de weekenden opzoeken en ik bedacht hoe armoedig het huis eruitzag, meer een cottage dan een huis, zo stoffig en beroet, hoezeer het aan een verfbeurt toe was, en mijn vader dacht er net zo over. Hij meende dat het te weinig was om achter te laten na een leven van werken en zorgen.

Ik vond dat mijn vader te romantisch over zichzelf dacht. Met name als hij begon over zijn lange leven van werken. Je hebt werk en werk. Een tuin aanleggen, een bedrijf oprichten, is een vorm van werk. Het betekent gokken met jezelf. Van dat werk kan worden gezegd dat het zichzelf beloont. Eentonige handelingen verrichten op het landgoed van een ander of in een of ander groot bedrijf is iets anders. Er is niets heilzaams aan dat werk, met welke bijbelcitaten men ook wordt bekogeld. Dat ontdekte mijn vader halverwege zijn leven, toen het voor hem te laat was om te veranderen. Dus de eerste helft van zijn leven bracht hij door in trots, een overdreven voorstelling van zijn organisatie en zichzelf, en de tweede helft in mislukking en schaamte, woede en wrok. Het huis was daarvan de belichaming. Het was in alle opzichten halfhalf. Geen cottage, geen huis, niet armoedig, niet welgesteld. Een verwaarloosde plek. Gek eigenlijk dat ik vastbesloten was dat voor mij het een en ander anders moest verlopen.

Ik ging niet graag naar het huis. Maar plicht is plicht en een van mijn grote zorgen was iemand te vinden die voor mijn vaders huis zou zorgen. Er was een tijd dat een substantieel deel van de bevolking in huishoudelijke dienst was. Er was toen geen probleem. Het nodige komen en gaan, maar geen onoverkomelijk probleem. Als je boeken leest van voor de laatste oorlog valt het je op, als dit specifieke probleem je bezighoudt, dat de mensen nogal makkelijk hun huis verlieten en bezoeken van dagen of weken aflegden. Bedienden gaven hun die vrijheid. Ze zijn altijd aanwezig op de achtergrond en worden hooguit zijdelings vermeld. Behalve in ouderwetse thrillers en detectiveverhalen, lijkt er zelden sprake te zijn van dieven en inbraken. Bij P.G. Wodehouse kan zich een diefstal voordoen, maar als niet meer dan een komisch voorvalletje, zoals in een hedendaagse cartoon, waarin een masker en een over de schouder geslingerde zak voor de komische buurtinbreker staat.

De dienstbare stand is verdwenen. Niemand weet wat er van deze bedienden geworden is. We kunnen er in elk geval zeker van zijn dat we ze niet kwijt zijn, dat ze nog steeds op allerlei manieren onder ons zijn, met hun cultuur en hun houding van afhankelijkheid. In elke stad en elk groter dorp hebben we nu aanvullende woningwetwijken, wijken met gesubsidieerde huurwoningen die oorspronkelijk voor de armen waren bedoeld. Deze wijken zijn zelfs vanuit de trein te herkennen. Ze hebben een weloverwogen socialistische lelijkheid, een welbewuste onderdrukking van die ideeën van schoonheid en menselijkheid die rechtstreeks uit het hart komen. De theorieën van socialistische lelijkheid moeten worden aangeleerd. De mensen moeten erop getraind worden te denken dat wat lelijk is eigenlijk mooi is. Het Latijnse *ancilla* betekent verzorgster, een slavinnetje, een meid, en deze aanvullende woningwetwijken, bedoeld om de armen een zekere vrijheid te geven, ontwikkelden zich al gauw tot wat ze moesten zijn: parasiterende slavengezwellen op het eigenlijke lichaam. Ze voeden zich van belastinggeld. Ze geven er niets voor terug. Ze zijn daarentegen centra van misdadig gedrag geworden. Je zou het niet denken als je ze vanuit de trein ziet, maar ze zijn een voortdurende aanslag op de gemeenschap als geheel. Een absolute vergelijking van de ene met de andere tijd is in wezen niet mogelijk, maar het zou me niet verbazen als het aantal mensen dat ooit in huishoudelijke dienst was niet overeenkomt met de aantallen in de woningwetwijken.

En het is uiteraard nog steeds op deze plekken dat we naar huishoudelijke hulp moeten zoeken. We plaatsen onze smekende kaartjes achter het raam van de plaatselijke tijdschriftenverkoper. Binnen de kortste keren verschijnen de werksters. En al even snel verdwijnen ze weer. En, aangezien niemand een inventaris in zijn hoofd heeft van wat hij zoal in huis heeft, is het pas nadat ze weg zijn dat we ons realiseren dat dit zoek is en dat verdwenen. Dickens situeerde Fagins dievenkeuken in de Londense wijk Seven Dials, rondom wat nu Tottenham Court Road is, waar zich de boekhandels bevinden. Vandaar zond Fagin zijn kinderen eropuit om een mager beursje of een aardig zakdoekje te pikken. De schrik van Dickens, deze alomtegenwoordige zwervertjes, die wij zo onschuldig, zo schattig vinden. De omstandigheden van vandaag dwingen ons in feite de doorgewinterde boef en zijn bende in ons huis uit te nodigen en de verzekeringsmaatschappijen laten ons, te laat weten dat niets wat we op deze manier verliezen ooit kan worden vergoed. Vreemde en wisselende behoeften hebben deze boeven: het kan alle suiker in huis zijn; alle koffie; alle enveloppen; de helft van het ondergoed; elk pornografisch werkje.

Onder deze omstandigheden wordt het leven, op kleine schaal, een voortdurende gok en bron van ergernis. We leren er allemaal mee leven. En ten slotte vonden we, na veel komen en gaan, inderdaad iemand die geschikt was voor mijn vaders huis. Het was een jonge plattelandsvrouw, maar zeer bij de tijd, alleenstaand, met een paar kinderen, tweevoudig bevaderd, als dat grammaticaal mogelijk is, die elke week een aardige duit inbrachten. Ze zei van 'goede komaf' te zijn en leek te willen suggereren dat ze na haar eerdere vergissingen verhevener dingen nastreefde. Dat maakte geen indruk op mij. Ik hield het voor een teken van crimineel gedrag. Ik heb mijn hele leven met criminelen te maken gehad en mijn ervaring is dat dit de manier is waarop criminelen zich graag presenteren.

Maar ik had het wat deze vrouw betreft mis. Ze bleef en was goed en betrouwbaar. Ze was in de dertig, had de school bezocht, was in staat redelijk te schrijven, kleedde zich elegant (kocht modieuze, betaalbare spullen bij postorderfirma's) en had goede manieren. Ze bleef zes, zeven, acht jaar. Ze ging tot het huis behoren. Ik begon haar – bijna – als vanzelfsprekend te beschouwen.

Ik deed al die tijd mijn best geen belangstelling voor haar privéleven te tonen. Dat was, gezien haar uiterlijk, best moeilijk, maar ik wilde er niets van weten. Ik was bang dat ik door me in de details te mengen mijzelf zou verlagen. Ik wilde de namen van de mannen in haar leven niet weten. Ik wilde niet weten dat Simon, een bouwvakker, zo was, of Michael, een taxichauffeur, zus.

Ik ging gewoonlijk op de vrijdagavond naar de cottage. Op een zaterdagochtend vertelde ze me, zonder inleiding, dat ze een zware week had gehad. Zo zwaar dat ze op een avond naar de cottage was gekomen, haar autootje op de kleine oprijlaan had geparkeerd en had gehuild. Ik vroeg haar waarom ze om te huilen naar de cottage was gekomen.

Ze zei: 'Ik kan nergens anders heen. Ik weet dat je vader het niet erg zou vinden. Na al die jaren beschouw ik de cottage als mijn thuis.'

Ik begreep wat ze bedoelde; het brak mijn hart; maar zelfs toen wilde ik de details liever niet horen. En natuurlijk kwam ze al gauw over die crisis heen en was ze weer even sereen en stijlvol en goed gemanierd als anders.

Er ging enige tijd voorbij. En vervolgens werd het me duidelijk dat er iets nieuws in Jo's leven was gekomen. Geen man, maar een vrouw. Iemand die nog maar net in de wijk was komen wonen, of iemand die nu pas was ontdekt. Deze twee vrouwen, Jo en die andere vrouw, hadden tegen elkaar opgeschept over de volheid van hun leven, opgeschept zoals alleen vrouwen opscheppen. Die andere vrouw heette Marian. Ze was artistiek; ze maakte gordijnen en beschilderde aardewerken schalen; ze besmette Jo, die hetzelfde wilde doen. In de weekenden kreeg ik te horen over de onbetaalbaarheid van ovens. Zes- of achthonderd pond. Ik kreeg het idee dat me werd gevraagd in naam van de kunst en Jo's maatschappelijke inspanningen in het algemeen wat bij te dragen aan een elektrische pottenbakkersoven voor in huis. Een zakelijke investering die zich kennelijk binnen de kortste keren zou terugverdienen. Het bleek echter dat Jo's handwerk en kunstvaardigheid vrijwel niets opbrachten. Tegen de tijd dat ze had betaald voor de onbewerkte schotels die ze beschilderde, met bloemen, een hond, of een jong poesje in een theekop, en vervolgens voor het bakken van haar beschilderde schalen door een ovenbezitter in de wijk, het huren van de kraam op de braderie, de reis naar de braderie, tegen de tijd dat ze dit alles had gedaan, bleek ze geen enkele winst te hebben gemaakt. Ik stelde me voor hoe ze daar wanhopig naast haar handwerkproducten op de markt zat, zoals een voorouder in vroeger tijden in lange rok en op klompen op de dorpsmarkt naast haar eieren kon hebben gezeten, bereid aan het eind van een saaie dag alles te verruilen voor een handvol toverkiemen.

In Londen kan het gebeuren dat een jonge aankomende kunsthandelaar die je nog maar net hebt leren kennen je te eten vraagt. En aanvankelijk lijkt het of alles in zijn sober ingerichte huis of flat buitengewoon smaakvol en goed gekozen is, de begerenswaardige vondsten van een ongewone kijk op de dingen. Wanneer je ten slotte meent dat je iets moet zeggen over de lange en prachtige eikenhouten tafel waaraan je eet, hoor je dat hij te koop is, zoals al het andere dat je hebt gezien. Je beseft dat je niet alleen bent uitgenodigd voor een etentje, maar ook voor een tentoonstelling, zoals een projectontwikkelaar je niet alleen voor het genot van je gezelschap vraagt een modelwoning te bezichtigen.

Met Jo ging het nu net zo. Ze begon de zaterdagochtenden met haar omvangrijke, zware pakketten met werk uit te pakken: beschilderde schalen, brandschilderwerk, streperige landschappen en portretten in was, houtskooltekeningen van dieren, aquarellen van rivieren en wilgen. Alles wat in een lijst kon was ingelijst, met buitengewoon zwaar beslag, de reden waarom deze pakketten zo zwaar waren.

Deze zaterdagse uitstallingen brachten me in het nauw. Ik was echt geïnteresseerd. Het ontroerde me deze oprispingen van de geest te zien waar ik niets had verwacht. Maar belangstelling tonen was een aanmoediging om de volgende zaterdag een volgend groot pakket uit te stallen. Tegen Jo zeggen dat er sprake was van echt talent en dat het een goed idee zou zijn om teken- of aquarellessen te gaan volgen, ontlokte bij haar geen reactie. Dat was niet wat ze wilde horen.

Op de een of andere manier had bij haar het idee post gevat dat haar talent natuurlijk was en niet kon worden geforceerd of ontwikkeld. Als ik zei dat een werkstuk een grote ontwikkeling liet zien, zei ze: 'Ik denk dat het allemaal in me zat.' Ze sprak over het opborrelen van haar talent en het was geen opschepperij. Het was alsof ze sprak over iets wat buiten haarzelf lag. Ik had het gevoel dat deze semi-politieke ideeën over de natuurlijkheid van artistiek talent – en de klasseloosheid ervan; er was wat dat betreft sprake van meer dan een hint – haar door iemand anders waren bijgebracht. Ik dacht dat het haar nieuwe vriendin Marian kon zijn.

Het duurde even voor ik begreep dat Jo me haar werk niet had getoond omdat ze mijn mening wilde weten. Ze wilde dat ik haar werk kocht; ze wilde dat ik mijn Londense kennissen over haar vertelde. Ik was een kunstmarkt an sich. En mijn vader ook. Het werk dat Jo op zaterdagochtend meebracht was niet alleen het hare. Er was veel werk van Marian bij, en daar had ze veel bewondering voor. Geen sprake van jaloezie. Ik kreeg de indruk dat deze twee vrouwen onder de indruk waren van hun eigen kunnen en dat de een dé ander aanmoedigde. Het waren gewone mensen; maar hun talent maakte hen bijzonder, stelde hen boven de gewone vrouwen. Ze hielden van elke kunstvorm die ze beoefenden. Elk werkstuk was voor hen een klein wonder. Deze vrouwen benauwden me. Op vergelijkbare wijze doen criminelen uit de arbeidersklasse, of mensen die tot criminaliteit zijn geneigd, zich aan de middenklasse voor. Ik werd uiterst waakzaam.

Ze wilden ook weleens werk in de cottage achterlaten. Dit was meer voor mijn vader dan voor mij. Hoe onuitstaanbaar hij ook tegenover vreemden was, tegenover Jo was hij beminnelijk. Hij hield ervan te doen alsof hij van haar afhankelijk was. Dat was hij in feite nooit. Deze kleine komedie amuseerde hem; het was niet meer dan een machtsspelletje, de beide vrouwen, smekelingen op dit gebied van de kunst, in de waan laten dat hij zwakker was dan in werkelijkheid. Het idee van Jo en haar vriendin Marian was dat de schoonheid van het kunstwerk na een paar weken overweldigend zou zijn en mijn vader het zou kopen. Je kunt het ze niet kwalijk nemen; dit is wat ook sommige Londense kunsthandelaren doen.

Er was een belangrijke braderie op komst. Jo liet het me weken van tevoren weten. Deze zou op zondag worden gehouden, en die zondagochtend kwam er een Volvo-stationcar de oprijlaan van de cottage oprijden. Achter het stuur zat een vrouw die ik niet kende. Ik nam aan dat het Marian was. Jo zat naast haar. Ze waren gekomen om wat kunstwerken op te halen, die ze hadden achtergelaten zodat mijn vader aan ze zou wennen. Jo stapte als eerste uit, in alle opzichten de vrouw die er de weg wist, en ging de cottage binnen. Niet lang daarna kwam ze naar buiten met mijn vader die, zijn onzekerheid overdrijvend, Jo voor de gek hield (maar alleen waar het dit kunstgedoe betrof) en haar onhandig hielp met het naar het portiek dragen van meerdere, onhandig gevormde stukken (grote lijsten, zwaar beslag).

Mijn kamer was aan de andere kant van de cottage, bij de poort van de inrit, aan het begin van de kleine half cirkelvormige oprijlaan. Dus toen Marian uitstapte om mijn vader te begroeten, zag ik haar van achteren. Haar zwarte, te wijde stretchbroek, die bij haar zwarte outfit hoorde, was een eind omlaag gekropen. En door de energieke manier waarop ze uit de Volvo was gestapt, waarbij ze het stuur gebruikte om naar buiten te klimmen, was hij verdraaid en nog verder omlaag gekropen.

Ze zei tegen mijn vader: 'Ik heb uw prachtige huis bewonderd. Ik heb er van Jo zoveel over gehoord.'

Ik had me een voorstelling van haar type gemaakt, maar, zoals me de laatste jaren bij mijn werk steeds vaker overkwam, ik had het mis. Die directheid, die sociale vaardigheid was iets wat ik in het geheel niet verwachtte. Noch de grote Volvo, die ze met vergelijkbare vaardigheid, hoog gezeten, behoedzaam de ongemakkelijke krappe bocht van onze inrit nam. Jaren later kon ik me dat moment nog voor de geest halen. Ze was groot, nog een verrassing, niet vulgair of als zo'n type uit een woningwetwijk, en haar lichaam was goed getraind en slank. De glimp van haar onderlichaam, het zwarte, grove materiaal dat zo met de lieflijke huid contrasteerde, prentte het moment in mijn geest. Met een snelle rechterhand trok ze haar broek goed, waarbij ze hem iets naar achteren, verder omlaag en recht trok. Ik betwijfel of ze wist wat ze had gedaan. Maar het moment is me sindsdien bijgebleven. Toen we later samen waren, kon het bij mij een onmiddellijk verlangen naar haar oproepen, of het leven tot een erbarmelijke aangelegenheid maken.

Ik keek toe hoe ze de stukken in de stationcar laadden en wegreden. Ik was te nerveus om Jo gedag te gaan zeggen. Zo kwam het dat ik een week lang was geobsedeerd door een vrouw van wie ik zelfs het gezicht niet had gezien. Gedachten van komedie of criminaliteit verdwenen.

Op zaterdag vroeg ik Jo hoe het op de markt was gegaan. Ze zei dat het helemaal niet was gegaan. Zij en Marian hadden de hele dag achter hun kraam gezeten (de huur was vijfentwintig pond) en er was niets gebeurd. Tegen het eind van de middag leken een paar mannen belangstelling te tonen, maar ze probeerden hen alleen maar te versieren.

Ik zei: 'Ik zag Marian toen ze hier afgelopen zondag was.'

Ik had geprobeerd zo neutraal mogelijk te klinken. Maar de uitdrukking op Jo's gezicht zei me dat ik mezelf had verraden. Vrouwen zijn goed in het oppikken van seksuele aantrekking, zelfs als ze daar zelf niet bij betrokken zijn. Al hun zintuigen zijn erop getraind de beginnende interesse of voorkeur te ontdekken, het verlies van neutraliteit bij de man. Vrouwen zullen zeggen dat er wat hen betreft achter seksualiteit iemand van betekenis schuilgaat. We staan onszelf toe hen te begrijpen, maar dan krijgen we biografieën van vrouwen onder ogen waarin ze opscheppen over met wie ze geneukt hebben; en vaak is in de biografie, bijvoorbeeld van een overleden schrijfster, in haar tijd heel gevoelig en serieus, het leven dat we bewonderen (nu dat de boeken zijn vergeten) voornamelijk een leven van neuken.

Jo's lichte ogen werden vertroebeld door snaaksheid en medeplichtigheid. Zelf liet ze een geheel nieuwe persoonlijkheid zien, alsof ze wilde spiegelen wat ze in mij had herkend.

Ik vroeg: 'Wat doet Marian eigenlijk?'

'Ze is zwemster. Ze werkt in het zwembad.' Het gemeentelijke zwembad van onze marktstad.

Dat verklaarde het goed ontwikkelde lichaam. Ik was nog nooit naar het gemeentelijke zwembad geweest en ik zag mezelf in een betrekkelijk groot zwembad, met een Marian die blootsvoets en in zwempak haar ronde om het bad maakt, zo'n halve meter boven mijn hoofd. (Hoewel ik wist dat het zo niet zou zijn; dat ze naar alle waarschijnlijkheid een of ander synthetisch trainingspak aan zou hebben, op een stoel naast een door zon en water gebleekt triplex buffet zou zitten, waar ze slechte koffie of thee dronk en een tijdschrift las.)

Jo zei, alsof ze mijn gedachten las: 'Ze is aantrekkelijk, hè?' Als altijd genereus waar het haar vriendin betrof, maar nog steeds met die uitdrukking van medeplichtigheid, alsof ze bereid was tot ongeacht welk avontuur met mij waarbij ook haar vriendin betrokken zou zijn.

Ik dacht aan het goed getrainde en ontspannen lichaam uitgestrekt in haar bed, een schoon lichaam tussen schone lakens, ruikend naar chloor en water en properheid, en was behoorlijk opgewonden.

Jo zei: 'Ze heeft een paar vergissingen begaan. Net als iedereen.'

Zo sprak Jo, met vreemde, verouderde uitdrukkingen; die vergissingen waren ongetwijfeld kinderen van foute mannen.

Ze zei: 'Ze leeft al jarenlang met iemand samen.'

Ze wilde me vertellen wat deze man deed, maar ik legde haar het zwijgen op. Ik wilde verder niets weten. Ik wilde me geen voorstelling van hem maken. Dat zou ondraaglijk zijn.

Mijn jacht op Marian (zei Roger) was het vernederendste waaraan ik me ooit heb blootgesteld. En ten slotte, om mijn vernedering te vergroten, ontdekte ik dat vrouwen van Marians leeftijd uit de woningwetwijk een heel prozaïsche kijk op seks hebben, een zeer grove kijk, zou je kunnen zeggen, of heel primitief, heel gewoontjes, ze beschouwen het bijna als iets waarvoor ze naar de winkel moeten, met hetzelfde jachtinstinct waarmee ze op zoek gaan naar afgeprijsde producten (op bepaalde avonden, als de supermarkten sommige bederfelijke waren in prijs verlagen).

Later vertelde Marian me (toen aan mijn jacht een eind was gekomen en onze weekendrelatie min of meer een feit was) dat groepen jonge vrouwen uit haar buurt op donderdag, vrijdag of zaterdag gingen stappen, de pubs en clubs afstroopten op zoek naar seks met mannen die ze er aardig uit vonden zien. Er aardig uitzien, zo noemden ze dat: 'Ik vind hem er aardig uitzien.' Geen vrouw of ze wilde een man die ze er aardig uit vond zien. Bij die gelegenheden kon het flink uit de hand lopen. Die mannen dachten al even prozaïsch over vrouwen en seks, en een vrouw kon maar al te makkelijk worden toegetakeld. Als een vrouw te luid protesteerde of met te veel obsceniteiten, kon ze een 'biershampoo' krijgen: ze kreeg dan een fles bier over haar hoofd uitgegoten. Het behoorde allemaal tot het seksspel, tot het weekendgebeuren. Bijna iedere vrouw die hieraan meedeed had haar 'biershampoo' gekregen. Het kwam erop neer dat uiteindelijk iedereen seks had, hoe dik of lelijk ook.

Marian vertelde me op een dag over iemand uit haar straat, een jonge vrouw die leefde op chips, ontzettend zoete chocoladerepen, pizza's en hamburgers en heel erg dik was. Die vrouw had drie kinderen, al even dik, van drie verschillende vaders. Ik dacht dat dit verhaal van Marian, als zwemster, bedoeld was als kritiek op een slecht dieet en zwaarlijvigheid. Maar ik had het mis. De meeste vrouwen in Marians buurt waren dik. Zwaarlijvigheid was op zich geen reden voor een verhaal. Dit was een verhaal over de seksuele lusten en het succes van de dikke vrouw. De morele ondertoon die ik dacht te ontdekken bestond niet. Marian sprak op haar roddeltoon over de vrijmoedigheid en absurditeit van de dikke vrouw. Ze zei: 'Het gaat in dat huis met mannen als in de Chinese wasserette. Snel erin en eruit.'

Dat was de manier waarop Marian sprak. Vinnig. Dat gold voor alles aan Marian. Ik zag het als een geheel.

Zelfs als ik alles of iets over Marians achtergrond had geweten, had het me weinig geholpen bij mijn hofmakerij, om dit misplaatste woord te gebruiken. Ik zou me de houding van mannen in de pub die er aardig uitzagen niet eigen hebben kunnen maken. Ik zou niet weten hoe ik een vrouw in een pub moest aftuigen of een biershampoo geven. Ik kon alleen maar mezelf zijn en moest het doen met de verleidingstechnieken waarover ik beschikte. Die technieken waren er nauwelijks. Perdita en een paar andere vrouwen als Perdita hadden zich, zoals het gezegde luidt, aan mij overgeleverd. Dat deden ze niet met een overduidelijk seksueel doel. Dat deden ze slechts om te trouwen. Seks deed er daarbij nauwelijks toe. Ik was geschikt, als partner of als echtgenoot, en dat was het. Ik had dus nooit naar vrouwen moeten zoeken of ze moeten inpalmen. Ze waren er gewoon, en nu ontdekte ik, bij mijn verovering van Marian, dat ik totaal geen aanleg voor verleiden had.

Mannen zijn nooit zo dom of belachelijk als wanneer ze iemand 'proberen te versieren'. Vrouwen drijven meestal de spot met ze, hoewel diezelfde vrouwen gekwetst zouden zijn als ze niet werden versierd. Ik voelde dit belachelijk duidelijk en zou op dit punt nooit zijn geslaagd als Jo me niet had geholpen. Je zou kunnen zeggen dat ze de weg voor me heeft vrijgemaakt, zodat toen Marian en ik elkaar eindelijk ontmoetten, Marian wist dat ik in haar was geïnteresseerd. We ontmoetten elkaar in de lounge van het oude hotel in de stad. Het idee was, een idee van Jo, dat zij en Marian op zaterdagmiddag aan de koffie of thee zaten en ik, die van de cottage naar de stad kwam, hen daar toevallig zou ontmoeten. Eenvoudiger kon niet, aldus Jo, maar het was makkelijker voor de vrouwen dan voor mij. Ik voelde me meer dan opgelaten. Ik durfde nauwelijks naar Marian te kijken.

Jo ging weg. Marian bleef voor een lauw drankje in de donkere, lage, bijna verlaten bar. Ik hield mijn pleidooi. In feite werd ik daarbij door de juridische analogie geholpen. Alles aan haar trok me aan: haar slankheid boven de heupen, haar stem, haar accent, haar taalgebruik, haar afstandelijkheid. Steeds als ik de moed in mijn schoenen voelde zinken dacht ik eraan hoe haar zwarte, grove elastische broek bij het uit de Volvo klimmen omlaag was gekropen. Het leek me belangrijk om het een en ander geen week meer uit te stellen. Ik zou mijn greep verliezen, misschien zelfs de moed, en ze zou zich kunnen bedenken. Ze stemde ermee in te blijven eten; beter gezegd, ze leek te denken dat daar al overeenstemming over bestond. Jo had haar werk goed gedaan. Beter dan ik het mijne. Ik had niets geregeld. Heel even dacht ik erover haar mee naar de cottage te nemen, maar ik wist dat dat rampzalig zou zijn; mijn vader had, hoewel hij achteruitging, nog altijd een ongewone waakzaamheid. Dus bleef het bij het etentje. Er was daarna niets om naartoe te werken. Zodoende kon je zeggen dat Marian en ik elkaar het hof maakten. We dronken de huiswijn; ze vond dat prachtig. We spraken af de volgende dag te gaan lunchen. Ik had het gevoel dat ik Jo zou kunnen overladen met schatten voor hetgeen ze voor mij had gedaan.

Ik reserveerde in het hotelletje een kamer voor de volgende dag. Ik had een rusteloze nacht en een wanhopige ochtend. Ik heb mezelf afgevraagd of ik ooit zo'n rusteloze tijd had doorgebracht, zo vol verlangen, zo vol twijfel aan mezelf, en ik denk van niet. Ik had het gevoel dat alles afhing van het verleiden van deze vrouw, haar het bed in te krijgen. In andere moeilijke tijden weet iemand min of meer wat hij waard is, wat hij eraan heeft gedaan en waar het toe kan leiden. Maar op het gebied van verleiden had ik geen ervaring. Het was een grote gok. Alles hing van de ander af. Later, toen ik meer over Marian en haar vriendinnen te weten kwam, bleek deze angst van mij buitengewoon dom en belachelijk. Maar, zoals ik al eerder zei, zelfs als ik van die technieken had geweten zou het niet geholpen hebben.

Er kwam een eind aan de lange nacht. Het werd lunchtijd. We gingen daarna naar de gereserveerde kamer met zijn vreemde duisternis en muffe meubilair. Hoe moeilijk is het een vreemdeling te omarmen, zomaar. Marian leek zich enigszins tegen me te verzetten en dat luchtte me op. We kleedden ons uit. Ik kleedde me uit alsof ik bij de dokter was, om daar op huiduitslag te worden onderzocht. Jasje over de stoel; dan de broek, de onderbroek en het overhemd, alles heel netjes.

Marians oksels waren donker van zijdeachtig haar.

Ik zei: 'Je scheert je dus niet.'

'Iemand vroeg me een tijdje geleden dat niet te doen. Er zijn mensen die het onsmakelijk vinden. Ze trekken een raar gezicht als ze het zien.'

'Ik vind het prachtig.'

Ze stond toe dat ik het streelde, om de zijdeachtigheid ervan te voelen. Het wond me heel erg op en het strookte met de andere beelden die ik van haar had. Ik kwam een beetje te vroeg klaar. Ze was kalm. Lange tijd bleef ze op haar linkerzij liggen, haar billen hoog, haar middel verzonken, haar rechterzij glad, goed getraind en stevig. Haar linkerarm bedekte gedeeltelijk haar kleine borsten. Haar rechterarm lag gebogen over haar hoofd, waardoor haar okselhaar te zien was. Aan meerdere vingers van de hand die haar borsten bedekte droeg ze ringen; geschenken, dacht ik, van vroegere minnaars, maar daaraan wilde ik nu niet denken.

Terwijl ze me aankeek zei ze, op die kalme manier van haar: 'Ga je me nu niet kontneuken?'

Ik wist niet wat ik moest zeggen.

Ze zei: 'Ik dacht dat dat was wat je wilde.'

Ik wist nog steeds niet wat ik moest zeggen.

Ze zei: 'Op Oxford of Cambridge gezeten?' En met een geërgerd gebaar reikte ze over het bed naar haar tas. Moeiteloos, alsof ze wist waar hij was, haalde ze een tube lippenzalf te voorschijn.

Ik aarzelde. Ze gaf de lippenzalf aan mij en zei: 'Ik ga het niet voor je doen. Doe het zelf maar.'

Ik had het niet voor mogelijk gehouden dat een naakte, kwetsbare vrouw zo dominant kon zijn.

Zij beval. Ik gehoorzaamde. Ik heb geen idee hoe goed ik was. Ze zei het me niet.

Toen we weer aangekleed waren, zij bijna geheel, ik gedeeltelijk, werd er aan de deur gebeld. Ik herinnerde me, te laat, dat ik in de opwinding vergeten was het lampje met 'bezet' aan te doen.

Marian leek door het lint te gaan. Ze zei: 'Ga naar de badkamer.' Ze vroeg degene die voor de deur stond te wachten en toen gooide ze al mijn kleren in de badkamer, jasje, schoenen, ze gooide me alles wat haar onder ogen kwam achterna, alsof ze geen enkel teken van mij in de slaapkamer wilde achterlaten.

Het was slechts een kamermeisje, Spaans, Portugees of Colombiaans, die waarschijnlijk iets kwam verifiëren.

Ik stond in de krappe badkamer als een man in een klucht.

Later probeerde ik echter vooral háár gedrag te begrijpen. Misschien was het een restje schaamte of moraliteit, iets waar ze geen controle over had. Misschien was het omdat ik niet tot de mannen behoorde die de vrouwen van de woningwetwijk een biershampoo zouden kunnen geven. Dus waren er nieuwe regels, nieuwe gedragingen van toepassing, en misschien zou er zelfs sprake kunnen zijn van zoiets als nieuwe gevoelens.

Ze heeft nooit uitleg gegeven, en toen ik zei dat ik hoopte dat we elkaar het volgende weekend zouden zien, als ik weer uit Londen kwam, ging ze akkoord en zei ze op haar halfslachtige, weerbarstige manier: 'We zien wel.'

Ik kocht een fraai sieraad voor haar, iets met opalen. Het kostte een paar honderd pond. Ik zocht iets van enige waarde omdat ik wist dat ze het aan haar vriendinnen zou laten zien en een van hen, Jo misschien, haar zou voorstellen naar Trethowans, de plaatselijke juwelier, te gaan om het te laten taxeren. Tegelijkertijd wilde ik mezelf niet te kort doen; opalen behoren niet tot de duurste stenen.

Toen ik het haar die vrijdag gaf was ze blij.

Ze hield hem in haar hand en staarde naar de blauwe flikkering en schittering, de niet-eindigende ministorm in de steen, en hoewel haar ogen straalden, zei ze: 'Ze zeggen dat opalen ongeluk brengen.'

Ik had in het hotel een kamer voor het weekend gereserveerd. Het personeel was Spaans, Portugees en Colombiaans. De Colombianen waren, via een of ander netwerk, onze marktstad binnengedrongen en beantwoordden aan een plaatselijke behoefte die voorbij de eenvoudige werkzaamheden lag. Ze waren mediterraan in hart en ziel, grenzeloos tolerant, en Marian en ik werden door hen en anderen als oude bekenden bejegend. Dit compenseerde alle ongemakkelijke gevoelens die Marian en ik over onze nieuwe regeling zouden kunnen hebben.

In feite was het geweldig in het hotel. Het was als in je eigen stad op vakantie in het buitenland zijn, een vreemdeling op eigen bodem. Een leven leiden van bar, eetzaal en slaapkamer; en van vreemde talen, op niet meer dan een paar kilometer van mijn vaders cottage met de verwilderde tuin, die voor mij zo lang zo'n treurige plek was geweest, een plek van bruin geworden plafonds en muren en idiote schilderijtjes achter wazig, vettig glas, een plek van uitgeleefd leven en nu zonder verwachting, doordrenkt van mijn vaders niet te stillen woede op mensen over wie ik alleen in zijn verhalen had gehoord en die ik nooit in levenden lijve had ontmoet.

Ik had me weer de hele week ongerust gemaakt over mijn ontmoeting met Marian. Was bijna zo ongerust als over onze eerste ontmoeting. Ik ging vroeg naar het hotel. En ik zat in de lounge met het lage plafond ('een juweel van een balkenzoldering', zoals de brochure van het hotel beloofde) en keek uit over het oude marktplein in de richting waar zich, om de hoek verscholen, zowel de taxistandplaats als het busstation bevond. Toen ze verscheen zag ze er verrukkelijk uit. Dat was het woord dat bij me opkwam. Ze had een opvallende lichtgele broek met zeer hoge taille aan, zodat haar benen heel lang leken. Het oplichten van de broek maakte hem verblindend. Haar loop was kordaat en atletisch. Ik betwijfelde of ik met deze verrukking zou weten om te gaan. Maar toen viel me op, terwijl ik keek hoe ze op het hotel afstevende, dat de broek nieuw was, speciaal voor deze gelegenheid gekocht. Halverwege was een spoor te zien dat op strijken of vouwen wees. De broek moest zo uit de winkel zijn gekomen; een gevouwen en in vloeipapier gewikkeld kledingstuk dat in een doos of tas was gestopt. Ik was heel ontroerd door dit bewijs van haar moeite en voorbereiding. Het stelde me enigszins gerust. Tegelijkertijd voelde ik me daardoor onwaardig, vroeg me af welke uitdaging me te wachten stond. Daardoor was ik misschien nog nerveuzer dan in het begin.

Er bestaat geen grotere tragedie dan die van de slaapkamer; ik geloof dat Tolstoj dit ooit in zijn dagboek schreef. Niemand weet wat hij bedoelde. De telkens terugkerende beschamende behoefte? Falen? Er weinig van terechtbrengen? Afwijzing? Stille veroordeling? Zo was het later die avond duidelijk met me gesteld. Ik dacht dat ik Marian had aangestoken met mijn besef van de luxe van het hotel op het marktplein, met het vreemde gevoel dat het gaf, met al dat buitenlandse personeel, alsof je in een ver land was. Ik dacht dat de wijn bij het eten dat besef had versterkt. Maar haar duistere, afstandelijke stemming keerde bij het naar bed gaan terug. Het had een ander kunnen zijn die het opalen sieraad had aangenomen en er blij mee was geweest.

Ze kleedde zich uit en gaf zich bloot, en later bood ze zich aan als daarvoor, het verzonken goed getrainde middel, de heerlijke omhooggestoken billen, de duistere openheid, het zicht op het haar onder haar oksels. Dit keer was ik beter voorbereid te doen wat ze duidelijk van me verwachtte.

Maar ik wist nooit of ik haar wel of niet genot verschafte. Ik meende van wel, maar ze liet het nooit blijken. Misschien deed ze alsof; misschien was het haar stijl; misschien was het iets wat ze had overgenomen van een van haar te opschepperige vriendinnen; misschien was het iets wat haar was opgedrongen door haar ruige kindertijd in de wijk, een laatste restje natuurlijke zedigheid, een manier om met dat leven om te gaan.

En dat was – aangezien de geest zich met veel dingen tegelijk kan bezighouden – hoe ik stilletjes redeneerde terwijl ik over mijn hele lichaam beefde van begeerte, nauwelijks kon geloven in wat me werd geboden, terwijl ik het tegelijkertijd allemaal wilde grijpen.

Later, toen ik meer vertrouwd was geworden met deze beangstigende, ondermijnende ontdekking van de zinnen, begreep ik dat ik het er in die begintijd niet zo best had afgebracht. Had ik dat geweten, dan zou het me gebroken hebben. Maar in die tijd, in de slaapkamer in het hotel, wist ik dat niet.

Halverwege de avond zei ze: 'Ik zie dat je je riem bij je hebt. Wil je me slaan?'

Ik had wel een idee van wat ze bedoelde. Maar het stond te ver van me af. Ik zei niets.

Ze zei: 'Gebruik de riem. Gebruik niets anders.'

Toen we dat achter de rug hadden, zei ze: 'Ziet mijn kont bont en blauw?'

Dat was niet het geval. Vele weken later zou dat wel zo zijn, maar die keer niet.

Ze zei: 'Kwam je er lekker door klaar?'

Dat kwam ik niet. Maar dat zei ik niet.

Ze zei: 'Ik heb je wel door', en ze slingerde haar stevige benen van het bed.

Dus na alles wat zich tussen ons had afgespeeld bleef ze afstand houden. Ik dacht dat dit de essentie van haar houding tijdens deze tragedie van de slaapkamer was en ik bewonderde haar erom. Ik gunde haar graag deze afstandelijkheid. Als ik dat niet deed zou het een heel andere relatie zijn geweest en dat was gewoon niet mogelijk. Buiten de slaapkamer en die verduistering van haar stemming, was er vrijwel niets tussen ons. We hadden weinig om over te praten.

Iets wat ze had gelezen, een of ander pikant boekje of handboek, of een gesprek met een vriendin, had haar een eigen idee gegeven van wat mijn bijzondere behoefte was, mijn nummertje, zoals ze zei. Ze had het voor niet meer dan een kwart bij het rechte eind. Ik had mezelf altijd gezien als een man met een lage seksuele energie. Zoals jouw vader, Willie, naar je me vertelde, terugviel in zijn melancholie en dat tot een deel van zijn persoonlijkheid maakte, deel van zijn verlichting in moeilijke tijden, zo was ook het idee van mijn lage seksuele energie een deel van mijn persoonlijkheid geworden. Het maakte het een en ander voor mij eenvoudiger. Het idee van seks met een vrouw, mezelf blootstellen aan dat soort intimiteit, stond me tegen. Sommige mensen blijven volhouden dat als je niet het ene bent, je wel het andere zult zijn. Ze denken dat ik in mannen ben geïnteresseerd. Het tegendeel is waar. Het komt erop neer dat alle seksuele intimiteit me tegenstaat. Ik heb mijn lage seksuele energie altijd als een soort vrijheid gezien. Ik weet zeker dat er heel veel mensen waren zoals ik. Ruskin. Henry James. Dat zijn vreemde voorbeelden, maar zij schieten me te binnen. Die vrijheid zou ons moeten worden toegestaan.

Ik was in de veertig toen ik voor het eerst een eigentijds blad met pornofoto's zag. Ik was gechoqueerd en geschrokken. Die bladen bevonden zich al jaren in de tijdschriftenhandel, allemaal met min of meer hetzelfde omslag, en het was nooit in me opgekomen ze in te zien. Ik meen het. Een tijdje later zag ik een verzameling gespecialiseerde pornobladen. Ze vervulden me met schaamte. Ze gaven me het gevoel dat we allemaal opgeleid kunnen worden in deze afstotelijke uitwassen van seksuele beleving. Slechts een paar basale seksuele daden vinden hun oorsprong in de natuur. Al het andere moet worden aangeleerd. Het vlees is het vlees. We kunnen er allemaal toe worden gebracht te leren. Zonder opleiding zouden we niets weten over bepaalde praktijken. Ik gaf er de voorkeur aan niet te worden opgeleid.

Ik denk dat Marian al deze onwetendheid in me zag. Ze wilde me naar buiten lokken, uiteraard met de beperkingen van haar eigen kennis, binnen de grenzen van wat haar zelf was bijgebracht, en tot op zekere hoogte slaagde ze daarin.

Ik ontmoette haar halverwege mijn leven toen ik, zo'n beetje als mijn vader vóór mij, begon in te zien dat de belofte van mijn vroege jaren, het nogal verheven idee van mezelf, aan kracht had verloren. Perdita's ontrouw – niet de daad zelf, waar ik zonder pijn aan kon denken (misschien zelfs met geamuseerdheid), maar de openlijke vernedering die deze daad me bracht – was aan me gaan vreten. Ik kon geen ruzie met haar maken, haar de wet voorschrijven, omdat ik daarvoor in de plaats niets te bieden had. Ik kon het slechts ondergaan.

Ik zei dat er buiten de slaapkamer niets was tussen Marian en mij. Maar ik vraag het me af. Nadat ik Marian had leren kennen, wilde ik geen andere vrouw op die specifieke manier leren kennen, en ik vraag me af of dat niet als een soort liefde kan worden gezien: de seksuele voorkeur voor een bepaald persoon boven alle andere. Ongeveer een jaar later zag ik in onze marktstad op een koude zaterdagochtend een jonge vrouw met een volks voorkomen van haar werk naar de plaatselijke bakker rennen om ter wille van hun fameuze appeltaart in de rij te gaan staan. Ze had een breder postuur dan Marian, had grotere borsten en een hangbuikje. Ze had een zwarte lycrabroek en dito topje aan. De elasticiteit was er zowel boven als onder uit, en terwijl ze rende, haar onaantrekkelijke borsten tegen de kou beschermend, liet ze net zoveel vlees en vorm zien als Marian toen ik haar bij mijn vaders cottage uit de Volvo zag klimmen. Ik had geen enkele behoefte om nog langer te kijken naar de vrouw die naar de bakker rende.

En meer dan eens bekeek ik in het huis in St John's Wood het lichaam en de loop van Perdita, door sommigen bewonderd, hoorde ik haar deftige manier van spreken, werkelijk heel aardig, en vroeg me af waarom het me allemaal koud liet, en waarom ik maar al te bereid was duizenden ponden te betalen om elders die ander te zien en van haar te genieten.

Ik verviel in een ander leefpatroon. De weekdagen in Londen, de weekends op het platteland met Marian. Na verloop van tijd verloor ik mijn ongemakkelijke gevoel bij haar, hoewel er altijd die duisternis en afstandelijkheid van haar slaapkamerstemming was. Hoe meer ik haar leerde kennen, hoe verder ik seksueel gezien met haar ging. Ik durfde haar gedurende die weekends, bij wijze van spreken, niet te verwaarlozen; ik wilde in haar gezelschap niet ledig zijn. Op zondagochtend was ik bijna helemaal uitgeput. Ik wilde heel graag van haar bevrijd zijn, weer op weg naar Londen. En, paradoxaal genoeg, de zondagavond werd voor mij de beste tijd van de week, een tijd van zalige rust, alleen zijn en bespiegeling, als de seksuele uitputting geleidelijk overging in een algemeen gevoel van optimisme en ik klaar was voor de week die voor me lag. Op donderdag was ik weer terug bij af; mijn hoofd zat dan weer vol beelden van Marian; en op vrijdagnamiddag wilde ik zo gauw mogelijk weer naar haar toe. Ik moet je zeggen, het was dankzij dat doordeweekse optimisme dat ik in staat was te werken, en hard te werken, voor mijn verschillende goede zaken, zoals jou uit de Indiase gevangenis halen. Die goede zaken waren belangrijk voor mij. Ze gaven me een zelfbeeld waar ik houvast aan had.

Het was in zekere zin een volmaakte relatie, met net genoeg afstand om het vuur brandende te houden. Dit patroon hield stand tot Peters avontuur in de makelaardij. Vervolgens, als gevolg van mijn behoefte indruk op Perdita te maken, en misschien ook om mezelf meer dan een beetje plezier te doen, bracht ik een paar weekends in Peters grote huis door. Ik moet zeggen dat ik me bij die gelegenheden tegenover Perdita keurig gedroeg. Het optimisme dat ik uit Marian wist te slepen kwam me goed van pas. Perdita vond het heerlijk het grote huis te bezoeken en te worden bediend door de gezette, verlopen mannen in gestreepte broeken. Haar lieflijke stem kwam dan tot zijn recht, en ik vond het leuk om in haar gezelschap de volmaakte hoveling te spelen. Ik gaf ruime fooien; dat deed Perdita plezier. En deze extra tijd zonder Marian versterkte mijn verlangen zo gauw mogelijk weer naar haar toe te gaan. Zo kwam iedereen aan zijn trekken.

We veranderden een paar keer van hotel, hoewel we in de buurt bleven; ik wilde altijd, zolang mijn vader leefde, binnen het bereik van de cottage blijven. In het begin diende deze wisseling van hotels om te voorkomen dat Marian door haar vrienden en kennissen zou worden herkend. Later was dit vooral voor de verandering: andere kamers, ander personeel, andere lounge en bar, andere eetzaal. We dachten er een tijdje over een flatje of huis in een afgelegen stadje te kopen, en het idee wond ons een paar maanden op, maar toen we ons meer in de details verdiepten ging de gedachte aan huishouden ons allebei steeds meer bedrukken.

Een huishoudelijk weekend zou zeker niet zijn wat ik wilde. Het zou de familiale kant van Marian introduceren, waarvoor ik me afsloot. Die familiale kant was altijd op de achtergrond; soms voelde ik de familiale problemen op Marian drukken; maar ik wilde er niets van weten. Meer weten, Marian leren kennen als een alledaagse huisvrouw in een woningwetwijk, zou het einde hebben betekend van het plezier dat ik beleefde aan haar ruwe manieren en haar verknipte accent, zaken die zo goed samengingen met de frisse geur van de zwemster, het goed getrainde lichaam. Maar de gedachte aan bezit had haar opgewonden; en ten slotte, als een vorm van compensatie, kocht ik haar woningwetwoning voor haar. De wet was onlangs gewijzigd om huurders van woningwetwoningen in staat te stellen hun huis te kopen. De waarde van mijn weekends met Marian was voor mij onschatbaar en de prijs die de gemeente voor haar huis vroeg was meer dan redelijk.

Zoals mensen – als mijn vader, zeg maar – geleidelijk aan gewend kunnen raken aan een gezondheidstoestand die, als deze zich plotseling aan hen voordoet, als het instorten van hun wereld zou zijn, een ramp, zoals een oorlog of een invasie, die alle vertrouwde routine ondermijnt en sommige dingen vernietigt, zo groeide ik in mijn nieuwe sociale conditie: in het weekend intens leven met een vrouw met wie ik geen echt gesprek kon voeren, die ik liever niet 'mee uit nam' of aan wie dan ook zou willen voorstellen.

En vervolgens, zo'n negen of tien jaar geleden, toen jij nog maar net de puinhopen van jouw Afrika achter je had gelaten en in West-Berlijn was, een paar minuten verwijderd van de puinhopen in het oosten, rond die tijd deed ik een literaire ontdekking. Ik las gedeelten van de dagboeken van een Victoriaanse gentleman, A. J. Munby, en vond een gelijke.

Munby werd geboren in 1828 en overleed in 1910. Daarmee is hij exact de tijdgenoot van Tolstoj. Hij was een zeer ontwikkeld man, een verfijnd en levendig schrijver op die moeiteloze Victoriaanse wijze, en hij was zeer betrokken bij het intellectuele en artistieke leven van zijn tijd. Hij kende veel grote namen. Sommigen, zoals Ruskin en William Morris, kende hij van zien. Toen hij nog heel jong was kon hij Dickens op straat begroeten om vervolgens in zijn dagboek in een paar woorden de fysieke verschijning van de veertigjarige schrijver vast te leggen: een dandy, een beetje een poseur, die prat ging op zijn slanke figuur, zijn hoed scheef op zijn hoofd.

Maar Munby had – net als Ruskin en Dickens – een seksueel geheim. Munby was hartstochtelijk geïnteresseerd in werkende vrouwen. Hij hield van vrouwen die zwaar werk verrichtten en hun handen letterlijk vuilmaakten. Hij zag graag dienstmeiden 'onder het vuil', zoals hij schreef, met hun handen en gezichten vol roet en vuil.

En we verbazen ons er tegenwoordig over hoeveel smerige karweitjes, het schoonmaken van haarden en dergelijke, in die tijd door vrouwen werden gedaan, zonder hulpmiddelen, met blote en onbeschermde handen. Als deze handen waren gewassen zagen ze er ruw, opgezwollen en rood uit. De handen van de dames waren blank en slank. Munby's voorliefde, buiten de salons, ging uit naar die rode handen die, tenzij verborgen onder de tot de elleboog reikende handschoenen die in die tijd in de mode waren, altijd de werkende vrouw verrieden.

Munby sprak op straat veel van deze vrouwen aan. Hij tekende ze. Hij fotografeerde ze. Hij was een vroege liefhebber van de fotografie. Hij fotografeerde mijnwerksters in hun grove, veelvuldig herstelde broeken, soms met gekruiste benen, leunend op hun manshoge scheppen, die met een harde en geamuseerde blik naar de fotograaf keken, waarbij sommige genoeg ijdelheid bezaten om te glimlachen. Er is niets pornografisch in Munby's foto's en tekeningen, hoewel het onderwerp voor Munby ongetwijfeld een licht erotische lading bezat.

Het grootste deel van zijn leven had hij een geheime verhouding met een dienstmeid. Ze was groot en robuust, op straat stak ze een hoofd boven de meeste andere mensen uit. Munby hield van vrouwen die groot en sterk waren. Hij hield van het idee dat zijn minnares in andermans huis bleef werken; en hoewel ze soms klaagde over de onverschilligheid van haar werkgevers, wilde hij haar liever niet emanciperen. Hij zag de vrouw graag onder het vuil van haar werk. Ze begreep zijn fetisjisme en had er geen probleem mee; voor ze Munby ontmoette had ze er op een dromerige manier naar verlangd een gentleman als minnaar of echtgenoot te hebben. Zo nu en dan, hoewel in het begin zelden, woonden ze samen in een huis. Dan moest de vrouw, als er bezoek kwam, van haar stoel in de salon opstaan en doen alsof ze de dienstbode was. In het dagboek staat geen verwijzing naar seks binnen de relatie, maar waarschijnlijk was dit slechts Victoriaanse terughoudendheid.

Voor een man met Munby's voorkeur moet Victoriaans Londen heel opwindend zijn geweest. Wat een genot moet het bijvoorbeeld geweest zijn op een plein in Bloomsbury te zien hoe elke avond om zes uur elk kelderraam oplichtte, elk met zijn bijzondere schat ten-toongesteld als op een toneel: de dienstmeid die op haar stoel zit en wacht tot ze wordt geroepen.

En precies zoals er in Munby's dagboek dat besef is van de alomte-genwoordigheid van bedienden in Londen, waar hij zoveel pijn en plezier van ondervond, zo bereikten mij, met Marian, hoewel ik mijn ogen sloot voor wat ze deed als ze niet bij me was, fragmenten die na verloop van tijd een volledig beeld vormden van een beangstigend en genadeloos bestaan in een woningwetwijk dat ik nooit echt ge-kend had.

Gedurende de week woonde Marian in haar woningwetwoning met de 'vergissingen' die Jo al meteen in het begin had vermeld. Er waren twee vergissingen: twee kinderen van verschillende mannen. Al vroeg werd het me duidelijk dat de eerste van die mannen een soort leegloper was. Dat was een van Marians benamingen; ze liet het bijna technisch klinken, bijna als een bezigheid die men kon in-vullen op een formulier van de sociale dienst of van andere over-heidsinstellingen. *Beroep: leegloper.* De leegloper had donker haar. Het haar was belangrijk; Marian vermeldde het meer dan eens, alsof het alles verklaarde.

En Marian zelf was een van de vier vergissingen die haar moeder met drie verschillende mannen had gemaakt. Na deze vier vergissin-gen had Marians moeder, nog steeds in de twintig, een man ontmoet waar ze echt op viel. Het was waar ze haar hele leven op had gewacht. Liefde: dat was haar bestemming. Ze aarzelde geen moment. Ze liet de vier vergissingen achter en ging er met de man vandoor, naar een ander huis in de woningwetwijk. Er waren toen wat problemen met de overheid omdat Marians moeder aanspraak wilde blijven maken op de toelagen die de vier vergissingen haar hadden gebracht. Op de een of andere manier werd de zaak geregeld en Marians moeder leef-de samen met haar man tot deze genoeg van haar kreeg en met ie-mand anders naar elders vertrok. Zo leefde men daar.

Dit soort dingen gebeurt ook wel elders, maar wat ik zo boeiend vind is dat door geen enkele autoriteit op welk moment ook van Ma-rians moeder werd verwacht de materiële of financiële gevolgen van haar besluiten te dragen. Er was altijd een woningwetwoning en altijd een of andere vorm van bijstand. Je zou kunnen zeggen dat elke stap die Marians moeder deed financieel werd beloond. Degenen die betaalden waren de kinderen, de vergissingen. En ik geloof dat kan worden gezegd dat ze niet buitengewoon zwaar gestraft werden: ze werden slechts voorbereid op het leven in een woningwetwijk, zoals die arme moeder van Marian daar in haar jeugd op werd voorbereid, door andere mensen en andere gebeurtenissen.

Marian en de andere vergissingen werden onder 'toezicht' gesteld. Een vreselijke technische term, en dit was het allerergste deel van Marians kindertijd. Het was een verhaal van afranselingen en seksueel misbruik en herhaalde pogingen weg te lopen. Later realiseerde Marian zich dat het nog veel erger kon voor een kind dat zich alleen op straat bevond. Op de een of andere manier doorstond het kind het en verdween ze in de molen van de overheid. Ze ging naar verschillende tuchtscholen. Op een daarvan leerde ze zwemmen. Het werd het belangrijkste in haar leven. En al die tijd waren er dagen dat Marian haar moeder, die haar andere leven leidde, voorbij zag rijden.

Toen er een eind kwam aan dat leven van haar moeder, kwam haar moeder terug en was er weer zoiets als een gezinsleven, in een andere woningwetwoning. Omdat dat nu eenmaal deel uitmaakte van dat leven, werden Marian en de anderen soms door hun moeder meegenomen op strooptochten naar supermarkten en plaatselijke winkels. Ze waren er goed in. Ze werden weleens gepakt, maar dan deden Marian en de andere vergissingen wat hun was opgedragen: ze schreeuwden de hele winkel bij elkaar, waarna ze altijd weer vrijuit gingen. Na verloop van tijd kwam er een eind aan deze strooptochten.

Iedereen die Marian in de woningwetwijk kende had een leven dat met het hare kon worden vergeleken.

Toen ik dit vroege leven van Marian leerde kennen, begon ik haar duistere en afstandelijke slaapkamerstemming te begrijpen: de lege blik, de neiging zich af te sluiten. En vervolgens wilde ik dat ik niet wist wat ik te weten was gekomen. Ik bracht het in verband met een verschrikkelijke en meelijwekkende episode die ik bij Munby was tegengekomen. Een korte paragraaf die ik liever niet had gelezen. Op een dag betrad Munby een kamer, in een privéhuis waarin hij werd ontvangen, of in een hotel, waar hij een kamermeisje met haar rug naar hem toe zag staan. Hij sprak haar aan en ze draaide zich om. Ze was jong, had een lief gezichtje en bijpassende manieren. Ze hield in haar ene hand een po, terwijl ze met haar andere, onbedekte hand in de inhoud roerde, waarmee ze de indruk gaf dat er zich een vaste stof in de po bevond.

Iets van dit bedroevende en onsmakelijke overviel me als ik aan Marians verleden dacht. Het overviel me op onze intiemste momenten.

Ik kende de woningwetwijk waar het nare drama van haar jeugd zich had afgespeeld. Voor haar moet dat drama in die tijd een eeuwigheid hebben geleken. Ik was verschillende keren langs het instituut gekomen waar Marian onder toezicht werd gesteld en waaruit ze had geprobeerd weg te lopen. Het was alsof er nog steeds, voor haar – maar niet voor mij, die nietsziend, onwetend, gedachteloos, bijna in een andere eeuw leefde – een morele parallel met de wereld van Dickens bestond. Die parallel was voor ons buitenstaanders verborgen door het vrolijke schilderwerk van de woningwetwoningen, de geparkeerde auto's, en onze gemakzuchtige ideeën van maatschappelijke verandering.

Ooit werden, heel langzaam, gedurende een periode van een jaar of twee, de woningwetwoningen opgeknapt. Ik had het slechts voor een kwart bewust opgemerkt, terwijl ik me afvroeg, enigszins benauwd waar het bouwvakkers betrof, wat er allemaal in het huis in St John's Wood moest gebeuren.

Op een vrijdagavond zei een taxichauffeur van de standplaats bij het station toen we er voorbijreden tegen me: 'Je kunt de huizen veranderen, maar de mensen niet.'

Wat hij zei was gevat, maar ik weet zeker dat hij het van iemand anders had. Hij was iemand uit de woningwetwijk. Dat had hij me verteld en ik wist dat hij dit op zijn half criminele manier tegen me zei als tegen een buitenstaander, tegen me zei wat hij dacht dat ik wilde horen.

Toch heb ik nu het gevoel, uitgaande van het standpunt van de taxichauffeur, terwijl ik met jou praat, dat ons idee van goed zijn voor anderen, zonder rekening te houden met hun behoeften, achterhaald is, een idiote ijdelheid in een veranderende wereld. En ik ben gaan geloven, om het standpunt te verbreden, dat de aardiger kanten van onze beschaving, het medeleven, de wet, misschien gebruikt zijn om die beschaving te gronde te richten.

Het is echter mogelijk dat deze deprimerende gedachten slechts het gevolg zijn van mijn verdriet over het einde van mijn relatie met Marian, en het einde van het optimisme dat ze me bracht.

Aan dit soort dingen komt een eind, neem ik aan. Zelfs Perdita's verhouding met de man met het grote huis in Londen zal op een dag eindigen. Maar dankzij een belachelijk overblijfsel van mijn maatschappelijke ijdelheid heb ik het einde van mijn verhouding met Marian verhaast. Dat gebeurde zo.

Jo, Marians vriendin, besloot dat ze wilde trouwen met de kok met wie ze al een paar jaar samenleefde en van wie ze al een paar rendabele vergissingen had. Ze wilde de hele santenkraam. De kerk, een grote versierde auto, witte linten die van het dak naar de radiateur liepen, hoge hoed en jacquets, een schitterende witte trouwjurk, boeket, fotograaf, receptie in de plaatselijke pub, waar ze deze recepties in de woningwetwijk houden. De hele santenkraam. En Jo wilde dat ik zou komen. Ze had voor mijn vader en zijn huis gezorgd toen hij nog leefde, en hij had haar een paar duizend pond nagelaten. Het was deze relatie tot mijn vader, meer dan haar vriendschap met Marian, die ze als de belangrijkste band tussen ons zag. Je kon zeggen dat ze in zekere zin een oude getrouwe van de familie was. Het deed haar genoegen dit punt te benadrukken, en dankzij een uiterst belachelijke vorm van ijdelheid en met allerlei bange vermoedens – niemand weet beter dan ik dat de meeste traditionele ideeën nu uit de tijd zijn – ging ik.

Het was in alle opzichten de vreselijke parodie die ik verwachtte: Jo's onbehouwen bruidegom met hoge hoed en wat daarbij hoort, Jo's gezicht dat glom van de make-up, met wimpers die schitterden van de glitter. En toch rilde de vrouw onder dit alles van oprechte emotie.

Ik hield me afzijdig, deed of ik Marian niet zag en, meer in het bijzonder, niet zag wie haar vergezelde. Dat was een van de dingen die met Marian en Jo waren afgesproken. Ik ging zo gauw mogelijk weg, nog voor de toespraken en de algemene vrolijkheid tijdens de receptie.

Toen ik bij de auto kwam, die een eindje verderop stond, ontdekte ik dat die vreselijk was toegetakeld. Op de stoelen voorin was, met witte verf of een of andere plakkerige witte verfstof van een markeerstift, in een kinderlijk handschrift geschreven: *Rot op en stop met me moeder te naje*, en: *Rot op of anders*.

Het was een moeilijk moment. Dat kinderlijke handschrift; ik dacht aan de meid met de po in Munby.

Later hoorde ik van Marian dat de vader van het kind naar me had uitgekeken. Jo had een paar mensen verteld dat ik naar de bruiloft zou komen, zonder aan de gevolgen te denken.

De witte verf die het kind had gebruikt had een bijzonder hechtende werking. Hij was bijna niet weg te krijgen; hij kon bedacht zijn voor graffitikunstenaars die hun werk wilden beschermen tegen rook, weer en erosie. Het witte spul vulde de kleinste porie in het imitatieleer van de autostoelen; op het gladdere oppervlak liet het, zelfs nadat het was afgeboend, een duidelijk spoor achter, als het spoor van een slak dat schittert als er onder een bepaalde hoek licht op valt. Het gaf Perdita de gelegenheid om, toen ze vlak na de bruiloft in de auto stapte, een van haar sporadische grapjes te maken. Ze zei: 'Zijn die mededelingen voor mij bedoeld?'

De vervolging die op die zaterdag was begonnen werd weekend na weekend erger. Ik was bekend, mijn auto was bekend. Ik werd gevolgd. Ik werd opgebeld en toen ik opnam werd ik door een kind uitgescholden. De lafheid van de man op de achtergrond, de vader van het kind, die zich achter het kind verschool, kwam me steeds dreigender voor.

Ik besloot ten slotte een eind te maken aan onze weekends op het platteland en voor Marian een flat in Londen te kopen. Ze was blij met dit besluit, zo blij zelfs dat de vervolging onderdeel van een plan kon zijn geweest; ze had altijd al in Londen willen wonen, in de buurt van de winkels willen zijn in plaats van ernaartoe te moeten reizen.

Maar Londen is een erg grote stad. Ik had geen idee waar ik een bescheiden maar geschikte flat zou kunnen kopen. Dat was het moment waarop ik een van de jongere partners van onze firma in vertrouwen nam. Ik vertelde hem wat ik zocht en vertelde hem iets meer dan nodig was. Hij woonde in het westen van Londen, in een van die modieuze, door Norman Shaw of de Arts and Crafts-beweging gebouwde huizen bij Turnham Green. Hij was aardig, zelfs samenzweerderig. Hij keek niet op me neer om die relatie met Marian. Hij zei me dat Turnham Green de plek was waar ik moest zoeken. De meeste Victoriaanse en Edwardiaanse huizen in die buurt werden tot flats omgebouwd; ze kostten maar een kwart of de helft van de flats dichter bij het centrum.

En het was in Turnham Green – vanaf St John's Wood een flink eind in zuidwestelijke richting – dat ik mijn aankoop deed. De naam deed Marian genoegen; ze herhaalde hem keer op keer, alsof het een magische naam uit een sprookje was. En toen ze hoorde dat er een metrolijn liep die haar in twintig of vijfentwintig minuten rechtstreeks van Turnham Green naar Piccadilly Circus bracht, werd het haar bijna te veel. We besloten de woningwetwoning op het land te vergeten, die over te laten aan de vergissingen en de vader van haar tweede kind. Omdat Marian nu, zoals haar moeder al eerder, met dit visioen van Londen voor ogen, vrij van haar vergissingen wilde zijn.

Dit gebeurde ongeveer anderhalf jaar voor jouw komst. En, zonder je aan het schrikken te willen maken, denk ik dat ik je moet vertellen dat ik voor jouw zaak vocht met het allerlaatste restje optimisme dat Marian me schonk. Omdat, zoals iedereen had kunnen voorzien, deze verhuizing naar Londen zowel voor mij als voor haar rampzalig was. Jarenlang was Marian voor mij een weekendrelatie geweest. Op vrijdag en zaterdag zo intens dat ik op zondag blij was haar achter te kunnen laten. Nu was ze er, bij wijze van spreken, voortdurend. Er was niet langer die intensiteit van het weekend, en zonder intensiteit werd ze oninteressant. Zelfs seksueel, wat ik nooit voor mogelijk had gehouden. Mijn hele levenspatroon was verstoord.

Het was een gebrek aan inzicht van mijn kant. Dat geldt voor zoveel rampspoed, groot en klein: dat we een tijdlang niet in staat zijn de dagelijkse gevolgen van onze handelingen te begrijpen. Een paar jaar voor jij naar Engeland kwam, leerde ik een schrijver kennen. Hij werkte de hele week in de leeszaal van het British Museum en schreef in het weekend. De hele week, hoog gezeten in de leeszaal, had hij de wereld binnen handbereik; de hele week werd zijn verbeelding gevoed. De romans die hij in het weekend schreef waren zeer succesvol. De mensen gingen alleen al naar de leeszaal om een glimp op te vangen van de beroemde man bij zijn dagelijkse bezigheden; zijn markante neus, zijn kleine, abrupte, nerveuze bewegingen. Op vergelijkbare wijze gingen twee eeuwen geleden de in lompen gehulde armen naar de Franse paleizen om de koning te zien eten of zich te zien klaarmaken voor de nacht. En ja, net als de koning, zag de schrijver zijn positie als te vanzelfsprekend, de roem, het talent. Zijn baan in het British Museum begon hem te benauwen. Hij gaf zijn baan eraan, verhuisde naar het platteland en begon fulltime te schrijven. Hij ging anders schrijven. Hij had de wereld niet langer binnen handbereik. Zijn verbeelding werd niet meer gevoed. Zijn stijl werd hoogdravend. De grote werken, die de goede, eerder geschreven boeken levend zouden houden, zijn er nooit gekomen. Hij overleed zonder een cent te bezitten. Zijn boeken zijn verdwenen. Ik kon de hachelijke situatie van deze schrijver heel duidelijk zien. Maar de mijne zag ik niet.

En hetzelfde kan van Marian worden gezegd. Ze had nooit rekening gehouden met de mogelijkheid in Londen eenzaam te zijn. Ze had nooit ingezien dat je je dagen maar tot op zekere hoogte met winkelen kon vullen. Het was nooit in haar opgekomen dat Turnham Green, de wijk met die prachtige, lommerrijke naam, in een gevangenis kon veranderen. Ze begon te verlangen naar wat ze achter had gelaten. Ze werd prikkelbaar. Ik was altijd blij als ik bij haar weg kon gaan, maar nu ontbrak ook de intensiteit, de seksuele uitputting. De tijd die we samen doorbrachten werd zinloos. We zagen elkaar heel duidelijk en we waren niet blij met wat we zagen. Het zou er dus niet toe hebben gedaan als ik deed wat ze voortdurend vroeg, meer tijd met haar doorbrengen; dat was niet echt wat ze wilde. Ze wilde weer naar huis. Ze wilde haar vroegere vriendinnen. Ze was als die mensen die zich na hun pensionering terugtrekken op een plek waar ze de vakanties doorbrachten, en op die vakantieplek worden ze gek van verveling en eenzaamheid.

Het zou beter zijn geweest als ik er, net als Marians moeder of veel van haar vriendinnen, duidelijk een punt achter had gezet. Maar het ontbrak me aan de moed of de wreedheid. Het hoorde niet bij mijn aard en opvoeding. Ik hield vol, deed zinloze pogingen ons te herenigen en doodde al doende de allerlaatste kans op een hernieuwde hartstocht, omdat het seksuele delirium waardoor de ander voor me veranderde er niet meer was en ik de ander zag als alledaags.

Mijn leven met Marian ging bijna lijken op mijn leven met Perdita. St John's Wood en Turnham Green: de beide plaatsen met hun prachtige landelijke namen begon ik te haten. Zo is het al die tijd dat jij hier was geweest. Dat is waarom ik zo graag wilde dat je in het huis in St John's Wood bleef. Het gaf me tenminste iets om naar terug te keren.

Het was in deze stemming dat ik Marian voorstelde aan die vriend en collega in de rechten die in Turnham Green woonde. Ik hoopte van haar af te komen en zo is het gegaan. Hij verleidde haar met nieuwe namen en romantische ideeën: Parijs, Frankrijk, het zuiden van Frankrijk. En ze vloog – met die sociale gretigheid die ik zo lang van haar had gekend en bemind – in zijn armen. Nu was ik dus van haar verlost, maar tegelijk beleefde ik de vreselijkste vorm van jaloezie. Ik deed het werk dat ik moest doen, kwam thuis en praatte met jou, maar mijn hoofd zat vol seksuele voorstellingen uit de tijd van mijn hartstocht, de hartstocht die nu buiten mijn bereik lag. Ik haalde me de dingen die ze zei voor de geest. Ik had nooit gedacht dat het mogelijk was zoveel verdriet te hebben.

In die tijd ging het ook mis met dat avontuur met onroerend goed. En nu sta ik voor een uitdaging waarvoor ik nooit had gedacht te moeten staan. Ik heb nooit gewild vol haat en woede te sterven, zoals mijn vader. Ik wilde gaan zoals Van Gogh, zoals ik je vertelde. Mijn pijp rokend, of iets vergelijkbaars. Nadenkend over mijn kunstbeoefening, of mijn leven, aangezien ik geen kunst heb beoefend, en zonder iemand te haten.

Ik vraag me af of ik de moed of de kracht van de grote man zal hebben. Nu al begin ik, zij het nog in mindere mate, de enorme vertroosting van haat te ervaren. Misschien zullen mijn belachelijke schilderijtjes ergens in een ander huis hangen en zal ik ze geleidelijk zien vervagen achter het groezelige glas.

Twaalf

Een kiem van betovering

Dat was het verhaal dat Roger in stukjes, en niet in de juiste volgorde vertelde, en het duurde vele weken.

Al die tijd had Willie zijn onbetekenende baantje bij het bouwblad in Bloomsbury. Elke ochtend liep hij naar de hoofdstraat van Maida Vale waar hij bij voorkeur wachtte op bus 8, die hem heel dicht bij zijn bestemming bracht. En al die tijd probeerde hij een brief aan zijn zus Sarojini te schrijven, soms op kantoor, soms in zijn kamer in St John's Wood. Bij het horen van Rogers verhaal veranderde zijn stemming, en veranderde de brief.

Lieve Sarojini, Ik ben blij dat je weer in Berlijn bent en je werk voor de televisie doet. Ik wilde dat ik bij je kon zijn. Ik wilde dat ik de klok negen of tien jaar kon terugzetten. Ik heb herinneringen zoals naar het KDW *gaan voor champagne en oesters —*

Hij hield op met schrijven en dacht: Ik heb niet het recht haar te verwijten, hoe indirect ook, dat ik me bij de guerrillabeweging heb aangesloten. Uiteindelijk was het mijn beslissing. Ik was verantwoordelijk voor al mijn daden. Ik kwam er opmerkelijk goed vanaf, dat moest Roger eens weten. Het zou heel vervelend zijn als hij daar op een dag achter zou komen. Dat zie ik als het echte verraad.

De volgende brief, van misschien een paar weken later, begon met: *Voor mij verandert hier nogal wat. Ik weet niet hoe lang ik hier nog als gast bij deze aardige mensen in dit mooie huis in deze mooie omgeving kan blijven. Toen ik hier kwam was ik verdwaasd. Ik vond alles vanzelfsprekend. Ik beschouwde het huis als vanzelfsprekend, hoewel ik al die eerste avond dacht dat het uitzicht uit het raam op het groene achtertuintje betoverend was. Maar ik zag het huis als een Londens huis. Nu ken ik Londen beter en dit huis in St John's Wood heeft het me moeilijk gemaakt om nog ergens anders te wonen. Ik heb geen* idee hoe ik elders woonruimte en serieus werk moet vinden. Vanaf het moment dat je daar aan gaat denken wordt Londen een heel andere stad. Je krijgt er hartkloppingen van.

Hij legde de brief terzijde. Hij dacht: Zo moet ik haar niet schrijven. Ik ben niet langer een kind. Zo moet ik niet schrijven aan iemand die niets aan haar of mijn situatie kan veranderen.

Een hele tijd later, misschien een maand later, begon hij een nieuwe brief. Deze hield hem een paar weken zoet. *Dankzij mijn werk denk ik dat ik me serieus met architectuur moet gaan bezighouden. Het kost zo'n acht jaar (veronderstel ik) om mijn diploma te halen. Ik ben dan zestig. Dat zou voor mij niettemin tien of twaalf actieve en bevredigende jaren in dat beroep betekenen. Het probleem is dat ieder weldenkend mens het belachelijk zal vinden dat een man van vijftig nog een beroep gaat leren. Het grootste probleem is echter dat er, om dit te verwezenlijken, een flinke scheut optimisme nodig is. Mijn vriend hier haalde zijn optimisme uit de weekends bij een vrouw die hij aanbad maar met wie hij nauwelijks kon praten. Hij teerde jarenlang op dat optimisme. Die weg wil ik niet nog eens gaan, en bovendien kun je dit soort dingen niet op afroep bestellen.*

Ik ken geen ander optimisme dan toen ik een kind was en een kinderlijke kijk op de wereld had. Dankzij die kinderlijke kijk dacht ik een paar jaar lang dat ik missionaris wilde worden. Het was een wens om te ontsnappen. Dat is waar al mijn optimisme op neerkwam. Vanaf het moment dat ik inzicht in de echte wereld kreeg, vloeide het optimisme uit me weg. Ik ben in een verkeerde tijd geboren. Als ik nu was geboren, op dezelfde plek, zou de wereld er anders hebben uitgezien. Nu is het voor mij, helaas, te laat. En met dat zielige, nietszeggende zelf dat nu ergens in me huist, dat zelf dat ik maar al te goed herken, laat ik die architecturale droom varen en denk ik dat ik ergens een niet te veeleisend baantje moet gaan zoeken, ergens in een klein flatje moet gaan wonen en hopen dat de buren niet te luidruchtig zijn. Maar ik weet nu genoeg om te begrijpen dat het leven nooit zo eenvoudig kan zijn en dat er een voetangel of valkuil zal zijn in dat leven van eenvoud, in het eenvoudigweg voorbij laten gaan van je leven, in het omgaan met je leven als niet meer dan een tijdverdrijf.

Mijn vriend hier zegt dat de gelukkigste en succesvolste mensen die-

genen zijn die een duidelijk, beperkt en haalbaar doel voor ogen heb-
ben. We kennen zo iemand. Hij is een Afrikaan of West-Indische Afri-
kaan, inmiddels een zeer gerespecteerd diplomaat. Zijn vader of groot-
vader ging in de jaren twintig of dertig in het kader van een
terug-naar-Afrika-beweging vanuit West-Indië naar West-Afrika. On-
ze Afrikaanse vriend ontwikkelde al op vroege leeftijd (ongetwijfeld on-
der een sterke vrouwelijke invloed) één ambitie (naast het verwerven
van veel geld, natuurlijk), en dat was uitsluitend met blanke vrouwen
naar bed te gaan en op een dag een blank kleinkind te hebben. Hij is in
beide geslaagd. Zijn half Engelse zoon, Lyndhurst, is nu een dertiger en
heeft twee kinderen bij een onversneden blanke aristocrate. Een van de-
ze kinderen is zo blank als maar mogelijk is. Dit alles wordt aanstaande
zaterdag bezegeld met het huwelijk van de half Engelse knaap met zijn
geliefde, de moeder van zijn blanke kind. Dat is hier de trend, kinderen
vóór het huwelijk.

De bruiloft was in een dorp met een aardige naam een heel eind ten
noorden van Londen. Perdita ging niet mee. Roger en Willie gingen
met de trein en reserveerden voor die nacht een kamer in een hotel.

Roger zei: 'Er wordt van ons verwacht dat we de hele nacht doordansen. Nee, niet doordansen. Dat klinkt te veel als hard werken. Het
is de bedoeling dat we de nacht wegdansen.'

Ze reden in hun huurauto door wat bosland zou hebben geleken
als er langs de bochtige weg niet zoveel pubs, pensions en hotels met
parkeergelegenheid hadden gestaan.

Roger zei: 'In het begin van negentiende eeuw was de stichter van
de familie van de vrouw een belangrijk man. Hij ondersteunde het
werk van de experimentele wetenschapper Faraday, die zoiets als de
voorloper van Edison was. Faraday was een arme straatjongen uit de
wijk rond Oxford Street, en het aristocratische wetenschappelijke
personage aan wie hij zich in het begin verbond behandelde hem als
een lijfknecht. Na dit glorieuze moment gebeurde er iets met de familie. Ze bracht geen nieuwe grootheid meer voort. Het kan zelfge-
noegzaamheid zijn, of genetisch falen. In de daaropvolgende bloei-
periode van het imperium, toen er andere families opkwamen, ging
het steeds slechter met hen, generatie op generatie. Een paar jaar ge-

leden besloten ze hun landhuis te laten vervallen. Ze konden het niet meer onderhouden en de wet op het nationaal erfgoed stond hun niet toe het af te breken. Ze haalden het dak eraf. Binnen de kortste keren was het huis een ruïne. Ze wonen in een cottage in de omgeving.'

Uitnodigende zelfgemaakte bordjes markeerden de afslag naar waar het huwelijk zou worden voltrokken. Niet in een kerk.

Roger zei: 'Zo gaat dat tegenwoordig. Je gaat niet naar ze toe. Je laat ze naar jou toe komen.'

Hoge, oude, verwaarloosd uitziende bomen, behangen met wingerd en woekerplanten en met ruw afgebroken takken, wierpen hun schaduw op de smalle weg. Nog meer uitnodigende, zelfgemaakte bordjes wezen hun de weg te verlaten en een wei met hoog gras op te rijden. Daar parkeerden ze – niet ver van een veelkleurig beschilderde bus waarop boven een komeetachtige boog met aan het eind een grote rode ster *Aruba-Curaçao: the Band* stond – en toen ze uitstapten hoorden ze het geraas van een snelweg of doorgaande weg op zo'n twee- of driehonderd meter afstand, onder aan de aflopende weide.

Dit was het ooit indrukwekkende uitzicht vanuit het grote huis. Het dakloze huis, inmiddels een erkende ruïne, was ongewoon prozaïsch, somber maar allesbehalve spookachtig, het leek meer op een conceptueel kunstwerk dat weloverwogen in het frisse, heldergroene gras was gezet. Eén oogopslag was voldoende om het in je op te nemen. En zo leken ook de bruiloftsgasten het te zien; ze wierpen een vluchtige blik op de ruïne om zonder te dralen over het smalle, oneffen pad verder te lopen naar de iets verder gelegen overdekte plek waar de mensen zich verzamelden.

In dit stadium waren de mensen in twee groepen verdeeld, de zwarten en de blanken. Spoedig, en nerveus, begonnen ze samen te komen; en later, toen iedereen was samengekomen, kon men duidelijk Marcus zien: diepzwart, nog altijd slank, met scherpe trekken, grijsharig, welwillend, gretig. Gretigheid, enthousiasme: dat had hem altijd al gekenmerkt. Hij schudde handen terwijl hij tegelijkertijd zijn hoofd in zijn nek wierp op een wijze die Willie zich herinnerde.

Willie zei: 'Ik had verwacht hem te zien met hoge hoed en in jacquet. Het is een beetje teleurstellend hem in een gewoon zwart pak te zien.'

Roger zei: 'Het is geen gelegenheid voor een jacquet.'

Willie zei: 'Zie jij bij hem een teken van het moreel gebrek dat met de jaren aan het licht komt?'

'Ik was ernaar op zoek. Maar ik moet bekennen dat ik niets van dien aard zie. Ik zie geen intellectueel conflict. Ik zie alleen maar een grote blijdschap, een grote welwillendheid. En dat is buitengewoon als je bedenkt dat hij sinds je hem ontmoette heel wat revoluties en burgeroorlogen heeft overleefd. Kleine stammentwisten, voor ons van geen belang, maar heel onplezierig. Martelen is martelen, of de zaak groot of klein is. Ik weet zeker dat er heel wat gelegenheden geweest zullen zijn waarbij het weinig heeft gescheeld of Marcus was bij het ochtendkrieken haastig naar een of ander tropisch strand uit zijn kindertijd gesleurd, van zijn kleren ontdaan, matig of zwaar mishandeld, om bij het geluid van de golven neergeschoten of doodgeslagen te worden. Hij overleefde omdat hij op zijn hoede was. Hij had zijn eigen idee van wat belangrijk voor hem was. Het gaf hem in Afrika een ongebruikelijk overwicht. Hij sloeg geen idioot figuur. Hij zocht altijd het overleg. Hij overleefde, en nu is hij hier.'

'Roger.'

'Marcus. Herinner je je Willie nog?'

'Natuurlijk herinner ik me hem. Onze schrijver.'

Willie zei: 'Het is een grote dag voor u.'

Marcus was hoffelijk. 'Het is een geweldige familie. Lyndhurst nam een goed besluit.'

Andere mensen die hem geluk wilden wensen drongen naar voren, en Willie en Roger verlieten Marcus en liepen naar een rij tenten die in de verwaarloosde tuinen van het landhuis waren opgezet. Van een afstand leek het alsof deze tenten een kamp vormden. De eerste overdekte plek waar ze kwamen was de halfdode boomgaard. In een van de hoeken verdikte klimop sliert op sliert de voet van een stervende oude paardenkastanje. Dikwijls zat er, waar een tak van een oude appelboom was gevallen, een gat in de stam: vegetatieve natuur die, in dit stadium van haar kringloop, schijnbaar menselijk, in ontbinding was. Maar het licht onder het tentdak verzachtte alles, gaf elke vergane boom een extra leven, benadrukte elke stakerige tak, maakte dat de verwaarloosde boomgaard eruitzag als een decor, maakte hem sprookjesachtig, een prettige omgeving om in te verkeren.

Jonge vrouwen uit het dorp kwamen er met bladen met goedkope drank en gaven iedereen wat te doen.

Tot dusver was er geen levensteken van Lyndhurst of zijn bruid. In plaats daarvan stond er, alsof ze het gras voor de voeten van de bruid en bruidegom wilden wegmaaien, een opzienbarend zwart en blank paar: een 'menselijke installatie', een moderne kunstuiting die de symboliek van de gelegenheid uitdrukte. De blanke vrouw, gekleed in een blauwe rok en een rood zijden topje, had haar arm om het middel van de man geslagen en drukte haar gezicht tegen zijn ontblote borst. En alles aan de man vroeg om aandacht. Hij was slank, zwarter dan zwart, en had een zwart pak aan. Zijn witte overhemd was duur. Het overhemd had een staande boord, viel tot bijna aan het middel open en liet een perfecte omgekeerde driehoek van gave zwarte huid zien. Hij droeg een bril met getint glas. Zijn huid was ingevet met *shea*-boter of een andere uit noten gewonnen Afrikaanse crème, en deze crème leek in de middagwarmte te smelten, zelfs in de schaduw van het tentdak. De olie op zijn huid leek een bedreiging voor het smetteloze en sneeuwwitte van zijn overhemd, maar dat effect was duidelijk gewild. Zijn haar was op een bijzondere manier gekapt: gereduceerd tot glanzende balletjes, zo wijd uiteengeplaatst dat je dacht dat het haar daartussen was weggeschoren, in de lengte en overdwars. Het leek alsof de kortgeschoren schedel droop van de olie. Hij had sandalen aan en geen sokken en leek op de roodbruine omtrek van zijn zolen en hielen te rusten. Dit roodbruin was van dezelfde kleur als het logo op de riem van de sandaal. Hij was van top tot teen een bijzonder product. Elk detail was overwogen. Hij trok veel bekijks. Hij stelde iedereen in de schaduw, maar zelf concentreerde hij zich, verborgen achter zijn donkere bril, op zijn verantwoordelijkheid. Met de jonge vrouw aan zijn borst gedrukt leek hij zijwaarts te lopen en soms, door haar gewicht, achterwaarts. De aanwezigen gaven hun alle ruimte. Ze waren als de vedetten in een revue.

Marcus was naar de plek gekomen waar Roger en Willie stonden.

Hij zei: 'Dit is schandalig. Het drijft de spot met een sacraal gebeuren. Ik verzeker je dat ze niet van de kant van Lyndhurst komen.'

Maar ook hij gaf hun, toen hij hen voorbijliep, alle ruimte, zoals de bezoekers op een tentoonstelling van verontrustende menselijke 'installaties' doen.

Er was een rustig komen en gaan van de menigte binnen de verschillende omheiningen, waar men voorzichtig zijn weg over de oneffen grond zocht, waar vrouwen op hoge hakken als op glas liepen. Willie en Roger, die behalve Marcus niemand kenden, probeerden het gevolg van de zwarten van dat van de blanken te onderscheiden. Dat was niet eenvoudig. Het werd wat duidelijker toen het tijd was voor de plechtigheid.

De plaats van de plechtigheid was omheind door een buxushaag die aan alle vier de kanten erg hoog was. Een groot aantal uitstekende takken was ruwweg gesnoeid. Er waren daar pas kippen gehouden en voor degenen die het konden herkennen hing er nog een vage geur. In een van de buxushagen was een opening, en ook in de tegenoverstaande haag was een opening, zodat de plek zich perfect leende voor de plechtigheid van die middag. Zij die de hoofdrol in deze plechtigheid speelden kwamen ceremonieel door de ene opening. De gasten door de andere. Een rechthoek van groen tentzeil op het gras markeerde de plek waar de plechtigheid zou worden gehouden. Daar stonden een paar stoelen, in twee gescheiden groepen, een voor elke partij. Marcus was door een uiterst smal pad gescheiden van de familie van de bruid. Zijn autoriteit en vreugde, en de simpele kracht van zijn zwart-zijn, contrasteerden met de bleekheid van hun gereserveerde, vrijwel afwezige waardigheid.

Roger fluisterde tegen Willie: 'Ze zijn in de war. Ze zijn niet al te goed opgevoed. Ooit was opvoeding het belangrijkste. Maar nu weten ze niet wie ze zijn en wat er van hen wordt verwacht. De wereld is voor hen veel te snel veranderd. Waarschijnlijk hebben ze weinig interesse in wat dan ook en zijn ze al zo'n honderd jaar verward.'

De liturgische gewaden van de priester, te pompeus voor de gelegenheid, zaten hem in de weg. Hij leek er niet aan gewend – ze leken te zwaar voor hem, dreigden van zijn schouders te glijden; misschien had hij ze niet op de juiste wijze aangetrokken – en hij leek zijn best te doen niet te lachen om de waardigheid van zijn gewaad, terwijl hij zo onopgemerkt mogelijk vocht om die extravagante dingen op hun plaats te houden.

En na dit alles – de borden, de omgeving, de tenten en overkappingen, het wonderbaarlijke, onnatuurlijke licht – zagen Lyndhurst, met zijn brede borst en ruige uiterlijk, met Afrika meer dan de helft van hem afgeschrobd, en zijn bleke, onopgesmukte bruid met haar eenvoudige zijden jurk, er merkwaardig gewoontjes uit. Het theater van de twee bruidsjonkers, hun kinderen, een zwart, een blank, waarbij het blanke kind de bruidegom bijstond, het zwarte de bruid, veranderde daar niets aan. Bruid en bruidegom hadden er een eenvoudige aangelegenheid van willen maken, en daarin waren ze meer dan ze vermoedden geslaagd.

De priester sprak een beetje plat, een groot probleem voor veel van de aanwezigen binnen de omheining, en hij was net zomin gewend hardop te lezen als fraaie kleding te dragen. Hij slikte zijn woorden in; hij leek zich te generen voor de fijnheid van zijn woorden.

Iemand van de ene kant las een redevoering uit *Othello*, en iemand van de andere kant wilde een sonnet van Shakespeare voorlezen. Nog voor het eind van het sonnet liet een van de bruidsjonkers een scheet, en niemand wist of het het donkere of het blanke kind was. Maar de gasten namen het standpunt in dat van ze verwacht werd: de zwarten meenden dat het zwarte kind de scheet had gelaten, de blanken meenden dat het het blanke kind was.

Het blanke kind begon te huilen. Ze was behoorlijk van streek. Marcus haastte zich naar haar toe, nam haar bij haar kleine handje en verliet met haar rustig lopend de omheining in de richting van de toiletten. Iemand, een oudere dame, die de oude grijzende man op het wanhopige blanke kind had zien afrennen, kreeg oude sentimentele beelden voor ogen en klapte ongewild, heel zachtjes, in haar handen; daarop klapte iemand anders; en toen liepen Marcus en zijn kleinkind daar terwijl iedereen applaudisseerde en Marcus, die zich al gauw realiseerde dat het applaus voor hem was bedoeld, en goed bedoeld, begon te glimlachen, links en rechts kijkend, lichtjes buigend, en hij bracht het blanke kind naar haar bestemming.

De Arubaans-Curaçaose band was, toen hij ging spelen, bijzonder luidruchtig. De zwarte drummer zat achter een trom zo hoog als een eettafel. Aanvankelijk leek hij, toen hij zich op zijn stoel zette en zijn polsen op de rand van de grote trom liet rusten, op niet meer dan een man die elk moment kon gaan eten of een brief schrijven. Maar toen kwamen, terwijl hij zijn bovenlichaam doodstil hield, zijn grote, af-hangende handen in actie. Hij sloeg met het onderste deel van zijn handpalm, de hele handpalm, het deel van de handpalm net onder de vingers, en de vingers, zowel gestrekt als met de toppen. Hij ge-bruikte elk deel van zijn geopende hand afzonderlijk. Zijn wappe-rende handpalmen werden rood en veroorzaakten een geluidsvolu-me dat de tenten deed schudden en een rustig gesprek onmogelijk maakte. Vervolgens overstemden de andere, van metaal gemaakte instrumenten van de Antilliaanse band het ritme van de trom en ie-mand begon boven dit alles uit een versterkt lied te zingen in een An-tilliaans taaltje dat geen van de aanwezigen kon hebben verstaan. Het kabaal was beangstigend, maar een paar blanke vrouwen in hun nieuwe jurk lieten hun slanke heupen wiegen, alsof ze het ritme wil-den oppakken en ze zich al niet meer konden beheersen, hoewel het nog lang geen etenstijd was en de nacht die dansend doorgebracht moest worden pas na het eten zou beginnen.

Roger zei: 'Ik krijg hoofdpijn.'

Hij en Willie liepen terug naar hun huurauto. Op deze afstand was het mogelijk nog enige patronen in de muziek te herkennen.

Roger zei: 'Het is bedoeld om je te overweldigen. Ik weet niet wat het zegt over het gebeuren dat we zojuist hebben verlaten. Ik stel me voor dat dergelijke muziek zo gespeeld zal zijn op de Nederlandse slavenplantages in Suriname in de zeventiende en achttiende eeuw. Op zaterdag- of zondagavond om de slaven met het werk op de maandagochtend te verzoenen, en een bezoekende Nederlandse kunstschilder het idee aan de hand doend voor een stuk over de plantage bij avond. Een dergelijk schilderij heb ik gezien.'

Ze reden terug naar het hotel, over de bochtige weg, en ontdekten tot hun verbazing dat de muziek hen nog steeds vergezelde. Ze hadden, als ze dat hadden geweten, en er een pad was van het hotel naar de klif waarop het verlaten landhuis stond, kunnen lopen.

De hele nacht hoorde Willie de muziek. Ze drong zijn slaap binnen en vermengde zich daar met andere herinneringen. Afrika, met de kegelvormige, grijze bergen en de Afrikanen die over de rode paden naast de asfaltweg liepen. De uitgebrande betonnen huizen met de rooksporen rond de ramen. Het woud en de mannen in olijfkleurige uniformen met hun kleppetten met de rode zijden ster, het eindeloze marcheren. De vreemde gevangenis waar de gevangenen, als op een slavenschip, zij aan zij op de grond lagen, in twee, door een middenpad gescheiden rijen. Hij dacht ook gedurende die nacht dat hij iets goeds had gevonden waarover hij Sarojini kon schrijven. Het ontglipte hem. Hij zocht ernaar, door al die slavenmuziek heen, en die ochtend restte hem niet meer dan de gedachte: Het is verkeerd een ideaalbeeld van de wereld te hebben. Dat is waar de ellende begint. Dat is waar alles uiteenvalt. Maar daarover kan ik Sarojini niet schrijven.

september 2002-september 2003